KYLIE SCOTT
Kein Rockstar für eine Nacht

Die Romane von Kylie Scott bei LYX:

1. Trust
2. Perfect Mistake
3. Sweet Little Lies
4. Something Pure
5. Repeat this Love
6. Trust this Love

Die Stage-Dive-Reihe:
1. Kein Rockstar für eine Nacht
2. Wer will schon einen Rockstar?
3. Rockstars bleiben nicht für immer
4. Rockstars küsst man nicht

Die Stage-Dive-Novellen (als E-Book):
4.5 Bodyguards sind auch Rockstars
5.5 So heiß wie ein Rockstar
6.5 Rockstars haben auch Gefühle
7.5 Happy End mit Rockstar (erscheint am 01. 09. 2022)

Die Dive-Bar-Reihe:
1. Crazy, Sexy, Love
2. Dirty, Sexy, Love
3. Naughty, Sexy, Love

Weitere Romane der Autorin sind bei LYX in Vorbereitung.

Kylie Scott

Kein Rockstar für eine Nacht

Roman

Ins Deutsche übertragen
von Katrin Reichardt

LYX in der Bastei Lübbe AG
Dieser Titel ist auch als E-Book erschienen.

Die Bastei Lübbe AG verfolgt eine nachhaltige Buchproduktion.
Wir verwenden Papiere aus nachhaltiger Forstwirtschaft und verzichten darauf,
Bücher einzeln in Folie zu verpacken. Wir stellen unsere Bücher in Deutschland
und Europa (EU) her und arbeiten mit den Druckereien kontinuierlich
an einer positiven Ökobilanz.

Vollständige Neuausgabe
der bei LYX 2014 unter dem Titel »Kein Rockstar für eine Nacht«
erschienenen Taschenbuch-Ausgabe
Copyright © 2013 by Kylie Scott

Die Originalausgabe erschien 2013 unter dem Titel »Lick«
bei Momentum, an imprint of Pan Macmillan Australia.
Dieses Werk wurde im Auftrag der
Jane Rotrosen Agency LLC vermittelt
durch die literarische Agentur
Thomas Schlück GmbH, 30161 Hannover.

Für die deutsche Ausgabe:
Copyright © 2022 Bastei Lübbe AG, Köln
Textredaktion: Andrea Kalbe
Umschlaggestaltung: © Sandra Taufer, München
unter Verwendung von Motiven von CreativeMarket
(© kuro; © Creative Paper) und Shutterstock (© Anna_Kim)
Satz: Greiner & Reichel, Köln
Gesetzt aus der Adobe Caslon
Druck und Verarbeitung: GGP Media GmbH, Pößneck
Printed in Germany
ISBN 978-3-7363-1788-8

3 5 7 6 4 2

Sie finden uns im Internet unter lyx-verlag.de
Bitte beachten Sie auch: luebbe.de und lesejury.de

Liebe Leser:innen,

dieses Buch enthält potenziell triggernde Inhalte.
Deshalb findet ihr auf der letzten Seite eine Triggerwarnung.

Achtung:
Diese enthält Spoiler für das gesamte Buch!

Wir wünschen uns für euch alle
das bestmögliche Leseerlebnis.

Euer LYX-Verlag

Für Hugh.
Und für Mish, die sich eine Geschichte
ohne Zombies gewünscht hat.

1

Ich erwachte auf dem Badezimmerfußboden. Mir tat alles weh, und in meinem Mund schien sich eine Müllkippe zu befinden – obwohl der Geschmack eigentlich noch weitaus übler war. Zur Hölle, was war letzte Nacht passiert? Ich konnte mich nur noch an den Countdown kurz vor Mitternacht erinnern, und an die Vorfreude darauf, endlich einundzwanzig und somit volljährig zu werden. Ich hatte mit Lauren getanzt, mich mit irgendeinem Kerl unterhalten, und dann – BANG!

Tequila. Eine lange Reihe Schnapsgläschen mit Zitronenscheiben und Salz.

All die Dinge, die ich über Vegas gehört hatte, stimmten tatsächlich. Hier geschahen üble Sachen, furchtbare Dinge. Ich wollte mich am liebsten zusammenrollen und sterben. Oje, was hatte ich mir nur dabei gedacht, so viel zu trinken? Ich stöhnte auf, und selbst davon hämmerte mein Kopf. Diese Art von Schmerzen gehörte definitiv nicht zum Plan.

»Geht's dir gut?«, erkundigte sich eine männliche, tiefe, angenehme Stimme. Sehr angenehm sogar. Trotz meiner Leiden überfiel mich ein wohliger Schauer und mein armer, gepeinigter Körper kribbelte an den merkwürdigsten Stellen.

»Musst du dich noch mal übergeben?«, erkundigte er sich.

Oh nein.

Ich öffnete die Augen, setzte mich auf und strich mir das strähnige, blonde Haar aus dem Gesicht. Sein verschwommenes Gesicht kam näher. Schnell schlug ich mir die Hand vor den Mund, denn mein Atem roch sicherlich ekelerregend.

»Hi«, nuschelte ich.

Langsam konnte ich ihn besser erkennen. Er war muskulös, sah umwerfend aus – und kam mir seltsam bekannt vor. Ausgeschlossen. Jemand wie er war mir noch nie zuvor begegnet.

Mein Gegenüber schien Mitte oder Ende zwanzig zu sein – kein Junge mehr, sondern ein richtiger Mann. Er hatte langes, dunkles Haar, das ihm bis über die Schultern fiel, und Koteletten. Seine Augen waren tiefblau. Die konnten unmöglich echt sein. Nein, diese Augen waren wirklich zu viel des Guten. Ich war ja auch so schon völlig hin und weg von ihm. Selbst rot umrändert sahen diese Augen einfach wunderschön aus. Einen Arm und die Hälfte seiner nackten Brust zierten Tattoos. An der Seite seines Halses prangte ein schwarzer Vogel, dessen Flügelspitze bis hinter sein Ohr reichte. Ich trug noch immer das hübsche, schmutzigweiße Kleid, zu dem Lauren mich überredet hatte – bei meinem Körperbau eine ganz schön gewagte Wahl, denn meine üppige Oberweite passte kaum hinein. Doch dieser wunderschöne Mann zeigte weitaus mehr Haut als ich, trug nur Jeans, schwarze abgewetzte Stiefel, ein paar kleine, silberne Ohrringe und eine lockere Bandage um seinen Unterarm.

Und diese Jeans sah so heiß an ihm aus … Trotz meines hammermäßigen Katers registrierte ich genau, wie verlockend tief sie auf seinen Hüften saßen und exakt die richtigen Körperstellen betonten.

»Aspirin?«, bot er mir an.

Oje, ich hatte ihn angegafft. Ich sah ihm schnell ins Gesicht, worauf er mir ein verschlagenes, wissendes Lächeln schenkte. Traumhaft. »Ja, bitte.«

Er griff nach einer zerschlissenen Lederjacke, die am Boden lag und mir offenbar als Kopfkissenersatz gedient hatte. Glücklicherweise hatte ich die nicht vollgekotzt. Ich war mir inzwischen sicher, dass dieser atemberaubende, halb nackte Kerl miterleben durfte, wie ich mich mehrfach übergeben hatte. Ich hätte vor Scham im Boden versinken können.

Er leerte die Jackentaschen, eine nach der anderen, und verteilte ihren Inhalt auf den Badezimmerfliesen: eine Kreditkarte, Gitarrenplektren, ein Handy und ein Streifen Kondome. Die ließen kurz meine Alarmglocken klingeln, doch schon im nächsten Moment wurde meine Aufmerksamkeit auf eine Reihe von Zetteln gelenkt, die aus seiner Jackentasche heraus auf den Boden segelten. Auf jedem standen ein Name und eine Telefonnummer. Dieser Kerl war offenbar Mr Superbeliebt.

Und das konnte ich durchaus nachvollziehen. Aber was um alles in der Welt hatte er hier bei mir zu suchen?

Endlich hielt er eine kleine Flasche mit Schmerztabletten in der Hand. Oh himmlische Erlösung. Dafür liebte ich ihn, egal, wer er war und was er mit angesehen hatte.

»Du brauchst noch Wasser«, stellte er fest und füllte sogleich am Waschbecken hinter sich ein Glas für mich.

Das Bad war so winzig, dass wir beide zusammen kaum genug Platz fanden. Lauren und ich hatten uns kein besseres Hotel leisten können, denn bei uns beiden herrschte Ebbe in der Kasse. Dennoch hatte sie darauf bestanden, meinen Geburtstag stilgerecht zu feiern. Ich hatte ein ganz anderes Ziel verfolgt, doch trotz der Anwesenheit meines schnuckeligen neuen Freundes war ich mir ziemlich sicher, in diesem Punkt versagt zu haben. Die relevanten Körperstellen fühlten sich unauffällig an. Ich hatte gehört, dass die ersten Male schmerzhaft wären. Das allererste Mal hatte auf jeden Fall teuflisch wehgetan. Doch im Moment war meine Vagina so ziemlich der einzige Körperteil, der mich nicht quälte.

Vorsichtshalber blickte ich verstohlen an mir herab. Ein kleines Päckchen aus Metallfolie lugte aus meinem BH hervor. Ich hatte es dort hineingesteckt, um auf alle Eventualitäten vorbereitet zu sein. Doch das unbenutzte Kondom befand sich noch immer an seinem Platz. Enttäuschend. Oder vielleicht auch nicht, denn es wäre noch schlimmer gewesen, wenn ich tatsächlich endlich den Mut aufgebracht hätte, mich sozusagen wieder in den Sattel zu schwingen, und mich hinterher nicht mehr daran erinnern konnte.

Der Typ reichte mir das Glas mit Wasser und drückte mir zwei Tabletten in die Hand. Dann hockte er sich hin und musterte mich. Die Intensität seines Blickes überforderte meine strapazierten Nerven.

»Danke«, sagte ich und schluckte die Aspirin. Mein Magen gab ein vernehmliches Knurren von sich. Super, sehr damenhaft.

»Bist du wirklich okay?«, fragte er. Sein wunderbarer Mund verzog sich zu einem amüsierten Lächeln, als hätte er einen Witz gemacht, den nur wir beide verstehen konnten.

Mir war durchaus klar, dass ich hier die einzige Witzfigur im Raum abgab.

Ich konnte nichts weiter tun, als ihn anzustarren. In meinem augenblicklichen Zustand war seine Gegenwart einfach zu viel für mich. Sein Haar, sein Körper, die Tattoos – einfach alles. Das Wort, mit dem sich dieser unglaubliche Kerl umschreiben ließ, musste erst noch erfunden werden. Es dauerte einen Augenblick, bis mir endlich dämmerte, dass er von mir eine Antwort auf seine Frage erwartete. Ich nickte, um ihn nicht mit meinem morgendlichen Muffelatem zu quälen, und lächelte ein wenig grimmig. Mehr brachte ich nicht zustande.

»Okay. Das ist gut.«

Er war so fürsorglich. Keine Ahnung, womit ich diese Aufmerksamkeit verdient hatte. Falls ich den armen Kerl gestern Abend aufgegabelt und mit Sexversprechungen geködert, dann aber die Nacht über der Kloschüssel gehangen hatte, hätte er eigentlich guten Grund, sauer auf mich zu sein. Vielleicht spekulierte er ja darauf, dass ich mein Versprechen heute Morgen noch einlösen würde. Das schien mir zumindest die einzige nachvollziehbare Erklärung dafür, dass er noch immer hier war.

Im Grunde war er sowieso eine Nummer zu groß für mich und (aufgrund meines Stolzes) zudem absolut nicht mein Typ. Ich mochte brave, normale Jungs. Normal war gut. Bad Boys wurden völlig überwertet. Ich hatte jahrelang miterlebt, wie sich die Frauen reihenweise meinem Bruder an den Hals warfen. Er hatte sich schonungslos genommen, was sie ihm geben konnten, und sie danach fallen gelassen. Bad Boys waren für ernsthafte Beziehungen völlig unbrauchbar. Gut, letzte Nacht hatte ich auch nicht gerade den Partner fürs Leben gesucht. Ich wollte eher so etwas wie eine positive sexuelle Erfahrung machen, bei der ich am Ende nicht von Tommy Byrnes wegen eines Blutflecks auf dem Rücksitz des Autos seiner Eltern angeschnauzt wurde. Oh Gott, was für eine grauenvolle Erinnerung. Tags darauf hatte mich der Mistkerl wegen eines Mädchens aus der Leichtathletikmannschaft sitzen gelassen, das nur halb so groß war wie ich. Und diese Kränkung allein reichte ihm nicht, er setzte auch noch gemeine Gerüchte über mich in Umlauf. Glücklicherweise wurde ich dadurch weder verbittert noch verkorkst, oh nein.

Was war vergangene Nacht passiert? In meinem Kopf herrschte ein einziges schmerzhaft pochendes Gedankenwirrwarr, bestehend aus unvollständigen verschwommenen Erinnerungsfetzen.

»Du musst etwas in den Magen bekommen«, entschied er. »Soll ich vielleicht trockenen Toast oder so für dich bestellen?«

»Nein.« Schon der Gedanke an Essen war zu viel für mich. Nicht einmal auf Kaffee hatte ich im Moment Lust, obwohl ich darauf eigentlich immer Lust hatte. Ich war schon drauf und dran zu fühlen, ob mein Puls überhaupt noch schlug. Stattdessen fuhr ich mir durch mein zerzaustes Haar und strich mir einige speckige Strähnen aus den Augen. »Nein. Ich – autsch!« Einige Haare hatten sich schmerzhaft in etwas verfangen. »Mist.«

»Warte.« Er entwirrte vorsichtig mein Haar und befreite es von was auch immer sich darin verhakt hatte. »So ist es besser.«

»Danke.« Ein Blitzen an meiner linken Hand erregte meine Aufmerksamkeit. Ein Ring. Aber nicht irgendein Ring, sondern ein wirklich fantastisches, gewaltiges Ding.

»Ach du heilige Scheiße«, flüsterte ich ehrfürchtig.

Der konnte unmöglich echt sein. Der Stein war beinahe obszön groß und musste ein Vermögen wert sein. Ich starrte ihn verzaubert an, drehte die Hand, ließ ihn funkeln. Der Ring war dick und schwer und der Diamant glitzerte und strahlte, als wäre er echt.

Nie im Leben.

»Ach so, was das angeht …«, sagte er und zog die dunklen Augenbrauen zusammen. Ich hatte den Eindruck, als wäre ihm der Anblick des Riesenklunkers an meinem Finger unangenehm. »Wenn du nach wie vor einen kleineren Ring haben möchtest, geht das für mich in Ordnung. Du hast schon recht, er ist wirklich ziemlich klobig.«

Ich hatte noch immer das Gefühl, ihn von irgendwoher zu kennen, und dieses Irgendwo hatte nichts mit der gestrigen Nacht oder dem heutigen Morgen oder diesem aberwitzig schönen Ring an meiner Hand zu tun.

»Du hast ihn mir gekauft?«, fragte ich verwundert.

Er nickte. »Ja, gestern Nacht. Bei Cartier.«

»Cartier?«, konnte ich nur flüstern. »Quatsch.«

Er starrte mich an. »Du kannst dich nicht mehr erinnern?«

Diese Frage wollte ich wirklich nur ungern beantworten.

»Wie viel Karat sind das wohl? Zwei oder drei?«

»Fünf.«

»Fünf? Wow.«

»Was weißt du noch von gestern Nacht?«, fragte er ein klein wenig ungehalten.

»Also ... Es ist alles ziemlich verschwommen.«

»Nein.« Er zog die Stirn so tief in Falten, dass sich sein gesamtes Gesicht verzerrte. »Das kann doch wohl nicht dein Ernst sein. Du weißt es tatsächlich nicht mehr?«

Was sollte ich darauf erwidern? Mein Mund stand unnütz offen. Ich wusste so vieles nicht. Allerdings war ich mir ziemlich sicher, dass Cartier keinen Modeschmuck anfertigte. In meinem Kopf drehte sich alles. Ein flaues Gefühl breitete sich in meiner Magengrube aus und Galle brannte mir in der Kehle, noch schlimmer als zuvor.

Ich würde mich nicht vor diesem Mann übergeben.

Nicht noch einmal.

Er atmete so tief ein, dass sich seine Nasenflügel blähten. »Mir ist wirklich nicht aufgefallen, dass du dermaßen betrunken warst. Gut, du hattest einiges intus, aber ... Shit. Nun mal im Ernst. Du kannst dich wirklich nicht mehr daran erinnern, dass wir im *Venetian* Gondel gefahren sind?«

»Wir sind Gondel gefahren?«

»Oh Mann. Und dass du mir einen Burger gekauft hast? Hast du das auch vergessen?«

»Tut mir leid.«

»Moment mal.« Er machte die Augen schmal. »Du veralberst mich doch, oder?«

»Es tut mir wirklich schrecklich leid.«

Er zuckte irritiert zurück. »Soll das heißen, du hast wirklich absolut keine Erinnerung mehr daran, was passiert ist?«

»Nein«, gestand ich und schluckte angestrengt. »Was war denn letzte Nacht?«

»Wir haben geheiratet, verflucht noch mal.«

Diesmal schaffte ich es nicht bis zur Toilette.

Während ich mir die Zähne putzte, dachte ich angestrengt über die Scheidungsmodalitäten nach. Dann wusch ich mir die Haare und überlegte, was ich zu ihm sagen könnte, wenn ich wieder aus dem Bad käme. Immer mit der Ruhe. Ich durfte jetzt nichts überstürzen – nicht so wie vergangene Nacht, als wir uns offenbar Hals über Kopf das Jawort gegeben hatten. Es wäre falsch und töricht, erneut übereilt zu handeln. Entweder das, oder ich war schlicht und einfach ein Feigling, der gerade die ausgiebigste Dusche aller Zeiten nahm. Wahrscheinlich traf eher Letzteres zu.

Heilige Scheiße, was für ein Schlamassel. Es wollte mir einfach nicht in den Kopf. Verheiratet. Ich. Meine Lungen versagten mir den Dienst, ich geriet in Panik.

Eigentlich dürfte mein Wunsch, dieses Desaster schnellstmöglich ungeschehen zu machen, nicht überraschend für ihn kommen. Allein, dass ich ihm gerade vor die Füße gekotzt hatte, hätte ihm ein deutlicher Hinweis darauf sein müssen. Ich stöhnte auf und schlug vor Scham die Hände vors Gesicht. Sein angewiderter Gesichtsausdruck würde mich bis an mein Lebensende verfolgen.

Wenn meine Eltern hiervon erfuhren, würden sie mich umbringen. Ich hatte Pläne für mein Leben, Prioritäten. Ich studierte Architektur, um in die Fußstapfen meines Vaters zu treten. Eine Heirat passte im Moment nicht in dieses Bild. In zehn, fünfzehn Jahren vielleicht. Aber eine Ehe mit einundzwanzig? Ausgeschlossen. Ich hatte seit Jahren kein ernsthaftes Date mehr gehabt, und nun steckte plötzlich ein Ring an meinem Finger. Völlig absurd. Ich war geliefert. Diese verrückte Kapriole würde ich nicht vertuschen können.

Oder vielleicht doch?

Was, wenn meine Eltern nichts davon erfuhren? Niemals? In den vergangenen Jahren hatte ich es mir in gewisser Weise zur Gewohnheit gemacht, sie von jenen Dingen in meinem Leben auszuschließen, die sie womöglich als unangebracht, überflüssig oder einfach nur blödsinnig erachteten – und diese Ehe fiel höchstwahrscheinlich unter alle drei Kategorien.

Warum musste überhaupt jemand davon erfahren? Wie sollte irgendjemand etwas darüber herausfinden, wenn ich alles für mich behielt? Gar nicht. Die Antwort war unfassbar simpel.

»Ja!«, zischte ich und boxte euphorisch in die Luft. Unglücklicherweise erwischte ich dabei den Duschkopf, woraufhin Wasser unkontrolliert in alle Richtungen spritzte, unter anderem in mein Gesicht. Ich konnte nichts mehr sehen, doch das war mir egal. Ich hatte eine Lösung gefunden.

Verleugnung. Ich würde die Wahrheit mit ins Grab nehmen und niemand würde jemals ahnen, welche riesige, alkoholbedingte Dummheit ich begangen hatte.

Erleichtert lächelte ich in mich hinein. Der Panikanfall ließ langsam nach, sodass ich wieder Luft bekam. Gott sei Dank. Alles würde gut werden. Ich hatte einen neuen Plan, der mich wieder auf Kurs bringen und mir ermöglichen würde, meinen ursprünglichen Plan beizubehalten. Genial. Ich würde meinen ganzen Mut zusammennehmen, mich diesem Mann stellen und Klartext reden. Einundzwanzigjährige Frauen mit großen Lebensplänen heirateten nicht einfach wildfremde Männer in Vegas, ganz egal, wie wunderschön diese Fremden auch sein mochten. Es würde bestimmt gut gehen. Sicherlich würde er meine Bedenken verstehen. Wahrscheinlich saß er sowieso gerade selbst grübelnd vor der Tür und überlegte, wie er mich am schnellsten wieder loswerden könnte.

An meiner Hand schimmerte der Diamant. Ich brachte es noch nicht fertig, ihn abzunehmen. Als hinge eine große, glänzende, glitzernde Weihnachtsbaumkugel an meinem Finger. Eigentlich seltsam. Mein frischgebackener Ehemann erweckte nicht gerade den Eindruck, vermögend zu sein. Seine Jacke und seine Jeans waren ziemlich zerschlissen. Der Mann war ein Rätsel.

Moment mal. Was, wenn er in illegale Geschäfte verwickelt war? Womöglich hatte ich einen Kriminellen geheiratet. Schon kehrte die Panik mit voller Wucht zurück, mein Magen geriet ins Schlingern und mein Kopf pochte wieder heftiger. Ich wusste im Grunde rein gar nichts über jene Person, die im Nachbarzimmer auf mich wartete. Bevor ich ihn aus dem Bad gescheucht hatte, hatte ich ihn noch nicht einmal nach seinem Namen gefragt.

Ein Klopfen an der Tür ließ mich zusammenzucken.

»Evelyn?«, rief er von draußen und bewies damit, dass zumindest er meinen Namen kannte.

»Komme gleich.«

Ich drehte das Wasser ab, trat aus der Dusche und wickelte ein Handtuch um meinen Körper. Es war zwar kaum groß genug, um all meine Kurven zu bedecken, aber auf meinem Kleid waren Kotzflecken. Das würde ich bestimmt nicht anziehen.

»Hi.« Ich öffnete die Badezimmertür einen Spaltbreit. Obwohl ich nicht gerade klein war, überragte er mich um einen halben Kopf. Jetzt, da ich nur in einem Handtuch vor ihm stand, wirkte er auf einmal ziemlich einschüchternd. Ihm schien der Alkohol der vergangenen Nacht kaum zugesetzt zu haben. Er sah noch immer umwerfend aus – nicht bleich, teigig und durchweicht wie ich. Die Aspirintabletten hatten leider nicht die erhoffte Wirkung entfaltet.

Kein Wunder, schließlich hatte ich sie ja wieder erbrochen.

»Hey.« Er wich meinem Blick aus. »Hör zu, ich werde das regeln, okay?«

»Regeln?«

»Ja«, erwiderte er und vermied noch immer, mir in die Augen zu sehen. Der widerliche grüne Teppich des Hotelzimmers schien ihn dagegen ungemein zu faszinieren. »Meine Anwälte werden sich um alles kümmern.«

»Du hast Anwälte?« Kriminelle hatten Anwälte. Mist. Ich musste mich sofort von diesem Kerl scheiden lassen.

»Ja. Du musst dir um nichts Gedanken machen. Sie schicken dir die notwendigen Papiere oder was auch immer man für so etwas braucht. Keine Ahnung.« Er warf mir einen ärgerlichen Blick zu, presste die Lippen zu einer schmalen Linie aufeinander und zog die Lederjacke über seinen nackten Oberkörper. Sein T-Shirt hing noch immer zum Trocknen über dem Badewannenrand. Im Laufe der Nacht hatte ich mich offenbar auch darauf übergeben. Grauenhaft. An seiner Stelle hätte ich mich so schnell wie möglich von mir scheiden lassen und nie mehr zurückgeblickt.

»Es war ein Fehler«, sprach er meine Gedanken laut aus.

»Oh.«

»Was?« Sein Blick huschte zu meinem Gesicht. »Bist du anderer Meinung?«

»Nein«, beteuerte ich hastig.

»Das habe ich mir gedacht. Schade nur, dass es uns letzte Nacht noch so vernünftig erschien, oder?« Er fuhr sich mit der Hand durchs Haar und wandte sich zur Tür. »Mach's gut.«

»Warte!« Dieser blöde, fantastische Ring wollte einfach nicht abgehen. Ich drehte ihn und zog daran, bis er schließlich klein beigab und von meiner Hand rutschte. Dabei zerkratzte ich mir den Finger. Blut tropfte auf die Fließen und hinterließ einen schmierigen Fleck. Das passte doch blendend zu dieser ganzen schmutzigen Affäre. »Hier.«

»Zum Teufel noch mal«, fluchte er und blickte den funkelnden Ring auf meiner Handfläche so finster an, als hätte er ihm etwas getan. »Behalt ihn.«

»Das geht nicht. Der hat bestimmt ein Vermögen gekostet.«
Er zuckte abfällig mit den Schultern.

»Bitte.« Ich streckte ihm die Hand hin und wedelte mit dem Ring vor ihm herum, um endlich den Beweis für meine alkoholselige Blödheit loszuwerden. »Er gehört dir. Du musst ihn nehmen.«

»Nein, das werde ich nicht.«

»Aber …«

Ohne ein weiteres Wort stürmte er zur Tür hinaus und knallte sie dermaßen hinter sich zu, dass die Wände wackelten.

Oh Mann. Ich ließ die Hand kraftlos sinken. Der ging aber schnell in die Luft. Gut, ich hatte ihm auch einigen Anlass gegeben, wütend zu sein. Trotzdem wünschte ich mir in diesem Moment, mich doch erinnern zu können, was letzte Nacht zwischen uns geschehen war. Ein winziges Erinnerungsfetzchen hätte mir schon genügt.

Meine linke Pobacke fühlte sich wund an. Ich rieb vorsichtig über die schmerzende Stelle. Offenbar hatte nicht nur meine Würde Schaden genommen, sondern ich hatte mir im Eifer des Gefechts auch noch den Hintern gestoßen. Wahrscheinlich war ich betrunken gegen ein Möbelstück geprallt oder aus meinen neuen hohen Schuhen gekippt – diesen teuren Schuhen, die laut Lauren so gut zu dem Kleid passten und von denen ich keine Ahnung hatte, wo sie geblieben waren. Hoffentlich hatte ich sie nicht verloren. In Anbetracht meiner spontanen Hochzeit hätte mich inzwischen nichts mehr überrascht.

Ich ging zurück ins Badezimmer und erinnerte mich plötzlich an ein merkwürdiges, surrendes Geräusch, an Gelächter und seine Stimme, die in mein Ohr flüsterte. Das ergab alles keinen Sinn.

Ich zog das Handtuch ein Stückchen hoch, stellte mich auf Zehenspitzen und inspizierte meinen üppigen Po im Spiegel. Schwarze Buchstaben auf knallroter Haut.

Mir blieb die Luft weg.

Auf meiner linken Pobacke stand ein Wort. Ein Name.

David.

Ich fuhr herum und beugte mich würgend über das Waschbecken.

2

Lauren saß neben mir im Flugzeug und spielte an meinem iPhone herum. »Ich begreife einfach nicht, wie du so einen schlechten Musikgeschmack haben kannst. Wir sind doch schon so lange befreundet. Hast du nichts von mir gelernt?«

»Doch. Dass ich keinen Tequila trinken sollte.«

Sie verdrehte die Augen.

Über unseren Köpfen leuchteten die Anschnallzeichen auf und eine freundliche Stimme bat uns, unsere Sitze für die in wenigen Minuten bevorstehende Landung in eine aufrechte Position zu bringen. Ich schluckte den Rest des abartigen Flugzeugkaffees hinunter und schüttelte mich. Tatsache war: Heute konnte mir Koffein nicht helfen, egal welcher Qualität.

»Ich meine es todernst«, bekräftigte ich. »Außerdem werde ich, solange ich lebe, keinen Fuß mehr in den Staat Nevada setzen.«

»Findest du diese Reaktion nicht ein wenig übertrieben?«

»Ganz und gar nicht.«

Lauren war knapp zwei Stunden vor unserem Rückflug wieder im Hotel aufgetaucht. In der Zwischenzeit war ich damit beschäftigt gewesen, meine kleine Tasche wieder und wieder zu packen, in dem Versuch, zumindest ein wenig Ordnung in mein Leben zu bringen. Ich freute mich, Lauren bei ihrer Rückkehr so glücklich zu sehen. Die Fahrt zum Flughafen wurde allerdings zu einem Wettlauf mit der Zeit. Sie und der niedliche Kellner, den sie kennengelernt hatte, würden wohl in Kontakt bleiben. Lauren war es schon immer leichtgefallen, mit Jungs ins Gespräch zu kommen. Ich dagegen war eher ein Mauerblümchen. Mein Plan, mich in Las Vegas vögeln zu lassen, hätte dieser tristen Existenz eigentlich ein Ende bereiten sollen. So viel dazu.

Lauren studierte Wirtschaftswissenschaften und ihr Äußeres wie auch ihre Persönlichkeit waren einfach bezaubernd. Ich dagegen war eher unförmig. Deswegen ging ich zu Hause in Portland auch so viel wie möglich zu Fuß und verkniff mir, die Kuchen in der Auslage des Cafés, in dem ich arbeitete, zu probieren. So blieb zumindest meine Taille einigermaßen im Rahmen. Meine Mutter sah das allerdings anders. Sie predigte mir ständig Schlankheitsweisheiten, zum Beispiel, keinen Zucker in meinen Kaffee zu geben. Wahrscheinlich befürchtete sie, dass davon augenblicklich meine Oberschenkel explodieren würden oder so.

Lauren hatte drei ältere Brüder und wusste daher, wie man mit Jungs reden musste. Sie ließ sich nie einschüchtern und versprühte überall Charme. Ich hatte ebenfalls einen älteren Bruder, doch seit dem Tag, an dem er von zu Hause ausgezogen war und nur einen Zettel hinterlassen hatte, sahen wir uns nur noch an wichtigen Feiertagen. Nathan war ein aufbrausender Mensch mit einem Talent dafür, sich permanent in Schwierigkeiten zu bringen. In der Highschool war er *der* Bad Boy gewesen, hatte ständig geschwänzt oder sich in Prügeleien verwickeln lassen. Allerdings wäre es ungerecht, meine Misserfolge bei Jungs auf die nichtexistente Beziehung zu meinem Bruder zu schieben. Meine Unzulänglichkeiten hatte ich mir schon selbst zuzuschreiben – zumindest zum Großteil.

»Hör dir das mal an.« Lauren stöpselte meine Kopfhörer in ihr Smartphone. In meinem Schädel explodierte der heulende Klang von E-Gitarren. Ein unglaublicher Schmerz. Meine Kopfschmerzen erwachten hämmernd wieder zum Leben.

Von meinem Gehirn war nichts weiter übrig als blutiger roter Matsch.

Ich riss mir die Kopfhörer aus den Ohren. »Nicht. Bitte.«

»Aber das sind Stage Dive.«

»Und sie sind wirklich großartig, aber lass uns das vielleicht auf ein andermal verschieben.«

»Manchmal mache ich mir ernsthaft Sorgen um dich. Nur, damit du es weißt.«

»Nichts spricht gegen leise Countrymusik.«

Lauren gab ein Schnauben von sich und fuhr sich durch ihre langen, schwarzen Haare. »Es spricht aber auch nichts für sie, egal, welche Lautstärke sie hat. Aber jetzt erzähl mir doch mal, was du gestern Nacht so erlebt hast – mal abgesehen von der Zeit, die du durch die Gegend getorkelt bist.«

»Eigentlich gibt es nicht viel mehr zu berichten.« Je weniger ich ihr verriet, desto besser. Wie hätte ich ihr auch jemals erklären können, was ich angerichtet hatte? Trotzdem fühlte ich mich schuldig und rutschte unruhig auf meinem Sitz herum, wogegen sofort meine tätowierte Pobacke protestierte.

Ich hatte Lauren nicht in meinen glorreichen Vegas-Sex-Plan eingeweiht. Bestimmt hätte sie mir *helfen* wollen, aber Sex ist meiner Ansicht nach keine Sache, bei der man *Hilfe* annehmen sollte – außer vom betreffenden Sexualpartner natürlich. Wahrscheinlich hätte ihre Unterstützung darin bestanden, dass sie mich zu jedem süßen Kerl in Sichtweite geschleppt und mit meiner sofortigen Verfügbarkeit geworben hätte.

Ich liebte Lauren und hätte ihre Loyalität niemals infrage gestellt, aber Zurückhaltung war nun wirklich nicht ihre Stärke. In der fünften Klasse hatte sie einem Mädchen eins auf die Nase gegeben, weil es sich über mein Gewicht lustig gemacht hatte. Seitdem waren wir Freundinnen. Bei Lauren wusste man immer, woran man war. Und das schätzte ich die meiste Zeit an ihr, nur nicht, wenn Diskretion angebracht war.

Erfreulicherweise verkraftete mein angeschlagener Magen die unsanfte Landung recht gut. In der Sekunde, in der das Fahrwerk auf die Rollbahn traf, atmete ich erleichtert auf. Ich war wieder in meiner Heimatstadt. Du wundervolles Oregon, du bezauberndes Portland, nie wieder werde ich euch untreu sein. Die Silhouette der Berge in der Ferne und die vielen Bäume verliehen dieser Stadt eine einzigartige Schönheit. Vielleicht wäre es ein wenig übertrieben, mein ganzes Leben hier verbringen zu wollen, aber dennoch war es großartig, wieder zu Hause zu sein. Nächste Woche würde ich mit einem außerordentlich wichtigen Praktikum beginnen, das mein Vater mir aufgrund seiner Beziehungen organisiert hatte. Zudem musste ich mich mit meinem Stundenplan fürs nächste Semester beschäftigen.

Alles würde gut werden. Ich hatte meine Lektion gelernt. Normalerweise beschränkte ich mich immer auf drei Drinks. Drei Drinks waren eine gute Menge. Sie beschwingten mich, animierten mich jedoch nicht dazu, mich kopfüber in eine Katastrophe zu stürzen. Nie wieder würde ich diese Grenze überschreiten. Ich war wieder mein gutes altes, durchorganisiertes Selbst. Abenteuer waren nicht cool. Diesen Punkt hatte ich endgültig abgehakt.

Wir standen auf, um unser Handgepäck aus den Fächern zu holen. Alles drängte in Richtung Ausgang. Die Flugbegleiterinnen verfolgten routiniert lächelnd, wie wir an ihnen vorbei in den Passagiertunnel stapften. Von der Passkontrolle ging es weiter zur Gepäckausgabe. Glücklicherweise mussten wir uns dort nicht aufhalten, denn wir hatten nur Handgepäck mitgenommen. Ich konnte es kaum erwarten, endlich nach Hause zu kommen.

Vor uns erhob sich Geschrei. Blitzlichtgewitter. Offenbar

hatte ein Prominenter mit uns im Flugzeug gesessen. Die Leute vor uns blieben stehen und drehten sich um. Ich sah ebenfalls hinter mich, entdeckte jedoch kein bekanntes Gesicht.

»Was ist denn los?«, wollte Lauren wissen und ließ den Blick durch die Menge schweifen.

»Ich weiß nicht.« Ich balancierte auf Zehenspitzen und spürte schon, wie ich von der Aufregung um uns herum angesteckt wurde.

Dann hörte ich ihn. Meinen Namen. Unaufhörlich wurde er gerufen. Lauren spitzte verwundert die Lippen. Mir klappte die Kinnlade herunter.

»Wann kommt das Baby?«

»Evelyn, ist David bei Ihnen?«

»Wird es noch eine weitere Hochzeitsfeier geben?«

»Wann beabsichtigen Sie, nach L. A. zu ziehen?«

»Werden Sie David Ihren Eltern vorstellen?«

»Evelyn, bedeutet das das Aus für Stage Dive?«

»Stimmt es, dass Sie sich Ihre jeweiligen Namen tätowieren ließen?«

»Wie lange kennen Sie und David sich schon?«

»Was sagen Sie zu den Anschuldigungen, dass Sie die Band zerstören würden?«

Mein Name und seiner und eine Unzahl Fragen vermischten sich zu einem chaotischen Rauschen, einem kaum zu ertragenden Klangteppich. Ich stand mit offenem Mund da und starrte fassungslos und geblendet in die Blitzlichter, während die Menschenmassen sich um mich drängten. Mein Herz hämmerte wie wild. Ich konnte Menschenansammlungen noch nie leiden und ein Fluchtweg war nicht in Sicht.

Lauren kam als Erste wieder zu sich.

Sie setzte mir ihre Sonnenbrille auf die Nase, packte mich an der Hand und manövrierte mich durch die Meute, wobei sie großzügig von ihren Ellbogen Gebrauch machte. Die Welt um mich herum verschwamm, was wohl an den optischen Gläsern in ihrer Brille lag. Ich konnte von Glück sagen, dass ich nicht hinfiel. Wir flüchteten aus dem Flughafen und drängten uns an einer Schlange wartender Menschen vorbei zu einem Taxi. Sie schimpften uns hinterher, doch wir achteten nicht darauf.

Die Paparazzi waren uns auf den Fersen.

Wir wurden tatsächlich von *Paparazzi* verfolgt. Wenn ich sie nicht selbst gesehen hätte, hätte ich es nicht geglaubt.

Lauren schubste mich auf den Rücksitz des Taxis. Ich kroch über die Sitzbank, kauerte mich zusammen und versuchte, mich möglichst unsichtbar zu machen. Nichts wünschte ich mir in diesem Augenblick mehr, als tatsächlich verschwinden zu können.

»Los! Schnell!«, rief Lauren dem Fahrer zu.

Der Taxifahrer nahm sie beim Wort und schoss aus der Parklücke. Wir rutschten über den spröden Kunststoffbezug der Rückbank. Mein Kopf stieß gegen die (glücklicherweise gepolsterte) Rückseite des Fahrersitzes. Lauren zerrte den Sicherheitsgurt über mich und rammte das Endstück in den Verschluss. Meine eigenen Hände wollten mir nicht mehr gehorchen. Ich zitterte und bibberte am ganzen Leib.

»Sprich mit mir«, bat sie.

»Äh …« Ich bekam kein Wort heraus. Ich schob mir ihre Sonnenbrille auf den Kopf und stierte ins Leere. Meine Rippen schmerzten und mein Herz hämmerte noch immer wie wild.

»Ev?«, fragte sie schmunzelnd und tätschelte mein Knie. »Hast du vielleicht zufällig während unseres Trips geheiratet?«

»Ich … Ja. Das, ähm, habe ich. Glaube ich.«

»Wow.«

Und dann sprudelte es nur so aus mir heraus. »Oh Gott, Lauren, ich habe riesigen Mist gebaut und kann mich an fast nichts mehr erinnern. Ich wachte auf und da war er und dann war er so sauer auf mich und ich kann ihm nicht mal einen Vorwurf daraus machen. Ich wusste nicht, wie ich es dir sagen sollte. Ich wollte einfach so tun, als wäre nichts geschehen.«

»Ich glaube, das kannst du jetzt vergessen.«

»Ja.«

»Okay. Eigentlich ist das ja keine große Sache. Du bist eben verheiratet.« Lauren nickte und war schon fast unheimlich gelassen. Keine Wut, keine Vorhaltungen. Ich fühlte mich schrecklich, weil ich mich ihr nicht schon früher anvertraut hatte. Normalerweise teilten wir alles miteinander.

»Entschuldige bitte«, sagte ich kleinlaut. »Ich hätte es dir erzählen sollen.«

»Ja, das hättest du allerdings. Schwamm drüber.« Sie strich ihren Rock glatt, als säßen wir bei Tee und Gebäck. »So, wen hast du denn nun geheiratet?«

»D-David. Er heißt David.«

»David Ferris vielleicht?«

Der Name kam mir bekannt vor. »Könnte sein.«

»Wohin fahren wir?«, erkundigte sich der Taxifahrer, ohne die Straße aus den Augen zu lassen. Er schlängelte sich mit überhöhter Geschwindigkeit durch den dichten Verkehr. Wäre ich nicht völlig gefühllos gewesen, hätte ich eventuell Angst verspürt und womöglich auch wieder mit Übelkeit zu kämpfen gehabt. Vielleicht auch mit Todesangst. Doch ich empfand rein gar nichts.

»Ev?« Lauren drehte sich um und spähte zur Heckscheibe hinaus. »Wir haben sie noch nicht abgehängt. Wo willst du hin?«

»Nach Hause.« Das war der erste Ort, der mir in den Sinn kam. »Zu meinen Eltern, meine ich.«

»Gute Idee. Sie haben einen Zaun.« Ohne Luft zu holen ratterte Lauren die Adresse für den Fahrer herunter. Dann schob sie mir stirnrunzelnd die Sonnenbrille wieder ins Gesicht. »Behalt sie auf.«

Die Welt um mich herum verschwamm erneut. Ich lachte auf. »Meinst du, das wird jetzt noch etwas helfen?«

»Nein«, entgegnete sie und warf ihr langes Haar zurück. »Aber in derartigen Situationen tragen die Leute immer Sonnenbrillen. Vertrau mir.«

»Du siehst zu viel fern.« Ich schloss die Augen. Die Brille war bei meinem Kater nicht gerade angenehm. Genauso wie das ganze andere Chaos. Alles meine eigene verdammte Schuld. »Tut mir leid, dass ich nichts gesagt habe. Ich wollte nicht heiraten. Ich kann mich nicht mal erinnern, was genau passiert ist. Das ist alles ein …«

»Beschissenes Durcheinander?«

»Das trifft es.«

Lauren legte seufzend den Kopf auf meine Schulter. »Du hast recht, du solltest wirklich nie mehr Tequila trinken.«

»Genau«, stimmte ich ihr zu.

»Tust du mir einen Gefallen?«

»Hm?«

»Zerstör nicht meine Lieblingsband.«

»Ohmeingott.« Ich riss mir die Sonnenbrille wieder vom Gesicht und runzelte so stark die Stirn, dass mir der Kopf wehtat. »Der Gitarrist. Er ist der Gitarrist. Daher kenne ich ihn.«

»Ja, er spielt bei Stage Dive Gitarre. Gut erkannt.«

Er war *der* David Ferris. Seit Jahren hing er an Laurens Wand. Zugegeben – er war der Letzte, neben dem ich erwartet hätte, irgendwann mal aufzuwachen, ob nun auf dem Boden eines Badezimmers oder anderswo. Aber wie zum Teufel hatte ich ihn nicht erkennen können? »Darum konnte er sich den Ring leisten.«

»Welchen Ring?«

Ich drückte mich in den Sitz, fischte das Monster aus meiner Jeanstasche und befreite es von den Fusseln, die sich darauf angesammelt hatten. Der Diamant glitzerte anklagend im hellen Licht.

Neben mir begann Lauren zu beben, konnte das Lachen nur mit Mühe unterdrücken. »Heilige Muttergottes, der ist ja riiiesengroß.«

»Ich weiß.«

»Nein, wirklich.«

»Ich weiß.«

»Scheiße, ich mache mir gleich in die Hose«, kreischte sie, fächerte sich Luft zu und hopste auf dem Sitz auf und ab. »Sieh dir nur das Ding an!«

»Lauren, hör auf. Wir dürfen nicht beide durchdrehen. Das geht schief.«

»Stimmt. Sorry.« Sie räusperte sich, sichtlich um Selbstbeherrschung bemüht. »Wie viel ist der wohl wert?«

»Darüber will ich nicht mal nachdenken.«

»Das. Ist. Irre.«

Wir bewunderten in andächtigem Schweigen den Klunker in meiner Hand. Plötzlich begann Lauren wieder, wie ein Kind im Zuckerrausch herumzuhopsen. »Ich weiß! Wir verkaufen ihn und machen von dem Erlös eine Rucksacktour durch Europa. Mann, für dieses Schmuckstück kriegen wir wahrscheinlich genug Geld, um den Globus gleich mehrmals zu umrunden. Stell dir das doch mal vor.«

»Das dürfen wir nicht«, widersprach ich, obwohl ihre Idee verlockend klang. »Ich muss ihm den Ring irgendwie zurückgeben. Ich kann ihn unmöglich behalten.«

»Wie schade.« Sie grinste. »Na, dann lass dir gratulieren. Du bist mit einem Rockstar verheiratet.«

Ich verstaute den Ring wieder in meiner Tasche. »Danke. Und was zur Hölle soll ich jetzt tun?«

»Ehrlich gesagt weiß ich das auch nicht.« Sie schüttelte den Kopf über mich. »Damit hast du wirklich all meine Erwartungen übertroffen. Ich wollte, dass du ein wenig lockerer wirst, ein bisschen erwachsener und der Männerwelt noch mal eine Chance gibst. Aber damit hast du eine völlig neue Stufe des Irrsinns erreicht. Hast du wirklich ein Tattoo?«

»Ja.«

»Ein Tattoo seines Namens?«

Ich nickte seufzend.

»Und wo, wenn ich fragen darf?«

Ich kniff fest die Augen zu. »Auf meiner linken Pobacke.«

Lauren lachte brüllend los, so heftig, dass ihr Tränen über die Wangen liefen.

Toll.

3

Dads Handy klingelte kurz vor Mitternacht. Mein eigenes hatte ich da schon längst ausgeschaltet, und auch vom Telefon im Haus meiner Eltern hatten wir den Stecker gezogen, nachdem es unaufhörlich geläutet hatte. Inzwischen war schon zweimal die Polizei gekommen, um Neugierige aus dem Vorgarten zu verjagen. Mom hatte schlussendlich eine Schlaftablette genommen und war zu Bett gegangen. Sie hatte das Chaos, das ihre kleine, geordnete Welt vollkommen durcheinanderbrachte, nicht sehr gut verkraftet. Dad dagegen kam nach einem ersten Wutanfall erstaunlich gut mit der Situation zurecht. Schließlich zeigte ich mich angemessen reuig und wollte die Scheidung. Im Gegenzug war er bereit, mein Handeln überschießenden Hormonen oder dergleichen zuzuschreiben. Doch das änderte sich schlagartig, als er auf das Display seines Handys blickte.

»Leyton?« Während er ins Telefon sprach, durchbohrte er mich mit finsteren Blicken. Sofort rutschte mir das Herz in die Hose. Nur Eltern schafften es, einen dermaßen zu konditionieren. Ich hatte ihn enttäuscht. Wir beide wussten das. Wir kannten nur einen Leyton und es konnte nur einen Grund geben, weshalb er ausgerechnet heute und um diese Uhrzeit anrief.

»Ja«, sagte mein Vater, »das ist eine wirklich unglückliche Situation.« Die Falten um seinen Mund vertieften sich zu Felsspalten. »Verständlich. Ja. Dann gute Nacht.«

Er umklammerte das Handy. Dann schleuderte er es auf den Esstisch. »Dein Praktikum wurde abgesagt.«

Meine Lungenflügel schrumpften auf die Größe eines Pennys und ich bekam keine Luft mehr.

»Leyton findet zu Recht, dass unter den gegebenen Umständen ...« Die Stimme meines Vaters verlor sich. Um mich in einem der renommiertesten Architekturbüros von Portland unterzubringen, hatte er alte Kontakte reaktivieren und noch ältere Gefallen einfordern müssen. Doch ein Telefonanruf von dreißig Sekunden hatte genügt, um alles zu zerstören.

Jemand pochte wild an die Tür. Wir beachteten den Lärm nicht weiter. Schon seit Stunden hämmerten irgendwelche Leute dagegen.

Dad begann, im Wohnzimmer auf und ab zu tigern. Ich sah ihm benommen dabei zu.

In meiner Kindheit waren derartige Konfliktsituationen immer nach dem gleichen Muster abgelaufen. Nathan prügelte sich in der Schule. Die Schule verständigte unsere Mutter. Unsere Mutter bekam einen Nervenzusammenbruch. Nate verkroch sich in seinem Zimmer oder, noch schlimmer, verschwand tagelang. Dad kam nach Hause und tigerte auf und ab. Und ich steckte mittendrin und versuchte, die Vermittlerin zu spielen, die Expertin, die die Wogen glättete. Warum zum Teufel fand ich mich jetzt selbst inmitten eines verfluchten Tsunamis wieder?

Auch später war ich ziemlich pflegeleicht gewesen. In der Highschool bekam ich immer gute Noten und anschließend wechselte ich auf dasselbe hiesige College, das auch schon mein Vater besucht hatte. Mir fehlte vielleicht sein Designtalent, doch dafür war ich fleißig und strengte mich an, um die Noten zu erhalten, die ich brauchte, um weiterzukommen. Seit meinem fünfzehnten Lebensjahr jobbte ich im selben Café. Mein einziger Akt der Rebellion hatte darin bestanden, mit Lauren zusammenzuziehen. Alles in allem war ich doch erstaunlich langweilig. Wenn ich einmal etwas tat, von dem ich wusste, dass es meinen Eltern nicht gefallen würde, bog ich es so hin, dass sie nichts davon erfuhren und weiterhin ruhig schlafen konnten. Allerdings schlug ich wirklich nur selten über die Stränge – wie auf dieser merkwürdigen Party. Das war die Episode mit Tommy vor vier Jahren. Nichts hatte mich darauf vorbereiten können.

Nicht nur die Presse belagerte uns. Auf dem Rasen vor dem Haus hockten weinende Menschen mit Plakaten, auf denen sie ihre Liebe zu David verkündeten. Ein Mann reckte einen altmodischen Ghettoblaster, aus dem laute Musik dröhnte, hoch über seinen Kopf. Den Song »San Pedro« schienen sie besonders zu mögen. Jedes Mal, wenn der Sänger zum Refrain ansetzte, grölten alle mit: »*But the sun was low and we'd no place to go …*«

Anscheinend beabsichtigten sie, mich später noch symbolisch zu verbrennen.

Sollten sie ruhig. Ich wollte sowieso nur noch sterben.

Mein großer Bruder Nathan hatte Lauren abgeholt, um sie in seine Wohnung mitzunehmen. Wir hatten uns seit Weihnachten nicht mehr gesehen, doch verzweifelte Situationen erforderten ja bekanntlich verzweifelte Maßnahmen. Das Apartment, in dem Lauren und ich wohnten, wurde ebenso belagert wie mein Elternhaus. Dorthin konnte sie also auf keinen Fall zurück. Ihre Freunde und ihre Familie wollte sie auch nicht in die Sache verwickeln. Die Behauptung, dass Nathan sich über meine missliche Lage freute, wäre wenig nett gewesen. Nicht ganz unzutreffend, aber wenig nett. Bisher war immer er es gewesen, der in Schwierigkeiten geraten war. Doch diesmal hatte ich es vermasselt. Nathan hatte sich noch nie versehentlich in Las Vegas trauen und tätowieren lassen.

Natürlich hatte einer dieser nervigen Reporter meine Mutter unbedingt nach ihrer Meinung zu dem Tattoo fragen müssen. Diese Katze war also auch aus dem Sack und offensichtlich würde mich nun kein anständiger Junge aus gutem Hause mehr heiraten wollen. Nachdem bisher ihrer Ansicht nach meine Speckröllchen potenzielle Verehrer vergrault hatten, konnte sie nun alles auf die Tätowierung schieben. Ich verzichtete darauf, sie daran zu erinnern, dass ich bereits verheiratet war.

Wieder hämmerte jemand gegen die Vordertür. Dad sah mich fragend an. Ich zuckte mit den Schultern.

»Ms Thomas?«, erklang draußen eine tiefe, dröhnende Stimme. »David schickt mich.«

Von wegen. »Ich rufe die Polizei.«

»Nein, warten Sie. Bitte«, beschwor mich die kraftvolle Stimme. »Ich habe ihn am Telefon. Bitte öffnen Sie die Tür, damit ich es Ihnen hineinreichen kann.«

»Nein.«

Vor der Tür erklang ein dumpfes Raunen. »Er sagt, ich solle Sie nach seinem T-Shirt fragen.«

Das Shirt, das er in Vegas zurückgelassen hatte. Es steckte in meiner Reisetasche, noch immer etwas klamm. Hm. Vielleicht … Nein, ich war noch immer nicht überzeugt. »Was sonst noch?«

Wieder Gemurmel. »Er sagt, er wolle nach wie vor diesen – bitte entschuldigen Sie, Miss – ›beschissenen Ring‹ nicht zurück.«

Ich öffnete die Tür einen Spaltbreit, ließ jedoch die Sicherheitskette vorgelegt. Ein Mann, der aussah wie eine Bulldogge im schwarzen Anzug, überreichte mir ein Mobiltelefon.

»Hallo?«

Im Hintergrund hörte ich laute Musik und Stimmengewirr. Offenbar ließ sich David von dem kleinen Hochzeitszwischenfall nicht den Spaß verderben.

»Ev?«

»Ja.«

Er stockte. »Hör zu, es ist wahrscheinlich am besten, wenn du dich eine Weile bedeckt hältst, bis Gras über die Sache gewachsen ist, okay? Sam wird dich dort herausholen. Er gehört zu meinem Security-Team.«

Sam lächelte mir freundlich zu. Ich hatte schon Berge gesehen, die kleiner waren als dieser Typ.

»Wo sollte ich denn hin?«

»Er ... Ähm ... Er bringt dich zu mir. Wir kriegen das schon wieder hin.«

»Zu dir?«

»Ja, du musst sowieso noch die Scheidungspapiere und den ganzen Kram unterschreiben. Da kannst du genauso gut herkommen.«

Eigentlich wollte ich mich weigern. Aber die Aussicht, meine Eltern von dem Chaos in ihrem Vorgarten zu befreien, war zu verlockend. Ebenso die Chance, von hier zu verschwinden, ehe Mom wieder wach wurde und von dem Praktikum erfuhr. Trotzdem hatte ich noch nicht vergessen, wie er erst heute Morgen – berechtigterweise oder nicht – aus meinem Leben gestürmt war. Langsam nahm ein Notfallplan in meinem Kopf Gestalt an. Nachdem sich das Praktikum in Luft aufgelöst hatte, könnte ich ja wieder im Café arbeiten. Ruby würde sich sicher sehr freuen, wenn ich ihr Vollzeit zur Verfügung stehen würde. Allerdings würde ich mit dieser irren Horde im Schlepptau unmöglich dort auftauchen können.

Meine Optionen waren äußerst beschränkt und keine gefiel mir sonderlich. Trotzdem zauderte ich noch immer. »Ich weiß nicht recht ...«

Er stieß einen äußerst gequälten Seufzer aus. »Was willst du denn sonst tun?«

Gute Frage.

Draußen vor der Tür herrschte noch immer das totale Chaos. Fotoapparate blitzten, Menschen schrien. Vollkommen surreal. Davids Alltag mochte so aussehen, doch ich hatte keine Ahnung, wie ich damit umgehen sollte.

»Hör zu, du musst von dort verschwinden«, erklärte er forsch, fast ein wenig kühl. »Das beruhigt sich alles bald wieder.«

Mein Vater stand händeringend neben mir. David hatte recht. Ich musste um jeden Preis die Menschen, die ich liebte, von diesem Chaos befreien. Das war das Mindeste, was ich für sie tun konnte.

»Ev?«

»Entschuldige bitte. Ja. Ich nehme dein Angebot gerne an«, stimmte ich zu. »Danke.«

»Gib Sam das Telefon zurück.«

Ich tat, wie mir geheißen, und zog gleichzeitig die Tür ganz auf, damit der bullige Sam hereinkommen konnte. Er war nicht übermäßig groß, dafür aber muskulös und ziemlich breit gebaut. Er nickte mehrmals hintereinander, sagte ein paarmal »Ja, Sir« ins Telefon und legte schließlich auf. »Ein Wagen steht für Sie bereit, Ms Thomas.«

»Nein«, widersprach mein Vater.

»Dad …«

»Du kannst diesem Mann nicht blindlings vertrauen. Sieh dir doch nur an, was bisher alles geschehen ist.«

»Du darfst nicht ihm allein die Schuld geben. Ich habe auch meinen Teil dazu beigetragen.« Die ganze Situation war mir zwar äußerst peinlich, aber es brachte auch nichts, sich zu verstecken. »Ich muss das in Ordnung bringen.«

»Nein«, sprach er ein väterliches Machtwort.

Bloß war ich kein kleines Mädchen mehr und wir diskutierten hier auch nicht, ob in unserem Garten genug Platz für ein

Pony wäre. »Tut mir leid, Dad. Aber meine Entscheidung steht fest.«

Er starrte mich ungläubig an und bekam einen roten Kopf. Bisher hatte ich bei den seltenen Gelegenheiten, bei denen mein Dad sich derart unerbittlich gezeigt hatte, stets am Ende eingelenkt (oder still und heimlich hinter seinem Rücken getan, was ich wollte). Doch diesmal … hatte er mich nicht überzeugt. Mein Vater erschien mir mit einem Mal alt und unsicher. Außerdem betraf dieses Problem nur mich. Ganz allein mich.

»Bitte vertrau mir«, appellierte ich an ihn.

»Ev, Liebling, du brauchst das nicht zu tun«, wechselte er nun die Taktik. »Wir können gemeinsam eine Lösung finden.«

»Bestimmt, aber seine Anwälte sind bereits mit dem Fall befasst. Glaub mir, so ist es für uns alle am besten.«

»Solltest du dir nicht ebenfalls einen Anwalt nehmen?«, wandte er ein. Auf seinem Gesicht erschienen neue, tiefe Falten, als hätte dieser eine Tag ihn um Jahre altern lassen. Schon wieder verspürte ich Schuldgefühle.

»Ich werde mich umhören und dir einen Anwalt besorgen. Ich möchte nicht, dass du übervorteilt wirst«, erklärte er. »Irgendjemand muss doch einen guten Scheidungsanwalt empfehlen können.«

»Dad, von meiner Seite aus steht nicht gerade ein Vermögen auf dem Spiel. Wir werden uns bemühen, diese Sache möglichst unkompliziert zu beenden«, beteuerte ich und lächelte gezwungen. »Mach dir keine Sorgen. Wir regeln das unter uns und dann komme ich wieder zurück.«

»Wir? Schätzchen, du kennst diesen Mann doch kaum. Du darfst ihm nicht trauen.«

»Aber die halbe Welt verfolgt doch jeden unserer Schritte. Was könnte schlimmstenfalls passieren?« Ich schickte ein Stoßgebet zum Himmel, dass ich das niemals herausfinden würde.

»Du begehst einen Fehler«, stöhnte er sorgenvoll. »Ich weiß, du bist wegen des Praktikums genauso enttäuscht wie ich, aber wir dürfen jetzt nicht kopflos handeln, sondern müssen alles in Ruhe durchdenken.«

»Ich habe bereits alles durchdacht. Ich muss dafür sorgen, dass du und Mom nicht mehr unter diesem Chaos dort draußen leiden müsst.«

Dad blickte in den dunklen Korridor, in Richtung des Schlafzimmers, in dem Mom in medikamentösem Schlaf lag. Mein Vater sollte sich keinesfalls zwischen uns beiden entscheiden müssen.

»Das klappt schon«, behauptete ich und versuchte, selbst daran zu glauben. »Wirklich.«

Er ließ resigniert den Kopf hängen. »Ich glaube noch immer, dass du einen Fehler machst. Bitte ruf mich an, falls du etwas brauchst. Und wenn du wieder zurückkommen willst, kann ich dir sofort einen Flug organisieren.«

Ich nickte.

»Ich meine es ernst. Melde dich bei mir, wenn du Hilfe brauchst.«

»Ja, das werde ich.« Nein, das würde ich nicht.

Ich schnappte mir meine Reisetasche, die ich seit Vegas noch nicht ausgepackt hatte. Ich würde keine frische Kleidung mitnehmen können, denn all meine Kleider befanden sich in meiner Wohnung. Ich strich mir das Haar glatt und klemmte mir einige widerspenstige Strähnen hinter die Ohren, um zumindest optisch den Anschein zu erwecken, kein komplettes Wrack zu sein.

»Du warst immer mein liebes Mädchen«, seufzte Dad wehmütig.

Ich wusste nichts darauf zu erwidern.

Er tätschelte meinen Arm. »Ruf mich an.«

»Ja.« Ich spürte einen Kloß im Hals. »Sag Mom Auf Wiedersehen von mir. Ich melde mich bald.«

Sam trat vor. »Sir, Ihre Tochter ist bei uns in guten Händen.«

Ich wartete Dads Erwiderung nicht ab, sondern trat zum ersten Mal seit Stunden wieder vor die Tür. Sofort brach ein höllischer Tumult los. Der instinktive Drang, den Schwanz einzuziehen und zu flüchten, war überwältigend. Doch dank des großen, starken Sam an meiner Seite fürchtete ich mich nicht mehr ganz so sehr wie zuvor. Er legte locker einen Arm um mich und bugsierte mich vom Haus fort, den Gartenweg entlang auf die wartenden Menschenmassen zu. Ein weiterer Mann im schwarzen Anzug kam von der anderen Seite auf uns zu und bahnte uns einen Weg durch die Menge. Der Lärm wurde ohrenbetäubend. Eine Frau kreischte, dass sie mich hassen würde, und bezeichnete mich als Nutte. Irgendeine andere Frau brüllte, sie liebe David, und ich solle ihm das ausrichten. Doch vor allem wurde ich wieder mit Fragen bestürmt. Kameras wurden mir vors Gesicht gehalten. Blitzlichter explodierten grell vor meinen Augen. Ich geriet ins Taumeln, doch Sam war sofort zur Stelle. Meine Füße berührten kaum den Boden, so schnell brachten er und sein Kollege mich zu dem wartenden Auto. Keine Limousine – Lauren wäre sicherlich enttäuscht –, sondern ein edler, neuer Mittelklassewagen mit Volllederausstattung. Die Tür wurde hinter mir zugeschlagen. Dann stiegen auch Sam und sein Begleiter ein. Der Fahrer blickte in den Rückspiegel und nickte mir kurz zu, ehe er vorsichtig anfuhr. Draußen klopften Menschen an die Fenster und liefen neben uns her. Ich kauerte mich auf meinem Platz zusammen. Bald ließen wir unsere Verfolger hinter uns.

Ich befand mich auf dem Weg zurück zu David.

Zu meinem Ehemann.

4

Auf dem kurzen Flug nach L. A. machte ich ein Nickerchen, zusammengerollt auf einem superbequemen Flugzeugsitz in einer Ecke des Privatjets, der uns dorthin beförderte. Das war ein
geradezu unvorstellbarer Luxus, aber wenn mein Leben schon
kopfstand, konnte ich zumindest das Beste daraus machen.
Sam hatte mir sogar Champagner angeboten, den ich jedoch
dankend abgelehnt hatte. Schon allein bei der Vorstellung,
etwas zu trinken, drehte sich mir der Magen um. Gut möglich,
dass ich nie wieder einen Tropfen Alkohol zu mir nahm.

Meine Karrierepläne waren wohl zeitweilig auf Eis gelegt.
Aber egal, ich hatte ja einen neuen Plan: Ich würde mich scheiden lassen. Das war atemberaubend simpel und gleichzeitig
genial. Die Kontrolle über mein Schicksal lag wieder in meiner
Hand. Wenn ich eines Tages noch einmal heiraten sollte, dann
würde das nicht in Vegas passieren und nicht mit einem völlig Fremden. Diese Eheschließung würde kein schrecklicher
Fehler sein.

Ich erwachte, als das Flugzeug gerade zur Landung ansetzte.
Wieder erwartete uns ein eleganter Wagen. Ich war zuvor noch
nie in L. A. gewesen. Die Stadt schien mir ebenso groß wie Las
Vegas zu sein, jedoch weniger schillernd. Trotz der späten Stunde waren noch viele Leute unterwegs.

Langsam musste ich mal mein Handy wieder einschalten.
Lauren machte sich bestimmt schon Sorgen. Ich drückte den
kleinen schwarzen Knopf und das Display erwachte blinkend
zum Leben. Einhundertachtundfünfzig Mitteilungen und

neunundsiebzig Anrufe in Abwesenheit. Ich starrte fassungslos auf die Zahlen, doch sie änderten sich nicht.

Lieber Himmel. Offenbar hatten nicht nur alle meine Bekannten von meiner Eskapade gehört, sondern auch noch eine ganze Menge anderer Leute. Mein Telefon summte.

Lauren: *Alles ok? Wo bist du?*

Ich: *LA. Fahre zu ihm, bis sich die Lage beruhigt. Bei dir alles in Ordnung?*

Lauren: *Alles bestens. LA? Du lässt es ja krachen.*

Ich: *Privatjet. War total cool. Seine Fans sind allerdings verrückt.*

Lauren: *Dein Bruder ist verrückt.*

Ich: *Sorry deswegen.*

Lauren: *Komme schon mit ihm klar. Was auch passiert, zerstör ja nicht die Band!!!*

Ich: *Kapiert.*

Lauren: *Aber brich ihm das Herz.* »San Pedro« *hat er geschrieben, nachdem diese Dingens ihn betrogen hat. Das Album war BRILLANT!*

Ich: *Verspreche, ihn als Häufchen Elend zurückzulassen.*

Lauren: *Gute Einstellung!*

Ich: *XX*

Gegen drei Uhr morgens fuhren wir vor einer riesigen Zwanzigerjahre-Villa im spanischen Stil vor. Ich fand sie umwerfend schön. Dad dagegen wäre von dem Haus wahrscheinlich überhaupt nicht begeistert gewesen. Er bevorzugte klare, moderne Linien ohne Schnickschnack, Häuser mit vier Schlaf- und zwei Badezimmern für die Wohlhabenden von Portland. Mir jedoch gefiel diese Extravaganz irgendwie. Diese Mischung aus verschnörkelten, schmiedeeisernen Gittern und weiß verputzten Mauern hatte etwas Anmutiges, Romantisches.

Vor dem Tor hatte sich eine Gruppe kichernder Mädchen und die obligatorischen Reporter versammelt. Entweder hatte unsere Eheschließung sie auf den Plan gerufen oder aber sie campierten immer dort. Die schmiedeeisernen Tore schwangen bei unserer Ankunft langsam auf und gaben den Weg auf eine lange, gewundene, von Palmen gesäumte Einfahrt frei. Die Palmwedel wogten leicht im Wind, während wir unter ihnen entlangfuhren. Das Anwesen wirkte, als stamme es aus einem Film. Ich wusste, dass Stage Dive gut im Geschäft waren. Ihre letzten beiden Alben hatten mehrere Hits hervorgebracht, und die drei Konzerte, die Lauren im letzten Jahr innerhalb einer Woche besucht hatte und für die sie durchs halbe Land gereist war, hatten allesamt in Stadien stattgefunden.

Trotzdem war das Haus wirklich verdammt groß.

Plötzlich wurde ich nervös. Die Jeans und das blaue Top trug ich bereits den ganzen Tag. Ich würde jedoch kaum Gelegenheit bekommen, mir etwas anzuziehen, was dem Anlass angemessen war. Ich konnte mir nur schnell mit den Fingern durchs Haar fahren und ein bisschen von dem Parfüm auflegen, das ich in meiner Handtasche bei mir trug. So sah ich zwar immer noch nicht sonderlich glamourös aus, roch aber immerhin gut.

Alle Fenster waren hell erleuchtet. Rockmusik dröhnte durch die warme Nacht. Die beiden Flügel der großen Eingangstür standen weit offen und aus dem Inneren des Hauses strömten Menschen nach draußen auf die Treppe. Anscheinend fand drinnen die ultimative Party statt.

Sam öffnete mir die Autotür und ich stieg zögerlich aus.

»Ich begleite Sie hinein, Ms Thomas.«

»Danke.«

Ich blieb regungslos stehen. Sam verstand. Er ging voran, um mir einen Weg durch die Partygäste zu bahnen. Ich trottete ihm nach. Gleich hinter der Tür knutschten zwei Mädchen hemmungslos miteinander herum. Liebe Güte, die beiden waren gertenschlank und unglaublich hübsch und ihre knappen Glitzerkleidchen so kurz, dass sie kaum die Oberschenkel bedeckten. Überall waren Menschen, die tranken oder tanzten. Ein Kronleuchter hing von der Decke und eine gewundene Treppe führte nach oben. Ein richtiger Hollywoodpalast.

Glücklicherweise schenkte mir niemand Beachtung und ich konnte nach Herzenslust gaffen.

Sam blieb bei einem jungen Mann stehen, um ein paar Worte mit ihm zu wechseln. Er stand mit einer Bierflasche in der Hand lässig an eine Wand gelehnt, hatte langes, blondes, strubbeliges Haar und trug einen silbernen Ring in der Nase. Außerdem eine Menge Tattoos. Seine löchrigen schwarzen Jeans und das verwaschene T-Shirt verliehen ihm denselben supercoolen Look wie David. Kauften sich Rockstars künstlich gealterte Klamotten? Reiche Leute waren schon ein Volk für sich.

Der Blonde musterte mich unverhohlen, doch ich widerstand dem Drang, im Boden zu versinken. Ich würde mich nicht einschüchtern lassen. Als er mir schließlich direkt in die Augen sah, wirkte sein Blick eher neugierig als unfreundlich. Meine Anspannung ließ ein wenig nach.

»Hey«, begrüßte er mich.

»Hi.« Ich lächelte tapfer.

»Geht klar«, sagte er an Sam gewandt. Dann nickte er mir zu. »Komm mit. Er ist draußen. Ich heiße Mal.«

»Hi«, wiederholte ich einfältig. »Ich bin Ev.«

»Alles in Ordnung, Ms Thomas?«, fragte Sam mit gesenkter Stimme.

»Ja, Sam. Vielen Dank.«

Er nickte mir noch einmal förmlich zu, bevor er sich wieder auf den Weg nach draußen machte. Es dauerte nicht lange, bis sein kahler Kopf und seine breiten Schultern in der Menge verschwunden waren. Obwohl ich wusste, dass es nichts bringen würde, war ich versucht, ihm nachzulaufen und ihn zu bitten, mich wieder nach Hause zu bringen. Nein, Schluss mit dem Selbstmitleid. Ich war ein großes Mädchen. Zeit, die Sache in die Hand zu nehmen.

In dem Gebäude drängten sich Hunderte Menschen. Die einzige Veranstaltung dieser Größenordnung, die ich jemals besucht hatte, war mein Abschlussball gewesen, und selbst der war nichts im Vergleich hierzu. Auch die Kleider, die ich hier zu sehen bekam, waren eine andere Klasse. Ich konnte das viele Geld förmlich riechen. Obwohl eigentlich Lauren von uns beiden der begeisterte Promiklatsch-Fan war, erkannte selbst ich das eine oder andere Gesicht wieder: einen der Oscarpreisträger vom vorigen Jahr, ein Unterwäschemodel, das ich in meiner Heimatstadt auf Plakatwänden bewundert hatte, und eine Teenie-Popqueen, die eigentlich nicht mit einer Wodkaflasche in der Hand auf eine Party wie diese gehörte, und schon gar nicht auf den Schoß eines grauhaarigen Bandmitglieds von … Verdammt, wie hieß diese Gruppe doch gleich?

Egal.

Ich klappte schnell den Mund zu, bevor noch jemand mein Staunen bemerkte. Lauren hätte sich hier bestimmt sehr wohlgefühlt. Einfach unglaublich.

Eine Frau, die aussah wie eine halb nackte Amazonengöttin, rempelte mich an. Mal blieb stehen und sah ihr missmutig hinterher. »Manche Leute haben keine Manieren. Komm, gehen wir weiter.«

Der schleppende Rhythmus der Musik vibrierte durch meinen Körper und erweckte meine Kopfschmerzen zu neuem Leben, wodurch der Glamour um mich herum etwas gedämpft wurde. Wir schlängelten uns durch ein Zimmer mit mehreren

Plüschsofas, auf denen sich überall Partygäste rekelten. Darauf folgte ein Zimmer, das mit Gitarren, Verstärkern und allerlei weiterem Rock'n'Roll-Krimskrams vollgestellt war. Obwohl Fenster und Türen weit offen standen, war die Luft im Haus stickig und verraucht. Mein Top hatte ich inzwischen unter den Armen durchgeschwitzt. Als wir schließlich auf den Balkon hinaustraten, atmete ich dankbar die frische Luft ein.

Und da stand er, ans geschwungene Balkongeländer gelehnt, und wandte mir sein markantes Profil zu. Herrje, wie hatte ich das nur vergessen können. Davids Ausstrahlung war einfach unbeschreiblich. Er passte sehr gut zu den Reichen und Schönen im Haus. Er war einer von ihnen. Ich dagegen gehörte in die Küche zum Personal.

Mein Ehemann unterhielt sich gerade angeregt mit einer langbeinigen Brünetten mit künstlichen Brüsten. Vielleicht stand er auf große Möpse und hatte mich deshalb geheiratet. Wer weiß. Die Frau trug nur einen winzigen weißen Bikini und klebte an ihm, als wäre sie mit seinem Körper vernäht. Ihr Haar war kunstvoll zerzaust. Jede Wette, dass sie für diese Frisur mindestens zwei Stunden in einem Edelfriseursalon zugebracht hatte. Sie sah toll aus und dafür hasste ich sie ein wenig. Eine Schweißperle rann meinen Rücken hinab.

»Hey, Dave«, rief Mal. »Du hast Besuch.«

David drehte sich um, erkannte mich und zog die Brauen zusammen. Im Zwielicht wirkten seine Augen dunkel und seine Miene ausgesprochen unzufrieden. »Ev.«

»Hi.«

Mal lachte. »Das war bisher das einzige Wort, das ich ihr entlocken konnte. Im Ernst, kann deine Ehefrau überhaupt sprechen?«

»Oh doch«, erwiderte er und sein Tonfall ließ keinen Zweifel daran, dass es ihm recht gewesen wäre, wenn ich meinen

Mund nie wieder aufgemacht hätte. Oder zumindest nicht in seiner Hörweite.

Ich wusste nicht, was ich sagen sollte. Zwar war ich es gewohnt, dass die Menschen nicht voller Liebe und Offenheit auf mich zugingen, aber diese unverhohlene Feindseligkeit, die er mir gegenüber an den Tag legte, war selbst mir neu.

Die Brünette kicherte und rieb ihre voluminösen Brüste an Davids Arm, als wolle sie eine Duftmarke setzen. Wie bedauerlich für sie, dass er es nicht bemerkte. Sie schürzte die roten Lippen und musterte mich abfällig. Charmant. Obwohl es meinem Ego schon unheimlich schmeichelte, dass sie mich überhaupt als Konkurrenz betrachtete. Ich straffte die Schultern und sah meinem Gatten direkt in die Augen.

Großer Fehler.

Davids dunkles Haar war zu einem kurzen Pferdeschwanz zusammengebunden. Einzelne Haarsträhnen fielen ihm ins Gesicht. Die Frisur hätte eigentlich eher zu einem schmierigen Drogendealer gepasst, doch bei ihm sah sie einfach toll aus. Wie sollte es auch anders sein. Wahrscheinlich wirkte in seiner Gegenwart selbst eine verdreckte Gasse wie eine Flitterwochensuite. Unter seinem grauen T-Shirt zeichneten sich seine breiten Schultern ab, seine langen Beine steckten in verwaschenen Bluejeans. Er trug schwarze Armeestiefel und hatte die Füße lässig überkreuzt. Klar, er gehörte ja auch hierher. Ich nicht.

»Könntest du vielleicht ein Zimmer für sie suchen?«, fragte David seinen Freund.

Mal schnaubte. »Bin ich dein Butler? Du kannst deiner Frau gefälligst selbst ihr Zimmer zeigen. Benimm dich nicht so idiotisch.«

»Sie ist nicht meine Frau«, knurrte David.

»Sämtliche Nachrichtensender im Land sind da anderer Meinung.« Mal wuschelte mir mit seiner großen Hand in den

Haaren. Ich kam mir vor, als wäre ich wieder acht Jahre alt.
»Wir seh'n uns noch, Kindsbraut. War nett, dich kennenzuler-
nen.«

»Kindsbraut?«, fragte ich ratlos.

Mal grinste. »Hast du nicht mitbekommen, was geredet
wird?«

Ich schüttelte den Kopf.

»Ist wahrscheinlich besser so.« Er lachte und verschwand.

David befreite sich aus dem Klammergriff der Brünetten.
Sie stülpte ärgerlich die Lippen vor, doch auch diesmal beachtete er sie nicht. »Komm mit.«

Er streckte die Hand nach mir aus, um mich fortzuführen.
Und da sah ich es. Sein Tattoo, das über die ganze Länge seines
Unterarms verlief.

Evelyn.

Ich blieb wie angewurzelt stehen. Heilige Scheiße. Da hatte er sich aber eine auffällige Stelle für meinen Namen ausgesucht. Ich wusste nicht recht, was ich davon halten sollte.

»Was ist?« Er zog erneut die Brauen zusammen. »Ach das.
Ja, ja. Los, komm jetzt.«

»Beeil dich, David«, gurrte das Bikinigirl und richtete sich
die Haare. Ich hatte nichts gegen Bikinis. Ich besaß sogar selbst
welche, obwohl ich dafür nach Ansicht meiner Mutter eigentlich zu füllig war (dass ich sie noch nie getragen hatte, spielte
dabei keine Rolle). Was mich allerdings störte, waren ihr ar-
rogantes Grinsen und die überheblichen Blicke, die sie mir
klammheimlich zuwarf, wenn David nicht hinsah.

Sie konnte ja nicht ahnen, dass ich ihm völlig gleichgültig
war.

Er schob mich mit der Hand auf meinem Kreuz durch die
Partygäste hindurch auf die Treppe zu. Die Leute riefen nach
ihm, Frauen versuchten, seine Aufmerksamkeit zu erregen,

doch er marschierte unbeirrbar weiter. Ich wurde das Gefühl nicht los, dass es ihm peinlich war, mit mir gesehen zu werden. In seiner Begleitung zog ich die Blicke auf mich, aber ich erfüllte mit Sicherheit nicht das gängige Klischee einer Rockstar-Ehefrau. Die Leute verdrehten sich die Hälse nach uns. Jemand rief uns etwas zu, doch mein Ehemann erwiderte nichts darauf, sondern schleppte mich eilig durch die Menschenmassen.

Der erste Stock war von zwei langen Fluren durchzogen. Wir nahmen den linken. Am Ende des Korridors riss er eine Tür auf. Auf dem Kingsize-Bett lag schon meine Reisetasche bereit. Der prächtige Raum war ganz in Weiß gehalten: das Bett, die Wände und Teppiche. In einer Ecke stand eine antike weiße Zweiercouch. Alles wirkte so erlesen und makellos. Kein Vergleich zu dem winzigen, engen Apartment, das ich mir mit Lauren teilte und wo zwischen dem Doppelbett und meinem Schreibtisch gerade genug Platz war, um die Schranktür zu öffnen. Dieses Zimmer dagegen war riesig, ein Meer von Perfektion.

»Hier fasse ich lieber nichts an«, murmelte ich und vergrub die Hände tief in den Gesäßtaschen.

»Was?«

»Ein schönes Zimmer.«

David blickte sich desinteressiert um. »Ja, ja.«

Ich schlenderte zur Fensterfront. Unter uns erstreckte sich ein luxuriöser, beleuchteter Swimmingpool, inmitten von Palmen und einer makellos gepflegten Gartenanlage. Im Wasser knutschte ein Pärchen. Die Frau warf den Kopf in den Nacken und ich sah ihre Brüste auf der Wasseroberfläche hopsen. Oh, mein Fehler. Die zwei hatten Sex! Ich spürte, wie mein Nacken heiß wurde. Zwar hätte ich mich nicht gerade als prüde bezeichnet, aber trotzdem. Schnell wandte ich mich ab.

»Hör zu, ein paar Leute werden mit dir die Scheidungspapiere durchgehen«, informierte er mich von der Türschwelle aus. »Um zehn Uhr sind sie da.« Er trommelte mit den Fingern irgendeinen Rhythmus auf den Türrahmen und warf immer wieder sehnsüchtige Blicke in den Flur hinaus. Offenbar konnte er es kaum erwarten, von mir wegzukommen.

»Welche Leute?«

»Meine Anwälte und mein Manager«, sagte er zu seinen Füßen. »Sie treiben die Angelegenheit schnell voran. Es wird also alles … ähm … so schnell wie möglich erledigt sein.«

»In Ordnung.«

David sog die Wangen ein und nickte. Er hatte fantastische Wangenknochen. Ich hatte schon Männer in Modezeitschriften gesehen, die nicht mit ihm mithalten konnten. Er war wirklich attraktiv. Nur zog er leider permanent ein missmutiges Gesicht. Zumindest in meiner Gegenwart. Es wäre wirklich schön gewesen, wenn er zumindest einmal kurz gelächelt hätte.

»Brauchst du noch etwas?«, erkundigte er sich.

»Nein. Und danke für alles, was du für mich getan hast. Für den Flug und dafür, dass ich hierbleiben darf. Das ist sehr großmütig von dir.«

»Kein Problem.« Er trat in den Korridor und schickte sich an, die Tür hinter sich zu schließen. »Gute Nacht.«

»David, sollten wir nicht vielleicht miteinander reden? Über letzte Nacht?«

Er verharrte halb verborgen hinter der Tür. »Ach Ev, mal ehrlich, das ist doch total überflüssig.«

Dann war er weg.

Schon wieder.

Diesmal allerdings ohne Türenknallen. Ich beschloss, das als Fortschritt in unserer Beziehung zu bewerten. Sich von seinem Verhalten überrascht zu zeigen war blöd. Doch trotzdem stand ich vor Enttäuschung wie gelähmt mitten im Zimmer und starrte ins Leere. Nicht, dass ich mir plötzlich gewünscht hätte, er wäre vor mir auf die Knie gesunken, aber die Art, wie er mich seine Abneigung spüren ließ, war wirklich ätzend.

Irgendwann löste ich mich doch aus meiner Erstarrung und trottete wieder zum Fenster. Das Liebespaar war verschwunden, der Pool verwaist. Unter den wogenden Kronen der Palmen taumelte ein anderes Pärchen den beleuchteten Gartenweg entlang auf ein kleines Gebäude zu, bei dem es sich wohl um das Poolhaus handelte. In dem Mann erkannte ich David wieder und an seiner Seite hing das Bikinigirl. Sie warf die langen Haare zurück und schwang übertrieben die Hüften. Die beiden gaben ein schönes Paar ab. Sie passten zusammen. David zupfte an ihrem Bikinioberteil und löste die Schleife in ihrem Rücken. Nun stand sie oben ohne vor ihm. Das Bikinigirl lachte tonlos und machte sich nicht die Mühe, ihre Blöße zu bedecken.

Ich versuchte angestrengt, den Kloß in meiner Kehle hinunterzuschlucken. Eifersucht war genauso schlimm wie nicht gemocht zu werden. Aber ich hatte überhaupt kein Recht, eifersüchtig zu sein.

An der Tür zum Poolhaus blieb David kurz stehen und warf einen Blick über die Schulter. Unsere Blicke trafen sich. Oh Gott. Ich duckte mich hastig hinter den Vorhang und hielt idiotischerweise den Atem an. Beim Spannen erwischt – wie peinlich. Als ich einen Augenblick später wieder hinausspähte, waren sie verschwunden, doch durch den Vorhang im Poolhaus fiel Licht. Warum hatte ich mich gerade so dumm angestellt? Ich wünschte, ich wäre dreister gewesen. Schließlich hatte ich nichts Unrechtes getan.

Das weiße Zimmer umgab mich in all seiner makellosen Herrlichkeit, ich dagegen sah katastrophal aus und in meinem Inneren herrschte das blanke Chaos. Die Realität hatte mich endlich eingeholt. So ein beschissenes Durcheinander. Laurens Wortwahl war überaus zutreffend.

»David kann tun und lassen, was immer er will.« Meine Stimme hallte trotz der lauten Musik, die von unten zu mir hinauftönte, unangenehm laut durchs Zimmer. Ich straffte die Schultern. Nach dem morgigen Treffen mit Davids Manager und Anwälten wäre endlich die Scheidung auf dem Weg. »David darf tun, was er will, und ich auch.«

Aber was wollte ich denn unternehmen? Ich hatte keine Ahnung. Also nahm ich erst einmal die wenigen Kleidungsstücke, die ich mitgebracht hatte, aus der Reisetasche und richtete mich für die Nacht ein. Davids T-Shirt hängte ich an einen Handtuchhalter, damit es weiter trocknen konnte. Gut möglich, dass es später noch als Nachthemdersatz dienen müsste. Um mich einzurichten, brauchte ich nicht länger als zehn Minuten. Irgendwann kam ich mir einfach zu blöd dabei vor, dieselben Trägertops ein ums andere Mal neu zusammenzufalten.

Was jetzt?

Zur Party war ich nicht eingeladen, und darüber, was gerade im Poolhaus vorging, wollte ich lieber nicht nachdenken. Höchstwahrscheinlich bekam das Bikinigirl gerade all das von David, worauf ich in Vegas spekuliert hatte. Keinen Sex für mich. Stattdessen hatte er mich auf mein Zimmer verbannt wie ein unartiges kleines Kind.

Und was für ein Zimmer das war. Die Wanne im angrenzenden Badezimmer war größer als mein Schlafzimmer zu Hause. Viel Platz zum Planschen. Verlockend. Allerdings konnte ich es noch nie leiden, zur Strafe aufs Zimmer geschickt zu werden. Die wenigen Male in meiner Kindheit hatten immer damit geendet, dass ich aus dem Fenster kletterte, mich draußen hinsetzte und ein Buch las. Nicht sehr rebellisch, aber mir genügte es. Eine leise Form der Rebellion eben.

Ich konnte nicht länger in diesem Prachtzimmer herumhocken.

Unbemerkt schlich ich die Treppe hinunter. Unten angekommen verkroch ich mich in der nächstbesten stillen Ecke, von der aus ich die Schönen und Reichen bei ihrem Geplänkel beobachten konnte. Ein faszinierendes Schauspiel. Auf einer improvisierten Tanzfläche mitten im Raum wanden sich anmutige Körper. Ganz in meiner Nähe zündete sich jemand eine Zigarre an, deren kräftiger, würziger Geruch durch die Luft waberte. Kleine Rauchwölkchen schwebten der gut sechs Meter hohen Decke entgegen. Diamanten funkelten, Zähne strahlten – und das betraf zunächst erst einmal nur die Männer. In dem bunt gemischten Partyvolk traf Grunge auf Opulenz. Ich konnte mir kaum spannendere Beobachtungsobjekte vorstellen. Mal entdeckte ich bedauerlicherweise nicht unter ihnen. Schade. Er war zumindest nett zu mir gewesen.

»Du bist neu«, erschreckte mich eine Stimme fast zu Tode. Ich sprang eine Meile hoch in die Luft. Vielleicht auch nur einige Zentimeter.

Neben mir an die Wand gelehnt stand ein Mann im schwarzen Anzug und nippte an einem Glas mit einer bernsteinfarbenen Flüssigkeit. Der Anzug war wirklich bemerkenswert. Sams stammte wahrscheinlich von der Stange, dieser hier ganz sicher nicht. Bisher war ich kein Fan von Männern mit Anzug und Krawatte gewesen, doch ihm stand dieser Look unglaublich gut. Er schien ungefähr in Davids Alter zu sein und hatte kurzes schwarzes Haar. Selbstverständlich war er äußerst attraktiv und seine Wangenknochen waren genauso göttlich wie Davids.

»Weißt du, wenn du noch ein paar Zentimeter weiter nach links rückst, verschwindest du komplett hinter dieser Palme.« Er nahm einen Schluck von seinem Drink. »Dann kann dich niemand mehr sehen.«

»Ich werde es mir überlegen.« Ich machte mir nicht die Mühe, abzustreiten, dass ich mich versteckte.

Als er grinste, erschienen in seinen Wangen zwei Grübchen. Tommy Byrnes hatte ebenfalls Grübchen. Dank ihm wirkten sie nicht mehr sonderlich verführerisch auf mich. Der Mann beugte sich dichter zu mir, wahrscheinlich, damit ich ihn bei der lauten Musik besser verstehen konnte. Oder gab es einen anderen Grund dafür? Zudem machte er unnötigerweise auch noch einen großen Schritt auf mich zu. Ich hätte nichts dagegen gehabt, wenn er mir nicht so auf die Pelle gerückt wäre. Trotz seines schicken Anzugs verursachte der Typ mir eine Gänsehaut.

»Ich bin Jimmy.«

»Ev.«

Er stierte mich mit geschürzten Lippen an. »Nein, dich kenne ich definitiv nicht. Warum kenne ich dich nicht?«

»Kennst du denn alle anderen hier?«, fragte ich skeptisch und ließ den Blick durch den Raum schweifen. »Das sind eine ganze Menge Leute.«

»In der Tat«, stimmte er mir zu. »Und ich kenne sie alle. Jeden Einzelnen. Nur dich nicht.«

»David hat mich eingeladen.« Eigentlich hatte ich David gar nicht erwähnen wollen, doch ich fühlte mich von diesem Jimmy, der immer dichter zu mir aufrückte, wortwörtlich in die Enge getrieben.

»So, so, hat er das?« Seine Augen sahen merkwürdig aus, die Pupillen klein wie Stecknadelköpfe. Etwas stimmte mit diesem Kerl nicht. Er starrte mir in den recht züchtigen Ausschnitt, als wollte er am liebsten sein Gesicht hineinstecken.

»Allerdings.«

Jimmy schien nicht gerade begeistert, das zu hören. Er stürzte seinen Drink in einem Zug hinunter. »David hat dich also zur Party eingeladen.«

»Er hat mich gebeten, einige Tage zu bleiben«, behauptete ich, was im Grunde nicht gelogen war. Entweder hatte Jimmy von der Sache zwischen David und mir nichts mitbekommen oder aber er war zu high, um zwei und zwei zusammenzuzählen. Wie auch immer, ich würde ihm jedenfalls nichts davon erzählen.

»Tatsächlich? Wie nett von ihm.«

»Ja.«

»In welchem Zimmer hat er dich denn untergebracht?« Er baute sich vor mir auf und ließ sein leeres Glas achtlos in einen Blumentopf fallen. Dabei grinste er irre. Ich verspürte den übermächtigen Drang, vor ihm zu fliehen.

»In dem weißen«, erwiderte ich und überlegte angestrengt, wie ich mich an ihm vorbeimogeln könnte. »Apropos, ich sollte lieber wieder nach oben gehen.«

»In dem weißen Zimmer? Na so was, du bist wohl ein ganz besonderes Mädchen.«

»Kann schon sein. Entschuldige mich jetzt bitte.« Ich hielt mich nicht länger mit Höflichkeiten auf und drängte mich an ihm vorbei.

Damit hatte er offensichtlich nicht gerechnet, denn er taumelte einen Schritt zurück. »Hey, warte mal.«

»Jimmy.« David erschien wie aus dem Nichts. Dafür würde ich ihm ewig dankbar sein. »Gibt es ein Problem?«

»Keineswegs«, lenkte Jimmy ein. »Ich mache mich nur bekannt mit … Ev.«

»Weißt du, es ist nicht nötig, dass du … Ev kennenlernst.«

Jimmy grinste breit. »Komm schon, du weißt doch, wie gern ich mit neuen, hübschen Sachen spiele.«

»Wir gehen«, sagte David zu mir.

»Sonst bist du doch auch nicht so besitzergreifend, Davie«, maulte Jimmy. »War vorhin auf dem Balkon nicht die schöne

Kaetrin bei dir? Warum gehst du nicht wieder zu ihr und lässt sie das mit dir machen, worin sie so verdammt gut ist? Ev und ich sind gerade ziemlich beschäftigt.«

»Eigentlich nicht«, widersprach ich. Warum war David eigentlich schon wieder von seinem Stelldichein mit dem Bikinigirl zurück? Doch bestimmt nicht aus Sorge um das Wohlergehen seiner kleinen Ehefrau.

Die beiden schienen meinen Einwand nicht gehört zu haben.

»Du hast sie also in mein Haus eingeladen«, fuhr Jimmy fort.

»Soweit ich informiert bin, hat Adrian die Bude für die Dauer der Plattenaufnahmen gemietet. Hat sich daran etwas geändert und ich wurde nicht informiert?«

Jimmy lachte. »Mir gefällt diese Bude. Ich hab beschlossen, sie zu kaufen.«

»Schön für dich. Sobald du die Verträge unterzeichnet hast, verschwinde ich von hier. Doch bis dahin hat es dich nicht zu interessieren, wer mein Gast ist.«

Jimmy sah mich an. Sein Grinsen wurde boshaft und schadenfroh. »Das ist sie, oder? Die Frau, die du hirnrissiger Vollidiot geheiratet hast?«

»Komm mit.« David packte meine Hand und zerrte mich zur Treppe. Dabei presste er so fest die Zähne zusammen, dass es mich nicht gewundert hätte, wenn sein Kiefer aus dem Gelenk gesprungen wäre.

»Die hast du geheiratet? Sie hätte sich gleich hier und jetzt von mir vögeln lassen.«

Von wegen.

David zerquetschte fast meine Hand.

Jimmy, der Schwachkopf, gluckste dümmlich. »Du armseliges Würstchen. Sie ist ein Niemand. Sieh sie dir doch an. Zu dieser Eheschließung kam es doch bestimmt nur durch Koks und Wodka.«

Solche Dinge hörte ich nicht zum ersten Mal. Lediglich der Teil mit der Hochzeit war neu. Seine Worte schmerzten trotzdem. Bevor ich jedoch Jimmy meine Meinung geigen konnte, gab David plötzlich meine Hand frei, stürmte auf ihn zu und packte ihn am Kragen. Sie hatten beide etwa die gleiche Statur, waren groß und muskulös, und keiner von ihnen schien gewillt, klein beizugeben. Im Raum wurde es still. Alle Unterhaltungen erstarben. Nur die Musik dröhnte weiter.

»Na los, kleiner Bruder«, fauchte Jimmy. »Zeig uns, wer wirklich der Star der Show ist.«

Ich sah, wie sich Davids Schultermuskeln unter dem dünnen Stoff seines T-Shirts anspannten. Dann gab er Jimmy mit einem Knurren frei und schubste ihn ein Stück zurück. »Du bist genauso schlimm wie Mom. Schau dich doch an. Du bist völlig am Arsch.«

Ich starrte die beiden Männer verdutzt an. Sie waren Brüder. Das gleiche dunkle Haar und die gleichen hübschen Gesichter. Allem Anschein nach hatte ich nicht gerade in eine glückliche Familie hineingeheiratet. Jimmy wirkte ein wenig beschämt.

Mein Ehemann marschierte an mir vorbei, packte meinen Arm und zog mich hinter sich her. Alle Blicke waren auf uns gerichtet. Eine elegante Brünette trat einen Schritt nach vorn und streckte die Hand aus. Ihr hübsches Gesicht war vor Sorge verzerrt. »Du weißt doch, dass er es nicht so meint.«

»Halt dich da raus, Martha«, blaffte mein Mann, ohne stehen zu bleiben. Die Frau musterte mich abschätzig, fast schon anklagend. Wenn David sich weiterhin so aufführte, blieb sie bestimmt nicht die Einzige, die mich nicht mochte.

David schleifte mich die Treppe hinauf und den Flur entlang, der zu meinem Zimmer führte. Keiner von uns beiden sagte ein Wort. Vielleicht würde er mich diesmal ja einsperren, einen Stuhl unter die Türlinke klemmen oder so. Ich konnte verstehen, dass er auf Jimmy sauer war. Dieser Typ war wirklich ein Riesenarschloch. Aber was hatte ich verbrochen – von meiner Flucht aus meinem Plüschgefängnis einmal abgesehen –, dass er so wütend war?

Auf halbem Weg zu meinem Zimmer befreite ich meine Hand aus seinem Griff, ehe er mir noch die Blutzufuhr abschnitt.

»Ich finde mich selbst zurecht«, sagte ich ungehalten.

»Du bist also immer noch scharf darauf, dich nageln zu lassen, was? Warum hast du nichts gesagt? Ich wäre dir nur zu gern behilflich gewesen«, behauptete er mit einem falschen Grinsen. »Immerhin bist du heute Nacht mal nicht besoffen und die Chancen stehen gut, dass du dich hinterher noch daran erinnerst.«

»Autsch.«

»Das entspricht doch der Wahrheit, oder?«

»Schon, aber trotzdem führst du dich auf wie ein Vollidiot.«

Er blieb wie angewurzelt stehen und starrte mich mit weit aufgerissenen Augen an. »Ich benehme mich wie ein Idiot? Verflucht noch mal, du bist meine Frau!«

»Nein, bin ich nicht. Das hast du selbst gesagt, kurz bevor du mit deiner kleinen Freundin im Poolhaus verschwunden bist.« Wo er sich allerdings nicht besonders lange aufgehalten hatte. Höchstens fünf, sechs Minuten. Armes Bikinigirl, bestimmt war sie nicht auf ihre Kosten gekommen.

Seine dunklen Brauen senkten sich wie Gewitterwolken über seine Augen. Mein Vortrag schien ihn nur wenig zu beeindrucken. Tja, von mir aus. Meine Gefühle für ihn hatten ebenfalls ihren Tiefpunkt erreicht.

»Du hast recht. Mein Fehler. Soll ich dich wieder zu meinem Bruder bringen?«, fragte er, knackte seine Fingerknöchel wie ein Neandertaler und starrte zurück in die Richtung, aus der wir gekommen waren.

»Nein, danke.«

»Es war übrigens eine wirklich brillante Idee, ihm Fick-mich-Blicke zuzuwerfen. Von allen Leuten dort unten musstest du dich ausgerechnet an ihn ranschmeißen«, meinte er höhnisch. »Du hast wirklich Klasse, Ev.«

»Glaubst du ernsthaft, dass es so gelaufen ist?«

»Dass du dich mit ihm in eine Ecke verzogen und mit ihm rumgemacht hast?«

»Das denkst du von mir?

»Ich kenne Jimmy und ich kenne die Mädels, die auf ihn abfahren. Ja, Baby, ich glaube, dass ihr genau das getan habt.« Er streckte theatralisch die Arme aus. »Aber ich lasse mich gern vom Gegenteil überzeugen.«

Ich war mir nicht einmal sicher, ob ich überhaupt wusste, wie man jemandem Fick-mich-Blicke zuwarf. Diesem Widerling dort unten hatte ich sie jedenfalls definitiv nicht zugeworfen. Kein Wunder, dass so viele Ehen geschieden wurden. Verheiratet zu sein war echt Mist und Ehemänner waren wirklich das Letzte. Ich zog unbewusst die Schultern ein und kam mir plötzlich winzig vor.

»Ich glaube, dass du mit deinem Bruder noch größere Probleme hast als mit deiner Ehefrau, und das will schon was heißen.« Ich schüttelte bedächtig den Kopf. »Danke, dass du mir Gelegenheit geben willst, mich zu verteidigen. Das ist nett von dir. Aber weißt du was? Ich bin mir nicht sicher, ob es mich überhaupt interessiert, welche Meinung du von mir hast.«

Er zuckte zusammen. Ich ließ ihn stehen, bevor ich die Sache noch schlimmer machte. Das mit der einvernehmlichen Trennung konnten wir wohl vergessen. Je schneller wir geschieden wurden, desto besser.

5

Als ich am nächsten Morgen erwachte, fiel bereits Sonnenlicht durch die Fenster. Jemand hämmerte gegen meine Tür, rüttelte am Türknauf und versuchte, sich Zutritt zu verschaffen. Nach der Szene mit David gestern Abend hatte ich die Tür vorsorglich abgeschlossen. Nur für den Fall, dass er auf die Idee kam, mir noch mehr Beleidigungen an den Kopf zu werfen. Die dumpfen Rhythmen der Musik und meine Amok laufenden Gefühle hatten mich noch stundenlang wach gehalten, bis mich am Ende die Erschöpfung übermannt hatte.

»Evelyn?«, rief eine weibliche Stimme. »Sind Sie dort drin?«

Ich kroch aus dem gigantischen Bett und zog dabei Davids Shirt zurecht. Womit auch immer er es in Vegas ausgewaschen hatte, er hatte es geschafft, dass es nicht mehr nach Erbrochenem roch. Der Mann verfügte über hausfrauliche Fähigkeiten – zu meinem Glück, denn abgesehen von meinem vollgekotzten Partykleid und ein paar Oberteilen hatte ich nichts mehr zum Anziehen.

»Wer ist da?«, fragte ich und gähnte lautstark.

»Martha. Ich bin Davids persönliche Assistentin.«

Ich öffnete die Tür einen Spaltbreit und lugte hinaus. Die elegante Brünette vom gestrigen Abend erwiderte wenig begeistert meinen Blick. Ob das an meinem zerzausten Haar lag oder daran, dass ich sie hatte warten lassen, ließ sich nur schwer beurteilen. Sahen denn außer mir alle in diesem Haus aus, als wären sie der *Vogue* entstiegen? Beim Anblick von Davids T-Shirt verengte sie die Augen zu schmalen Schlitzen.

»Seine Rechtsvertreter sind eingetroffen, um mit Ihnen alles zu besprechen. Ich empfehle Ihnen, sich zügig auf den Weg zu ihnen zu begeben.« Damit wandte sie sich schwungvoll ab und stolzierte den Flur hinunter. Ihre Absätze klackerten einen wütenden Rhythmus auf die Terrakottafließen.

»Danke.«

Sie ignorierte mich. Mit nichts anderem hatte ich gerechnet. In dieser Ecke von L. A. lebte offenbar eine ganze Kolonie von besonders unfreundlichen Widerlingen. Ich duschte eilig und schlüpfte in meine getragene Jeans und ein frisches T-Shirt. Mehr konnte ich leider nicht tun.

Während ich durch den Flur hetzte, fiel mir auf, dass es im Rest des Hauses noch still war. Im ganzen ersten Stock kein Lebenszeichen. Ich hatte ein wenig Wimperntusche aufgelegt und mir das nasse Haar zu einem Pferdeschwanz gebunden. Mehr war nicht drin. Entweder Make-up oder viel zu spät kommen. Die Höflichkeit hatte gesiegt. Hätte allerdings die Möglichkeit bestanden, an Kaffee zu kommen, hätte ich alle Umgangsformen in den Wind geschlagen und Davids Vertreter mindestens zwei Tassen lang warten lassen. Meinem Körper kein Koffein zuzuführen war unter den gegebenen Umständen selbstmörderisch.

Ich rannte die Treppe hinunter.

»Ms Thomas«, rief mich ein Mann. Er war aus einem Zimmer auf der linken Seite getreten. Er trug Jeans und ein Poloshirt und um den Hals eine dicke Goldkette. Wer war das nun schon wieder? Noch ein Mitglied von Davids Gefolgschaft?

»Tut mir leid, dass ich mich verspätet habe.«

»Macht nichts«, beteuerte er und lächelte. Obwohl er dabei seine ebenmäßigen weißen Zähne blitzen ließ, nahm ich ihm seine Freundlichkeit nicht ab. Weder diese Zähne noch seine Bräune hatte er der Natur zu verdanken. »Ich bin Adrian.«

»Ev. Hallo.«

Er bugsierte mich in das Zimmer, in dem bereits drei Männer in Anzügen an einem beeindruckend langen Esstisch warteten. An der Decke funkelte auch hier ein Kronleuchter im Morgenlicht und die Wände zierten hübsche, farbenfrohe Gemälde. Selbstverständlich Originale.

»Meine Herren, dies ist Evelyn Thomas«, stellte mich Adrian vor. »Scott Baker, Bill Preston und Ted Vaughan fungieren als Davids Rechtsvertreter. Nehmen Sie doch hier Platz, Ev.«

Adrian sprach langsam und überdeutlich, als wäre ich ein einfältiges Kind. Er zog für mich einen Stuhl direkt gegenüber von Davids Staatsanwaltschaft unter dem Tisch hervor und ging dann selbst um den Tisch herum auf die andere Seite. Wow, das war unmissverständlich. Die Parteien waren eindeutig festgelegt.

Ich rieb meine schwitzigen Handflächen an meiner Jeans, setzte mich kerzengerade hin und versuchte, mich von ihren feindseligen Blicken nicht einschüchtern zu lassen. Ich würde es schaffen. Wie schwierig konnte es schon sein, sich scheiden zu lassen?

»Ms Thomas«, begann der Mann, den Adrian mir als Ted vorgestellt hatte, und schob mir eine schwarze Ledermappe mit Papieren zu. »Mr Ferris hat uns gebeten, die nötigen Unterlagen zur Annullierung der Ehe vorzubereiten. In ihnen ist alles geregelt, inklusive der Abfindungszahlung von Mr Ferris an Sie.«

Die Größe des Papierstapels vor mir war entmutigend. Diese Leute arbeiteten wirklich schnell. »Meine Abfindung?«

»Ja«, bestätigte Ted. »Mr Ferris zeigt sich in diesem Punkt wirklich höchst großzügig.«

Ich schüttelte verwirrt den Kopf. »Tut mir leid, aber was …«

»Diesen Aspekt besprechen wir zuletzt«, unterbrach mich

Ted. »Sie werden feststellen, dass in den Dokumenten sämtliche Verpflichtungen aufgeführt sind, die Sie persönlich betreffen. Der wichtigste Punkt befasst sich mit der Auflage, dass Sie über dieses Thema gegenüber der Presse Stillschweigen zu wahren haben. Dieser Punkt ist bedauerlicherweise nicht verhandelbar und bleibt in Kraft bis zu Ihrem Tod. Sind Ihnen diese Bestimmungen so weit klar, Ms Thomas? Für den Rest Ihres Lebens dürfen Sie sich gegenüber Pressevertretern nicht über Mr Ferris äußern.«

»Aber wenn ich tot bin, darf ich wieder mit ihnen reden, oder?«, scherzte ich und lachte kläglich. Ted ging mir unheimlich auf die Nerven. Wahrscheinlich hatte ich einfach nicht genug Schlaf bekommen.

Ted zeigte mir seine Zähne, die nicht ganz so beeindruckend aussahen wie Adrians. »Ms Thomas, dies ist eine äußerst ernste Angelegenheit.«

»Ev«, wiederholte ich. »Ich heiße Ev und ich bin mir des Ernsts der Lage durchaus bewusst, Ted. Bitte entschuldigen Sie meinen flapsigen Kommentar. Aber könnten wir nicht doch noch einmal auf den Punkt mit der Abfindung zurückkommen? Den finde ich verwirrend.«

»Na schön«, lenkte Ted ein und blickte auf mich herab, während er mit einem dicken, goldenen Federhalter auf die Mappe vor mir tippte. »Wie ich bereits erwähnte, zeigt sich Mr Ferris sehr freigiebig.«

»Nein, Sie verstehen mich falsch«, erwiderte ich, ohne die Papiere anzusehen.

Ted räusperte sich und musterte mich über den Rand seiner Brille hinweg. »Ms Thomas, unter den gegebenen Umständen wäre es äußerst unklug von Ihnen, mehr zu verlangen. Eine sechsstündige Ehe, geschlossen in Las Vegas unter Alkoholeinwirkung – da ist die Annullierung reine Formsache.«

Teds Kumpane lachten in sich hinein und ich spürte, wie meine Wangen zu glühen begannen. Das Verlangen, diesem Mistkerl rein zufällig unter dem Tisch einen Tritt zu verpassen, wurde immer stärker.

»Mein Klient wird kein weiteres Angebot abgeben.«

»Das verlange ich auch gar nicht«, gab ich zurück und hob dabei unbewusst die Stimme.

»Die Annullierung wird vollzogen werden, Ms Thomas«, verkündete Ted. »Dieser Punkt steht nicht zur Diskussion. Eine Versöhnung ist ausgeschlossen.«

»Nein, das meinte ich damit nicht.«

Ted stöhnte. »Ms Thomas, wir müssen diese Angelegenheit heute noch abwickeln.«

»Ich versuche auch nicht, Sie dabei zu behindern, Ted.« Die beiden anderen Anwälte musterten mich abfällig und stärkten Ted mit ihrem schmierigen, wissenden Grinsen wortlos den Rücken. Nichts brachte mich so schnell auf die Palme wie Herablassung. In der Schule hatten mir solche Leute, die meinten, mich permanent schikanieren zu müssen, das Leben zur Hölle gemacht. Diese Typen hier waren keinen Deut besser.

Adrian bedachte mich mit einem bezahnten, falschen, väterlichen Grinsen. »Ich bin sicher, dass Ev Davids Großmütigkeit erkennt. Sicherlich wird es keine unnötigen Verzögerungen geben, nicht wahr?«

Diese Leute waren wirklich unglaublich. Apropos, wo trieb sich eigentlich mein geliebter Ehemann herum? Der Arme war wohl zu sehr damit beschäftigt, Bikinimodels zu poppen, um Zeit für seine eigene Scheidung zu finden. Ich warf meinen Pony zurück und suchte nach einer passenden Erwiderung, wobei ich mich bemühte, meinen Ärger nicht zu deutlich zu zeigen. »Warten Sie …«

»Wir möchten im Hinblick auf diese unselige Situation nur

Ihr Bestes«, fuhr Adrian unbeirrt fort und untermalte diese offensichtliche Lüge mit noch mehr Zähneblitzen.

»Wunderbar«, erwiderte ich und spielte unter dem Tisch nervös mit meinen Fingern. »Das ist wirklich ... nett von Ihnen.«

»Bitte, Ms Thomas.« Ted klopfte mit seinem Füller herrisch auf eine Zahl in den Papieren. Ich sah pflichtbewusst hin, obwohl sich alles in mir dagegen sträubte. Viele Nullen. Wirklich eine ganze Menge Nullen. Wahnsinn. Nicht einmal in zwei Leben hätte ich so viel Geld verdienen können. David war wirklich heiß darauf, mich loszuwerden. Mein Magen knurrte nervös, doch mit dem Kotzen war ich durch. Diese ganze Szenerie war einfach furchtbar, als stammte sie aus einem zweitklassigen Horrorfilm oder einer Seifenoper. Mittelloses Mädchen verschleppt heißen, reichen Kerl und verführt ihn durch eine List dazu, es zu heiraten. Jetzt musste er nur noch dafür sorgen, dass seine Leute mich aus der Stadt jagten, dem Sonnenuntergang entgegen.

Er hatte gewonnen.

»Diese ganze Affäre war ein Fehler«, führte Adrian aus. »Mit Sicherheit ist Ev ebenso erpicht darauf wie David, sie schnell hinter sich zu lassen. Und mit dieser üppigen finanziellen Abfindung steht ihr eine rosige Zukunft offen.«

»Außerdem werden Sie zukünftig keinerlei Kontakt mehr zu David aufnehmen. Jeglicher Versuch Ihrerseits, dieser Abmachung zuwiderzuhandeln, wird als Vertragsbruch gewertet.« Ted nahm den Stift weg, lehnte sich in seinem Stuhl zurück und faltete falsch grinsend die Hände vorm Bauch. »Ist das klar?«

»Nein«, widersprach ich und rieb mir übers Gesicht. Sie gingen fraglos davon aus, dass ich alles tun würde, um an dieses Geld zu kommen. Geld, das nicht ich verdient hatte – so verlockend die Aussicht darauf auch war. Außerdem gingen sie davon aus, dass ich meine Story postwendend an die Presse verkaufen und David bis zu meinem Lebensende belästigen würde. Sie hielten mich für ein billiges, geldgieriges Flittchen. »Ich darf ganz ehrlich behaupten, dass hier rein gar nichts klar ist.«

»Ev, bitte«, seufzte Adrian enttäuscht. »Bleiben wir doch vernünftig.«

»Lassen Sie mich eins sagen …«, setzte ich an, fischte den Ring aus der Hosentasche und knallte ihn auf den Stapel Papiere. »Geben Sie den hier David zurück und lassen Sie ihn wissen, dass ich nichts will. Nichts von all dem hier.« Ich deutete erregt auf die Anzugträger, den Tisch mit Papieren, das ganze verfluchte Haus. Die Anwälte warfen sich beunruhigte Blicke zu, als müssten sie erst einmal einen neuen Schriftsatz aufsetzen, der mir erlaubte, derart mit meinen Armen zu fuchteln.

»Ev …«

»Ich will meine Gesichte nicht an die Klatschpresse verkaufen und ich beabsichtige auch nicht, ihm nachzustellen oder was Sie sonst noch im Unterabschnitt 98.2 versteckt haben. Und ich will sein Geld *nicht*.«

Adrian lachte auf. Dieser verlogene Arsch, sollte er doch denken, was er wollte.

Ted betrachtete stirnrunzelnd den funkelnden Ring, der unschuldig auf dem Papierstapel lag. »Von einem Ring hat Mr Ferris nichts erwähnt.«

»Ach nein? Nun, Ted, warum sagen Sie *Mr Ferris* nicht, dass er ihn sich hinstecken kann, wo immer er möchte.«

»Ms Thomas!« Ted fuhr hoch, das aufgedunsene Gesicht wutverzerrt. »Das war unnötig.«

»In diesem Punkt muss ich Ihnen bedauerlicherweise widersprechen, Ted.« Damit floh ich aus dem Esszimmer des Todes und rannte so schnell ich konnte auf die Vordertür zu. Hier half nur noch sofortige Flucht. Ich brauchte Abstand von diesen Männern, um wieder zu Atem zu kommen und mir einen

Plan zurechtzulegen, wie ich mit dieser aberwitzigen Situation umgehen könnte. Ich würde es schon schaffen.

Gerade als ich die Vordertreppe hinabeilte, fuhr ein schwarzer Jeep vor.

Das Fenster auf der Fahrerseite wurde heruntergelassen und Mal, mein Lotse von letzter Nacht, kam zum Vorschein. Er trug eine Sonnenbrille und grinste mich an. »Hallo Kindsbraut.«

Ich zeigte ihm den Mittelfinger und joggte weiter, die gewundene Auffahrt entlang, dem Tor entgegen. In Richtung Freiheit, zurück in mein altes Leben, oder was auch immer davon übrig war. Wäre ich doch niemals nach Vegas geflogen. Hätte ich mich doch mehr angestrengt, Lauren davon zu überzeugen, dass eine Party zu Hause völlig in Ordnung sei, hätte ich uns das alles erspart. Mein Gott, ich war so ein Idiot. Warum hatte ich nur so viel getrunken?

»Ev, warte doch.« Mal hatte mich mit dem Jeep eingeholt und rollte neben mir her. »Was ist los? Wo willst du hin?«

Ich erwiderte nichts. Ich war mit ihnen allen fertig. Außerdem befürchtete ich, dass ich gleich losheulen würde. Meine Augen fühlten sich ganz heiß an.

»Stopp.« Er trat auf die Bremse, stieg aus dem Jeep und lief hinter mir her. »Hey, es tut mir leid.«

Ich schwieg. Ich hatte keinem von ihnen noch etwas zu sagen.

Er legte seine Hand sanft auf meinen Arm, doch das war mir egal. Ich ballte die Faust und holte aus. Noch nie im Leben hatte ich jemanden geschlagen – und das würde sich wohl auch nicht ändern, denn er wich meinem Hieb mit Leichtigkeit aus.

»Hey! Okay.« Mal tänzelte rückwärts und musterte mich alarmiert. »Du bist verrückt. Schon kapiert.«

Er stemmte die Hände in die Hüften und blickte zum Haus

zurück. Ted und Adrian starrten von der Treppe aus zu uns herüber. Selbst aus dieser Entfernung war dem dynamischen Duo sein Missfallen anzusehen. Fiese Bastarde.

Mal stieß zischend den Atem aus. »Das kann doch nicht wahr sein. Er hat dir tatsächlich diese Mistkröte Ted auf den Hals gehetzt?«

Ich nickte, blinzelte und versuchte, nicht die Fassung zu verlieren.

»Hattest du jemanden als Beistand?«

»Nein.«

Mal legte den Kopf schief. »Weinst du gleich?«

»Nein!«

»Fuck. Komm mit.« Ich starrte ungläubig seine ausgestreckte Hand an. »Ev, denk doch mal nach. Da draußen wartet eine Meute Fotografen, an denen du wohl kaum vorbeikommst. Und selbst wenn, wo willst du denn hin?«

Er hatte recht. Ich musste zurück, meine Tasche mitnehmen. Wie blöd, dass ich nicht selbst daran gedacht hatte. Sobald ich mich wieder einigermaßen unter Kontrolle hatte, würde ich sie mir holen und dann auf der Stelle von hier verschwinden. Ich fächelte mir mit den Händen Luft ins Gesicht und atmete tief durch. Alles gut.

Seine Hand schwebte noch immer auffordernd in der Luft. Zwischen Daumen und Zeigefinger hatte er eine Blase. Kurios.

»Bist du der Schlagzeuger?«, fragte ich schniefend.

Aus einem mir unverständlichen Grund brach er in schallendes Gelächter aus. Er fiel vor Lachen beinahe um und hielt sich den Bauch. Vielleicht war er ja auf Drogen. Oder einfach nur ein weiterer bekloppter Bewohner dieses gigantischen Irrenhauses.

»Was hast du denn?«, fragte ich und trat vorsichtshalber einen Schritt zurück.

Seine schicke Sonnenbrille rutschte ihm von der Nase und fiel klappernd auf den Asphalt. Er bückte sich nach ihr und setzte sie wieder auf. »Nichts. Gar nichts. Verschwinden wir von hier. Ich habe ein Haus am Strand. Da können wir uns verstecken. Komm, das wird lustig.«

Ich zögerte, warf den Gestalten auf der Treppe einen zornigen Blick zu. »Warum willst du mir helfen?«

»Weil du Unterstützung verdienst.«

»Ach ja? Und wodurch gelangst du zu dieser Überzeugung?«

»Meine Antwort würde dir nicht gefallen.«

»Bisher mochte ich keine der Antworten, die ich seit dem Aufstehen bekommen habe. Was macht es schon, wenn noch eine hinzukommt.«

Er lächelte. »Gutes Argument. Ich bin Davids ältester Freund. Wir haben uns unzählige Male betrunken und irre Sachen zusammen gemacht. Seit Jahren erlebe ich, wie die Mädchen versuchen, ihn sich zu angeln, selbst als wir noch kein Geld hatten. Nie hat er auch nur das geringste Interesse daran gezeigt zu heiraten. Nicht im Traum hätte er daran gedacht. Die Tatsache, dass er dich geheiratet hat, suggeriert mir demzufolge, dass du meine Unterstützung verdienst. Komm schon, Ev. Lass den Kopf nicht mehr hängen.«

Er hatte leicht reden. Sein Leben war nicht von einem Rockstar auf den Kopf gestellt worden.

»Ich muss meine Sachen holen.«

»Damit sie dich abfangen können? Darum kannst du dich später noch kümmern.« Er streckte mir die Hand hin und wackelte auffordernd mit den Fingern. »Lass uns von hier verschwinden.«

Ich legte meine Hand in seine und wir machten uns auf den Weg.

6

»Jetzt warte mal, in dem Song geht es also nicht darum, dass sein Hund stirbt oder so?«

»Du bist nicht witzig«, erwiderte ich lachend.

»Und ob ich das bin«, widersprach Mal kichernd von seiner Seite der Couch aus, während Tim McGraw auf dem großen Flachbildfernseher, der fast die ganze Wand einnahm, »She's My Kind of Rain« schmetterte. »Warum, glaubst du, tragen die alle so große Hüte? Ich habe da meine ganz eigene Theorie.«

»Pst.«

Der Lebensstil dieser Leute war für meinen armen, kleinen Verstand kaum fassbar. Das Strandhaus, in dem Mal – die Kurzform von Malcolm – residierte, war eine zweistöckige architektonische Meisterleistung aus Stahl und Glas. Einfach fantastisch. Nicht so übermäßig groß wie das Haus in den Hills, aber dennoch beeindruckend. Die minimalistische Bauweise und die klaren Linien hätten meinen Dad sicher in Verzückung versetzt. Ich dagegen freute mich einfach nur, einen Freund gefunden zu haben, der mir beistand.

Bei Mals Haus handelte es sich eindeutig um eine Junggesellenbude. Als Dank dafür, dass er mich bei sich aufgenommen hatte, hätte ich gern ein Mittagessen für uns zubereitet, aber im ganzen Haus ließ sich nichts Essbares finden. Der Kühlschrank stand voller Bier und im Gefrierfach steckten Wodkaflaschen. Doch, halt, es gab immerhin ein Netz mit Orangen, aber die waren für die Dekoration der Drinks reserviert. Die superschicke Kaffeemaschine war allerdings ein Traum. Sogar recht guter Kaffee war vorhanden. Ich hatte es geschafft, Mal mit einigen gekonnten Barista-Moves zu beeindrucken, und nach drei Tassen Kaffee innerhalb einer Stunde hatte ich mich endlich wieder wie mein altes, durchorganisiertes, koffeingeladenes Ich gefühlt.

Mal hatte uns Pizza bestellt und wir sahen bis spät in die Nacht fern. Dabei machte er sich die ganze Zeit über meinen Geschmack in puncto Musik, Filmen und so weiter lustig, aber wenigstens meinte er es nicht böse. Nach draußen konnten wir leider nicht, denn am Strand lauerte eine Gruppe Fotografen. Ich fühlte mich deswegen schuldig, aber Mal tat es mit einem Schulterzucken ab.

»Was ist mit diesem Song?«, fragte er. »Gefällt er dir?«

Miranda Lambert schritt in einem coolen Fünfzigerjahre-Kleid durchs Bild. Ich grinste. »Miranda ist der Hammer.«

»Ich habe sie mal kennengelernt.«

Ich setzte mich auf. »Tatsächlich?«

»Du bist beeindruckt, dass ich Miranda Lambert kenne, hattest aber keine Ahnung, wer ich bin. Das beleidigt mein Ego.«

»Ich habe deine Gold- und Platinplatten im Flur gesehen. Ich denke, du wirst es verkraften.«

Er schnaubte.

»Weißt du, du erinnerst mich stark an meinen Bruder.« Ich schaffte es nicht, dem Kronkorken, den er nach mir warf, auszuweichen. Er prallte von meiner Stirn ab. »Wofür war das denn?«

»Kannst du nicht wenigstens so tun, als würdest du mich anbeten?«

»Sorry, keine Chance.«

Mal ignorierte meine Verehrung für Miranda und begann, durch die Fernsehsender zu zappen. Homeshopping, Football, *Vom Winde verweht* – und ich. Ich war im Fernsehen.

»Stopp«, rief ich.

Er stöhnte. »Das halte ich für keine gute Idee.«

Fotos aus meiner Schulzeit erschienen auf dem Bildschirm, gefolgt von einer Aufnahme von Lauren und mir auf dem Abschlussball. Der Reporter stand direkt vor Rubys Café, während er unverdrossen über mein früheres Leben plauderte, das ich geführt hatte, ehe ich in höhere Sphären aufgestiegen und Davids Ehefrau geworden war. Danach kam auch er ins Bild, mein Mann höchstpersönlich. Sie zeigten einen kurzen Konzertmitschnitt, wo er Gitarre spielte und gleichzeitig Backgroundvocals sang. Der Song beschäftigte sich mit der typischen »Meine Freundin ist so gemein«-Thematik: *» She's my one and only, she's got me on my knees …«* Ob er wohl auch bald Songs über mich verfassen würde? Falls ja, würden sie wahrscheinlich wenig schmeichelhaft sein. »Shit«, ächzte ich und schlang die Arme um eines der Sofakissen.

Mal beugte sich zu mir herüber und wuschelte in meinen Haaren. »David ist der Beliebteste in der Band. Er sieht gut aus, spielt Gitarre und schreibt die Songs. Die Mädels fallen bei seinem Anblick reihenweise in Ohnmacht. Dazu noch dein zartes Alter – und schon hat man eine Superstory.«

»Ich bin einundzwanzig.«

»Und er sechsundzwanzig. Das ist zwar kein Riesenaltersunterschied, aber wenn man genügend Rummel darum macht, denken die Leute das.« Mal seufzte. »Find dich damit ab, Kindsbraut. Du hast vor dem Elvis-Imitator in Las Vegas einem der beliebtesten Nachwuchsrocker das Jawort gegeben. Das musste unweigerlich einen Shitstorm auslösen. Hinzu kommt, dass es in der Band in letzter Zeit einige Probleme gibt … Jimmy macht ständig Party, als wären wir im Jahr 1999, und David ist die Gabe fürs Songwriting abhandengekommen. Aber nächste Woche macht irgendjemand anders irgendetwas

Verrücktes und alle Aufmerksamkeit wird sich darauf richten.«

»Kann sein.«

»So wird es sein. Ständig baut irgendjemand Mist. Das ist ja das Gute.« Er lehnte sich zurück und verschränkte die Hände hinter dem Kopf. »Komm schon, schenk Onkel Mal ein Lächeln. Ich weiß, dass du es willst.«

Ich lächelte halbherzig.

»Das ist ein grauenvolles Lächeln und ich schäme mich für dich. Damit wirst du niemanden überzeugen können. Versuch es noch mal.«

Ich startete einen neuen Anlauf und grinste, dass mir die Wangen wehtaten.

»Verdammt, jetzt sieht es so aus, als hättest du Schmerzen.«

Ein Klopfen an der Tür unterbrach unsere Neckereien.

»Ich habe mich schon gefragt, wie lange er wohl auf sich warten lässt«, meinte Mal mit erhobenen Brauen.

»Wer?« Ich schlich hinter ihm zur Tür, versteckte mich aber für den Fall, dass draußen die Presse lauerte, hinter einer Trennwand. Kaum hatte Mal die Tür geöffnet, da stürmte David wutentbrannt ins Haus. »Du Dreckskerl. Wehe, du hast sie angerührt. Wo ist sie?«

»Die Kindsbraut ist gerade anderweitig beschäftigt.« Mal bedachte David mit einem kühlen, abschätzigen Blick. »Was interessiert dich das überhaupt?«

»Komm mir nicht so. Wo ist sie?«

Mal schloss wortlos die Tür und baute sich vor seinem Freund auf. Ich hielt mich zurück. Na gut, ich versteckte mich feige. Wie auch immer.

Mal verschränkte die Arme. »Du hast sie ganz allein mit Adrian und drei Anwälten gelassen. Da bist ja wohl eher du der Dreckskerl, mein Freund.«

»Ich wusste nicht, dass Adrian so weit gehen würde.«

»Du wolltest es nicht wissen. Den anderen dort draußen kannst du vielleicht etwas vormachen, aber nicht mir. Und dir selbst schon gar nicht.«

»Lass mich in Ruhe.«

»Mein Freund, was du dringend brauchst, sind ein paar Ratschläge fürs Leben.«

»Wer bist du? Oprah?«

Mal ließ sich lachend gegen die Wand fallen. »Ja, genau. Bleib in meiner Nähe. Demnächst verschenke ich ein paar Autos.«

»Was hat sie gesagt?«

»Wer? Oprah?«

David funkelte ihn zornig an. Er bemerkte nicht, dass ich lauschte. Bedauerlicherweise sah er selbst mit wutverzerrtem Gesicht einfach göttlich aus. Wenn ich ihn anblickte, passierten Dinge in mir. Komplizierte Dinge. Mein Herz setzte einen Schlag aus. Diese Wut und diese Emotionen – dafür konnte doch unmöglich ich der Auslöser sein. Das ergab absolut keinen Sinn. Nicht nach gestern Nacht und heute Morgen. Ich redete mir etwas ein. Außerdem war es wirklich blöd, dass ich mir tatsächlich wünschte, er würde etwas für mich empfinden. Meine eigenen Gedanken ergaben keinen Sinn für mich. Am besten, ich hielt mich von diesem Kerl fern.

»Dave, sie war so aufgelöst, dass sie sogar versucht hat, mich zu schlagen.«

»Unsinn.«

»Ich mache keine Witze. Sie stand kurz davor, in Tränen auszubrechen.«

Ich schlug meine Stirn bedächtig gegen die Wand und litt schweigend. Warum um alles in der Welt musste er ihm das verraten?

Mein Ehemann wirkte nun etwas geknickt. »Das wollte ich nicht.«

»Du wolltest so einiges nicht.« Mal schüttelte höhnisch den Kopf. »Wolltest du sie eigentlich überhaupt heiraten? Ernsthaft, Mann?«

David verzog das Gesicht und legte die Stirn in James-Dean-Manier in Falten. »Ich weiß es nicht mehr, okay? Fuck. Ich bin nach Vegas geflogen, weil ich diesen ganzen Mist hier satt hatte, und dann habe ich sie getroffen. Sie war anders. Zumindest schien sie mir in dieser Nacht anders zu sein. Ich … Ich wollte einfach etwas, was zur Abwechslung mal nichts mit diesem idiotischen Schwachsinn hier zu tun hat.«

»Armer Davie. Schon die Nase voll davon, ein Rockstar zu sein?«

»Wo ist sie?«

»Kumpel, ich kann dein Leiden nachvollziehen. Ehrlich. Ich meine, alles, was du wolltest, war ein Mädchen, das dir nicht in den Hintern kriecht, und genau wegen dieser Charaktereigenschaft bist du jetzt sauer auf sie. Das Leben ist schon kompliziert, was?«

»Du kannst mich mal. Lass es gut sein, das Thema ist durch.« Mein Mann schnaubte verstimmt. »Außerdem war sie diejenige, die diese verdammte Scheidung unbedingt wollte. Warum liest du ihr nicht die Leviten?«

Mal streckte dramatisch seufzend die Arme aus. »Weil sie schwer damit beschäftigt ist, sich um die Ecke zu verstecken und zu lauschen. Dabei kann ich sie unmöglich stören.«

David erstarrte und drehte den Kopf. Seine blauen Augen waren direkt auf mich gerichtet. »Evelyn.«

Ha. Erwischt.

Ich trat von der Wand weg und versuchte, eine vergnügte Miene aufzusetzen. Es gelang mir nicht. »Hi.«

»Das sagt sie so schön«, meinte Mal augenzwinkernd. »Hast du tatsächlich vom großen David Ferris die Scheidung verlangt?«

»Als ich ihr erzählt habe, dass wir verheiratet sind, hat sie mich vollgekotzt«, erzählte mein Mann.

»Wie bitte?« Mal prustete los. Tränen liefen ihm übers Gesicht. »Ernsthaft? Scheiße, ist das cool. Oh Mann, ich wünschte, ich wäre dabei gewesen.«

Ich warf Mal den hoffentlich finstersten Blick aller Zeiten zu. Er blieb unbeeindruckt.

»Ich habe den Boden getroffen«, korrigierte ich. »Nicht *ihn*.«

»Ja, ausnahmsweise«, gab David zurück.

»Bitte erzähl weiter«, bat Mal und schüttelte sich vor Lachen. »Das wird ja immer besser.«

Doch David ging nicht darauf ein. Glücklicherweise.

»Ich muss schon sagen, ich finde deine Frau wirklich klasse. Sie ist echt toll. Kann ich sie vielleicht haben?«

Der Blick, mit dem David mich musterte, spiegelte weniger Begeisterung wider. Eher Verärgerung. Ich blies ihm einen Kuss zu. Er wandte sich ab und ballte die Fäuste, als hätte er Lust, mich zu erwürgen. Das beruhte ganz auf Gegenseitigkeit.

Ach, die Freuden der Ehe.

»Ihr zwei seid ein Superteam.« In Mals Tasche summte es und er zog ein Handy hervor. Was immer er auf dem Display las, ließ ihm das Lachen im Halse stecken bleiben. »Dave, du solltest sie zu deinem Haus bringen.«

»Das halte ich für keine gute Idee«, widersprach er gequält.

Ich sah das genauso. Ich konnte gut darauf verzichten, noch einmal einen Fuß in dieses Irrenhaus zu setzen. Vielleicht würde Mal ja meine Sachen für mich holen, wenn ich ihn lieb darum bat. Zwar wollte ich ihn nur ungern weiter behelligen, aber viele andere Optionen blieben mir nicht mehr.

»Nicht so vorschnell«, entgegnete Mal und hielt David das Handy hin.

»Scheiße«, murmelte der und rieb sich den Nacken. Der beunruhigte Blick, mit dem er mich ansah, ließ meine Alarmglocken läuten. Was immer er auf dem Display gesehen hatte, war nicht gut.

Ganz und gar nicht gut.

»Was ist los?«, fragte ich.

»Oh, du, äh … Du musst dir keine Gedanken machen.« Er sah noch einmal auf das Telefon, bevor er es Mal zurückgab. »Es ist bestimmt das Beste, wenn wir zu mir fahren. Das sollten wir tun. Wird sicher lustig. Oh ja.«

»Nein.« Wenn David so nett zu mir war, konnte das nichts Gutes bedeuten. Ich streckte die Hand aus. Meine Finger zuckten vor Ungeduld oder Nervosität oder was auch immer. »Zeig es mir.«

David nickte schließlich widerstrebend, worauf Mal mir das Handy reichte.

Selbst auf dem winzigen Display ließ sich das Foto zweifelsfrei erkennen. Ich sah viel Haut, denn ich war von der Taille an abwärts nackt. In der Bildmitte prangten meine Pobacken in all ihrer bleichen Herrlichkeit. Oh Gott, mein Hintern wirkte riesig. Hatte der Fotograf ein Weitwinkelobjektiv verwendet? Das Partykleid war bis zur Hüfte hochgezogen und ich stand über einen Tisch gebeugt, während ein Tätowierer mein Hinterteil bearbeitete. Mein Höschen war zwischen meinen Pobacken zusammengerollt und bedeckte gerade so das Allernötigste. Shit. Das war wirklich eine kompromittierende Position. Ein pornografisches Fotoshooting hatte definitiv nicht zum Plan gehört.

Am oberen Bildrand waren unsere Gesichter zu sehen, die wir dicht zusammengeführt hatten. David lächelte mich an. Aha, so sah er also aus, wenn er lächelte.

Plötzlich erinnerte ich mich wieder. An das Surren der Nadel und daran, wie er mir Mut zusprach und meine Hände hielt. Anfangs hatte es richtig wehgetan. »Du hast so getan, als würdest du mir in die Finger beißen. Der Tätowierer ist fast wahnsinnig geworden, weil wir so herumgealbert haben.«

David neigte den Kopf. »Ja. Er wollte, dass du stillhältst.«

Ich nickte und versuchte, weitere Erinnerungen heraufzubeschwören, jedoch ohne Erfolg.

Unzählige Menschen würden dieses Bild sehen oder hatten es bereits gesehen. Menschen, die ich kannte, ebenso Fremde. Wieder wurde mir schwindelig, genau wie beim Tätowieren. Nur lag es diesmal nicht am Alkohol.

»Wie sind die bloß an das Bild gekommen?«, fragte ich mit bebender Stimme und spürte, wie mir das Herz in die Hose rutschte. Oder vielleicht waren es auch nur die letzten Reste meiner ramponierten Würde.

David sah mich traurig an. »Keine Ahnung. Wir waren in einem privaten Separee. Eigentlich hätte so etwas nicht passieren dürfen, aber Aufnahmen wie diese bringen eben einen Haufen Geld ein.«

Ich nickte. Als ich Mal das Telefon zurückgab, zitterte meine Hand. »Na gut. Dann …«

Die beiden verfolgten angespannt meine Reaktionen, als erwarteten sie, dass ich losheulen würde oder dergleichen. Niemals!

»Ist schon okay«, behauptete ich und bemühte mich, selbst daran zu glauben.

»Klar«, stimmte Mal mir zu.

David schob die Hände in die Taschen. »Das Foto ist ja auch ziemlich unscharf.«

»Genau«, pflichtete ich ihm bei. Sein mitleidiger Blick war unerträglich. »Entschuldigt mich bitte einen Augenblick.«

Zum Glück lag das nächste Badezimmer nur ein paar Schritte entfernt. Ich schloss mich ein, hockte mich auf den Rand des Whirlpools und versuchte, wieder langsamer zu atmen und mich zu sammeln. Ich konnte nichts mehr dagegen tun. Das Foto zirkulierte bereits. Keine Katastrophe, nur ein blödes Bild von mir in einer verfänglichen Position, in der ich mehr Haut zeigte als beabsichtigt. Egal. Ich würde mich damit abfinden und es vergessen. Auch wenn all meine Verwandten, Freunde und Bekannten es sehen würden. In der Welt waren schon schlimmere Dinge geschehen. Ich musste mich nur an die Umstände, die zu dieser Aufnahme geführt hatten, erinnern und ruhig bleiben.

»Ev?« David klopfte sacht an die Tür. »Alles okay?«

»Klar.« Nein. Eigentlich nicht.

»Darf ich reinkommen?«

Ich betrachtete gequält die Tür.

»Bitte.«

Langsam erhob ich mich und schloss auf. David schlenderte ins Zimmer und drückte die Tür hinter sich zu. Heute trug er keinen Pferdeschwanz. Sein dunkles Haar umrahmte sein Gesicht. Zwischen den Strähnen blitzten die drei Silberstecker in seinem Ohr auf. Ich starrte sie an, denn ich konnte ihm unmöglich in die Augen sehen. Ich würde nicht weinen. Nicht deswegen. Was zur Hölle war nur in letzter Zeit mit meinen Augen los? Ihn reinzulassen war eine dumme Idee gewesen.

Er betrachtete mich besorgt, zog die Stirn in tiefe Falten. »Es tut mir leid.«

»Dich trifft keine Schuld.«

»Doch. Ich hätte besser auf dich aufpassen sollen.«

»Nein, David.« Ich schluckte schwer. »Wir waren beide betrunken. Himmel, das ist alles so fürchterlich peinlich und bescheuert.«

Er starrte mich schweigend an.

»Tut mir leid.«

»Hey, deine Verärgerung ist durchaus berechtigt. Das war ein privater Augenblick und nicht für die Öffentlichkeit bestimmt.«

»Nein«, gab ich ihm recht. »Ich … Ich wäre jetzt gern eine Minute allein.«

Er gab ein Knurren von sich. Dann schlang er unerwartet seine Arme um mich und drückte mich an sich. Ich war so überrumpelt, dass ich stolperte und mit der Nase gegen seine Brust prallte. Schmerzhaft. Aber er roch gut. Sauber, männlich und gut. Vertraut. Ich erinnerte mich dunkel daran, ihm schon einmal so nahe gewesen zu sein. Es fühlte sich schön an. »Sicher«, schoss es mir durch den Kopf, doch ich verstand nicht, weshalb.

Seine Hand streichelte unentwegt meinen Rücken.

»Es tut mir leid«, bekräftigte er wieder. »So verdammt leid.«

Seine Freundlichkeit war zu viel für mich und die albernen Tränen begannen nun doch zu fließen. »Kaum jemand hat bisher meinen Po sehen dürfen und jetzt ist er auf einmal im ganzen Internet.«

»Ich weiß, Baby.«

Er legte den Kopf auf meinen Scheitel und hielt mich fest, während ich in sein T-Shirt schluchzte. Jemanden zum Anlehnen zu haben half. Alles würde gut werden. Tief in meinem Inneren war ich davon überzeugt. Den Weg dorthin konnte ich allerdings noch nicht klar erkennen. Doch in seinen Armen fühlte ich mich am richtigen Platz.

Ich weiß nicht, wann wir anfingen, hin und her zu schwanken. David wiegte mich sanft in seinen Armen, als würden wir zu einer langsamen Melodie tanzen. Die übermächtige Sehnsucht danach, für immer in seinen Armen zu verharren, mit der Nase in seinem Shirt, war es schließlich, die mich vor ihm zurückweichen ließ. Ich machte einen Schritt nach hinten und versuchte, mich zusammenzureißen. Seine Hände lagen noch auf meinen Hüften, die Verbindung war noch nicht ganz gelöst.

»Danke«, sagte ich zu ihm.

»Schon gut.« Ich hatte einen feuchten Fleck auf seinem Oberteil hinterlassen.

»Dein Shirt ist ganz nass.«

Er zuckte mit den Schultern.

Ich machte schon wieder mein superhässliches Heulgesicht. Das konnte ich besonders gut. Ich warf einen Blick in den Spiegel – wie erwartet: dämonisch rote, verheulte Augen und neonpink verfärbte Wangen. Ich grinste befangen und trat noch einen Schritt zurück. Er ließ die Hände sinken. Schnell spritzte ich mir ein wenig Wasser ins Gesicht und trocknete es mit einem Handtuch ab. Er stand tatenlos dabei, beobachtete mich nachdenklich.

»Lass uns eine Spritztour machen«, schlug er plötzlich vor.

»Wirklich?«, fragte ich ungläubig. David und ich ganz allein? Angesichts dieser Hochzeitssache und unserer bisherigen Begegnungen in nüchternem Zustand schien mir das kein guter Einfall zu sein.

»Ja.« Er rieb sich begeistert die Hände. »Nur du und ich. Wir lassen das alles hier eine Weile hinter uns.«

»Wie du vorhin bereits erwähnt hast, dürfte das keine gute Idee sein.«

»Willst du etwa lieber in L. A. bleiben?«, spöttelte er.

»Weißt du, seit du zur Tür hereingekommen bist, warst du wirklich sehr lieb – abgesehen davon, dass du Mal verraten hast, dass ich dich vollgespuckt habe. Das war überflüssig. Aber in den vierundzwanzig Stunden davor hast du mich in einem Zimmer abgeladen, dich mit einem Groupie vergnügt, mich beschuldigt, deinen Bruder angebaggert zu haben, und eine Horde Rechtsanwälte auf mich gehetzt.«

Er erwiderte nichts.

»Selbstverständlich geht es mich nichts an, was du mit deinen Groupies machst.«

Er fuhr auf dem Absatz herum und marschierte wütend zum anderen Ende des Badezimmers. Obwohl es fünfmal größer war als mein Bad zu Hause, bot es nicht genügend Platz für einen Showdown wie diesen. Außerdem stand er zwischen mir und der Tür – denn plötzlich schien es mir das Klügste zu sein, aus dem Badezimmer zu fliehen.

»Ich habe sie lediglich gebeten, den notwendigen Papierkram vorzubereiten.«

»Und das haben sie weiß Gott getan.« Ich stemmte trotzig die Hände in die Hüften. »Ich will nichts von deinem Geld.«

»Das habe ich mitbekommen.« Sein Gesicht war ausdruckslos. Keine Spur von der Skepsis und dem Hohn, die mir die Anzug tragenden Tyrannen entgegengebracht hatten. Sein Glück. Zwar bezweifelte ich, dass er mir glaubte, aber immerhin ließ er sich nichts anmerken. »Sie setzen gerade neue Dokumente auf.«

»Gut.« Ich erwiderte furchtlos seinen Blick. »Du musst mir keine Abfindung zahlen. Zieh nicht irgendwelche voreiligen Schlüsse. Wenn du etwas wissen willst, dann frag. Außerdem hätte ich unsere Geschichte nie im Leben an die Presse verkauft. So etwas würde ich nicht tun.«

»Okay.« Er sank gegen die Wand, legte den Kopf in den Nacken, starrte ins Leere. »Tut mir leid«, sagte er zur Zimmerdecke. Der Stuck freute sich bestimmt sehr über seine Entschuldigung.

Da ich nicht reagierte, senkte er den Blick und sah mich an. Wie konnte ein Mann nur so hübsch sein? Das war falsch, unmoralisch. Normale Menschen hatten gegen ihn keine Chance.

Jedes Mal, wenn ich ihn ansah, schlug mein Herz höher. Nein, das traf es nicht. Es schlug in Überlichtgeschwindigkeit.

Warum war Lauren jetzt nicht da, um mich für diese melodramatischen Gedanken zu tadeln?

»Tut mir leid, Ev«, wiederholte er noch einmal. »Ich weiß, die letzten vierundzwanzig Stunden waren übel. Ich habe nur angeboten, von hier wegzufahren, um dir zu helfen.«

»Danke. Auch dafür, dass du hergekommen bist, um nach mir zu sehen.«

»Keine Ursache.« Er sah mich an und für einen Moment war sein Blick völlig offen. Die Aufrichtigkeit in seinen Augen veränderte auf einmal alles, dieses kurze Aufflackern von etwas anderem. Traurigkeit oder Einsamkeit vielleicht, oder ein Anflug von Verdruss, der jedoch verschwunden war, ehe ich ihn richtig wahrnahm, sich mir aber dennoch tief einprägte. Dieser Mann war weitaus mehr als nur ein hübsches Gesicht und ein bekannter Name. Das musste ich mir merken, bevor ich selbst voreilige Schlüsse zog.

»Du willst das wirklich tun?«, fragte ich. »Ganz sicher?«

Seine Augen blitzten amüsiert. »Warum denn nicht?«

Ich schenkte ihm ein zaghaftes Lächeln.

»Dann können wir über alles reden, nur du und ich. Nur ein paar Anrufe und schon kann es losgehen. Einverstanden?«

»Danke. Das wäre schön.«

Er nickte mir zum Abschied zu und marschierte aus dem Bad. Ich hörte, wie er und Mal sich draußen leise unterhielten. Ich nutzte die Gelegenheit, um mir noch einmal das Gesicht zu waschen und mein Haar notdürftig mit den Fingern zu richten. Zeit, wieder die Kontrolle über mein Leben zu erlangen. Eigentlich war das sowieso schon längst überfällig. Was hatte ich mir nur dabei gedacht, von einem Desaster ins nächste zu schlittern? Das sah mir nicht ähnlich. Ich brauchte Kontrolle und einen Plan. Zeit, damit aufzuhören, sich Sorgen über Dinge zu machen, die ich nicht ändern konnte, und die Dinge anzupacken, auf die ich Einfluss hatte. Ich hatte Geld gespart, um auf den Tag, an dem mein armes, altes Auto zusammenklappen würde, vorbereitet zu sein. Wenn der Winter erst einmal kam und es draußen kalt, grau und feucht wurde, wollte ich nicht zu Fuß gehen müssen. Meine Ersparnisse tastete ich zwar nur ungern an, aber hier handelte es sich nun mal um einen Notfall.

Davids Anwälte würden neue Dokumente aufsetzen, in denen von Geld keine Rede mehr sein würde, und ich würde sie unterzeichnen. Um dieses Thema musste ich mir keine Gedanken mehr machen. Es lag in meiner Hand, für ein paar Wochen aus der Öffentlichkeit zu verschwinden. Ich musste nur zur Abwechslung nachdenken und nicht einfach blindlings handeln. Ich war ein großes Mädchen und durchaus in der Lage, auf mich selbst aufzupassen. Zeit, es unter Beweis zu stellen. Ich würde mit ihm wegfahren, alles Grundlegende besprechen und dann verschwinden, einen kleinen, geheimen Urlaub einlegen und schließlich in mein stinknormales, geordnetes, rockstarfreies Leben zurückkehren.

Jawohl.

»Gib mir die Schlüssel für den Jeep«, befahl David Mal angriffslustig.

»Dass ich Autos verschenken will, war eigentlich nur ein Witz«, meinte Mal zerknirscht.

»Jetzt komm schon, stell dich nicht so an. Ich bin mit dem Motorrad gekommen und habe keinen Helm für sie.«

»Na schön.« Mal ließ mit säuerlicher Miene den Schlüssel in Davids ausgestreckte Hand fallen. »Aber nur, weil mir deine Frau sympathisch ist. Und keine Kratzer, hörst du?«

»Ja, ja.« David drehte sich um, und als er mich sah, spielte ein leichtes Lächeln um seinen Mund.

Seit unserer Begegnung auf dem Badezimmerboden hatte ich ihn nicht mehr lächeln sehen, nicht einmal andeutungsweise. Dieses zarte Zucken seiner Mundwinkel beförderte mich in den siebten Himmel. Meine Knie wurden weich. Das war doch nicht normal. Warum fühlte ich mich auf einmal froh und glücklich, nur, weil es ihm offenbar ebenso ging? Ich konnte es mir nicht gestatten, überhaupt etwas für ihn zu empfinden. Nicht, wenn ich diese ganze Sache heil überstehen wollte.

»Danke, dass du mich heute ertragen hast, Mal.«

»Das Vergnügen war ganz meinerseits«, sagte er affektiert. »Willst du wirklich mit ihm gehen, Kindsbraut? Der Sack hat dich zum Weinen gebracht. Ich dagegen zum Lachen.«

Davids Lächeln erstarb. Er stellte sich neben mich und legte die Hand auf mein Kreuz. Ich spürte seine Wärme selbst durch meine Kleidung hindurch. »Wir verschwinden jetzt.«

Mal zwinkerte mir grinsend zu.

»Wo fahren wir hin?«, fragte ich David.

»Ist das denn wichtig? Lass uns einfach nur fahren.«

7

Mein Nacken war völlig verspannt. Ich blinzelte verschlafen, richtete mich trotz der Schmerzen vorsichtig auf und rieb mir die verkrampften Muskeln. »Autsch.«

David nahm eine Hand vom Lenkrad und legte sie mir ins Genick, um meinen Hals mit seinen kraftvollen Fingern zu massieren. »Alles in Ordnung?«

»Ja, ich habe mich wohl nur verlegen.« Ich setzte mich im Autositz gerade hin und betrachtete die Umgebung. Dabei bemühte ich mich, die Nackenmassage nicht all zu sehr zu genießen, denn natürlich war das, was er mit seinen Fingern anstellte, irre gut. Scheinbar mühelos brachte Mr Zauberfinger meine Muskeln wieder in die richtige Reihenfolge. Es wäre wirklich zu viel verlangt gewesen, dem zu widerstehen. Absolut unmöglich. Also stöhnte ich wohlig und ließ mich schicksalsergeben von ihm verwöhnen.

Als Entschuldigung dafür hätte lediglich mein verschlafener Zustand herhalten können.

Die Sonne ging gerade erst auf. Draußen huschten die Bäume vorbei. Bei dem Versuch, das Stadtgebiet von L. A. zu verlassen, waren wir in einen kilometerlangen Stau geraten, wie ich ihn im beschaulichen Portland noch nie gesehen hatte. Trotz meiner guten Vorsätze hatte sich keine richtige Unterhaltung zwischen uns entwickelt. Wir hatten nur kurz zum Tanken und Essen angehalten und den Rest der Zeit Johnny Cash gelauscht, während ich mir im Kopf große Ansprachen zurechtlegte, die mir jedoch nicht über die Lippen kamen. Irgendwie widerstrebte es mir, unserem Abenteuer ein Ende zu setzen und meine eigenen Wege zu gehen. Ich war zwar immer noch ein großes Mädchen, das sein Leben allein in die Hand nehmen konnte, doch es ließ sich nicht leugnen, dass ich Davids Gesellschaft plötzlich als angenehm empfand. Die Stille im Wagen hatte sich jedoch nicht unbehaglich angefühlt, sondern angenehm friedvoll. Geradezu erfrischend nach den dramatischen Tagen, die hinter uns lagen. Mit ihm unterwegs zu sein war befreiend. Gegen zwei Uhr morgens war ich schließlich eingeschlummert.

»Wo sind wir, David?«

Er warf mir einen kurzen Seitenblick zu und fuhr fort, meinen Nacken zu bearbeiten. »Also …«

Draußen flog ein Straßenschild vorbei. »Wir fahren nach Monterey?«

»Da besitze ich ein Haus«, erklärte er. »Jetzt verkrampf dich nicht so.«

»In Monterey?«

»Ja. Was hast du gegen Monterey? Hast du vielleicht mal ein schlechtes Erlebnis auf einem gewissen Musikfestival gehabt?«

»Nein«, ruderte ich schnell zurück, denn ich wollte keinesfalls undankbar erscheinen. »Ich bin nur überrascht. Mir war nicht klar, dass wir, ähm … Monterey also. Na gut.«

David fuhr seufzend auf den Randstreifen. Staub wirbelte auf und kleine Steinchen prasselten gegen den Jeep (Mal wäre sicher nicht begeistert). Dann drehte er sich zu mir und legte eine Hand auf die Lehne des Beifahrersitzes.

»Sprich mit mir«, bat er.

Ich klappte den Mund auf und ließ all die aufgestauten Worte heraus. »Ich habe einen Plan. Ich habe ein bisschen Geld gespart. Ich werde mich an einen verschwiegenen Ort zurückziehen, bis sich die Aufregung wieder gelegt hat. Du hättest dir wirklich nicht so viele Umstände machen müssen. Ich brauche nur noch meine Sachen, die ich im Haus zurückgelassen habe, und schon bist du mich los.«

»Na schön.« Er nickte. »Aber da wir jetzt schon einmal hier sind, fände ich es gut, wenn du ein paar Tage bei mir absteigen würdest. Also, warum kommst du nicht einfach mit mir? Nur als Freund. Keine große Sache. Es ist sowieso Freitag und die Anwälte werden uns die Unterlagen nicht vor Montag schicken. Dann können wir sie unterschreiben. Am Dienstag muss ich für ein Konzert zurück nach L. A. Wenn du möchtest, kannst du gern für ein paar Wochen im Haus wohnen, bis sich alles wieder beruhigt hat. Klingt das nach einem guten Plan? Wir verbringen das Wochenende zusammen und danach gehen wir wieder getrennte Wege. Thema erledigt.«

Das klang durchaus sinnvoll, doch ich zögerte trotzdem eine Sekunde – offenbar eine Sekunde zu lang.

»Was hast du dagegen, das Wochenende mit mir zu verbringen? Bin ich so Furcht einflößend?« Er sah mir direkt in die Augen. Unsere Gesichter waren kaum eine Handbreit voneinander entfernt. Seine dunklen Haare flossen um seine perfekten Gesichtszüge. Fast hätte ich vergessen zu atmen. Ich bewegte mich nicht. Ich konnte es nicht. Draußen fuhr röhrend ein Motorrad vorbei. Dann wurde es wieder still.

Ob er mir Angst einjagte? Der Mann hatte ja keine Ahnung.

»Nein«, schwindelte ich und legte ein gutes Maß Spott in meine Stimme, obwohl ich bezweifelte, dass er es mir abnahm.

»Hör zu, es tut mir wirklich leid, dass ich mich in L. A. wie ein Trottel aufgeführt habe.«

»Ist schon okay, David. In solch einer Situation liegen bei jedem die Nerven blank.«

»Verrat mir etwas«, bat er mit gesenkter Stimme. »Du hast dich an das Tattoo erinnert. Ist dir sonst noch etwas eingefallen?«

Ich hatte keine Lust, meinen alkoholseligen Amoklauf noch einmal durchzukauen. Nicht mit ihm. Es war nun einmal passiert und ich büßte bereits genug dafür, indem mein Leben kopfstand und im Internet breitgetreten wurde. Absolut lächerlich. Aus meiner Vergangenheit gab es keine schmutzigen Geschichten zu berichten – von der Episode auf Tommys Rücksitz einmal abgesehen. »Ist das denn noch von Bedeutung? Und ist es für dieses Gespräch nicht schon zu spät?«

»Wahrscheinlich schon.« Er wandte sich wieder von mir ab und legte die Hände aufs Lenkrad. »Willst du dir die Beine vertreten?«

»Eine Toilette wäre ganz gut.«

»Kein Problem.«

Er fuhr wieder auf die Straße und für die folgenden Minuten herrschte Stille. Während ich geschlafen hatte, hatte er das Radio abgestellt. Nun fühlte sich das Schweigen doch beklemmend an und das hatte ich mir ganz allein zuzuschreiben. Schuldgefühle so früh am Morgen waren scheiße. Gut, auch später am Tag konnte ich auf sie verzichten, aber jetzt, direkt nach dem Aufwachen und ohne einen Tropfen Koffein intus zu haben, waren sie wirklich scheußlich. Er hatte nur nett sein wollen, das Gespräch gesucht, und ich hatte ihn abgekanzelt.

»An den Großteil dieser Nacht erinnere ich mich nur noch sehr vage«, räumte ich ein.

Er hob einige Finger vom Lenkrad und winkte kurz. Das war seine ganze Reaktion.

Ich holte tief Luft, ehe ich fortfuhr. »Ich weiß noch, dass wir um Mitternacht Tequila getrunken haben. Danach verschwimmt alles. Ich erinnere mich an das Geräusch der Tätowiernadel, an unser Gelächter, aber das war's auch schon. Ich hatte noch nie im Leben einen Filmriss. Ein wirklich beängstigendes Erlebnis.«

»Ja«, erwiderte er lapidar.

»Wie haben wir uns kennengelernt?«

Er stieß die Luft aus. »Äh, ich und einige andere wollten den Club wechseln. Eines der Mädels achtete nicht darauf, wo es hinlief, und prallte mit einer Bedienung zusammen. Die Kellnerin war offenbar neu und ließ ihr Tablett fallen. Zum Glück standen nur ein paar leere Bierflaschen darauf.«

»Wann kam ich ins Spiel?«

Er wandte den Blick kurz von der Straße ab, um mich anzusehen. »Einige von uns begannen, die arme Bedienung zu beschimpfen. Sie drohten, dafür zu sorgen, dass sie gefeuert würde. Da bist du plötzlich aufgetaucht und hast diesen Typen die Meinung gegeigt.«

»Habe ich das?«

»Oh ja.« Er leckte sich die Lippen und sein Mundwinkel zuckte. »Du hast sie als boshafte, anmaßende, überbewertete Arschlöcher bezeichnet, die gefälligst aufpassen sollten, wo sie hinlaufen. Dann hast du dem Mädchen geholfen, die Bierflaschen aufzusammeln, und daraufhin meine Freunde nochmals beschimpft. Das war wirklich spitze. Ich kann mich nicht mehr an alles erinnern, was du gesagt hast, aber am Ende wurden die Beleidigungen ziemlich kreativ.«

»Hm. Und das fandest du sympathisch?«

Er sagte nichts. Dieses Nichts war wirklich riesig, stand in all seiner kolossalen Größe zwischen uns im Wagen und konnte unendlich viel oder auch tatsächlich gar nichts bedeuten.

»Was passierte danach?«

»Die Security kam, um dich rauszuwerfen. Mit uns reichen Kids wollten sie sich dagegen nicht anlegen.«

»Nein, bestimmt nicht.«

»Du sahst aus, als würdest du in Panik geraten. Also habe ich dich von dort weggebracht.«

»Du hast meinetwegen deine Freunde stehen lassen?«, fragte ich verblüfft.

Er zuckte nur mit der Schulter, als wäre es das Selbstverständlichste auf der Welt.

»Wie ging es weiter?«

»Wir haben in einer anderen Bar etwas zusammen getrunken.«

»Ich bin verwundert, dass du bei mir geblieben bist.« Perplex traf es eigentlich besser.

»Warum denn nicht? Du hast mich wie einen normalen Menschen behandelt. Wir haben uns über Alltägliches unterhalten. Du hattest es nicht darauf abgesehen, mir irgendwelche verwertbaren Storys zu entlocken. Du hast mich nicht behandelt, als gehörte ich zu einer gottverdammten überlegenen Spezies. Wie du mich angesehen hast, das fühlte sich so …«

»Was?«

Er räusperte sich. »Ich weiß nicht. Ist auch unwichtig.«

»Doch, du weißt es, und es ist wichtig.«

Er stöhnte.

»Bitte.«

»Verdammt noch mal«, brummte er und rutschte unbehaglich auf seinem Sitz herum. »Es fühlte sich echt an, aufrichtig. Keine Ahnung, wie ich es sonst beschreiben soll.«

Für einen Augenblick schwieg ich überwältigt. »Das ist eine gute Umschreibung.«

»Außerdem wurde ich noch nie zuvor derart unverfroren angebaggert«, meinte er schon wieder deutlich hämischer.

»Jaaah. Okay, sprich nicht weiter.« Ich schlug die Hände vors Gesicht, doch er lachte nur.

»Keine Panik«, beschwichtigte er. »Du warst wirklich süß.«

»Süß?«

»Süß zu sein ist nicht verwerflich.«

Er bog in eine Tankstelle ein und hielt vor einer Zapfsäule. »Sieh mich an.«

Ich schielte durch meine Finger hindurch.

David blickte mir direkt ins Gesicht und grinste ganz wundervoll. »Du meintest, du fändest mich nett, und hast mich gefragt, ob ich Lust hätte, mit dir aufs Zimmer zu gehen und Sex zu haben und einfach ein bisschen abzuhängen. Ob ich daran vielleicht Interesse hätte.«

»Ha, ich hab es voll drauf«, frotzelte ich und lachte. In meinem Leben hatte ich bestimmt schon peinlichere Gespräche geführt. Allerdings konnte ich mich gerade an keines erinnern. Oh Gott, ich hatte tatsächlich meine Anmachsprüche an David ausprobiert. Ausgerechnet an dem Mann, dem sich tagtäglich reihenweise Groupies und Glamourmodels an den Hals warfen. Wenn unter meinem Sitz genug Platz gewesen wäre, hätte ich mich dort verkrochen. »Was hast du geantwortet?«

»Was glaubst du denn?« Ohne den Blick von mir abzuwenden, öffnete er das Handschuhfach und holte eine Baseballkappe heraus. »Die Toiletten liegen gleich um die Ecke.«

»Das ist so demütigend. Warum konntest du nicht auch alles vergessen?«

Er sah mich durchdringend an. Das Grinsen war verschwunden. Sekundenlang musterte er mich mit ernster Miene. Im Auto schien es plötzlich zehn Grad kälter zu sein.

»Bin gleich wieder da«, sagte ich und fummelte an meinem Gurt herum.

»Alles klar.«

Endlich bekam ich die blöde Gurtschließe auf. Das Herz schlug mir bis zum Hals. Am Ende war unser Gespräch plötzlich verdammt tiefgründig geworden. Damit hatte ich nicht gerechnet – dass er sich in Las Vegas für mich eingesetzt und sogar seinen Freunden vorgezogen hatte … Das veränderte so einiges. Und stimmte mich nachdenklich. Was sollte ich wohl sonst noch über diese Nacht wissen?

»Warte.« Er wühlte in der Sonnenbrillensammlung im Handschuhfach und reichte mir schließlich eine Designer-Fliegerbrille. »Schon vergessen? Du bist jetzt auch berühmt.«

»Zumindest mein Hintern.«

Fast hätte er wieder gelächelt. David setzte sich die Baseballkappe auf und legte lässig einen Arm aufs Lenkrad. Das Tattoo mit meinem Namen prangte in all seiner Pracht auf seinem Unterarm. Die Ränder waren noch gerötet und auf einigen Buchstaben saß ein wenig Schorf. Ich war nicht die Einzige, die für immer von dieser Affäre gezeichnet war.

»Bis gleich«, verabschiedete er mich.

»Ja.« Ich öffnete die Tür und krabbelte vorsichtig aus dem Wagen. Um keinen Preis wollte ich stolpern und vor seinen Augen auf meinem Hinterteil landen.

Ich erleichterte mich und wusch mir die Hände. Aus dem Spiegel sah mich ein Mädchen mit wirrem Blick an. Ich spritzte mir ein wenig Wasser ins Gesicht und richtete meine Haare so gut es ging. Was für ein Witz. Dieses Abenteuer, auf das ich mich da eingelassen hatte, untergrub all meine Bemühungen, die Kontrolle zurückzuerlangen. Ich selbst, mein Leben, einfach alles schien sich im stetigen Fluss zu befinden, und dieser Zustand hätte sich eigentlich nicht so gut anfühlen sollen.

Als ich zum Auto zurückkehrte, schrieb David Autogramme für eine Gruppe Fans. Einer seiner Bewunderer legte gerade ein energisches Luftgitarrensolo hin. David lachte und klopfte ihm auf die Schulter. Er war freundlich und liebenswürdig, lächelte und unterhielt sich angeregt, bis er mich schließlich bemerkte. »Danke, Leute. Hey, wäre nett, wenn ihr das noch ein paar Tage für euch behalten würdet, okay? Wir haben eine kleine Auszeit wirklich nötig.«

»Geht klar.« Einer der Jungs drehte sich grinsend zu mir um. »Glückwunsch. In natura bist du viel hübscher als auf Fotos.«

»Danke.« Ich winkte, weil mir nichts Besseres einfiel.

David zwinkerte mir zu und öffnete die Wagentür für mich.

Der junge Mann zückte ein Handy und schoss ein Bild nach dem anderen. David beachtete ihn nicht weiter, sondern trabte ums Auto herum zur Fahrerseite. Er schwieg, bis wir schließlich wieder auf der Straße waren.

»Es ist nicht mehr weit«, meinte er. »Wir fahren doch noch immer gemeinsam nach Monterey, oder?«

»Sicher.«

»Cool.«

Als ich David von unserer ersten Begegnung sprechen hörte, hatte ich eine neue Sichtweise auf die Dinge bekommen. Meine Neugier war geweckt. Bisher war mir überhaupt nicht in den Sinn gekommen, dass er mich in jener Nacht in gewisser Weise ausgewählt hatte. Bisher war ich davon ausgegangen, dass der Tequila uns gleichermaßen die Sinne vernebelt hatte und wir zusammen in diesen Schlamassel hineingeraten waren. Doch ich hatte mich geirrt. Es steckte mehr dahinter. Viel mehr. Davids Widerwillen, auf einige meiner Fragen zu antworten, machte mich stutzig.

Ich wollte Antworten. Doch dafür musste ich behutsam vorgehen.

»Ist das bei dir immer so?«, erkundigte ich mich. »Dass du erkannt und angesprochen wirst?«

»Diese Fans gerade waren nett. Die Verrückten sind viel nerviger, aber man gewöhnt sich daran. Das gehört zu meinem Job. Die Menschen mögen unsere Musik, also …«

Eine düstere Ahnung beschlich mich. »Du hast mir in jener Nacht doch gesagt, wer du bist, oder?«

»Ja, selbstverständlich«, gab er höhnisch zurück.

Das böse Gefühl verzog sich und wurde von Scham abgelöst. »Entschuldige.«

»Ev, ich wollte, dass du weißt, worauf du dich einlässt. Du meintest, du würdest mich mögen, aber unsere Musik sei nicht dein Ding.« Er drehte an der Stereoanlage herum. Um seinen Mund spielte ein ironisches Lächeln. Kurz darauf ertönte leise ein mir unbekannter Rocksong aus den Boxen. »Das war dir ziemlich unangenehm. Du hast dich wieder und wieder dafür entschuldigt und darauf bestanden, mir zur Wiedergutmachung einen Burger und einen Shake auszugeben.«

»Ich bevorzuge nun mal Countrymusik.«

»Glaub mir, das weiß ich. Und hör auf, dich dafür zu entschuldigen. Du darfst mögen, was immer du willst.«

»Waren der Burger und der Shake lecker?«

Er hob eine Schulter »Ganz okay.«

»Ich wünschte, ich könnte mich erinnern.«

Er schnaubte. »Das ist ja ganz was Neues.«

Ich weiß nicht, was genau in mir vorging. Gut möglich, dass ich einfach nur ausprobieren wollte, ob ich ihn dazu bringen konnte zu lächeln. Jedenfalls winkelte ich ein Knie an, zog den Gurt zur vollen Länge heraus, stemmte mich hoch und drückte ihm einen Kuss auf die Wange. Ein Überraschungsangriff sozusagen. Seine Haut war warm und weich und er roch unverschämt gut.

»Wofür war der denn?«, fragte er und sah mich aus den Augenwinkeln an.

»Dafür, dass du mich erst aus Portland und dann aus L. A. herausgeholt hast. Dafür, dass du mir von jener Nacht erzählt hast.« Ich zuckte mit den Schultern, um die Sache herunterzuspielen. »Für ganz viele Dinge.«

Über seiner Nasenwurzel bildete sich eine kleine Falte. »Ach so. Kein Problem«, erwiderte er barsch.

Mehr sagte er nicht. Seine Hand wanderte zu der Stelle an seiner Wange, wo meine Lippen sie berührt hatten. Er warf mir noch eine Zeit lang nachdenkliche Seitenblicke zu, und jedes Mal, wenn er das tat, fragte ich mich, ob David Ferris am Ende genauso viel Angst vor mir hatte wie ich vor ihm. Seine Blicke waren sogar noch besser als ein Lächeln.

Das Blockhaus mit gemauertem Untergeschoss ragte am Rand einer Klippe zwischen den Bäumen auf. Das Bauwerk war beeindruckend, jedoch auf eine ganz andere Weise als das Anwesen in L. A. Am Fuß der Klippe erstreckte sich der Ozean in all seiner atemberaubenden Pracht.

David stieg aus dem Wagen und lief zum Haus hinauf. Er zog einen Schlüsselbund aus der Tasche und probierte ein wenig mit den Schlüsseln herum. Schließlich öffnete er die Vordertür, blieb jedoch sofort wieder stehen, um einen Code in das Überwachungssystem einzugeben. »Kommst du?«, rief er mir zu.

Ich stand noch immer neben dem Jeep und bewunderte das herrliche Gebäude. Er und ich allein. Dort drinnen. Hm. Ich hörte, wie die Wellen gegen die Felsen schlugen, und hätte schwören können, dass ganz in der Nähe ein Orchester zur musikalischen Untermalung zu spielen anfing. Hier herrschte eine ganz besondere Atmosphäre – pure Romantik.

»Was ist los?« David kam den gepflasterten Weg zurück.

»Nichts … Ich war nur …«

»Gut.« Er machte keinerlei Anstalten, stehen zu bleiben, und ehe ich mich versah, hing ich plötzlich über seiner Schulter.

»Hey, David!«

»Entspann dich.«

»Du lässt mich noch fallen!«

»Ach was. Halt einfach still.« Er drückte den Arm fester gegen meine Beine. »Hab ein bisschen Vertrauen.«

»Was tust du da?« Ich trommelte mit den Händen auf sein Gesäß ein.

»Man trägt die Braut doch traditionell über die Schwelle.«

»Aber doch nicht so.«

Er tätschelte meine Pobacke – die, auf der sein Name eintätowiert war. »Warum sollten wir ausgerechnet jetzt damit beginnen, auf Konventionen zu achten, hm?«

»Ich dachte, wir wären nur Freunde.«

»Dies ist eine durchaus freundschaftliche Geste. Allerdings solltest du damit aufhören, meinen Hintern zu betatschen, wenn du nicht willst, dass ich einen falschen Eindruck von unserem Verhältnis zueinander bekomme. Insbesondere nach diesem Kuss vorhin im Auto.«

»Ich betatsche dich nicht«, grummelte ich und unterließ es, mich an seinen Pobacken abzustützen. Als ob ich daran schuld war, dass ich mich in einer Position wiederfand, in der sein knackiger Hintern das Einzige war, was mir Halt bot.

»Von wegen, du befummelst mich gerade hemmungslos. Das ist widerlich.«

Trotz meines Grolls musste ich lachen. »Du Idiot, du hast mich schließlich über die Schulter geworfen. Was bleibt mir da anderes übrig?«

Wir erklommen die Stufen, überquerten die weitläufige, hölzerne Veranda und betraten schließlich das Haus. Dunkelbraune Holzböden und Umzugskisten – unzählige Umzugskisten. Viel mehr konnte ich nicht ausmachen.

»Das könnte allerdings ein Problem darstellen.«

»Was meinst du?«, fragte ich von seiner Schulter aus.

»Warte kurz.« Vorsichtig drehte er mich um und stellte mich auf den Boden. Das Blut schoss aus meinem Kopf. Ich taumelte. David fing mich an den Ellbogen ab und hielt mich fest.

»Wieder besser?«

»Ja. Was gibt es denn für Schwierigkeiten?«

»Ich bin eigentlich davon ausgegangen, dass wir hier mehr Möbel vorfinden würden«, meinte er.

»Du warst noch nie zuvor hier?«

»Ich hatte keine Zeit.«

Kisten über Kisten. Wo man hinsah. Wir befanden uns in einem großen, zentralen Raum mit einem riesigen gemauerten offenen Kamin. In dem Ding hätte man eine ganze Kuh grillen können. Eine Treppe führte ein Stockwerk hinauf und eins hinunter. An den Raum schlossen sich ein Wohnzimmer und eine offene Wohnküche an. Die Wände bestanden aus deckenhohen Fenstern, sorgfältig aufeinander geschichteten Holzbalken und grauem Mauerwerk – eine perfekte Mischung aus traditionellem und modernem Design. Fantastisch. Anscheinend residierte David nur in außergewöhnlich schönen Domizilen.

Was er wohl von dem winzigen, heruntergekommenen Apartment halten würde, das Lauren und ich uns teilten? Unsinn. Er würde es ja sowieso niemals zu Gesicht bekommen.

»Wenigstens haben sie einen Kühlschrank hergeschafft.« Er zog eine der Edelstahltüren auf. Jeder Zentimeter war mit Essen und Getränken vollgestopft. »Hervorragend.«

»Wen meinst du mit ›sie‹?«

»Leute, die für mich nach dem Haus sehen. Freunde von mir. Sie haben auch schon für den vorherigen Besitzer Hausmeister gespielt. Ich habe sie angerufen und gebeten, einiges für uns vorzubereiten.« Er öffnete eine Flasche Corona. »Prost.«

Ich lächelte etwas verwundert. »Ist das dein Frühstück?«

»Ich bin jetzt seit zwei Tagen ununterbrochen wach. Ich will ein Bier und dann ein Bett. Oje, ich hoffe, sie haben nicht vergessen, eines zu besorgen.«

Er schlenderte mit dem Bier in der Hand wieder in den Raum mit dem Kamin und stieg die Treppe hinauf. Ich folgte ihm gespannt.

Im Obergeschoss stieß er eine Zimmertür nach der anderen auf. Insgesamt gab es vier Schlafzimmer, jedes mit eigenem Badezimmer, da coole, reiche Leute sich offenbar kein Bad teilen konnten. Vor der letzten Tür am Ende des Korridors blieb er stehen. »Ein Glück«, seufzte er erleichtert.

Drinnen standen ein riesengroßes Bett, das mit frischen weißen Laken bezogen war, und noch mehr Kisten.

»Warum stehen hier überall Kisten?«, fragte ich. »Und haben sie nur ein Bett vorbereitet?«

»Wenn ich auf Reisen bin, kaufe ich mir manchmal etwas. Oder aber ich bekomme Geschenke. Das ist das Zeug der letzten paar Jahre. Ich habe einfach immer alles hierher schicken lassen. Schau es dir ruhig genauer an, wenn du willst. Und ja, es gibt nur ein Bett.« Er trank einen Schluck Bier. »Ich bin doch kein Krösus.«

Ich lachte spöttisch. »Das sagt der Mann, der Cartier dazu gebracht hat, extra für ihn den Laden zu öffnen, damit ich mir einen Ring aussuchen kann.«

»Das weißt du also noch?«, fragte er erfreut und grinste hinter seiner Bierflasche hervor.

»Nein, das habe ich mir in Anbetracht der nachtschlafenden Zeit, zu der wir dort gewesen sein müssen, zusammengereimt.« Ich ging zu den Panoramafenstern hinüber, die die ganze Wand einnahmen. Was für ein unglaublicher Ausblick.

»Du hattest dir so ein mistiges, kleines Ding ausgesucht. Ich konnte es nicht fassen.« Er starrte mich gedankenverloren an.

»Ich habe den Ring den Anwälten vor die Nase geworfen.«

Er senkte den Blick auf seine Schuhe. »Ja, ich weiß.«

»Tut mir leid, aber sie haben mich zur Weißglut getrieben.«

»Das haben Rechtsanwälte so an sich.« Er nippte wieder an seinem Bier. »Mal hat erzählt, du wolltest ihm eine verpassen.«

»Es ging daneben.«

»Das war wahrscheinlich ganz gut so. Er ist ein Trottel, aber er meint es gut.«

»Ja, er war wirklich lieb zu mir.« Mit verschränkten Armen begutachtete ich den Rest des Schlafzimmers. Dann ging ich ins Badezimmer. Mit diesem Jacuzzi hier konnte Mals nicht einmal annährend mithalten. Der pure Luxus. Wieder einmal hatte ich das Gefühl, am falschen Ort zu sein, nicht zur Inneneinrichtung zu passen.

»Du machst eine ganz schön finstere Miene«, bemerkte er.

Ich lächelte gezwungen. »Ich blicke nur noch immer nicht ganz durch. Ich meine, bist du deswegen in Vegas so abgestürzt? Weil du unglücklich bist und – von Mal abgesehen – dich nur Idioten umgeben?«

»Fuck.« Er legte den Kopf in den Nacken. »Müssen wir andauernd über diese Nacht reden?«

»Ich versuche nur, die Zusammenhänge zu verstehen.«

»Nein«, sagte er. »Das war nicht der Grund, okay?«

»Was dann?«

»Wir waren in Vegas, Ev. Shit happens.«

Darauf schwieg ich.

»Ich wollte damit nicht …« Er fuhr sich mit der Hand übers Gesicht. »Verdammt. Glaub bitte nicht, dass ich die ganze Zeit nur gefeiert und gesoffen habe und es deshalb passiert ist. Dass wir deshalb zusammengekommen sind. So darfst du nicht denken.«

Ich attackierte ihn. Das schien mir die einzig angemessene Reaktion. »Aber genau das denke ich. Nur so ergibt das alles für mich einen Sinn. Was soll ein Mädchen wie ich denn sonst denken, wenn es eines Morgens aufwacht und mit einem Mann deines Kalibers verheiratet ist? Meine Güte, David, sieh dich doch an. Du bist wunderschön, vermögend und erfolgreich. Dein Bruder hatte recht. Das ist völliger Irrsinn.«

Er sah mich an. Seine Miene war todernst. »Tu das nicht. Mach dich nicht so runter.«

Ich seufzte nur.

»Das ist mein Ernst. Verschwende keinen einzigen Gedanken mehr darauf, was dieses Arschloch behauptet hat. Du bist kein Nichts.«

»Dann überzeuge mich vom Gegenteil. Erzähl mir, wie es in dieser Nacht zwischen uns war.«

Er öffnete den Mund, klappte ihn jedoch sofort wieder zu. »Nee, ich will das nicht alles noch mal durchkauen. Ist doch Schnee von gestern. Du darfst bloß nicht annehmen, dass diese ganze Nacht eine Irrfahrt im Alkoholrausch war. Im Grunde kamst du mir sowieso nicht sonderlich betrunken vor.«

»David, du weichst mir aus. Komm schon, es ist wirklich unfair, dass du dich erinnern kannst und ich mich nicht.«

»Ja, genau«, entgegnete er. Seine Stimme klang so hart und kalt, wie ich es zuvor noch nicht erlebt hatte. Er thronte mit zusammengebissenen Zähnen über mir. »Es ist wirklich nicht fair, dass ich mich erinnere und du dich nicht, Evelyn.«

Ich wusste nicht, was ich darauf erwidern sollte.

»Ich gehe raus.« Damit stürmte er zur Tür hinaus. Seine schweren Schritte hallten durch den Flur und die Treppe hinab. Ich starrte ihm sprachlos hinterher.

Ich gab ihm etwas Zeit, um sich abzureagieren, ehe ich ihm schließlich zum Strand folgte. Die Morgensonne strahlte von einem wolkenlosen, blauen Himmel herab. Wunderschön. Die salzige Seeluft half mir ein wenig dabei, wieder einen klaren Kopf zu bekommen. Davids Worte hatten mehr Fragen aufgeworfen als beantwortet. Meine Gedanken kreisen unablässig darum, was genau sich in jener Nacht abgespielt haben mochte. Inzwischen war ich zu zwei Schlussfolgerungen gekommen, die mich beide beunruhigten. Die erste Möglichkeit: Die Nacht in Vegas war etwas Besonderes für ihn und meine bohrenden Fragen und Versuche, das Geschehene herunterzuspielen, verletzten ihn. Oder aber, er war überhaupt nicht so betrunken gewesen. Für mich klang es so, als hätte er die ganze Zeit über genau gewusst, was er tat. Wenn das der Fall war, wie musste er sich dann wohl am darauffolgenden Morgen gefühlt haben, als ich ihn und unsere Ehe rundweg abgelehnt hatte? Wahrscheinlich niedergeschmettert und gedemütigt.

Ich hatte berechtigte Gründe für mein Verhalten gehabt. Dennoch war mein Handeln unglaublich gedankenlos gewesen. Zu der Zeit hatte ich David noch nicht gekannt. Doch langsam lernte ich ihn besser kennen, und je mehr wir miteinander redeten, desto mehr mochte ich ihn.

David saß mit einer Bierflasche in der Hand auf den Felsen und starrte aufs Meer hinaus. Die kühle Seebrise zerzauste sein langes Haar. Der Stoff seines T-Shirts spannte über seinem breiten Rücken. Er hatte die Knie angezogen und einen Arm darum geschlungen. So wirkte er jünger, verletzlicher.

»Hi«, sprach ich ihn an und hockte mich neben ihn.

»Hey.« Er drehte mir das Gesicht zu und kniff die Augen vor dem grellen Sonnenlicht zusammen. Seine Miene wirkte verschlossen.

»Entschuldige, dass ich dich so bedrängt habe.«

Er nickte und starrte wieder aufs Wasser hinaus. »Schon okay.«

»Ich wollte dich nicht kränken.«

»Mach dir keinen Kopf.«

»Sind wir noch Freunde?«

Er lachte ironisch. »Na klar.«

Ich setzte mich neben ihn, überlegte, was ich sagen könnte, um alles zwischen uns wieder geradezurücken. Es gab keine Worte, mit denen ich Vegas wiedergutmachen könnte. Ich brauchte mehr Zeit mit ihm. Die Uhr tickte – der Tag, an dem die Annullierungspapiere ausformuliert wären, rückte unerbittlich näher. Nervig, wie uns die Zeit davonlief. Bald wäre alles vorbei und ich würde ihn nie wiedersehen, nie mehr mit ihm sprechen können. Womöglich würde ich es nie schaffen, das Rätsel um uns beide zu lösen. Ich bekam eine Gänsehaut, die nicht nur von dem kalten Wind herrührte.

»Mann, du frierst ja.« Er legte einen Arm um meine Schultern und zog mich an sich.

Ich ließ mich nur zu gern darauf ein. »Danke.«

Er stellte die Bierflasche auf den Boden und schlang beide Arme um meinen Oberkörper. »Du solltest vielleicht lieber wieder hineingehen.«

»Gleich.« Ich rieb nervös mit den Daumen über meine Finger. »Danke, dass du mich hergebracht hast. Das ist ein wundervoller Ort.«

»Mm.«

»David, es tut mir wirklich aufrichtig leid.«

»Hey.« Er legte einen Finger unter mein Kinn und hob meinen Kopf. Der Zorn und der Schmerz waren verraucht. Stattdessen sah er mich freundlich an und zuckte wie so oft mit den Schultern. »Lassen wir die Geschichte einfach auf sich beruhen.«

Sein Vorschlag löste Panik in mir aus. Ich wollte ihn nicht gehen lassen. Die Erkenntnis verblüffte mich. Ich starrte ihn an und versuchte, dieses neue Gefühl zu verdauen. »Das möchte ich nicht.«

Er blinzelte. »Na gut. Du willst es wiedergutmachen?«

Ich bezweifelte, dass wir noch über dieselbe Sache sprachen, doch ich nickte trotzdem.

»Ich habe eine Idee.«

»Schieß los.«

»Man kann seinem Gedächtnis doch auf unterschiedlichste Art und Weise auf die Sprünge helfen, richtig?«

»Ich denke schon«, stimmte ich zu.

»Wenn ich dich also küsse, wäre es doch durchaus möglich, dass du dich wieder an das erinnerst, was zwischen uns war.«

Ich hielt den Atem an. »Du willst mich küssen?«

»Möchtest du denn nicht von mir geküsst werden?«

»Nein«, ruderte ich hastig zurück. »Dagegen habe ich nichts.«

»Nett von dir«, meinte er und grinste.

»Dieser Kuss dient also allein Forschungszwecken?«

»Genau. Du willst wissen, was in dieser Nacht passiert ist, und ich habe keine rechte Lust, davon zu berichten. Da wäre es doch das Beste, wenn du dich von selbst wieder erinnern könntest.«

»Klingt logisch.«

»Großartig.«

»Wie weit sind wir in jener Nacht gegangen?«

Sein Blick fiel auf den Ausschnitt meines Trägerhemds und die Rundung meiner Brüste. »Kleine Fummelei.«

»Mit Oberteil?«

»Nein, ohne. Wir hatten beide keins an. Oben ohne kuschelt es sich am besten.« Er verfolgte meine Reaktion auf diese Mitteilung. Sein Gesicht war ganz dicht an meinem.

»BH?«

»Aber nein.«

»Oh.« Ich leckte mir schwer atmend die Lippen. »Findest du wirklich, wir sollten das tun?«

»Du denkst zu viel darüber nach.«

»Sorry.«

»Und hör auf, dich zu entschuldigen.«

Ich setzte erneut zu einer Entschuldigung an, klappte aber schnell den Mund wieder zu.

»Ist okay. Du findest den richtigen Dreh schon noch heraus.«

Mein Gehirn geriet beim Anblick seines Mundes ins Stottern. Er war wunderschön, seine Lippen waren voll und die Mundwinkel leicht nach oben gezogen. Überwältigend.

»Verrat mir, an was du jetzt denkst«, bat er.

»Du wolltest doch, dass ich das Denken sein lasse. Und mein Kopf ist ehrlich gesagt gerade ziemlich leer.«

»Gut«, sagte er und beugte sich noch dichter zu mir. »Sehr gut.«

Seine Lippen strichen sacht über meine, einfühlsam, jedoch ohne zu zögern. Sie fühlten sich weich und gleichzeitig fest an. Er zupfte spielerisch mit den Zähnen an meiner Unterlippe. Dann saugte er daran. Er küsste nicht wie die Jungs, die ich kannte. Worin der Unterschied lag, konnte ich allerdings auch nicht genau sagen. Es fühlte sich einfach besser an und … nach mehr. Er presste seinen Mund auf meine Lippen, ließ seine Zunge in meinen Mund gleiten und umspielte damit meine. Oh Gott, er schmeckte so gut. Meine Finger krallten sich in sein Haar, als hätten sie nie etwas anderes gewollt. Er küsste mich und ich vergaß alles, was dem Kuss vorausgegangen war. Nichts war noch wichtig.

Er legte die Hand in meinen Nacken und hielt mich fest. Der Kuss ging weiter und weiter. Ich stand vom Scheitel bis zu den Zehenspitzen in Flammen und wünschte, dieser Kuss würde niemals enden.

Er küsste mich weiter, bis mir schwindelig wurde und ich mich an ihn klammerte wie an einen Rettungsring. Dann zog er sich atemlos zurück und legte die Stirn an meine.

»Warum hast du aufgehört?«, fragte ich, als ich endlich wieder einen zusammenhängenden Satz formulieren konnte. Ich zerrte an ihm, versuchte, ihn wieder zu meinem Mund zu ziehen.

»Pst. Entspann dich.« Er atmete tief ein. »Konntest du dich an etwas erinnern? Kam dir etwas an dem Kuss vertraut vor?«

Mein kussverwirrtes Hirn blieb leer gefegt. Verdammt noch mal. »Nein, ich glaube nicht.«

»Schade.« Zwischen seinen Augenbrauen entstand eine tiefe Falte und die Schatten unter seinen schönen blauen Augen schienen dunkler zu werden. Ich hatte ihn wieder enttäuscht. Mir wurde das Herz schwer.

»Du siehst müde aus«, sagte ich schließlich.

»Ja. Wird wohl langsam Zeit, sich aufs Ohr zu legen.« Er drückte mir einen flüchtigen Kuss auf die Stirn. Ein freundschaftlicher Kuss, oder mehr? Ich wusste es nicht. Vielleicht diente er auch wieder nur wissenschaftlichen Zwecken.

»Wir haben es zumindest versucht, nicht wahr?«, meinte er.

»Ja, stimmt.«

Er richtete sich auf und nahm seine Bierflasche. Ohne seinen wärmenden Körper war ich schutzlos dem Wind ausgesetzt, der meine Knochen durchschüttelte. Der Kuss hatte mich allerdings weit mehr aufgerüttelt. Mich umgeworfen. Unfassbar, dass ich eine ganze Nacht lang in den Genuss dieser Küsse gekommen war und es vergessen hatte. Ich brauchte wohl dringend eine Gehirntransplantation.

»Stört es dich, wenn ich mit dir komme?«, fragte ich.

»Keineswegs.« Er streckte mir die Hand hin und half mir auf.

Gemeinsam wanderten wir zum Haus zurück, die Treppe hinauf und ins Schlafzimmer. Ich schlüpfte aus meinen Schuhen und auch David zog seine aus. Dann legten wir uns nebeneinander auf die Matratze, ohne uns zu berühren, und starrten gemeinsam zur Decke, als lägen dort alle Antworten verborgen.

Ich schwieg. Ungefähr eine Minute lang, denn mein Hirn quatschte unablässig auf mich ein. »Ich glaube, ich kann jetzt ein bisschen besser nachvollziehen, wie es dazu kam, dass wir geheiratet haben.«

»Tatsächlich?« Er drehte den Kopf zu mir.

»Ja.« Noch nie im Leben war ich so geküsst worden. »Das tue ich.«

»Komm her.« Sein starker Arm legte sich um meine Taille und zog mich zur Mitte des Bettes.

»David.« Nervös streckte ich die Hand nach ihm aus. Ich war mehr als bereit für weitere Küsse. Mehr von ihm.

»Leg dich auf die Seite«, bat er und schob mich mit den Händen zurecht, bis ich mit dem Rücken direkt vor ihm lag. Er streckte den Arm unter meinem Hals aus, schlang den anderen um meine Taille und schmiegte sich an mich. Seine Hüften und mein Po passten perfekt zusammen.

»Was tun wir hier?«, fragte ich verunsichert.

»Löffelchen. In der Nacht in Vegas haben wir das auch eine Weile gemacht. Bis dir schlecht wurde.«

»Wir haben in der Löffelchenstellung gelegen?«

»Jawohl. Löffelchen ist Schritt zwei im Erinnerungswiederherstellungsprozess. Schlaf jetzt.«

»Ich bin erst vor einer Stunde aufgewacht.«

Er vergrub das Gesicht in meinem Haar und legte obendrein auch noch ein Bein über meine, sodass ich nicht mehr aufstehen konnte. »Pech. Ich bin müde und will jetzt so liegen. Mit dir. Und du schuldest mir was. Also wird jetzt gelöffelt.«

»Schon kapiert.«

Sein warmer Atem an meinem Hals ließ mich angenehm erschauern.

»Entspann dich, du bist völlig verkrampft.« Er umarmte mich fester.

Ich nahm seine linke Hand und rieb mit den Fingerspitzen über seine schwielige Haut, ließ meine Unruhe nun daran aus. Seine Fingerspitzen waren verhärtet. An seinem Daumen zog sich eine Vertiefung entlang. An seinen Fingerspitzen spürte ich weitere kleine Mulden. Es war offensichtlich, dass er sehr oft Gitarren in der Hand hielt. Auf die Rückseite seiner Finger war das Wort *Free* eintätowiert. Auf seiner rechten Hand stand *Live*. Ich fragte mich, wie eine Ehe wohl in dieses freiheitsliebende Lebenskonzept passte. Wellen im japanischen Stil und ein gewundener Drache bedeckten seinen Arm. Die Farben und die Detailgenauigkeit der Tätowierungen waren beeindruckend.

»Erzähl mir von deinem Hauptfach«, sagte David. »Du willst Architektin werden, richtig?«

»Ja.« Kurios, dass er darüber Bescheid wusste. Offenbar hatte ich ihn in Vegas eingeweiht. »Mein Vater ist Architekt.«

Er bereitete meinem nervösen Gefummel ein Ende, indem er seine Finger mit meinen verschränkte.

»Wolltest du schon immer Gitarre spielen?«, stellte ich die Gegenfrage und versuchte dabei, mich nicht allzu sehr von seinem um mich geschlungenen Körper ablenken zu lassen.

»Ja. Ich konnte mir nie etwas anderes vorstellen, als Musik zu machen.«

»So.« Schön, wenn man eine solche Leidenschaft hatte. Ich fand die Vorstellung, Architektin zu werden, ganz nett. Schon in meiner Kindheit hatte ich viel mit Bauklötzen gespielt und gezeichnet. Doch mit Herzblut verfolgte ich mein Ziel nicht gerade. »Ich bin ziemlich unmusikalisch.«

»Das erklärt einiges«, frotzelte er.

»Sei nicht so gemein. In Sport war ich auch nie besonders gut. Ich zeichne gerne, lese oder sehe mir Filme an. Auch Reisen finde ich toll, obwohl ich bisher noch nicht viel herumgekommen bin.«

»Ach nein?«

»Nein.«

Er regte sich hinter mir, machte es sich bequem. »Wenn ich unterwegs bin, dreht sich alles immer nur um die Konzerte. Viel Zeit, um sich etwas anzusehen, bleibt da nicht.«

»Schade.«

»Ständig erkannt zu werden ist manchmal richtig lästig. Ab und an wird es auch mal unangenehm. Es lastet ziemlich viel Druck auf uns und ich kann nicht immer tun, wonach mir der Sinn steht. Langsam fühle ich mich bereit, es langsamer angehen zu lassen und mehr Zeit zu Hause zu verbringen.«

Ich erwiderte nichts, sondern ließ seine Worte auf mich wirken.

»Nach einer Weile werden auch die Partys nervig und die Tatsache, dass man immer und überall Menschen um sich hat.«

»Das glaube ich dir.« Doch vor gar nicht langer Zeit, in L. A., hatte noch ein Groupie an ihm gehangen. Offenbar war er nicht allen Aspekten seines Lebens überdrüssig. Aspekten, denen ich höchstwahrscheinlich nichts entgegenzusetzen hatte, selbst wenn ich gewollt hätte. »Würdest du nicht auch manches vermissen?«

»Ehrlich gesagt bin ich mir nicht sicher. Ich kenne ja schon seit ewigen Zeiten nichts anderes.«

»Na, immerhin hast du ein wundervolles Heim.«

»Hmm.« Er schwieg einen Augenblick. »Ev?«

»Was?«

»War das mit der Architektur deine Idee oder die von deinem Dad?«

»Ich weiß es nicht mehr«, gestand ich. »Irgendwie war es von Anfang an klar. Mein Bruder zeigte nie Interesse daran, in Dads

Fußstapfen zu treten. In der Schule war er ständig in Schlägereien verwickelt oder hat geschwänzt.«

»Du hast erzählt, dass du es während deiner Schulzeit auch nicht ganz leicht hattest.«

»Geht das nicht jedem so?« Ich rutschte ein Stück zur Seite und drehte mich um, damit ich sein Gesicht sehen konnte. »Eigentlich erzähle ich nie jemandem davon.«

»Wir haben aber darüber geredet. Du meintest, du seist immer wegen deiner Statur gehänselt worden. Ich vermutete, dass du deshalb auch auf meine Freunde losgegangen bist. Weil sie dieses Mädchen fertiggemacht haben wie Schulrowdys.«

»Könnte durchaus sein.« Normalerweise sprach ich das Thema Hänseleien nur ungern an, denn es rief all die miesen Gefühle hervor, die damit verbunden waren. Davids Arme verhinderten allerdings, dass sie sich an die Oberfläche stahlen. »Die meisten Lehrer ignorierten das Problem einfach, als wäre es eine lästige Unannehmlichkeit, mit der sie sich nicht auch noch herumschlagen konnten. Nur diese eine Lehrerin, Miss Hall, die hat jedes Mal, wenn ich gepiesackt wurde, eingegriffen. Sie war einfach toll.«

»Hört sich ganz so an. Aber du hast meine Frage noch nicht beantwortet. Möchtest du selbst Architektin werden?«

»Also, zumindest hatte ich das schon immer vor. Außerdem, ähm, gefällt mir die Vorstellung, das Heim von jemandem entwerfen zu können. Ich weiß nicht, ob die Architektur wirklich meine Berufung ist, so wie für dich die Musik, aber ich glaube zumindest, dass ich in diesem Beruf gut sein könnte.«

»Daran habe ich keinen Zweifel, Baby«, erklärte er sanft, aber bestimmt.

Ich gab mir äußerste Mühe, wegen des Koseworts nicht loszuheulen. Ich musste subtiler vorgehen, um ihn nicht noch einmal zu kränken wie damals in Vegas. Wenn es mir wirklich ernst damit war, ihn dazu zu bewegen, uns noch eine Chance zu geben, dann galt es, vorsichtiger zu sein. Die schlechten Erinnerungen durch neue, gute zu ersetzen. Erinnerungen, die wir diesmal teilen könnten.

»Ev, stellst du dir wirklich so deine Zukunft vor?«

Ich stutzte. Da ich mich inzwischen längst abseits meiner Standardantworten bewegte, musste ich erst einmal nachdenken. Ich hegte diesen Plan bereits so lange, dass mir bisher nie in den Sinn gekommen war, ihn zu hinterfragen. Er verhieß Sicherheit und Bequemlichkeit. Doch David erwartete mehr von mir, und diesen Erwartungen wollte ich auch entsprechen. Möglicherweise hatte ich ihm auch deshalb in Vegas meine dunklen Geheimnisse anvertraut. Dieser Mann übte eine unwiderstehliche Anziehungskraft auf mich aus, und ich verspürte keinerlei Bedürfnis, dagegen anzukämpfen. »Ehrlich gesagt weiß ich es nicht genau.«

»Ist schon in Ordnung.« Er sah mich unablässig an. »Du bist schließlich erst einundzwanzig.«

»Aber ich bin jetzt eine erwachsene Frau, von der erwartet wird, dass sie Verantwortung für ihr Leben übernimmt. Darum sollte ich solche Dinge eigentlich schon wissen.«

»Du lebst bereits einige Jahre mit deiner Freundin zusammen, oder? Bezahlst du deine Rechnungen selbst, organisierst deine Kurse und so weiter?«

»Ja.«

»Na, dann übernimmst du doch Verantwortung für dein Leben.« Er strich sich eine dunkle Strähne hinters Ohr. »Du studierst jetzt einfach erst mal Architektur und wartest ab, wie es läuft.«

»Aus deinem Mund klingt das sehr simpel.«

»Das ist es auch. Entweder bleibst du dabei, oder du probierst eben etwas anderes. Es ist dein Leben. Deine Entscheidung.«

»Spielst du nur Gitarre?«, fragte ich, um auch über ihn etwas mehr zu erfahren. Und um das Gespräch von mir wegzulenken. Der harte Knoten, der sich in meinem Magen gebildet hatte, war nicht gerade angenehm.

»Nein«, antwortete er. Sein Mundwinkel zuckte dabei verräterisch – er hatte meine Absichten genau durchschaut. »Bass und Schlagzeug beherrsche ich ebenfalls. Selbstredend.«

»Wieso selbstredend?«

»Jeder einigermaßen passable Gitarrist kommt auch mit einem Bass zurecht, wenn er nur will. Und jeder, der zwei Stöcke gleichzeitig in der Hand halten kann, hat das Zeug zum Drummer. Wenn du Mal das nächste Mal siehst, musst du unbedingt erwähnen, dass ich das gesagt habe, ja? Das wird ihn bestimmt freuen.«

»Wird gemacht.«

»Außerdem singe ich.«

»Tatsächlich?«, fragte ich erfreut. »Würdest du etwas für mich singen? Bitte?«

Er gab ein undefinierbares Geräusch von sich.

»Hast du in Vegas für mich gesungen?«

Er lächelte gequält. »Ja, schon.«

»Dann könnte ich mich dadurch vielleicht wieder an etwas erinnern.«

»Das wirst du also ab sofort gegen mich verwenden, oder? Wann immer du etwas von mir willst, wirst du es mir unter die Nase reiben.«

»Hey, du hast damit angefangen. Du wolltest mich zu Forschungszwecken küssen.«

»Das war rein wissenschaftlich. Ein Kuss zwischen Freunden, aus rein logischen Gründen.«

»Der Kuss war wirklich überaus freundschaftlich, David.«

Er lächelte anzüglich. »Ja, allerdings.«

»Bitte, sing doch für mich.«

»Na gut«, gab er schließlich entnervt auf. »Dann musst du dich wieder umdrehen. Beim letzten Mal haben wir dabei auch Löffelchen gemacht.«

Ich drehte mich wieder auf die andere Seite und schmiegte mich an ihn. Es war einfach wundervoll, Davids Kuscheltier zu sein. Ich konnte mir nichts Schöneres vorstellen. Wie schade, dass er auf seiner Wissenschaftsmasche beharrte. Allerdings konnte man ihm daraus keinen Vorwurf machen. An seiner Stelle wäre ich mir gegenüber auch misstrauisch gewesen.

Er setzte zu einer Ballade an. Seine Stimme umfing mich, tief und angenehm rau.

I've got this feeling that comes and goes
Ten broken fingers and one broken nose
Dark waters very cold
I know I'll make it home
This sorry sun has burned the sky
She's out of touch and she's very high
Her bed was made of stone
I know I'll break her throne
These aching bones won't hold me up
My swollen shoes they have had enough
These smokestacks burn them down
This ocean let it drown

Nachdem er fertig war, schwieg ich. Er drückte mich, wahrscheinlich, um zu prüfen, ob ich noch lebte. Ich drückte ebenfalls seinen Arm, drehte mich jedoch nicht zu ihm um, denn er sollte die Tränen in meinen Augen nicht sehen. Seine Stimme in Kombination mit der gefühlvollen Ballade war zu viel für mich. Warum musste ich mich in seiner Gegenwart nur immer lächerlich machen? Entweder heulte ich herum oder aber ich übergab mich. Warum er sich trotz allem noch mit mir abgab, war mir unverständlich.

»Danke.«

»Gern geschehen.«

Ich lag an ihn gekuschelt und versuchte, den Songtext zu entschlüsseln. Welche Bedeutung mochte es wohl haben, dass er ausgerechnet dieses Lied ausgewählt hatte, um es mir vorzusingen? »Wie heißt der Song?«

»Homesick«. Ich habe es für das letzte Album geschrieben.« Er stützte sich auf einen Ellbogen und beugte sich über mich, um mir ins Gesicht sehen zu können. »Shit, ich habe dich traurig gemacht. Tut mir leid.«

»Nein. Es war wunderschön. Du hast eine fantastische Stimme.«

Er runzelte die Stirn, ließ sich wieder zurücksinken und drückte sich mit seinem Oberkörper an meinen Rücken. »Nächstes Mal singe ich etwas Lustigeres für dich.«

»Wenn du möchtest.« Ich presste die Lippen auf seinen Handrücken, auf die Erhebungen der Blutgefäße, die dort verliefen, die zarten, dunklen Härchen. »David?«

»Hm?«

»Warum singst du nicht in der Band? Du hast solch eine tolle Stimme.«

»Ich singe im Background. Jimmy liebt es, im Rampenlicht zu stehen. Das war schon immer sein Ding.« Er verschränkte seine Finger mit meinen. »Er war nicht immer der Arsch, der er heute ist. Es tut mir leid, dass er dich in L. A. belästigt hat. Für den Schwachsinn, den er gelabert hat, hätte ich ihn umbringen können.«

»Das macht nichts.«

»Doch, das tut es sehr wohl. Er war völlig zugedröhnt und

wusste nicht mehr, was er redete.« Er rieb rastlos mit dem Daumen über meine Hand. »Du bist umwerfend und wunderschön. Es gibt nichts, was du an dir verändern müsstest.«

Ich wusste erst einmal nicht, was ich erwidern sollte. Jimmy hatte mir furchtbar gemeine Dinge an den Kopf geworfen, die ich nicht vergessen hatte. Witzig, wie mir immer alles Schlechte im Gedächtnis blieb.

»Bist du dir da auch ganz sicher? Immerhin habe ich dich nass geheult und vollgekotzt«, witzelte ich schließlich.

»Ja. Ich mag dich so, wie du bist. Ich mag es, dass du sagst, was dir durch den Kopf geht, ohne vorher groß darüber nachzudenken. Und dass du nicht versuchst, mich auszuspielen oder zu benutzen, sondern einfach nur ... bei mir bist. Ich mag dich.«

Ich war für einen Augenblick sprachlos. »Danke.«

»Keine Ursache. Gern geschehen, Evelyn. Immer wieder gern.«

»Ich mag dich auch.«

Seine Lippen strichen über meinen Nacken. Sofort jagte ein Schauer über meine Haut. »Wirklich?«

»Ja. Sehr sogar.«

»Danke, Baby.«

Es dauerte noch eine ganze Weile, ehe seine Atemzüge ruhiger wurden. Ich spürte, wie seine Glieder immer schwerer auf mir lasteten und er schließlich an meinen Rücken geschmiegt einschlief. Mein Fuß wurde taub und begann zu kribbeln. Egal. Ich hatte noch nie mit jemandem zusammen geschlafen – von den wenigen, rein platonischen Begebenheiten einmal abgesehen, bei denen ich mir mit Lauren ein Bett geteilt hatte. Offenbar würde ich heute auch nicht viel mehr tun, als zu schlafen.

Aber ehrlich gesagt war es wirklich schön, so neben ihm zu liegen.

Ich fühlte mich am richtigen Platz.

8

»Hey.« Sieben Stunden später kam David auf bloßen Füßen, nur mit einem Handtuch um die Hüften gewickelt, die Treppe heruntergetappt. Er hatte sich sein langes Haar glatt zurückgekämmt, und ich konnte in aller Ruhe die Tattoos bestaunen, die perfekt auf seinem schlanken Oberkörper und seinen langen Armen positioniert waren. Es gab wirklich eine Menge Haut zu bewundern. Dieser Mann war eine Augenweide und es kostete mich einige Mühe, die Zunge nicht bis auf den Boden baumeln zu lassen. Mir auch noch ein Lächeln zu verkneifen, überstieg allerdings meine Fähigkeiten. Ich hatte mir vorgenommen, cool zu bleiben, um ihn nicht schon wieder zu erschrecken, doch dieser Plan war nun offiziell gescheitert.

»Was machst du?«, erkundigte er sich.

»Nicht viel. Es ist eine Lieferung für dich gekommen.« Ich deutete auf die Tüten und Schachteln bei der Tür. Den ganzen Tag lang hatte ich über uns beide nachgegrübelt und war einzig zu dem Schluss gelangt, dass ich unsere gemeinsame Zeit nicht so schnell enden lassen wollte. Ich wollte die Annullierungsdokumente nicht unterzeichnen. Noch nicht. Wenn ich nur daran dachte, bekam ich wieder das Gefühl, mich übergeben zu müssen. Ich wollte David. Ich wollte mit ihm zusammen sein. Ich brauchte einen neuen Plan.

Ich rieb mit meinem Daumen wieder und wieder über meine Unterlippe, hin und her, hin und her. Ich hatte einen Spaziergang am Meer gemacht, beobachtet, wie die Wellen an den Strand schlugen, und dabei den Kuss im Geiste noch einmal durchlebt. Ein ums andere Mal hatte sich die Szene in meinem Kopf abgespielt, ebenso unsere Unterhaltungen. Tatsächlich hatte ich jeden unserer gemeinsamen Augenblicke auseinandergenommen, jede Nuance genau überdacht. Na ja, zumindest die Augenblicke, an die ich mich noch erinnern konnte. Und ich strengte mich wirklich mächtig an, mich an alles zu erinnern.

»Eine Lieferung?« Er hockte sich neben die Schachtel, die ihm am nächsten lag, und riss das Papier ab. Ich wandte hastig den Blick ab, ehe ich noch aus Versehen unter sein Handtuch schielte – obwohl ich wirklich sehr neugierig war, was es dort zu sehen gab.

»Dürfte ich dein Telefon benutzen?«, bat ich.

»Ev, du musst doch nicht fragen. Fühl dich frei zu tun, was immer du möchtest.«

»Danke.« Lauren und meine Eltern machten sich wahrscheinlich schon schreckliche Sorgen und fragten sich, wo ich steckte. Es war an der Zeit, sich den Konsequenzen meines Po-Fotos zu stellen. Innerlich stöhnte ich bei dem Gedanken laut auf.

»Das hier ist für dich.« Er überreichte mir ein großes Päckchen, das in braunes Papier gewickelt und mit einem Faden verschnürt war, gefolgt von einer Plastiktüte, deren Aufdruck mir nichts sagte. »Ah, und so wie es aussieht, gehört das hier ebenfalls dir.«

»Ach ja?«

»Klar. Ich habe Martha gebeten, ein paar Sachen für uns zu besorgen.«

»Oh.«

»Oh? Nein.« David schüttelte den Kopf, kniete sich vor mich und riss das Paket auf, das noch immer in meinen Händen lag. »Kein Oh. Wir brauchen etwas zum Anziehen. So einfach ist das.«

»Wirklich nett von dir, David, aber das ist nicht nötig.«

Er hörte überhaupt nicht zu, sondern hielt mir ein rotes Kleid vor die Nase, das genauso kurz war wie die Kleidchen, die die Mädchen in seinem Haus in L. A. getragen hatten. »Was zum Teufel soll das? Das ziehst du nicht an.« Das Designerstück flog in die Ecke. Stattdessen begann er, in der Einkaufstüte zu wühlen.

»David, das kannst du doch nicht einfach auf den Boden werfen.«

»Klar kann ich. Hier, das ist etwas besser.«

Ein schwarzes Trägerhemd landete in meinem Schoß. Zumindest die Größe schien diesmal zu stimmen. Das rote Kleidchen war höchstens eine Size Zero gewesen. In Anbetracht der Abneigung, die mir Martha in L. A. entgegengebracht hatte, konnte ich das wohl als Spitze gegen mich werten. Egal.

An dem Top baumelte ein Schildchen. Das Preisetikett. Ach du lieber Himmel. Die waren doch verrückt.

»Wow, von dem Geld, das das Oberteil kostet, könnte ich mehrere Wochen lang meine Miete zahlen.«

Anstelle einer Antwort gab er mir eine hautenge schwarze Jeans. »Hier, die ist auch okay.«

Ich legte die Hose beiseite. »Das ist ein einfaches Baumwolltop. Warum um alles in der Welt verlangen die dafür zweihundert Dollar?«

»Was hältst du hiervon?«, fragte er und hob etwas Seidiges, Grünes hoch. »Schön, oder?«

»Vernähen sie die Säume mit Goldfäden? Liegt es daran?«

»Wovon redest du?« Er hielt ein blaues Kleid hoch, drehte es hin und her. »Nix da, das ist rückenfrei. Wahrscheinlich würde man deinen Poansatz sehen.« Das Kleidungsstück landete bei dem roten Kleid in der Ecke. Es juckte mich, sie vom Boden aufzuheben und ordentlich zusammenzufalten. David riss derweil die nächste Schachtel auf. »Was hast du gesagt?«

»Ich rede über den Preis von diesem Oberteil.«

»Scheiße nein, wir reden nicht darüber, was dieses Top kostet, weil wir überhaupt nicht über Geld reden. Du hast vielleicht ein Problem damit, aber ich will davon nichts hören.« Als Nächstes kam ein superkurzer Jeansrock zum Vorschein. »Was zum Teufel hat sich Martha nur dabei gedacht, solche Sachen für dich zu schicken?«

»Also, zu ihrer Verteidigung muss ich sagen, dass normalerweise Mädchen in Bikinis an dir kleben. Im Gegensatz dazu ist das rückenfreie Kleid schon fast züchtig.«

»Aber du bist anders. Du bist meine Freundin, oder?«

»Ja.« Ich fand selbst, dass ich nicht ganz glaubhaft klang.

David verzog ärgerlich das Gesicht. »Oh Gott, sieh dir nur an, wie kurz er ist. Man kann verdammt noch mal kaum erkennen, ob das ein Rock oder ein Gürtel ist.«

Ich prustete los. David sah mich aus großen, blauen, traurigen Hundeaugen an und war offensichtlich gekränkt. Mein Ausbruch traf ihn schwer.

»Entschuldige bitte, aber du klingst genau wie mein Vater.«

Er stopfte den Mini zurück in die Tüte. Zumindest schmiss er ihn nicht auf den Boden. »Ach ja? Dann würde ich deinen Dad gern mal treffen. Ich glaube, wir würden uns gut verstehen.«

»Du möchtest meinen Vater kennenlernen?«

»Kommt drauf an. Würde er mich über den Haufen schießen, wenn ich mich zu erkennen gebe?«

»Nein.« Wahrscheinlich nicht.

Er musterte mich von der Seite und widmete sich dem Inhalt der nächsten Schachtel. »Das ist schon besser. Hier.«

Er übergab mir zwei brave T-Shirts in schwarz und blau.

»Mein Freund, ich bin nicht ganz damit einverstanden,

dass du nur Nonnenoutfits für mich auswählst«, kommentierte ich sein merkwürdiges Verhalten. »Das ist irgendwie verlogen.«

»Das ist keine Nonnentracht. Diese Kleidung bedeckt zumindest das Nötigste. Ist das etwa zu viel verlangt?« Die nächste überquellende Einkaufstüte drückte er mir gleich so in die Hand. »Bitteschön.«

»Du musst aber zugeben, dass es zumindest ein kleines bisschen verlogen ist, oder?«

»Gib bloß nichts zu – das hat Adrian mir schon vor langer Zeit eingeschärft. Schau in die Tüte.«

Ich sah hinein und machte dabei offenbar ein saukomisches Gesicht, denn David schüttete sich schier aus vor Lachen.

»Was ist das denn?«, fragte ich ungläubig und betrachtete verdattert ein winziges Etwas, das ein String hätte werden können, wenn die Designer ein wenig mehr Stoff investiert hätten.

»Und du behauptest, ich staffiere dich wie eine Nonne aus.«

»*La Perla*«, las ich auf dem Etikett und drehte es dann um, um den Preis zu überprüfen.

»Verdammt noch mal, Ev, würdest du bitte nicht immer aufs Preisschild schauen?« David stürzte sich auf mich, während ich versuchte, die Ziffern auf dem baumelnden Etikett zu erkennen, das deutlich größer war als der winzige Fetzen Spitzenstoff. Seine große Hand schloss sich um meine und verdeckte das Höschen. »Nicht. Verflucht noch mal, lass das.«

Ich fiel nach hinten und stieß mir den Kopf an einer Stufe. Ich stöhnte schmerzerfüllt und meine Augen füllten sich mit Tränen. »Autsch.«

»Geht es dir gut?« Er beugte sich über mich und rieb vorsichtig meinen Hinterkopf.

»Ähm, ja.« Der Duft seiner Seife und seines Shampoos war

himmlisch. Oh Gott, da war noch etwas. Sein Rasierwasser. Nicht schwer, sondern leicht und etwas würzig. Der Duft kam mir irgendwie bekannt vor.

Das Schildchen, das nun direkt vor meinen Augen hing, lenkte mich allerdings vorübergehend ab. »Dreihundert Dollar?«

»Die ist er wert.«

»Heilige Scheiße, das ist er ganz sicher nicht.«

Er ließ den Stringtanga von einem Finger baumeln und grinste dreist. »Vertrau mir, ich hätte auch das Zehnfache dafür bezahlt.«

»David, ich könnte genauso ein Höschen in einem normalen Geschäft für weniger als ein Zehntel des Preises kaufen. Das ist doch Wahnsinn.«

»Nein, könntest du nicht.« Er stützte sich mit dem Ellbogen neben meinem Kopf auf der Treppenstufe ab und begann, mir das Etikett vorzulesen. »Weißt du, diese erlesene Spitze wird in einer kleinen Region Norditaliens, die berühmt ist für ihr Schneiderhandwerk, von ortsansässigen Handwerkskünstlern manuell gefertigt. Dabei werden nur beste Seidenfäden verwendet. Baby, solch ein Stück wirst du bestimmt nicht bei Walmart finden.«

»Da hast du wohl recht.«

Er gab ein zufriedenes Geräusch von sich und musterte mich versonnen. Dann verschwand sein Lächeln plötzlich. Er rückte von mir ab und zerknüllte das Höschen in seiner Hand. »Wie auch immer.«

»Warte.« Ich legte die Finger um seinen Bizeps.

»Was ist los?«, fragte er angespannt.

»Lass mich nur kurz …« Ich reckte mich nach seinem Hals und schnupperte. Dort war der Geruch am stärksten. Ich atmete tief ein, ließ mich von seinem Duft betören. Dann schloss ich die Augen – und erinnerte mich.

»Evelyn?« Die Muskeln in seinen Armen zuckten und verhärteten sich. »Das ist womöglich keine so gute Idee.«

»Wir saßen im *Venetian* in einer Gondel. Du meintest, du könntest nicht schwimmen und dass ich dich retten müsste, sollten wir kentern.«

Sein Adamsapfel hüpfte. »Das stimmt.«

»Ich hatte furchtbare Angst um dich.«

»Ich weiß. Du hast dich so fest an mich geklammert, dass ich kaum noch Luft bekam.«

Ich lehnte mich zurück, um sein Gesicht sehen zu können.

»Warum glaubst du denn, sind wir so lange dort geblieben?«, fragte er. »Du hast praktisch auf meinem Schoss gesessen.«

»Kannst du schwimmen?«

Er lachte in sich hinein. »Na klar. Außerdem kann das Wasser nicht sonderlich tief gewesen sein.«

»Dann war das alles nur eine List. David Ferris, du bist wirklich verschlagen.«

»Und du bist witzig, Evelyn Thomas.« Seine Miene entspannte sich und sein Blick wurde wieder freundlicher. »Du hast dich an etwas erinnert.«

»Ja.«

»Das ist fantastisch. Fällt dir sonst noch etwas ein?«

Ich lächelte niedergeschlagen. »Nein, leider nicht.«

Er wandte, wie mir vorkam, enttäuscht den Blick ab, versuchte jedoch, sich nichts anmerken zu lassen.

»David?«

»Hm?«

Ich beugte mich vor, um meine Lippen auf seinen Mund zu drücken. Ich wollte ihn so gern küssen, ich verzehrte mich danach. Er zuckte zurück und machte meine Hoffnungen damit zunichte. »Entschuldige. Es tut mir leid.«

»Ev. Was tust du da?«

»Dich küssen?«

Er erwiderte nichts. Seine Kiefermuskeln traten hervor. Dann wandte er sich wieder ab.

»Was, du darfst mich küssen, mit mir kuscheln und mir obendrein sündhaft teure Unterwäsche kaufen, aber ich darf dir keinen Kuss geben?« Ich legte die Hände auf seine und hielt ihn fest. Zumindest zog er sie nicht auch noch weg.

»Warum willst du mich küssen?«, fragte er streng.

Ich betrachtete für einen Moment unsere verschlungenen Finger, um meine Gedanken zu ordnen. »David, vermutlich werde ich mich niemals an diese Nacht in Vegas erinnern können. Aber ich dachte, wir könnten im Verlauf dieses Wochenendes neue, schöne Erinnerungen schaffen. Erinnerungen, die wir miteinander teilen können.«

»Nur an diesem Wochenende?«

Mir schlug das Herz bis zum Hals. »Nein. Ich weiß nicht. Es ist einfach so … dass ich das Gefühl habe, dass wir beide dazu bestimmt sind, mehr füreinander zu sein.«

»Mehr als nur Freunde?« Er beobachtete mich aufmerksam.

»Ja. Ich mag dich. Du bist lieb und süß und wunderschön und man kann sich toll mit dir unterhalten. Wenn wir uns mal nicht über Vegas streiten. Es kommt mir so vor, als …«

»Was?«

»Als wäre dieses Wochenende eine zweite Chance für uns. Ich will sie nicht ungenutzt verstreichen lassen. Das würde ich sicherlich noch lange Zeit bereuen.«

Er nickte und legte den Kopf schief. »Wie sah denn dein Plan aus? Wolltest du mich einfach küssen und abwarten, was passiert?«

»Mein Plan?«

»Ich weiß Bescheid über deine permanente Pläneschmiederei. Du hast mir selbst gebeichtet, wie pingelig du bist.«

»So, habe ich das?« Ich war wirklich ein Idiot.

»Ja. Du hast mir auch von deinem ganz *großen* Plan erzählt.« Er sah mir tief in die Augen. Sein Blick war durchdringend. »Du weißt schon. Zuerst das College beenden, dann drei bis fünf Jahre im mittelständischen Bereich arbeiten, ehe du dich um prestigeträchtigere Stellen bewirbst und mit fünfunddreißig deine eigene kleine Beraterfirma aufziehst. Danach ließe sich dann eventuell über eine ernsthafte Beziehung und das lästige 2,4-Kinder-Thema nachdenken.«

In meiner Kehle herrschte plötzlich Wüstenklima. »In jener Nacht war ich wirklich sehr mitteilsam.«

»Mm. Eins fand ich wirklich aufschlussreich: Du hast über diesen Plan nicht so geredet, als wäre er eine gute Sache, sondern eher ein Käfig, an dessen Gitterstäben du rüttelst.«

Darauf fiel mir keine Erwiderung ein.

»Also, Ev«, raunte er spöttisch. »Wie sieht dein Plan für diese Sache hier aus? Wie wolltest du mich überzeugen?«

»Oh. Also, wahrscheinlich hätte ich … dich verführt oder so. Und abgewartet, wie es weitergeht. Ja …«

»Wie wolltest du das anstellen? Indem du dich beschwerst, weil ich dir Kleider kaufe?«

»Nein, das war nur ein kleines Extra. Gern geschehen.«

Er leckte sich die Lippen. Ich konnte sehen, wie er sich amüsierte. »Na gut. Dann los, zeig mir mal deine Moves.«

»Meine Moves?«

»Deine Verführungskünste. Komm schon, wir haben keine Zeit zu verlieren.« Als ich noch immer zögerte, schnalzte er ungeduldig mit der Zunge. »Baby, ich trage nichts weiter als ein Handtuch. Viel leichter kann ich es dir nicht machen.«

»Gut, gut.« Ich brachte es nicht über mich, ihn loszulassen, sondern klammerte mich weiter an seine Finger. »Also, David.«

»Ja Evelyn?«

»Ich dachte mir …«

»Hm?«

Oh Mann, er war wirklich eine ganze Nummer zu groß für mich. Ich hatte ihm nur eines zu bieten, eine Sache, die sich wohl bereits bewährt hatte. »Ich finde dich nett und ich habe mich gefragt, ob du Lust hättest, mit mir aufs Zimmer zu gehen und Sex zu haben und einfach ein bisschen abzuhängen. Ob du daran vielleicht Interesse hättest.«

Seine Augen verdunkelten sich und seine Miene wurde vorwurfsvoll und ärgerlich. »Jetzt machst du dich lustig über mich.«

»Nein.« Ich schob die Hand in seinen Nacken, unter sein dunkles Haar, und versuchte, ihn wieder zu mir zu ziehen. »Nein, ich meine es sehr, sehr ernst.«

Er starrte mich an.

»Heute Morgen im Auto hast du mich gefragt, ob ich mich vor dir fürchten würde. Die Antwort lautet Ja. Du jagst mir eine höllische Angst ein. Ich habe keine Ahnung, was ich hier tue. Aber ich kann die Vorstellung, dich zu verlassen, nicht ertragen.«

Er sah mir forschend ins Gesicht, schwieg jedoch noch immer. Er würde mich abweisen. Ich wusste es einfach. Ich hatte zu viel verlangt, es zu weit getrieben. Er würde mich abservieren. Nach alldem, was geschehen war, durchaus nachvollziehbar.

»Schon okay«, sagte ich, während ich versuchte, das letzte bisschen Würde zu wahren, das mir noch geblieben war.

»Oh Mann«, seufzte er. »Du bist aber auch ganz schön Furcht einflößend.«

»Ernsthaft?«

»Allerdings. Und grins nicht so.«

»Sorry.«

Er beugte sich vor und küsste mich. Seine Lippen fühlten sich fest an und so gut. Wie von selbst schlossen sich meine Augen und mein Mund öffnete sich. Ich war von seinem Geschmack völlig verzaubert, von der minzigen Frische seiner Zahnpasta und von seiner Zunge, die sich an meiner rieb. Alles war perfekt. Er legte mich wieder auf die Stufen. Mein lädierter Hinterkopf pochte protestierend, als er erneut auf die Treppenstufe traf. Ich verzog das Gesicht, hörte jedoch nicht auf. David legte die Hand unter meinen Kopf und bewahrte ihn so vor weiteren Verletzungen.

Das Gewicht seines Körpers hielt mich fest. Nicht, dass ich versucht gewesen wäre zu fliehen. Die Kanten der Treppenstufen bohrten sich in meinen Rücken, doch ich achtete nicht darauf. Stundenlang hätte ich hier liegen können, seinen Körper auf meinem spüren und mich vom warmen Duft seiner Haut berauschen lassen. Seine Hüften drängten sich zwischen meine gespreizten Beine. Wären nicht sein Handtuch und meine Jeans gewesen, wäre es sicher sehr schnell äußerst interessant geworden. Himmel, wie ich in diesem Moment Baumwolle hasste.

Wir unterbrachen den Kuss keine Sekunde lang. Ich schlang die Beine um seine Taille, legte die Hände auf seine Schultern. Nie zuvor hatte sich etwas so gut angefühlt. Mein Verlangen nach ihm wuchs, loderte wild und breitete sich in meinem gesamten Körper aus. Meine Muskeln brannten, als ich die Beine enger an ihn presste. Doch ich kam ihm einfach nicht nah genug. Frustrierend. Er ließ seinen Mund über meinen Kiefer wandern, meinen Hals. Ich stand lichterloh in Flammen. Er knabberte und leckte und entdeckte lauter besonders empfindsame Stellen hinter meinem Ohr und in meiner Halsbeuge. Stellen, von denen ich selbst nicht geahnt hatte, dass sie existierten. Der Mann war ein Zauberer. Er wusste so vieles, wovon ich keine Ahnung hatte. Wo er seine Tricks gelernt hatte, spielte keine Rolle. Nicht in diesem Augenblick.

»Hoch«, sagte er mit kratziger Stimme und erhob sich langsam. Eine seiner Hände lag unter meinem Po, die andere noch immer schützend unter meinem Kopf.

»David.« Ich klammerte mich nervös an seinem Rücken fest.

»Hey.« Er beugte sich gerade so weit vor, dass er mir direkt in die Augen sehen konnte. Seine Pupillen waren riesig, verschluckten beinahe die himmelblaue Iris. »Ich lasse dich nicht fallen. Das wird niemals passieren.«

Ich holte tief Luft. »Okay.«

»Vertraust du mir?«

»Ja.«

»Gut.« Er schob die Hand unter meinen Rücken. »Jetzt leg die Arme um meinen Hals.«

Ich tat es und bekam sofort einen besseren Halt. David packte meinen Po mit beiden Händen, worauf ich die Füße hinter seinem Rücken verschränkte und mich an ihn hängte. Er zeigte keinerlei Anzeichen von Schmerz oder einem gebrochenen Rückgrat. Am Ende war er vielleicht tatsächlich stark genug, um mich herumzuschleppen.

»Genau so.« Er lächelte und küsste mein Kinn. »Alles okay?«

Ich nickte, brachte aber keinen Ton heraus.

»Bett?«

»JA.«

Er schmunzelte auf eine gemein niedliche Art, die schlimme Dinge bei mir anrichtete. »Küss mich«, bat er.

Ich tat es, ohne zu zögern, presste meinen Mund auf seinen, ließ die Zunge zwischen seine Lippen gleiten und verlor mich aufs Neue ganz und gar in ihm. Er stöhnte und hielt mich mit festem Griff.

Und genau in diesem Augenblick läutete es an der Tür. Ein

leises, trauervolles Geräusch, das unangenehm in meinem Herzen und meinem Schoß widerhallte. »Neeeiiin.«

»Das darf doch nicht wahr sein.« David verzog qualvoll das Gesicht und warf einen bitterbösen Blick in Richtung der hohen Doppeltür. Wenigstens empfand nicht nur ich so. Ich umschlang ihn ächzend mit meinem ganzen Körper. Diese Situation hätte durchaus etwas Witziges haben können, hätte ich mich nicht so sehr nach ihm gesehnt, dass es schon wehtat.

Er rieb mir den Rücken, ehe sich seine Hand unter den Saum meines Tops stahl und dort meine nackte Haut streichelte. »Ich habe langsam den Eindruck, als hätte das Schicksal etwas dagegen, dass ich in dir bin«, knurrte er.

»Sorg dafür, dass sie wieder gehen. Bitte.«

Er schmunzelte und hielt mich noch fester.

»Es tut richtig weh.«

Er küsste meinen Hals. »Ich gehe zur Tür und wimmele sie ab. Dann kümmere ich mich um dich, okay?«

»Dein Handtuch liegt am Boden.«

»Das ist allerdings ein Problem. Hüpf runter.«

Widerwillig stellte ich meine Füße auf den Boden und ließ ihn los. Erneut hallte das Gong-ähnliche Geräusch durchs Haus. David zog eine schwarze Jeans aus einer der Tüten und schlüpfte schnell hinein. Ich erhaschte lediglich einen kurzen Blick auf seinen knackigen Hintern. Noch nie im Leben war mir etwas so schwergefallen, wie meinen Blick von ihm abzuwenden.

»Halt dich im Hintergrund, falls draußen die Presse wartet.« Er warf einen Blick auf einen kleinen Bildschirm, der neben der Tür angebracht war. »Ach nein.«

»Ärger?«

»Schlimmer. Alte Freunde mit Essen.« Er blickte flüchtig zu mir. »Falls es dir hilft, kann ich dir versichern, dass ich ebenfalls leide.«

»Aber …«

»Vorfreude macht es nur noch besser. Versprochen.« Er riss die Tür auf. Nebenbei zog er den Saum seines T-Shirts tiefer, um die unübersehbare Beule in seiner Hose zu verdecken. »Tyler, Pam, schön euch zu sehen.«

Ich würde ihn umbringen. Ganz langsam. Ihn mit dem überteuerten Stringtanga erwürgen. Ein angemessener Tod für einen Rockstar.

Ein Pärchen, etwa im Alter meiner Eltern, betrat beladen mit Töpfen und Weinflaschen das Haus. Der Mann, Tyler, war groß, dünn und stark tätowiert. Pam schien indianischer Abstammung zu sein. Ihr wundervolles schwarzes Haar trug sie zu einem langen Zopf geflochten, der dicker war als mein Handgelenk. Sie lächelten beide und musterten mich neugierig. Als sie die auf dem Boden verstreuten Kleider und Dessous bemerkten, lief ich knallrot an. Für sie musste es so aussehen, als wären wir im Begriff gewesen, eine Zwei-Personen-Orgie zu veranstalten. Was ja auch stimmte, aber trotzdem.

»Wie geht's dir?«, röhrte Tyler mit australischem Akzent und umarmte David mit nur einem Arm, denn in der anderen Hand hielt er einen Schmortopf. »Und das ist bestimmt Ev. Dave, musste ich wirklich erst aus der Zeitung davon erfahren? War das nötig?« Er sah meinen Mann mit erhobener Augenbraue an. »Pam war wirklich enttäuscht.«

»Tut mir leid. Es kam, äh, irgendwie so – plötzlich.« David drückte Pam einen Kuss auf die Wange und nahm ihr die Kasserolle und eine volle Tragetasche ab. Sie tätschelte ihm mütterlich den Kopf.

»Stell uns vor«, bat sie.

»Ev, das sind Tyler und Pam, alte Freunde von mir. Sie haben sich um das Haus gekümmert.« Wie er so neben den beiden stand, wirkte er völlig entspannt. Er lächelte fröhlich und seine Augen leuchteten. So glücklich hatte ich ihn bisher noch nie erlebt. Die Eifersucht versenkte sofort ihre hässlichen Zähne in meinem Herzen.

»Hallo.« Ich streckte die Hand zum Gruß aus, doch Tyler ignorierte sie und schloss mich in die Arme.

»Sie ist so hübsch, nicht wahr, Liebling?« Tyler trat zur Seite, und Pam kam herzlich lächelnd auf mich zu.

Ich benahm mich wie ein Trottel. Die beiden waren nette Menschen. Ich sollte lieber dankbar sein, dass nicht Davids sämtliche weibliche Bekannte ihre Möpse an ihm rieben. Ich verfluchte meine blöden Hormone dafür, dass sie mich so missgünstig machten.

»Das ist sie wirklich. Hallo, Ev. Ich bin Pam.« Ihre kaffeebraunen Augen wurden feucht und sie schien kurz davor, in Tränen auszubrechen. Sie schüttelte mir stürmisch die Hand, drückte dabei fest meine Finger. »Ich bin so froh, dass er endlich ein nettes Mädchen gefunden hat.«

»Oh, vielen Dank.« Mein Gesicht brannte lichterloh.

David grinste mich schief an.

»Okay, genug jetzt«, meldete sich Tyler wieder zu Wort. »Gewähren wir den beiden Turteltauben wieder ein bisschen Privatsphäre. Unseren Besuch können wir auch auf einen späteren Zeitpunkt verschieben.«

David stand mit der Kasserolle und der Tasche in der Hand neben uns. Als er meinen Blick bemerkte, zwinkerte er mir zu.

»Ich muss dir bei Gelegenheit zeigen, was wir im Untergeschoss aufgebaut haben«, meinte Tyler. »Seid ihr noch länger hier?«

»Wissen wir noch nicht genau«, gab David mit einem Seitenblick auf mich zurück.

Pam hielt noch immer meine Hände und schien nur ungern wieder zu gehen. »Ich habe Hühnchenenchiladas mit Reis gemacht. Magst du mexikanisches Essen? David schmeckt das am besten.« Sie runzelte die Stirn. »Aber ich habe vergessen, dich vorher zu fragen, ob dir das auch recht ist. Du könntest ja auch Vegetarierin sein.«

»Nein, das bin ich nicht, und ich esse liebend gern mexikanisch«, versicherte ich und drückte ebenfalls ihre Hand, wenn auch nicht so fest. »Tausend Dank.«

»Puh«, machte sie und grinste.

»Schätzchen«, rief Tyler.

»Komme schon.« Sie tätschelte zum Abschied noch einmal meine Hand. »Wenn du noch etwas brauchst, ruf mich an, ja?«

David sagte nichts. Offensichtlich überließ er mir die Entscheidung, ob die beiden bleiben oder gehen sollten. Mein Körper kribbelte noch immer vor Verlangen. Eigentlich wäre ich lieber mit ihm allein gewesen. Ich wollte ihn nicht teilen, weil ich furchtbar oberflächlich und auf heißen Sex aus war. Ich wollte ihn nur für mich haben. Aber ich musste das Richtige tun. Und wenn Sex durch Vorfreude noch schöner wurde, dann war das nicht nur die richtige, sondern auch die beste Entscheidung.

»Bleibt«, stammelte ich. »Esst mit uns. Ihr habt so viel mitgebracht, dass wir das unmöglich allein schaffen können.«

David lächelte mir anerkennend zu. Wie er versuchte, seine Aufregung zu verbergen, wirkte beinahe jungenhaft. Als hätte ich ihm gerade eröffnet, dass wir seinen Geburtstag dieses Jahr früher feiern würden. Wer immer diese Menschen auch waren, sie waren ihm wichtig. Ich hatte das Gefühl, als hätte ich soeben einen Test bestanden.

Pam seufzte. »Tyler hat recht. Ihr seid frisch verheiratet.«

»Bleibt. Bitte«, wiederholte ich.

Pam wechselte einen Blick mit Tyler.

Tyler zuckte mit den Schultern und grinste sichtlich erfreut.

Pam klatschte fröhlich in die Hände. »Dann lasst uns essen!«

9

Die Sonne ging gerade auf, als ich spürte, wie er mir mit seinen warmen Händen das Trägerhemd hochschob. Darauf folgten heiße Küsse auf meinen Rücken. Ich erschauerte und bekam trotz der nachtschlafenden Zeit sofort eine Gänsehaut.

»Ev, Baby, dreh dich um.«

»Wie spät ist es?«

Nach dem gemeinsamen Essen waren wir alle noch nach unten ins Tonstudio gegangen, um uns »nur kurz umzusehen«. Um Mitternacht hatte Pam mich schließlich im Stich gelassen und war aufgebrochen. Tyler, so hatte sie gesagt, könne sie ja anrufen, wenn er fertig sei. Doch da er und David gerade eine neue Flasche Bourbon geöffnet hatten, konnte das noch eine ganze Weile dauern. Während die beiden mit der Technik herumspielten und ständig zwischen dem Kontrollraum und dem Aufnahmebereich wechselten, machte ich es mir auf einer breiten Couch gemütlich. Ich wollte in Davids Nähe sein, hören, wenn er Gitarre spielte oder verschiedene Songs ansang. Er hatte eine umwerfende Stimme, und was er mit den sechs Saiten einer Gitarre anstellen konnte, haute mich sowieso um. Wenn er spielte, bekam er einen ganz abwesenden Blick. Er trat völlig weg und es schien, als hätte die Welt für ihn aufgehört zu existieren. Während ich ihn beobachtete, fühlte ich mich hin und wieder sogar ein wenig einsam – bis der Song irgendwann endete, er den Kopf schüttelte, die Finger streckte und wieder auf die Erde zurückkehrte. Dann blickte er zu mir, schenkte mir ein Lächeln und war wieder ganz da.

Irgendwann musste ich schließlich eingenickt sein. Wie ich nach oben ins Bett gekommen war, wusste ich nicht. David hatte mich wohl getragen. In einem war ich mir jedenfalls sicher: Ich roch bei ihm eine Fahne.

»Es ist fast fünf Uhr morgens«, erwiderte er. »Dreh dich um.«

»Müde«, nuschelte ich und blieb, wo ich war.

Die Matratze bog sich unter mir durch, als er sich mit gespreizten Beinen über meine Hüften hockte. Dabei stützte er sich auf die Unterarme und beugte sich mit seinem Gesicht tief über meines.

»Rate mal«, sagte er.

»Was denn?«

Er strich mir sanft das Haar aus dem Gesicht. Dann leckte er über mein Ohr. Ich wand mich unter seiner Berührung.

»Ich habe zwei Songs geschrieben«, eröffnete er mir ein wenig schleppend und undeutlich.

»Mmm.« Ich lächelte mit geschlossenen Augen. Hoffentlich verstand er das als Zeichen von Begeisterung. Nach weniger als vier Stunden Schlaf war ich leider zu keiner eindeutigeren Reaktion fähig. »Das ist schön.«

»Nein, du verstehst nicht. Seit über zwei Jahren habe ich keinen Text mehr geschrieben. Das ist der absolute Hammer.« Er rieb seine Nase an meinem Hals. »Und sie handeln beide von dir.«

»Deine Songs?«, fragte ich verblüfft und immer noch ein bisschen benommen. »Wirklich?«

»Ja, ich habe einfach nur …« Er holte tief Luft und biss mich in die Schulter.

Ich riss die Augen auf. »Hey!«

Er beugte sich wieder über mich. Sein dunkles Haar fiel locker herab. »Aha, du bist ja doch wach. Also, ich habe an dich gedacht und schon gab es etwas, das ich der Welt mitteilen wollte. Das letzte Mal, dass ich denen da draußen etwas zu sagen hatte, ist schon eine ganze Weile her. Mir war alles scheißegal. Immer dieselbe alte Leier. Aber du hast etwas verändert. Du hast mich wieder geradegebogen.«

»David, ich freue mich wirklich, dass deine alte Schaffenskraft zurückgekehrt ist, aber mit mir hatte das sicherlich nichts zu tun. Du bist unglaublich talentiert. Die Kreativität steckte schon die ganze Zeit in dir. Vielleicht brauchtest du schlicht und einfach eine kleine Pause.«

»Nein.« Er musterte mich stirnrunzelnd. »Dreh dich um. So kann ich mich nicht anständig mit dir unterhalten.« Als ich nicht sofort reagierte, gab er mir einen Klaps auf den Hintern – zu seinem Glück auf die nicht tätowierte Pobacke. »Los, Baby.«

»Übertreib es nicht mit den Beiß- und Prügelspielchen, Freundchen.«

»Dann beweg dich endlich«, brummte er.

»Na gut, na gut.«

Er kletterte von mir herunter und ließ sich neben mir auf der Riesenmatratze nieder. Ich setzte mich ebenfalls auf und zog die Knie an die Brust. Er saß mir mit bloßem Oberkörper gegenüber, nur in Jeans, und starrte mich an. Wie schaffte er es nur, dass ihm ständig das T-Shirt abhandenkam? Der Anblick seines nackten Oberkörpers brachte mich ja schon zum Sabbern, aber die Jeans gaben mir den Rest. Niemand trug Jeans so wie David. Und dass ich ihn sogar schon eine Sekunde lang ohne gesehen hatte, machte es nur noch schlimmer. Meine Fantasie verselbstständigte sich, ließ mich in eine Art erotischen Wahn verfallen. Die Bilder, die plötzlich in meinem Kopf auftauchten ... Keine Ahnung, woher sie kamen, aber sie waren überraschend wild und detailreich. Bei einigen war ich mir sicher, dass ich nicht gelenkig genug wäre, um sie in die Tat umzusetzen.

Alle Luft schien auf einmal aus dem Zimmer gewichen zu sein. Ich musste es mir eingestehen: Ich wollte ihn. Ganz und gar. Mit all seinen guten und schlechten Eigenschaften und allem, was dazwischenlag. Nie im Leben hatte ich mich so sehr nach jemandem gesehnt wie nach ihm.

Aber nicht, wenn er getrunken hatte. Diesen Fehler hatten wir bereits begangen. Ich begriff zwar nicht genau, was zwischen uns lief, aber auf keinen Fall wollte ich riskieren, es zu zerstören.

Ich war ja so anständig. Kein Sex. Auf keinen Fall.

Ich musste endlich aufhören, ihn anzusehen. Also holte ich tief Luft und betrachtete konzentriert meine Knie. Meine nackten Knie. Als ich eingeschlafen war, hatte ich noch Jeans angehabt, doch nun trug ich nur noch Unterhosen und mein Trägertop. Auch mein BH war auf rätselhafte Weise verschwunden. »Wo sind meine übrigen Klamotten geblieben?«

»Sind nicht mehr da«, erwiderte er todernst.

»Du hast sie genommen?«

Er zuckte mit den Schultern. »Es wäre zu unbequem für dich gewesen, in Klamotten zu schlafen.«

»Wie um alles in der Welt hast du es fertiggebracht, mir den BH auszuziehen, ohne mich aufzuwecken?«

Er grinste verschlagen. »Ich schwöre, ich habe sonst nichts angestellt. Ich habe deine Unterwäsche lediglich ... aus Sicherheitsgründen entfernt. Bügel-BHs sind tückisch.«

»Jaaa, genau.«

»Ich habe nicht mal hingesehen.«

Ich kniff skeptisch die Augen zusammen.

»Gut, das war gelogen«, räumte er ein und rollte mit den Schultern. »Ich musste gucken. Aber da wir noch immer verheiratet sind, ist Gucken in Ordnung.«

»So, so.« Wenn er mich so ansah, konnte ich einfach unmöglich sauer auf ihn sein. Mir wurde ganz schwummerig und meine blöden Hormone meldeten sich schon wieder.

Kein. Sex.

»Was sitzt du denn da am Kopfende herum? So wird das nichts«, meckerte er. Offensichtlich bekam er weder etwas von meinen erwachenden Hormonen noch von meinem stillen Leiden mit.

Trotz des Restalkohols in seinem Blut war er schnell – schneller, als ich erwartet hatte. Ehe ich mich versah, packte er meine Füße und zog mich in seine Richtung. Mein Rücken prallte auf die Matratze und mein Kopf versank im Kopfkissen. Bevor ich auch nur versuchen konnte, mich ihm zu entziehen, hockte er wieder über mir. Sein Gewicht lastete angenehm schwer auf mir und drückte mich in die Matratze. Unter diesen Umständen weiterhin beim Nein zu bleiben war wirklich viel verlangt.

»Ich glaube, wir sollten jetzt keinen Sex haben«, platzte ich heraus.

Einer seiner Mundwinkel schnellte in die Höhe. »Entspann dich. Wir werden jetzt mit Sicherheit nicht poppen.«

»Nicht?« Es klang tatsächlich weinerlich. Liebe Güte, konnte man sich noch erbärmlicher aufführen?

»Nein. Beim ersten Mal werden wir beide stocknüchtern sein. Vertrau mir. Ich will nicht noch mal morgens aufwachen und miterleben, wie du ausflippst, weil du alles vergessen oder deine Meinung geändert hast oder was auch immer. Ich hab genug davon, das Arschloch zu sein.«

»Ich habe dich niemals für ein Arschloch gehalten, David.« Nein, das nicht. Eher für einen Vollidioten und auf jeden Fall für einen BH-Räuber, aber für ein Arschloch nun wirklich nicht.

»Nicht?«

»Nein.«

»Noch nicht einmal, als ich in Vegas über dich geflucht und dir die Tür vor der Nase zugeknallt habe?« Er schob die Finger in mein Haar und rieb mit den Fingerspitzen meine Kopfhaut. Es war schlichtweg unmöglich, sich seinen Streicheleinheiten nicht wie ein zufriedenes Kätzchen zu ergeben. Er hatte magische Hände. Dank ihm wurde sogar die frühe Morgenstunde erträglich – obwohl fünf Uhr schon hart an der Grenze war.

»Das war für uns beide kein sonderlich erfreulicher Morgen«, sagte ich.

»Und in L. A.? Als dieses Mädchen die ganze Zeit an mir klebte?«

»Hattest du das etwa arrangiert?«

Er kniff ein Auge zu und blickte auf mich herab. »Vielleicht brauchte ich eine Art Schutzschild gegen dich.«

Ich wusste nicht, was ich dazu sagen sollte. Zumindest nicht im Augenblick. »Es geht mich nichts an, wen du an dir kleben hast.«

Er grinste unübersehbar selbstzufrieden. »Du warst eifersüchtig.«

»Müssen wir das unbedingt jetzt durchkauen?« Ich stemmte mich gegen seinen starken Leib, richtete jedoch absolut nichts aus. »David?«

»Du willst es nicht zugeben, oder?«

Ich antwortete nicht.

»Hey, ich habe es nicht über mich gebracht, sie anzufassen. Nicht mit dir in meiner Nähe.«

»Nicht?« Diese Aussage beruhigte mich ungemein, sodass sich mein Herzklopfen sofort ein wenig verlangsamte. »Ich habe mich schon gewundert, was passiert ist. Du warst so schnell zurück.«

Er grunzte und kam näher an mich heran. »Als ich dich mit Jimmy gesehen habe ...«

»Zwischen uns lief nichts. Ich schwöre es.«

»Ja, das weiß ich. Tut mir leid, ich habe überreagiert.«

Meine Hände, die eben noch versucht hatten, ihn von mir zu stoßen, begannen mit einem Mal, ihn zu streicheln. Kurios. Sie glitten wie von selbst über seine Schultern, legten sich in seinen Nacken und spielten mit seinem Haar. Ich wollte die Hitze seiner Haut spüren, ihn nah bei mir haben. Wegen ihm befand ich mich auf einer emotionalen Achterbahnfahrt – von verschlafen und knurrig zu verzückt und hingerissen in weniger als acht Sekunden. »Ich finde es toll, dass du neue Songs geschrieben hast.«

»Mm. Und was war, als ich dich mutterseelenallein Adrian und den Anwälten überlassen habe? Warst du mir da böse?«

Ich schnaubte. »Gut, ich muss zugeben, dass ich deswegen doch ein wenig sauer war.«

Er nickte bedächtig, ohne den Augenkontakt zu unterbrechen. »Als ich zurückkam und erfuhr, was geschehen war, dass du mit Mal abgehauen bist, da bin ich völlig ausgerastet. Ich habe meine Lieblingsgitarre genommen und damit Mals Schlagzeug zertrümmert, wobei sie ebenfalls draufgegangen ist. Ich kann selbst noch immer nicht fassen, dass ich das getan habe. Ich war einfach so verdammt wütend und eifersüchtig und außerdem sauer auf mich selbst.«

»Tatsächlich?«, fragte ich ungläubig.

»Ja«, erwiderte er ernsthaft. »Das habe ich tatsächlich getan.«

»David, warum erzählst du mir das ausgerechnet jetzt?«

»Ich möchte vermeiden, dass du es von jemand anderem erfährst.« Er schluckte. »Hör mal, Ev, so bin ich eigentlich nicht. Ich verspreche dir, dass so etwas nie wieder vorkommt. Es ist alles nur so ungewohnt für mich. Du setzt mir ganz schön zu. Diese ganze Situation geht mir an die Nieren. Ich weiß auch nicht, ich labere wohl ganz schön dummes Zeug ... Verstehst du, was ich damit sagen will?«

Gut möglich, dass er sich später an keines seiner Worte mehr erinnern würde. Aber in diesem Moment schien er sie aufrichtig zu meinen. Ich litt mit ihm, sah ihm tief in seine geröteten Augen und lächelte. »Ich denke schon. Du tust das also ganz sicher nicht noch mal?«

»Nein. Ich schwöre es dir«, versicherte er hörbar erleichtert. »Ist zwischen uns wieder alles okay?«

»Ja. Spielst du mir die Songs später vor?«, fragte ich. »Ich würde sie sehr gern hören.«

»Sie sind noch nicht fertig. Aber wenn es so weit ist, präsentiere ich sie dir. Ich will, dass sie perfekt sind, wenn du sie hörst.«

»Einverstanden.« Er hatte Lieder über mich geschrieben. Unglaublich. Außer natürlich, es waren welche von der unschmeichelhaften Sorte. Dann müsste ich ein ernstes Wörtchen mit ihm reden. »Sie handeln doch nicht davon, wie sehr ich dir gelegentlich auf die Nerven gehe, oder?«

Er wackelte mit der Handfläche. »Ein wenig. Aber auf positive Art.«

»Wie bitte?«, kreischte ich.

»Vertrau mir.«

»Verkündest du in diesen Liedern, was für eine entsetzliche Nervensäge ich bin?«

»So direkt habe ich es nicht formuliert.« Er schmunzelte. Seine gute Laune war zurückgekehrt. »Du willst doch nicht etwa, dass ich lüge und behaupte, zwischen uns herrsche immer Glückseligkeit?«

»Vielleicht schon. Doch, ja. Die Leute werden merken, dass die Texte von mir handeln. Mein Ruf als umgänglicher Sonnenschein steht auf dem Spiel.«

Er ächzte. »Sieh mich an, Evelyn.«

Ich tat es.

»Klar bist du ein Sonnenschein. Ich glaube, das würde niemand bestreiten.«

»Du siehst wirklich schrecklich süß aus, wenn du lügst.«

»Auch jetzt? Diese Songs, das sind Liebeslieder, Baby. In der Liebe läuft es nicht immer glatt und unkompliziert. Manchmal kann sie ganz schön chaotisch und schmerzhaft sein. Aber das bedeutet noch lange nicht, dass sie nicht die wundervollste Sache ist, die einem widerfahren kann. Es bedeutet nicht, dass ich nicht verrückt nach dir wäre.«

»Bist du das?«, fragte ich mit belegter Stimme.

»Natürlich.«

»Ich bin auch verrückt nach dir. David Ferris, du bist einfach wunderschön, innerlich wie äußerlich.«

Er legte die Stirn an meine und schloss für einen Moment die Augen. »Du bist so verdammt süß. Aber es gefällt mir, dass du auch die Zähne zeigen kannst. Wie in Vegas, als du diese Deppen runtergeputzt hast. Ich fand es toll, dass du nicht gleichgültig geblieben bist, sondern dich für dieses Mädchen eingesetzt hast. Ich mag es sogar irgendwie, wenn du dich mit mir anlegst. Allerdings nicht immer. Shit, ich komme schon wieder ins Labern ...«

»Kein Problem«, flüsterte ich. »Mir gefallen deine Labereien.«

»Dann bist du mir also nicht böse, weil ich die Beherrschung verloren habe?«

»Nein, David, ich bin nicht böse auf dich.«

Ohne ein weiteres Wort krabbelte er von mir herunter und legte sich neben mich. Dann zog er mich an sich, schob einen Arm unter mich, legte den anderen auf meine Hüfte. »Ev?«

»Hmm?«

»Zieh dein Top aus. Ich möchte deine Haut an meiner spüren. Bitte. Mehr will ich nicht. Versprochen.«

»Okay.« Ich setzte mich auf, zog mir das Hemd über den Kopf und kuschelte mich wieder an ihn. Oben ohne fühlte sich schön an. Er legte das Kinn auf meinen Kopf. Seine warme Brust an meinem Rücken war einfach wundervoll, erregend und beruhigend zugleich. Ich spürte ihn mit jedem Millimeter meiner Haut. Seine Nähe besänftigte den lustvollen Aufruhr in meinem Inneren. Hemmungen wegen meiner Hüften oder meines Bauches oder ähnlichen Krams hatte ich keine Sekunde lang.

Der leichte Alkoholgeruch auf seiner Haut war mir egal. Ich wollte ihm nur nahe sein.

»Es ist schön, mit dir zusammen zu schlafen«, bekannte er, während er meinen Rücken streichelte. »Ich hätte nie gedacht, dass ich mit jemandem gemeinsam in einem Bett schlafen könnte, aber mit dir geht es.«

»Hast du das bisher noch nie getan?«

»Schon lange nicht mehr. Ich brauche meinen Freiraum.« Er zupfte am Saum meines Hipsters herum und machte mich damit ganz nervös.

»Aha.«

»Mit dir hier zu liegen ist die pure Folter, aber die Qualen sind durchaus angenehm.«

Wir verfielen einige Minuten in Schweigen. Ich glaubte schon, er wäre eingeschlafen, als er mich unvermittelt bat: »Sprich mit mir. Ich höre so gern deine Stimme.«

»Na gut. Ich hatte viel Spaß mit Pam. Sie ist sehr nett.«

»Oh ja.« Er fuhr mit den Fingern meine Wirbelsäule entlang. »Die beiden sind liebe Menschen.«

»Es war aufmerksam von ihnen, uns Essen zu bringen.« Ich wusste nicht, was ich sonst sagen sollte. Noch war ich nicht bereit einzugestehen, dass ich über seine Bemerkungen zu meiner Architekturlaufbahn viel nachgedacht hatte. Dass ich begann, den großen Plan infrage zu stellen. Ebenso wenig wollte ich zugeben, dass ich Angst hatte, etwas falsch zu machen und alles zwischen uns zu zerstören, denn möglicherweise hörten die Schicksalsgötter mit und kämen am Ende auf die Idee, mir bei nächster Gelegenheit eine reinzuwürgen. Himmel, hoffentlich nicht. Ich entschied mich stattdessen für ein trivialeres Thema. »Es ist so schön, dass man von hier aus das Meer hören kann.«

»Mm«, murmelte er zustimmend. »Baby, ich möchte am Montag diese Papiere nicht unterzeichnen.«

Ich blieb reglos liegen. Das Herz schlug mir bis zum Hals. »Nein?«

»Nein.« Seine Hand wanderte höher, streichelte meinen Brustkorb direkt unterhalb meiner Brüste. Fast hätte ich vergessen zu atmen. Er schien von der Wirkung, die er auf mich ausübte, nichts zu ahnen, sondern bewegte ohne groß nachzudenken seine Finger über meine Haut, als kritzele er auf einem Blatt Papier herum. Seine Umarmung wurde fester. »Es spricht nichts dagegen, noch zu warten. Wir könnten noch ein bisschen Zeit miteinander verbringen, abwarten, wie es sich entwickelt.«

Hoffnung durchflutete mein Herz, heiß und erregend. »David, meinst du das auch wirklich ernst?«

»Allerdings.« Er seufzte. »Ich weiß, ich habe getrunken. Aber ich denke schon die ganze Zeit darüber nach. Ich will nicht … Shit, ich mochte es schon nicht, dass ich dich die letzten paar Stunden nicht um mich haben konnte, aber du sahst aus, als hättest du Schlaf nötig. Ich will nicht, dass wir diese Dokumente unterzeichnen.«

Ich kniff die Augen zu und sprach ein stummes Stoßgebet. »Dann tun wir es nicht.«

»Bist du sicher?«

»Ja.«

Er zog mich an sich. »Okay. Das ist gut.«

»Wir kriegen das schon hin«, seufzte ich glücklich. Ich war so erleichtert, dass ich weiche Knie bekam. Hätte ich nicht schon gelegen, wäre ich sicher umgekippt.

Er schnupperte unvermittelt an seiner Schulter und den Unterarmen. »Mist, ich stinke nach Bourbon. Ich gehe duschen.« Er gab mir einen flüchtigen Kuss und rollte sich vom Bett. »Wenn ich das nächste Mal so miefig zu dir ins Bett krieche, dann schick mich gefälligst weg. Lass mich nicht mit dir kuscheln.«

Ich liebte es, ihn von unserem Zusammensein sprechen zu hören, als handelte es sich um etwas ganz Alltägliches. Ich liebte es so sehr, dass es mir gleichgültig war, ob er schlecht roch oder nicht.

Das war wahre Liebe.

10

Kurz nach zehn hallte der Türgong durchs Haus. David schlief weiter an meinen Rücken gepresst und regte sich nicht. Nach einigen Stunden Schlaf fühlte ich mich inzwischen schon wieder halbwegs menschlich. So vorsichtig wie möglich schlüpfte ich unter seinem Arm hervor, um ihn nicht zu wecken. Dann zog ich mir meine Jeans und das Top an und rannte die Treppe hinab, wobei ich mich nach Kräften bemühte, mir nicht das Genick zu brechen. Wahrscheinlich kam eine neue Lieferung.

»Kindsbraut! Lass mich rein!«, brüllte Mal vor der Tür, gefolgt von einem beeindruckenden Percussionsolo, das er mit bloßen Händen auf das hölzerne Türblatt hämmerte. Er war eindeutig der Drummer. »Evvie!«

Niemand nannte mich Evvie. Diesen Spitznamen hatte ich schon vor Jahren ausgemerzt – obwohl er immer noch besser war als »Kindsbraut«.

Ich öffnete die Tür und Mal stürmte mit Tyler im Schlepptau an mir vorbei. Da Tyler mit David bis in die frühen Morgenstunden gezecht hatte, wunderte ich mich nicht weiter über seinen Zustand. Der arme Mann litt offenbar unter einem höllischen Kater. Er hatte so dunkle Ringe unter den Augen, dass es aussah, als hätte er zwei Veilchen. An seinen Lippen klebte ein Energydrink.

»Mal, was willst du denn hier?« Ich rieb mir den Schlaf aus den Augen. Hallo, das war noch nicht mal mein Haus. »Bitte entschuldige, das war unhöflich. Ich bin nur so überrascht, dich hier zu sehen. Hallo, Tyler.«

Ich hatte gehofft, meinen Mann heute für mich allein zu haben. Es sollte wohl nicht sein.

Mal warf mir meine Reisetasche vor die Füße. Er war so sehr damit beschäftigt, sich umzusehen, dass er meine Frage wahrscheinlich gar nicht gehört hatte.

»David schläft noch«, informierte ich die beiden, während ich in meiner Tasche wühlte. Oh, meine Sachen, meine wundervollen Sachen. Besonders der Anblick meiner Geldbörse und des Handys war fantastisch. In der Zwischenzeit waren unzählige SMS von Lauren und sogar einige von meinem Vater eingegangen. Ich hatte nicht einmal gewusst, dass er mit einem Handy umgehen konnte. »Danke, dass du mir die Tasche vorbeigebracht hast.«

»Dave hat mich um vier Uhr morgens angerufen und erzählt, er hätte neue Sachen geschrieben. Ich dachte mir, ich komme am besten selbst vorbei und sehe mal nach, was los ist. Und ich nahm an, dass du deine Sachen gerne zurückhättest.« Mal stand, die Hände in die Hüften gestemmt, vor der Fensterwand und bewunderte die Herrlichkeit der Natur. »Mann, was für ein Ausblick.«

»Schön, nicht?«, murmelte Tyler hinter der Getränkedose. »Warte, bis du das Studio siehst.«

Mal legte die Hände wie einen Trichter vor den Mund. »Hey, Hipsterking. Komm runter!«

»Hi, Süße.« Pam kam herein und ließ dabei einen Schlüsselbund um den Finger wirbeln. »Ich habe versucht, sie zu überreden, noch ein paar Stunden zu warten. Wie du siehst, ohne Erfolg. Tut mir leid.«

»Nicht so schlimm«, beteuerte ich. Normalerweise machte ich mir nichts aus Umarmungen. Auch in meiner Familie war es unüblich, sich ständig zu drücken. Meine Eltern bevorzugten eher einen zurückhaltenden Umgang miteinander. Doch

Pam war so lieb, dass ich ihre Umarmung ohne zu zögern erwiderte.

In der vergangenen Nacht hatten wir stundenlang unten im Aufnahmestudio zusammengesessen und geredet. Eine äußerst aufschlussreiche Unterhaltung. Da sie mit einem erfolgreichen Studiomusiker und Produzenten verheiratet war, lebte sie den Rock'n'Roll-Lifestyle bereits seit mehr als zwanzig Jahren: Tourneen, Plattenaufnahmen, Groupies – sie kannte das Rockbusiness von vorn bis hinten. Sie und Tyler hatten in Monterey ein Musikfestival besucht und sich dabei in den Ort verliebt, in seine schroffe Küste und die atemberaubenden Ausblicke auf den Ozean.

»Das Sofa und weitere Betten sind schon unterwegs. Mal, Tyler, helft mit, die Kisten zur Seite zu räumen. Wir stapeln sie dort beim Kamin.« Pam stutzte und lächelte mich zaghaft an. »Moment mal, du bist die Hausherrin. Also gibst auch du die Anweisungen.«

»Oh, sie am Kamin zu stapeln klingt doch gut. Danke.«

»Jungs, ihr habt sie gehört. Bewegt euch.«

Tyler grummelte etwas Unverständliches, stellte aber seine Dose ab und schlurfte wie ein Zombie zu einer der Kisten.

»Moment mal«, meldete sich Mal wieder zu Wort und machte Kussgeräusche in Pams und meine Richtung. »Ich habe noch gar nicht meine Begrüßungsküsschen bekommen.« Damit umarmte er Pam kraftvoll, hob sie hoch und wirbelte sie herum, bis sie in Gelächter ausbrach. Danach kam er mit offenen Armen auf mich zu. »Komm zu Daddy, Wuschelkopf.«

Ich streckte die Hand vor, um ihn zurückzuhalten und lachte. »Das klingt ziemlich merkwürdig, Mal.«

»Lass sie in Ruhe«, rief David vom oberen Treppenabsatz. Dabei gähnte er und rieb sich den Schlaf aus den Augen. Er trug noch immer nur Jeans. Er war mein Kryptonit. All meine festen Vorsätze, vorsichtig zu sein, lösten sich in Wohlgefallen auf. Meine Knie wurden weich. Furchtbar.

Wären wir heute verheiratet oder nicht? Er hatte am Vorabend eine ganze Menge getrunken. Alkohol und Versprechungen, das war keine gute Kombination – was wir beide inzwischen auf schmerzhafte Weise gelernt hatten. Ich konnte nur hoffen, dass er sich noch an unser Gespräch erinnerte und seine Gefühle dieselben waren.

»Was zum Teufel hast du hier zu suchen?«, murrte mein Mann.

»Ich will die neuen Stücke hören, Dummbeutel. Find dich damit ab.« Mal starrte mit zusammengebissenen Zähnen zu David hinauf. »Eigentlich sollte ich dich grün und blau schlagen. Verflucht, Mann, das war mein Lieblingsschlagzeug!«

David erwiderte regungslos seinen Blick. »Ich habe mich doch schon dafür entschuldigt. Ich meinte es auch so.«

»Kann schon sein, aber trotzdem wirst du dafür büßen!«

Anfangs reagierte David nicht, sah ihn nur gereizt an, doch schließlich resignierte er. »Na gut. Was willst du?«

»Etwas, das dir wehtut. Aber richtig.«

»Etwas, das schlimmer ist als deine Anwesenheit hier, obwohl Ev und ich ein bisschen unter uns sein möchten?«

Mal wirkte nun tatsächlich ein wenig betreten.

David kam die Treppe herunter und blieb abwartend auf der letzten Stufe stehen. »Sollen wir das vor der Tür regeln?«

Pam und Tyler verfolgten schweigend das Geplänkel. Ich hatte den Eindruck, dass David und Mal sich heute nicht zum ersten Mal einen Schlagabtausch lieferten. Jungs sind eben Jungs und so. Trotzdem stand ich kampfbereit neben Mal. Wenn er auch nur einen falschen Schritt auf David zumachte, würde ich mich auf ihn stürzen. Ihn an den Haaren ziehen oder so, keine Ahnung. Jedenfalls würde ich ihn aufhalten.

Mal musterte David abschätzig. »Ich prügle mich nicht mit dir. Ich werde doch nicht riskieren, mir die Hände zu verletzen, wenn ich arbeiten muss.«

»Was dann?«

»Deine Lieblingsgitarre hast du selbst schon zerstört. Also muss ich etwas anderes nehmen.« Mal rieb sich die Hände. »Etwas, das man mit Geld nicht kaufen kann.«

»Was?«, fragte David plötzlich alarmiert.

»Hi, Evvie«, sagte Mal grinsend, legte einen Arm um meine Schulter und zog mich an sich.

»Hey«, wehrte ich mich, doch im nächsten Augenblick drückte er schon unangenehmerweise seinen Mund auf meinen. David schrie protestierend auf. Mal schlang den Arm um meinen Rücken, neigte mich nach hinten und küsste mich so forsch, dass es schmerzte. Ich klammerte mich an seinen Schultern fest, weil ich Angst hatte, hintenüber zu fallen. Als er allerdings den Versuch startete, seine Zunge in meinen Mund zu stecken, zögerte ich keine Sekunde, sondern biss zu.

Der Idiot heulte auf.

Nimm das.

So schnell, wie er mich nach hinten geneigt hatte, richtete er mich wieder auf. Mir drehte sich alles und ich musste mich an der Wand abstützen, um nicht zu taumeln. Gleichzeitig rieb ich mir den Mund, um seinen Geschmack loszuwerden. Mal verfolgte es mit leidverzerrtem Gesicht.

»Verdammt noch mal, das hat wehgetan.« Er tastete vorsichtig seine Zunge nach Verletzungen ab. »Ich blute!«

»Recht so.«

Pam und Tyler kicherten. Sie amüsierten sich offenbar prächtig.

David schlang von hinten die Arme um mich. »Gut gemacht«, flüsterte er in mein Ohr.

»Hast du gewusst, dass er das tun würde?«, blaffte ich aus-gesprochen sauer.

»Fuck, nein.« Er rieb sein Gesicht an meiner Wange und brachte damit mein strubbeliges Haar noch mehr durcheinan-der. »Niemand außer mir darf dich anfassen.«

Das war die korrekte Antwort. Mein Zorn schmolz dahin. Ich legte meine Hände auf seine, worauf seine Umarmung noch inniger wurde.

»Willst du, dass ich ihn zu Brei schlage?«, fragte mich David. »Du musst es nur sagen.«

Ich gab vor, ernsthaft darüber nachzudenken. Mal beobach-tete uns interessiert. Wir gingen inzwischen zweifellos viel lie-bevoller miteinander um als in L. A... Aber das ging niemanden etwas an, weder Davids Freunde, noch die Presse, noch sonst jemanden.

»Nein«, flüsterte ich schließlich. Mein Magen schlug Purzel-bäume. Ich verlor in einer derart halsbrecherischen Geschwin-digkeit mein Herz an ihn, dass ich es fast mit der Angst zu tun bekam. »Ich denke, das lassen wir lieber.«

David drehte mich zu sich um. Ich schmiegte mich an ihn und schlang die Arme um seine Taille. Es fühlte sich ganz na-türlich und richtig an. Der Duft seiner Haut berauschte mich. Ich hätte stundenlang so dastehen und ihn einatmen können. Es fühlte sich fast so an, als wären wir *wirklich* zusammen. Al-lerdings verließ ich mich in diesem Punkt lieber nicht mehr auf mein Urteilsvermögen – falls ich das denn überhaupt jemals getan hatte.

»Malcolm leistet euch in den Flitterwochen Gesellschaft?«, fragte Pam mit deutlicher Skepsis.

David schmunzelte. »Das sind nicht unsere Flitterwochen. Falls wir noch eine Hochzeitsreise machen, dann an einen Ort, wo uns niemand finden kann. Vor allem nicht Mal.«

»Falls?«, hakte Pam nach.

Ich mochte Pam wirklich.

»Wenn«, verbesserte David sich und hielt mich weiter fest.

»Das ist ja alles sehr niedlich, aber ich bin gekommen, um Musik zu machen«, mischte sich Mal ein.

»Dann wirst du gefälligst warten. Ev und ich haben heute Morgen andere Pläne.«

»Wir warten schon seit zwei Jahren auf neues Material.«

»Tja, dann kannst du dich auch noch ein paar Stunden gedulden.« David nahm meine Hand und führte mich wieder auf die Treppe zu. Ich war ganz kribbelig vor Aufregung. Er hatte mich erwählt. Ein wundervolles Gefühl.

»Evvie, entschuldige die grobe Knutscherei«, bat Mal und ließ sich auf einer der Kisten nieder.

»Ich vergebe dir«, verkündete ich großmütig mit einem königlichen Winken, während wir die Treppe erklommen.

»Willst du dich dafür entschuldigen, dass du mich gebissen hast?«

»Nö.«

»Das ist aber nicht nett«, brüllte er uns hinterher.

David kicherte.

»Okay Leute, wir müssen endlich diese Kisten aus dem Weg schaffen«, hörte ich Pam kommandieren.

David zog mich eilig über den Korridor ins Schlafzimmer und schloss die Tür hinter uns ab.

»Du hast deine Kleider wieder angezogen«, stellte David fest. »Zieh sie aus.«

Er wartete allerdings nicht auf mich, sondern schnappte sich sofort den Saum meines Shirts und zog es mir über den Kopf und meine ausgestreckten Arme.

»Ich hielt es für unklug, halb nackt zur Tür zu gehen.«

»Da muss ich dir allerdings recht geben«, murmelte er, zog

mich an sich und drückte mich mit dem Rücken gegen die Tür. »Vorhin an der Treppe, da sahst du unglücklich aus. Was war los?«

»Nichts.«

»Evelyn.« Diese Art, wie er meinen Namen sagte. Davon wurden mir die Knie weich. Und davon, wie er sich an mich drängte. Ich legte die Handflächen auf seine feste Brust. Nicht, um ihn wegzustoßen, sondern um ihn zu spüren.

»Ich habe nachgedacht«, räumte ich ein. »Über die Unterhaltung von heute Morgen, als wir darüber sprachen, ähm, die Papiere am Montag nicht zu unterzeichnen.«

»Was ist damit?«, fragte er und starrte mich durchdringend an. Selbst wenn ich es gewollt hätte, hätte ich den Blick nicht abwenden können.

»Nun ja, ich war mir nicht sicher, ob du noch immer derselben Ansicht bist – dass du sie nicht unterschreiben willst, meine ich. Du hattest einiges getrunken.«

»Ich habe meine Meinung nicht geändert.« Er drückte das Becken an meines. Seine Hände strichen über meine Seite. »Du vielleicht?«

»Nein.«

»Gut.« Er umfasste meine Brüste mit seinen warmen Händen. Ich konnte keinen klaren Gedanken mehr fassen.

»Ist das okay für dich?«, fragte er mit einem Blick auf seine Hände.

Ich nickte. Meine Artikulationsfähigkeit hatte sich anscheinend zusammen mit meinem Denkvermögen verabschiedet.

»Dann hör dir meinen Plan an. Ich weiß ja, wie gern du Pläne schmiedest. Wie werden so lange in diesem Zimmer bleiben, bis wir uns ganz sicher sind, dass wir auf derselben Wellenlänge liegen, okay?«

Ich nickte wieder. Sein Plan fand meine vollste Zustimmung.

»Ausgezeichnet.« Er legte die Hand flach zwischen meine Brüste. »Dein Herz schlägt sehr schnell.«

»David.«

»Hm?«

Nein, ich konnte noch immer nicht sprechen. Also legte ich stattdessen die Hand auf seine und drückte sie an mein Herz. Er lächelte.

»Wir spielen jetzt noch einmal eine Szene aus der Nacht nach, in der wir geheiratet haben«, verkündete er und sah mich unter seinen dunklen Brauen vielsagend an. »Warte. Dabei saßen wir gemeinsam auf dem Bett in deinem Motelzimmer. Du hocktest auf mir.«

»Tatsache?«

»Oh ja.« Er führte mich zum Bett und setzte sich auf die Matratzenkante. »Na los.«

Ich kletterte auf seinen Schoß und schlang die Beine um seinen Oberkörper. »So in etwa?«

»Genau.« Er legte die Hände um meine Taille. »Du hast dich geweigert, mit mir in meine Suite im *Bellagio* zu gehen. Du meintest, ich wäre abgehoben und hätte keine Ahnung mehr vom wahren Leben. Du wolltest, dass ich erfahre, wie einfache Menschen leben.«

Ich stöhnte beschämt. »Das klingt ja überhaupt nicht arrogant.«

Sein Mund verzog sich zu einem leichten Lächeln. »Ich fand es lustig. Außerdem hattest du recht.«

»Sag das lieber nicht zu oft, sonst bilde ich mir noch was drauf ein.«

Er reckte das Kinn. »Hör auf rumzuwitzeln, Baby. Ich meine es ernst. Ich hatte eine Dosis Realität nötig, jemanden, der Nein zu mir sagt und mir den Kopf geraderückt. So läuft es zwischen uns beiden. Wir konfrontieren einander mit unbequemen Wahrheiten.«

Klang logisch. »Ich glaube, du hast recht. Reicht das?«

Er legte die Hand wieder auf mein Herz und rieb seine Nasenspitze an meiner. »Merkst du, was wir gerade tun? Wir bauen uns etwas auf.«

»Ja.« Ich spürte es, die Verbindung zwischen uns und die überwältigende Sehnsucht, mit ihm zusammen zu sein. Alles andere war bedeutungslos. Es gab den körperlichen Aspekt: die Art, wie er mich verzauberte, so schnell, wie ich es noch nie erlebt hatte. Seinen wundervollen Duft, wenn er gerade erwachte und noch ganz warm vom Schlaf war. Doch ich wollte mehr von ihm. Ich wollte seine Stimme hören, ihn von allem und jedem erzählen hören.

Ich stand in Flammen. Als würde ein megastarker Hormoncocktail in Lichtgeschwindigkeit durch meine Adern rasen. Er umfasste mit der freien Hand zärtlich meinen Nacken und zog mich an seinen Mund. David zu küssen war wie Kerosin in die Flammen zu gießen. Seine Zunge glitt in meinen Mund, strich frech über meine Zunge, ehe sie sinnlich über meine Zähne und Lippen tanzte. Noch nie hatte ich etwas so Wunderbares verspürt. Seine Finger spielten an meiner Brust, taten umwerfende Dinge, die mir den Atem nahmen. Himmel, die Hitze seiner nackten Haut. Ich rutschte ein Stück vor, um ihn noch stärker zu spüren. Ich brauchte es einfach. Er gab meine Brust frei und spreizte seine Hand auf meinem Rücken, drückte mich noch fester an sich. Er hatte eine Erektion. Ich konnte sie durch zwei Schichten Jeansstoff hindurch spüren. Der Druck zwischen meinen Beinen fühlte sich himmlisch an. Fantastisch.

»Genau so«, murmelte er, als ich begann, auf und ab zu schaukeln. Ich wollte mehr.

Wir küssten uns ungestüm, gierig. Sein Mund berührte meinen Kiefer, mein Kinn, meinen Hals. Am Halsansatz verharrte er und saugte an meiner Haut. Alles in mir spannte sich blitzartig.

»David ...«

Er hörte auf und sah mich mit geweiteten Pupillen an. Er war genauso aufgewühlt wie ich. Gott sei Dank war ich nicht die Einzige, die atemlos keuchte. Er fuhr mit seinem Finger gemächlich zwischen meinen Brüsten entlang auf den Saum meiner Jeans zu.

»Du weißt, was als Nächstes geschah«, sagte er, während seine Hand tiefer wanderte. »Sag es, Ev.« Als ich zögerte, beugte er sich vor und knabberte zart an meinem Nacken. »Los. Sag es mir.«

Ich hatte bisher nie auf Beißspielchen gestanden, weder theoretisch noch praktisch. Viel Praxis hatte es sowieso nie gegeben. Doch Davids Zähne, die sich in meine Haut bohrten, brachten mich schier um den Verstand. Ich kniff die Augen zu – was nicht nur seinem Biss geschuldet war, sondern hauptsächlich den Worten, die er von mir hören wollte.

»Ich habe das bisher erst einmal getan.«

»Du bist nervös. Sei nicht nervös.« Er küsste die Stelle, an der er mich eben gebissen hatte. »Also, dann lass uns eben heiraten.«

Ich öffnete die Augen und lachte verblüfft auf. »Ich wette, das hast du in jener Nacht nicht gesagt.«

»Ich war vielleicht ein wenig wegen deiner Unerfahrenheit besorgt. Und wir haben uns eventuell deswegen auch ein wenig gestritten.« Er lächelte leicht und küsste meinen Mundwinkel. »Aber am Ende ging alles gut.«

»Welcher Streit? Erzähl mir, was passiert ist.«

»Wir beschlossen zu heiraten. Leg dich bitte aufs Bett.«

Er hielt mich an den Hüften fest und half mir, von seinem Schoß auf die Matratze zu steigen. Meine Hände glitten über das geschmeidige, kühle Baumwolllaken. Ich legte mich zurück. David öffnete flink meine Jeans und zog sie mir aus. Daraufhin geriet das Bett ins Wanken, denn er kniete sich über mich.

Ich hatte das Gefühl, kurz vor der Implosion zu stehen. Mein Herz hämmerte. Er dagegen schien völlig ruhig und konzentriert. Schön, dass es wenigstens einem von uns so ging. Natürlich hatte er so etwas schon Dutzende Male getan.

Bei den ganzen Groupies, die ihn ständig umschwirrten, wahrscheinlich sogar noch häufiger. Wie oft wohl? Hunderte Male, vielleicht sogar tausende?

Daran wollte ich jetzt nicht denken.

Er hakte die Finger in den Saum meines Höschens und sah mir in die Augen. Dann zog er mir ohne jede Hast auch noch das letzte Kleidungsstück aus. Ich verspürte ein überwältigendes Verlangen, mich zu bedecken. Stattdessen klammerte ich mich ans Betttuch und zwirbelte den Stoff zwischen meinen Fingern.

Er knöpfte sich ebenfalls die Jeans auf. Das Rascheln seiner Kleidung war das einzige Geräusch im Zimmer. Nicht eine Sekunde wandte er den Blick von mir ab. Dann ging er zum Nachttisch hinüber, nahm ein Kondom heraus und steckte es diskret unter das Kissen neben mir.

David nackt zu sehen entzog sich jeglicher Beschreibung. »Wunderschön« reichte nicht aus, um die festen Konturen seines Körpers zu umschreiben, die Tattoos, die seine Haut bedeckten. Allerdings gab er mir nur wenig Gelegenheit, ihn zu bewundern.

Er legte sich neben mich, stützte sich auf einen Ellbogen und legte die andere Hand auf meine Hüfte. Sein dunkles Haar fiel ihm ins Gesicht, sodass ich es nicht mehr sehen konnte. Aber das wollte ich. Er beugte sich über mich und küsste diesmal zärtlich meine Lippen, mein Gesicht. Seine Haare kitzelten mich.

»Wo waren wir stehen geblieben?«, raunte er leise an meinem Ohr.

»Wir beschlossen zu heiraten.«

»Mm, weil ich gerade die beste Nacht meines Lebens erlebt hatte. Weil ich mich zum ersten Mal nach ewig langer Zeit nicht mehr einsam fühlte. Die Vorstellung, dich nicht auch zukünftig jede Nacht bei mir zu haben ... Ich konnte sie nicht ertragen.« Sein Mund wanderte weiter zu meinem Hals. »Ich konnte dich nicht gehen lassen. Insbesondere, nachdem ich erfahren hatte, dass du vor mir erst mit einem Mann zusammen gewesen warst.«

»Ich dachte, das hätte dich eher beunruhigt?«

»Und ob es das getan hat«, räumte er ein und küsste mein Kinn. »Du warst offensichtlich bereit, es mit dem Sex noch einmal zu versuchen. Wenn ich so blöd gewesen wäre, dich gehen zu lassen, dann hättest du möglicherweise jemand anderes kennengelernt. Ich konnte den Gedanken, dass du mit einem anderen Mann ins Bett gehst, nicht aushalten.«

»Oh.«

»Genau. Oh. Apropos, hast du zufällig doch noch irgendwelche Vorbehalte gegen das, was wir hier gerade tun?«

»Nein.« Eine Menge Schiss, aber keine Vorbehalte.

Seine Hand glitt von meiner Hüfte auf meinen Bauch. Er ließ sie um meinen Nabel kreisen, ehe sie tiefer rutschte. Ich erzitterte.

»Du bist so verdammt hübsch«, hauchte er. »Alles an dir. Als ich mich schließlich traute, dir vorzuschlagen, deinen großen Plan über den Haufen zu werfen und mit mir durchzubrennen, hast du Ja gesagt.«

»Das habe ich?«

»Das hast du.«

»Gott sei Dank.«

Er strich sacht über meinen Schoß, ehe seine Hand sich zu meinen verkrampften Oberschenkeln fortbewegte. Wenn ich mehr wollte, dann musste ich jetzt die Beine öffnen. Ich wusste es. Natürlich. Doch die Erinnerung an den Schmerz vom letzten Mal hielt mich zurück. Ich machte so heftige Krallenzehen, dass sich in meinen angespannten Waden ein Muskelkrampf ankündigte. Wie albern. Tommy Byrnes war ein ignoranter Mistkerl gewesen. David war nicht wie er.

»Wir können es so langsam angehen lassen, wie du möchtest«, las er meine Gedanken. »Vertrau mir, Ev.«

Seine warme Hand schloss sich um meinen Schenkel, während er über meinen Hals leckte. Es fühlte sich wundervoll an, aber es war noch nicht genug.

»Ich muss …« Ich wandte ihm das Gesicht zu, suchte seinen Mund. Er legte die Lippen auf meine und alles war gut. David zu küssen vertrieb jedes Leid. Ich schmeckte ihn, spürte seinen Körper auf meinem, und der feste Knoten in meinem Inneren löste sich in süße Behaglichkeit auf. Einer meiner Arme war unter ihm eingeklemmt, doch ich benutzte den anderen, so gut es ging, und berührte jeden Zentimeter seiner Haut, den ich erreichen konnte, knetete seine Schulter und betastete seinen gespannten, geschmeidigen Rücken.

Als ich an seiner Zunge saugte, gab er ein kehliges Stöhnen von sich, was mein Selbstbewusstsein immens steigerte. Dann stahl sich seine Hand zwischen meine Beine. Schon vom Druck seiner Finger sah ich Sterne. Ich unterbrach den Kuss, denn ich bekam plötzlich keine Luft mehr. Er berührte mich anfangs nur sehr zurückhaltend, damit ich mich daran gewöhnen konnte. Herrje, was er alles mit seinen Fingern anstellen konnte.

»Elvis kann heute leider nicht hier sein«, verkündete er.

»Wie bitte?«, fragte ich verwirrt.

Er hielt inne und steckte sich zwei Finger in den Mund. Ob er das tat, um mich zu schmecken, oder um sie anzufeuchten, wusste ich nicht. War auch egal. Wichtiger war, dass seine Hand wieder zu mir zurückkehrte, und zwar schnell.

»Ich wollte das hier mit niemandem teilen.« Seine Fingerspitze stieß in mich, nur ein ganz kleines Stück, zog sich zurück, drängte sich wieder nach vorn. Es fühlte sich zwar nicht genauso sinnlich an wie eben, als er mich gestreichelt hatte, aber es schmerzte auch nicht. Noch nicht.

»Kein Elvis also. Darum muss ich die Fragen stellen.«

Ich runzelte die Stirn, doch konnte ich mich kaum auf seine Worte konzentrieren. Keinesfalls konnten sie so wichtig sein wie seine Berührungen. Mein Verstand war völlig von Lust vereinnahmt. Vielleicht plapperte er während des Vorspiels einfach dummes Zeug. Keine Ahnung. Wenn er denn unbedingt reden musste, würde ich ihm später liebend gern zuhören.

Sein Blick verharrte einige Sekunden lang auf meinen Brüsten, ehe er endlich den Kopf senkte und eine von ihnen mit dem Mund umfing. Ich drückte den Rücken durch, wodurch sein Finger noch tiefer in mich glitt. Das fordernde Saugen seiner Lippen ließ mich alles Unbehagen vergessen. Er streichelte mich weiter zwischen meinen Schenkeln und meine Lust wuchs immer mehr an, prickelte auf die angenehmste Art und Weise. Wenn ich das selbst tat, fühlte es sich schon gut an, aber bei ihm war es geradezu spektakulär. Ich wusste ja, dass er ein Gitarrengenie war, aber hier lag mit Sicherheit sein eigentliches Talent verborgen. Ganz sicher.

»Oh Gott, David.« Er widmete sich nun meiner anderen Brust. Ich bäumte mich ihm entgegen. Zwei seiner Finger bewegten sich in mir, etwas unangenehm, aber nichts, womit ich nicht fertig werden konnte. Zumindest solange er seinen

Mund nicht wegnahm, nicht aufhörte, meine Brüste mit seinen überschwänglichen Liebkosungen zu bedecken. Sein Daumen rieb über eine besonders sensible Stelle. Ich verdrehte die Augen. Ich war so dicht davor. Die Intensität dessen, was sich in mir aufbaute, war gigantisch. Überwältigend. Wenn sich diese Spannung entlud, würde mein Körper explodieren und zu Staub oder in seine einzelnen Atome zerfallen.

Wenn er jetzt aufhörte, würde ich in Tränen ausbrechen. Heulen und betteln. Und ihn vielleicht umbringen.

Glücklicherweise dachte er nicht einmal daran.

Ich kam stöhnend. All meine Muskeln waren gespannt. Es war beinahe zu viel für mich. Aber nur beinahe. Ich schwebte, mein Körper schlaff und befriedigt für alle Zeiten. Oder zumindest bis zum nächsten Mal.

Als ich die Augen wieder aufschlug, war er über mir. Wartete. Dann riss er das Kondompäckchen mit den Zähnen auf und zog das Kondom über. Ich war kaum zu Atem gekommen, als er schon wieder über mir aufragte und sich zwischen meine Beine schob.

»Gut?«, fragte er und lächelte zufrieden.

Ich brachte lediglich ein Nicken zustande.

Er stützte sich auf den Ellbogen ab. Sein Gewicht drückte mich in die Matratze. Ich hatte schon vorher bemerkt, dass er gern seine Größe zu unser beider Vorteil einsetzte. Das machte er gut. Die Position war weder langweilig noch klaustrophobisch. Ich weiß nicht, warum ich das gedacht hatte. Auf dem Rücksitz im Auto von Tommy Byrnes Eltern war ich eingequetscht und verkrampft gewesen, doch das hier ließ sich damit absolut nicht vergleichen. Unter ihm zu liegen, seine Haut an meiner zu spüren, war perfekt. Und sein Körper verriet mir ohne Zweifel, wie sehr auch er es wollte. Ich lag unter ihm und wartete darauf, dass er in mich eindrang.

Wartete und wartete.

Er strich mit den Lippen über meinen Mund. »Willst du, Evelyn Jennifer Thomas, weiterhin mit mir, David Vincent Ferris, verheiratet bleiben?«

Ach, diesen Elvis hatte er gemeint. Den, der uns getraut hatte. Na so was. Ich hielt ihm das Haar aus dem Gesicht, denn ich musste seine Augen sehen. Ich hätte ihn gleich zu Anfang bitten sollen, es zurückzubinden. Ich musste unbedingt sehen, ob er seine Worte ernst meinte.

»Du willst das ausgerechnet jetzt tun?«, fragte ich ein wenig irritiert. Ich war so mit meinen Gedanken an Sex beschäftigt gewesen, dass ich das hier nicht hatte kommen sehen.

»Unbedingt. Wir werden genau jetzt unser Gelübde noch einmal bekräftigen.«

»Ja?«, sagte ich.

Er legte den Kopf schief, kniff die Augen zusammen. Seine Miene wirkte gequält. »Ja? Bist du dir etwa nicht sicher?«

»Nein. Ich meine, ja«, wiederholte ich mit mehr Nachdruck. »Ja. Ich bin sicher. Ganz sicher.«

»Na was für ein Glück.« Er wühlte unter dem Kissen herum. Als er die Hand wieder hervorzog, glitzerte darin der gigantomanische Ring. »Deine Hand bitte.«

Ich hielt sie zwischen uns, damit er mir den Ring auf den Finger stecken konnte. Dabei grinste ich so sehr, dass mir die Wangen schmerzten. »Hast du auch ›Ja‹ gesagt?«

»Ja.« Er küsste mich fest auf die Lippen. Seine Hand glitt über meine Seite und meinen Bauch zwischen meine Beine. Dort unten war alles noch überempfindlich und zweifellos nass. Die Gier seines Kusses und die Art, wie er mich berührte, verliehen mir jedoch die beruhigende Gewissheit, dass er sich nicht daran störte.

Er positionierte sich und drang in mich ein. Und das war es.

Urplötzlich konnte ich mich nicht mehr entspannen. Die Erinnerung an die Schmerzen, die mein letzter Versuch mit sich gebracht hatte, warf mich völlig aus der Bahn. Feuchtigkeit half auch nicht, wenn die Muskeln sich sträubten. Ich ächzte und presste die Schenkel an seine Hüften. David war hart und groß und es tat weh.

»Sieh mich an«, beschwor er mich. Das Blau seiner Augen wirkte dunkler. Er biss die Zähne fest aufeinander. Seine verschwitzte Haut glänzte im Zwielicht. »Hey.«

»Hey.« Meine Stimme klang selbst in meinen Ohren ziemlich zittrig.

»Küss mich.« Er senkte den Kopf und ich tat es, drängte meine Zunge in seinen Mund, begierig, ihn zu spüren. Er wiegte sich vorsichtig, glitt tiefer in mich. Sein Daumen spielte an meiner Klitoris, wirkte den Schmerzen entgegen. Sie ließen nach, verwandelten sich in das vertraute unbehagliche Gefühl. Sogar ein wenig Lust gesellte sich dazu. Kein Problem. Damit kam ich zurecht.

Er ergriff mein Bein, rutschte tiefer und packte meine Pobacke. Dann zog er mich an sich, bewegte sich immer tiefer in mich hinein, bis er schließlich ganz in mir war. Was nun doch ein Problem darstellte, denn in mir war einfach nicht genug Platz für ihn.

»Ist schon okay«, keuchte er.

Er hatte leicht reden.

Mist.

Wir lagen regungslos, unsere Körper miteinander verbunden. Ich hatte die Arme um seinen Kopf geschlungen und drückte ihn so fest an mich, dass ich mir nicht sicher war, ob er überhaupt noch Luft bekam. Irgendwie schaffte er es, das Gesicht weit genug zur Seite zu drehen, um meinen Hals zu küssen und den Schweiß von meiner Haut zu lecken. Er kam weiter nach oben, seine Lippen auf meinem Kiefer, dann auf meinem Mund. Er küsste mich. Mein Klammergriff lockerte sich tatsächlich ein wenig.

»Das ist es«, sagte er zu mir. »Bitte versuch, dich ein bisschen für mich zu entspannen.«

Ich nickte knapp und bemühte mich, meinen Körper dazu zu bringen, sich zu entkrampfen.

»Du bist so verdammt schön und, lieber Gott, du fühlst dich einfach unglaublich an.« Er tätschelte meine Brust mit seiner großen Hand, strich meine Seite hinab, beruhigte mich. Tatsächlich spürte ich, wie meine Muskeln sich nach und nach lockerten und sich an ihn anpassten. Mit jeder seiner Berührungen und jedem lieben Wort verging der Schmerz ein wenig mehr.

»Das ist gut«, sagte ich schließlich. Meine Hände ruhten auf seinem Bizeps. »Ich bin in Ordnung.«

»Ach was, du bist mehr als nur in Ordnung. Du bist einfach fantastisch.«

Ich grinste glückselig. Er sagte einfach tolle Sachen.

»Du meinst, ich kann mich jetzt rühren?«

»Ja.«

Er begann, sich auf und ab zu bewegen, jedes Mal ein wenig stärker, steigerte behutsam die Geschwindigkeit, während sich unsere Körper geschmeidig aneinanderrieben. Wir passten fast perfekt zusammen. Und wir taten *es*. Wirklich und wahrhaftig. Das war tatsächlich der Gipfel der körperlichen Nähe. Intimer konnten sich zwei Menschen nicht begegnen. Ich war so froh, dass es mit ihm geschah. Es bedeutete so unendlich viel.

Tommy hatte zwei Sekunden durchgehalten – lang genug, um mein Jungfernhäutchen zu durchstoßen und mir Schmerzen zuzufügen. David dagegen berührte und küsste mich wieder und wieder und ließ sich Zeit. Ganz langsam baute sich erneut die süße Hitze, der angenehme Druck in mir auf. David sorgte liebevoll dafür, dass er wuchs, verwöhnte mich mit ausgiebigen, feuchten Küssen, glitt auf eine Art in mich, die mir nichts als Vergnügen bereitete. Er war unglaublich, beobachtete mich mit größter Aufmerksamkeit und achtete auf jede meiner Reaktionen.

Schließlich klammerte ich mich an ihn und ergab mich meinem unfassbar intensiven Höhepunkt. Er fühlte sich an, als würde das gesamte Neujahrsfeuerwerk von New York explodieren, heiß und strahlend und makellos. Ich stammelte seinen Namen und er presste sich an mich, stöhnte und sein ganzer Körper wurde von einem Schauer geschüttelt. Er vergrub das Gesicht an meinem Hals, sein Atem strich heiß über meine Haut.

Wir hatten es getan.

Na so was.

Wow.

Es stimmte wirklich, dass es hinterher ein wenig schmerzte, war jedoch kein Vergleich zu dem, was ich letztes Mal durchgestanden hatte.

David rollte sich vorsichtig von mir herunter und fiel neben mir aufs Bett.

»Wir haben es getan«, flüsterte ich.

Er schlug die Augen auf. Sein Brustkorb hob und senkte sich noch immer schnell. Nach einem kurzen Augenblick legte er sich auf die Seite und sah mich an. Nie im Leben hatte ich so einen tollen Mann wie ihn getroffen. Dessen war ich mir hundertprozentig sicher.

»Oh ja. Geht es dir gut?«, fragte er.

»Ja.« Ich rutschte dichter zu ihm, genoss die Hitze seines Körpers. Er legte einen Arm um meine Taille und zog mich an sich, zeigte mir mit dieser Geste seine Zuneigung. Unsere Gesichter waren nur noch eine Handbreit voneinander entfernt.

»Es war so viel besser als letztes Mal. Ich glaube, ich mag Sex doch.«

»Du ahnst ja nicht, wie sehr es mich erleichtert, das zu hören.«

»Warst du denn nervös?«

Er schmunzelte und kuschelte sich an mich. »Nicht so aufgeregt wie du. Freut mich, dass es dir gefallen hat.«

»Es war wundervoll. Du bist ein Mann mit vielen verborgenen Talenten.«

Er strahlte mich an.

»Du wirst jetzt aber nicht irgendwelche Sprüche vor anderen über mich klopfen, oder?«

»Das würde ich niemals wagen. Schließlich habe ich dich ja, um mich am Boden zu halten, Mrs Ferris.«

»Mrs Ferris«, wiederholte ich verwundert. »Wer hätte das gedacht.«

»Hm.« Er streichelte mein Gesicht.

Ich hielt seine Hand fest und inspizierte sie kritisch. »Du hast keinen Ring.«

»Stimmt. Das müssen wir noch ändern.«

»Allerdings.«

Er lächelte. »Hey, Mrs Ferris.«

»Hey, Mr Ferris.«

In mir war nicht genug Platz für all die Gefühle, die er in mir weckte.

Nicht einmal annähernd genug.

11

Den Nachmittag verbrachten wir gemeinsam mit Tyler und Mal unten im Aufnahmestudio. Wenn David einmal keine Gitarre in der Hand hielt, setzte er mich sofort auf seinen Schoß, und wenn er spielte, lauschte ich andächtig. Leider sang er nicht und dementsprechend bekam ich auch die neuen Texte nicht zu hören. Die Musik klang allerdings super, nach etwas rotzigem Rock'n'Roll. Mal nickte die ganze Zeit im Rhythmus mit dem Kopf und schien mit dem Material zufrieden zu sein.

Tyler hockte hinter dem Mischpult mit seinen hunderttausend Knöpfen und Hebeln und strahlte übers ganze Gesicht. »Dave, spiel dieses Lick noch einmal.« Mein Ehemann nickte und ließ die Finger übers Griffbrett sausen. Es war wie Zauberei.

Während wir oben gewesen waren, hatte Pam bereits angefangen, die unzähligen Kisten auszupacken. Als sie sich am frühen Abend wieder an die Arbeit machte, gesellte ich mich zu ihr. Zwar hatte sie niemanden darum gebeten, diese Aufgabe zu übernehmen, doch trotzdem fand ich es ungerecht, sie damit ganz allein zu lassen. Außerdem konnte ich dabei meinen Organisationsdrang ausleben. Hin und wieder stahl ich mich nach unten, um mir ein Küsschen von David abzuholen, und ging danach wieder Pam zur Hand. David und seine Kumpane waren von ihrer Musik völlig vereinnahmt, tauchten nur kurz auf, um sich zu stärken, und verschwanden danach sofort wieder im Studio.

»So ist es immer während der Aufnahmen. Sie verlieren jegliches Zeitgefühl, versinken völlig in ihrer Musik. Ich weiß gar nicht, wie viele Mahlzeiten Tyler schon hat ausfallen lassen, weil er einfach vergessen hat zu essen!«, erzählte Pam, während sie eine der Kisten ausräumte.

»Musik ist nicht nur ihr Job, sondern auch ihre erste große Liebe«, fuhr sie fort und staubte nebenbei eine Schale im asiatischen Stil ab. »Du weißt schon, diese eine gute alte Freundin, die sich ständig in ihrer Nähe aufhält, zu den unmöglichsten Zeiten anruft, wenn sie betrunken ist, und sie bittet, rüberzukommen.«

Ich lachte. »Wie kommt man damit zurecht, immer an zweiter Stelle zu stehen?«

»Man muss einen Mittelweg finden. Schätzchen, du musst wohl oder übel akzeptieren, dass die Musik ein wichtiger Teil ihres Lebens ist. Sinnlos, dagegen aufzubegehren. Hast du schon einmal eine Leidenschaft mit Herzblut verfolgt?«

»Nein«, antwortete ich aufrichtig und begutachtete dabei ein Saiteninstrument, wie ich es noch nie zuvor gesehen hatte. Das Schallloch war mit filigranen Schnitzereien verziert. »Mir gefällt es auf dem College. Und ich arbeite gern im Café. Der Job macht Spaß und die Leute dort sind sehr nett. Aber ich kann nun mal nicht für den Rest meines Lebens Kaffee servieren.« Ich stutzte und verzog das Gesicht. »Oh Gott, das sind haargenau die Worte meines Vaters. Vergiss, was ich gesagt habe.«

»Wenn du willst, kannst du durchaus dein Leben lang Kaffee servieren«, entgegnete sie. »Aber manchmal braucht es auch etwas Zeit, um zu erkennen, was man wirklich mit seinem Leben anfangen will. Hetz dich nicht. Ich wurde schon zur Fotografin geboren.«

»Das ist toll.«

Pam lächelte und ihr Blick schweifte in die Ferne. »So haben Tyler und ich uns kennengelernt. Ich begleitete die Band, in der er damals spielte, einige Tage auf ihrer Tournee. Letztendlich blieb ich bei ihnen und reiste mit ihnen durch ganz Europa. Am Ende der Tour heirateten wir in Venedig und seitdem sind wir zusammen.«

»Das ist eine wunderschöne Geschichte.«

»Ja«, seufzte Pam. »Das waren damals auch großartige Zeiten.«

»Hast du Fotografie studiert?«

»Nein, mein Vater hat mir alles beigebracht. Er arbeitete für den *National Geographic*. Als ich sechs Jahre alt war, drückte er mir zum ersten Mal eine Kamera in die Hand und ich weigerte mich, sie wieder herzugeben. Am darauffolgenden Tag brachte er mir eine gebrauchte Kamera mit. Ich schleppte sie überall mit hin, betrachtete die Welt nur noch durch ihre Linse. Weißt du, wenn ich die Welt auf diese Art ansah, verstand ich sie besser. Und alles wirkte irgendwie noch schöner, noch einzigartiger.« Sie nahm einige Bücher aus einem Karton und verstaute sie in einem der Regale, die in die Wand eingelassen waren. Wir hatten bereits so viele andere Bücher und Erinnerungsstücke dort hineingeräumt, dass sie schon halb voll waren.

»David war in den vergangenen Jahren mit einigen Frauen zusammen, aber in deiner Gegenwart, da benimmt er sich plötzlich ganz anders. Ich weiß auch nicht genau … Die Art, wie er dich ansieht, ist einfach herzerwärmend. Sechs Jahre lang hat er niemanden mehr mit hierher gebracht.«

»Warum stand das Haus so lange leer?«

Pams Lächeln erstarb und sie mied es, mir in die Augen zu sehen. »David hatte es als sein Heim auserkoren, den Ort, an den er immer wieder zurückkehren wollte. Doch dann änderten sich die Dinge plötzlich. Die Band stand gerade vor dem

Durchbruch und alles verkomplizierte sich. Wahrscheinlich kann er es dir selbst am besten erklären.«

»Sicher.« Meine Neugier war geweckt.

Pam hockte sich hin und ließ den Blick durchs Zimmer schweifen. »Herrje, ich quassele und quassele. Wir sind schon den ganzen Tag so fleißig. Ich finde, wir haben eine Pause verdient.«

»Ganz deiner Meinung.«

Wir hatten inzwischen die Hälfte der Kisten geöffnet und all die Dinge, für die wir nicht sofort einen Platz gefunden hatten, ordentlich an einer Wand aufgereiht. Inzwischen war auch ein großes schwarzes Plüschsofa angeliefert worden, das perfekt zum Haus und seinem Besitzer passte. Dank der Teppiche, Bilder und Musikinstrumente, die wir überall verteilt hatten, wurde das Haus langsam richtig heimelig. Ob es David wohl auch gefiel? Ich konnte mir gut vorstellen, wie wir hier gemeinsam Zeit verbrachten, wenn ich nicht zum College musste. Vielleicht würden wir auch zusammen auf Tour gehen, wenn ich freihatte. Unsere gemeinsame Zukunft lag in all ihrer strahlenden und verwirrenden Schönheit und Verheißung vor uns.

Im Hier und Jetzt hatte ich es dagegen noch nicht einmal geschafft, mich bei Lauren zu melden. Ich fühlte mich schuldig deswegen, verspürte aber auch keine große Lust, ihr die ganze Sache zu erklären oder ihr meine wachsenden Gefühle für David zu beichten.

»Komm, wir holen uns unten an der Straße etwas zu essen«, schlug Pam vor. »In der Bar servieren sie die besten Spareribs, die du jemals gegessen hast. Tyler ist ganz verrückt danach.«

»Eine ausgezeichnete Idee. Ich sage unten nur kurz Bescheid, dass wir gehen. Muss ich mich vorher noch umziehen?«

166

Ich trug wieder die schwarzen Jeans, das Trägerhemd und ein Paar Converse Chucks – die einzigen Schuhe unter Marthas Einkäufen, die keine zehn Zentimeter hohen Absätze hatten. Zur Abwechslung sah ich tatsächlich einmal nach Rock'n'Roll aus. Pam trug ebenfalls Jeans, ein weißes Shirt und eine schwere türkisfarbene Halskette. Theoretisch ein lässiges Outfit, doch sie sah darin einfach umwerfend aus.

»Du bist genau richtig angezogen«, beruhigte sie mich. »Keine Sorge, dort geht es leger zu.«

»Na schön.«

Aus dem Untergeschoss klang nach wie vor Musik zu uns herauf. Als ich hinunterging, war die Tür geschlossen und das rote Licht brannte. Ich sah, dass Tyler Kopfhörer trug und eifrig an der Konsole hantierte. In der ganzen Aufregung hatte ich bedauerlicherweise vergessen, mein Handy wieder aufzuladen. Allerdings hätte ich David sowieso keine SMS schicken können, denn ich kannte seine Telefonnummer nicht. Stören wollte ich aber auch nicht. Schließlich legte ich eine Nachricht auf den Küchentisch. Wir wären ja sowieso nicht lange weg. Wahrscheinlich würde David es nicht einmal bemerken.

Das Innere der Bar war traditionell eingerichtet: viel Holz, eine große Jukebox und drei Billardtische. Als wir eintraten, begrüßte das Personal Pam wie eine alte Bekannte. Obwohl die Bar rappelvoll war, schenkte mir zu meiner Erleichterung niemand Beachtung. Es war schön, wieder einmal unter Menschen zu kommen, einfach nur eine unter vielen zu sein. Pam hatte ihre Bestellung vorab telefonisch aufgegeben, doch das Essen war trotzdem noch nicht fertig. Anscheinend ging es in der Küche genauso turbulent zu wie in der Bar. Wir bestellten uns etwas zu trinken und machten es uns gemütlich, um die Wartezeit zu überbrücken. Mir gefiel es hier. Es herrschte eine ungezwungene Atmosphäre, überall erklang Gelächter und aus der Jukebox dröhnte Countrymusik. Ich trommelte den Rhythmus mit den Fingern mit.

»Lass uns tanzen«, sagte Pam unvermittelt, schnappte sich meine Hand und zerrte mich vom Stuhl. Sie wippte und tänzelte vor mir her auf die Tanzfläche.

Es tat gut, sich ein wenig gehen zu lassen. Auf Sugarland folgte Miranda Lambert. Ich reckte die Arme in die Luft und wiegte mich zur Musik. Plötzlich berührte jemand von hinten meine Hüften. Als ich lächelnd den Kopf schüttelte, zog der Typ sich wieder zurück. Er grinste mich jedoch an und tanzte weiterhin direkt neben mir. Pam wurde von einem anderen Typen über die Tanzfläche gewirbelt. Sie jauchzte und ließ sich von ihm festhalten. Die beiden kannten sich offenbar.

Als der Typ neben mir ein wenig dichter aufrückte, ließ ich es geschehen. Er behielt seine Hände bei sich und benahm sich anständig. Den anschließenden Song kannte ich nicht, aber der Rhythmus war gut und so tanzten wir weiter. Ich schwitzte und das Haar klebte mir im Gesicht. Dann spielten sie Dierks Bentley. Seit meinem zwölften Lebensjahr schwärmte ich für ihn. Allerdings hatte es mir nicht seine Musik angetan, sondern sein schönes, blondes Haar. Peinlich.

Typ Nummer eins trollte sich schließlich und ein anderer Kerl nahm seinen Platz ein, schlang den Arm um meine Taille und versuchte, mich an sich zu ziehen. Ich legte die Handflächen auf seine Brust, um ihn wegzudrücken, und schüttelte wieder auf bewährte Art lächelnd den Kopf. Der Typ war selbst mit seinem Hut kaum größer als ich, dafür aber kräftig. Er hatte eine breite Brust und stank nach Zigarettenrauch.

»Nein«, sagte ich deutlich und versuchte, ihn wegzuschieben. »Tut mir leid.«

»Das muss es nicht, Kleines«, brüllte er mir ins Ohr, wobei er mir seine Hutkrempe ins Gesicht stieß. »Tanz mit mir.«

»Lass los.«

Er grinste nur und pflanzte seine Hände klatschend auf meine Pobacken. Dann fing der Mistkerl auch noch an, sich an mir zu reiben.

»Hey!« Ich stieß gegen seine Brust, jedoch ohne Erfolg. »Lass mich in Ruhe.«

Jetzt beugte der Lüstling sich auch noch vor, um mich zu küssen, wobei er mich mit der Krempe schmerzhaft an der Nase traf. Der Kerl widerte mich an. Wenn ich es schaffen würde, mein Knie zwischen seine Beine zu manövrieren und es in seinen Schritt zu rammen, könnte ich wenigstens für faire Verhältnisse sorgen. Oder ihn einfach heulend auf dem Boden liegen lassen, wo er nach seiner Mami schreien könnte. Damit hätte ich auch kein Problem gehabt.

Ich stellte den Fuß zwischen seine Beine und näherte mich meinem Zielgebiet …

»Lass sie los.« Wie aus dem Nichts materialisierte sich David auf der Tanzfläche. In seinem Kiefer zuckte ein Muskel. Oje, er sah aus, als könnte er jemanden umbringen.

»Warte, bis du dran bist«, blaffte der Cowboy zurück und drängte sein Becken an meines. Gott, er war so eklig. Ich hatte das Gefühl, mich übergeben zu müssen. Der Typ hätte es aber auch verdient gehabt, angekotzt zu werden.

David fletschte die Zähne, riss dem Kerl den Hut vom Kopf und schleuderte ihn in die tanzende Menge um uns herum. Der Mann riss die Augen auf und ließ von mir ab.

Ich sprang einen Schritt zurück. Endlich frei. »David …«

Er sah mich an und in diesem Moment holte der Cowboy aus. Er traf David am Kiefer. Davids Kopf schnellte zurück. Er taumelte. Der Cowboy stürzte sich auf ihn und sie landeten hart auf dem Boden. Ich sah fliegende Fäuste und tretende Füße, doch zu wem sie gehörten, ließ sich kaum ausmachen.

Die anderen Gäste bildeten einen Kreis und gafften. Niemand schritt ein. Blut spritzte auf den Fußboden. Die beiden rollten herum, schlugen sich. David war obenauf, wurde jedoch genauso schnell wieder unter dem Cowboy begraben. Mein Puls hämmerte in meinen Ohren. Dieser Gewaltausbruch war erschreckend. Nathan hatte sich häufig nach Schulschluss geprügelt. Es war jedes Mal furchtbar gewesen. Das Blut, der Schmutz und die blindwütige Raserei.

Ich konnte nicht einfach stumpfsinnig danebenstehen. Das würde ich nicht tun.

Ich machte einen Schritt nach vorn, doch eine starke Hand hielt mich zurück.

»Nicht«, sagte Mal beschwörend.

Dann schritt er gemeinsam mit einigen anderen Männern ein. Ich war unendlich erleichtert. Mal und Tyler holten David von dem Cowboy herunter, während zwei andere den Trottel, dessen Gesicht inzwischen blutverschmiert war, im Zaum hielten. Der Vollidiot brüllte herum und regte sich noch immer wegen seines Huts auf.

Mal und Tyler zerrten David rückwärts aus der Bar. Er trat um sich, versuchte sich loszureißen, um sich wieder in den Kampf zu stürzen. Er wehrte sich unermüdlich, bis die beiden ihn schließlich gegen Mals großen schwarzen Jeep warfen.

»Hör endlich auf damit!«, brüllte Mal ihm ins Gesicht. »Es ist vorbei.«

David sackte vor dem Fahrzeug zusammen. Aus einem seiner Nasenlöcher quoll Blut. Sein dunkles Haar hing ihm ins Gesicht. Selbst im Halbdunkel sah sein Gesicht geschwollen und verunstaltet aus. Zwar nicht halb so schlimm wie das des anderen Kerls, aber trotzdem.

»Alles okay?«, fragte ich und trat näher, um das Ausmaß seiner Verletzungen zu begutachten.

»Mir geht es gut«, erwiderte er noch immer atemlos und starrte zu Boden. »Lass uns gehen.«

Er erhob sich in Zeitlupe, öffnete die Beifahrertür und kletterte auf den Sitz. Pam und Tyler murmelten eine Verabschiedung und verschwanden zu ihrem eigenen Wagen. Auf den Stufen der Bar standen ein paar Männer und beobachteten uns. Einer hielt einen Baseballschläger in der Hand, als rechnete er mit einem weiteren Zwischenfall.

»Ev. Steig ein.« Mal öffnete mir die Tür und wies auf den Rücksitz. »Los doch. Gut möglich, das die Bullen schon auf dem Weg sind. Oder Schlimmeres.«

Damit meinte er die Presse. So weit kannte ich mich inzwischen aus. Sie würden sich in null Komma nichts auf diese Story stürzen.

Ich stieg ins Auto.

12

Nachdem wir wieder am Haus angekommen waren, machte sich Mal sofort aus dem Staub. David stampfte die Stufen zu unserem Schlafzimmer hinauf. War es wirklich unseres? Ich hatte keine Ahnung. Trotzdem folgte ich ihm. Sobald ich das Zimmer betrat, fuhr er zu mir herum. Seine Miene war finster, seine Augen verschwanden unter seinen dunklen Brauen, sein Mund war nur noch eine schmale Linie. »Das ist also deine Art, uns eine Chance zu geben?«

Hoppla. Ich leckte mir die Lippen, um mich kurz zu sammeln, ehe ich etwas erwiderte. »Das ist meine Art, etwas zu Essen zu holen. Da die Küche unsere Bestellung nicht rechtzeitig fertig hatte, haben wir noch ein Bier getrunken. Die Musik gefiel uns. Also beschlossen wir, für ein paar Songs auf die Tanzfläche zu gehen. Das war alles.«

»Er hat dich betatscht.«

»Ich war gerade dabei, ihm das Knie zwischen die Beine zu rammen.«

»Du bist einfach verschwunden, ohne ein verdammtes Wort zu sagen!«, brüllte er.

»Schrei mich nicht an«, sagte ich betont ruhig, obwohl ich alles andere als gelassen war. »Ich habe in der Küche eine Nachricht für dich hingelegt.«

Er raufte sich die Haare, mühte sich sichtlich ebenfalls um Fassung. »Die habe ich nicht gesehen. Warum bist du nicht zu mir gekommen und hast Bescheid gesagt?«

»Das rote Licht war eingeschaltet. Die Aufnahme lief und

ich wollte euch nicht unterbrechen. Wir wären ja auch eigentlich nicht lange weg gewesen.«

Sein lädiertes Gesicht war wutverzerrt. Er ging einige Schritte von mir weg, fuhr herum und kam wieder zurück. Er hatte sich kaum beruhigt. Aber zumindest bemühte er sich, nicht auszurasten. Seine Wut war wie eine eigenständige Person im Raum, beanspruchte das ganze Zimmer für sich. »Ich habe mir Sorgen gemacht. Du hast nicht mal dein Handy mitgenommen. Ich habe es auf dem Tisch gefunden. Und Pam hat nicht auf meine Anrufe reagiert.«

»Tut mir leid, dass du beunruhigt warst.« Ich hob die Hände, denn mir fielen keine Entschuldigungen mehr ein. »Ich habe vergessen, das Handy aufzuladen. So etwas passiert eben manchmal. Zukünftig werde ich darauf achten. Aber glaub mir David, es war ganz harmlos. Außerdem brauche ich nicht deine Erlaubnis, um das Haus zu verlassen.«

»Verdammt. Das weiß ich. Ich wollte nur …«

»Du machst dein Ding und das ist toll.«

»Was? War das etwa als eine Art Bestrafung gedacht? Ist es das?«, stieß er mit zusammengebissenen Zähnen hervor.

»Nein, selbstverständlich nicht.« Ich seufzte. Sehr leise.

»Dann warst du also nicht darauf aus, dich abschleppen zu lassen?«

»Ich werde so tun, als hättest du das nicht gesagt.« Ich hatte große Lust, ihm eine überzuziehen. Doch ich hielt meine geballten Fäuste an meine Seiten gepresst und widerstand dem Verlangen, ihn zu schlagen.

»Warum hast du zugelassen, dass er dich anfasst?«

»Das habe ich doch gar nicht. Ich habe ihn gebeten, mir nicht auf die Pelle zu rücken, doch das hat er ignoriert. Dann bist auch schon du erschienen.« Ich rieb mit den Fingern über meine Lippen. Langsam verlor ich die Geduld. »Das hier führt doch zu nichts. Wir sollten vielleicht besser weiterreden, wenn du dich ein wenig beruhigt hast.«

Mit zitternden Händen wandte ich mich zur Tür.

»Du gehst weg? Na fantastisch.« Er warf sich aufs Bett und lachte freudlos. »So viel zu unserem Zusammenhalt.«

»Was? Nein, David, ich will mich nur nicht mit dir streiten. Ich gehe jetzt nach unten, ehe wir uns noch Dinge an den Kopf werfen, die wir nicht so meinen. Mehr nicht.«

»Dann geh«, fauchte er grob. »Ich dachte mir sowieso schon, dass du abhauen würdest.«

»Herrgott«, knurrte ich und drehte mich wieder zu ihm um. Das Verlangen, ihn anzuschreien, irgendwie herauszufinden, was hier eigentlich los war, überwältigte mich. »Hörst du mir überhaupt zu? Bist du etwa taub? Ich verlasse dich nicht. Wie kommst du nur darauf?«

Er antwortete nicht, starrte mich nur vorwurfsvoll an. Sein Verhalten ergab absolut keinen Sinn.

Ich marschierte auf ihn zu und stolperte im Eifer des Gefechts über meine eigenen Füße. Wenn ich jetzt auf der Nase landete, würde das nur zu gut zu dieser ganzen Szene passen. Ich begriff nicht einmal mehr, worüber wir überhaupt stritten. Eigentlich hatte ich das schon von Anfang an nicht begriffen.

»Mit wem vergleichst du mich gerade?«, fragte ich ebenso aufgebracht wie er. »Ich bin nämlich nicht sie.«

Er starrte mich reglos an.

»Also?«

Seine Lippen blieben geschlossen. Meine Wut und Frustration steigerten sich ins Unermessliche. Am liebsten hätte ich ihn am Kragen gepackt und geschüttelt, bis ihm Hören und Sehen verging. Ihn zu einem Eingeständnis gezwungen. Zu irgendeiner Äußerung. Dazu, mir zu erklären, was zum Teufel eigentlich wirklich los war.

Ich kroch aufs Bett, um ihn mir vorzuknöpfen. »Sprich mit mir David!«

Nichts.

Auch gut.

Ich hockte mich auf meine wackeligen Beine und machte mich daran, wieder vom Bett zu klettern. Doch so weit ließ er es nicht kommen. Er packte mich an den Armen und hielt mich fest. Gab keinen Deut nach. Ich drückte ihn so kraftvoll von mir weg, dass wir beide vom Bett fielen und ineinander verschlungen auf dem Fußboden landeten. Sofort rollte er sich herum und klemmte mich unter sich ein. Das Blut rauschte mir in den Ohren. Ich strampelte, trat aus und rang mit ihm, getrieben vom Schmerz, den er in mir hervorgerufen hatte. Ich schaffte es, ihn zu überwältigen, rollte mich nun meinerseits herum, sodass ich auf ihm saß. Dieser Mistkerl würde mich nicht unterkriegen. Meiner Flucht stand nun nichts mehr im Wege.

Doch dazu kam es nicht.

David packte mein Gesicht mit beiden Händen, presste seine Lippen auf meinen Mund und küsste mich, dass mir die Luft wegblieb. Ich öffnete den Mund und schon glitt seine Zunge hinein. Ein grober, nasser Kuss. Wir beide hatten unsere Wut nicht mehr unter Kontrolle, bissen uns sogar. Dank seines lädierten Mundes hatte er das Nachsehen, und bereits nach kurzer Zeit traf der metallische Geschmack von Blut meine Zunge.

Er fuhr zischend zurück. Seine angeschwollene Oberlippe blutete wieder. »Fuck.«

Er griff meine Hände. Ich wehrte mich erbittert, doch er war stärker. Nahezu mühelos rollte er mich von sich herunter und presste meine Hände über meinem Kopf auf den Boden. Ich spürte sein steifes Glied zwischen meinen Beinen. Erregend und gleichzeitig befremdlich. Je mehr ich gegen ihn aufbegehrte, desto härter wurde er. Adrenalin pumpte durch meinen

Körper, stachelte mich immer weiter an. Das Verlangen nach ihm brannte direkt unter meiner Haut, kribbelte, steigerte meine Wahrnehmung ins Unermessliche.

Das war also Wutsex. Zwar brachte ich es nicht über mich, ihm ernsthaft wehzutun, doch es gab ja noch andere Wege, um sich zu behaupten. Als er sich wieder meinem Mund näherte, schnappte ich warnend nach ihm.

Seine Lippen verzogen sich zu einem irren Grinsen. Höchstwahrscheinlich sah ich gerade ebenso wahnsinnig aus. Wir rangen inzwischen beide keuchend nach Luft, keiner von uns war gewillt nachzugeben. Wortlos gab er meine Hände frei und setzte sich auf. Dann packte er mich in Windeseile an der Taille, drehte mich auf den Bauch und zog meinen Po so hoch, dass ich mich auf Knie und Ellbogen abstützen musste. Er positionierte mich nach seinem Belieben. Danach riss er grob den Knopf und den Reißverschluss meiner Jeans auf und zerrte mir die Hose und den völlig überteuerten String herunter.

Ich spürte seine Hände über meinen Po gleiten. Seine Zähne schabten über die empfindliche Haut gleich oberhalb der Stelle, an der sein Name eintätowiert war. Eine Hand rutschte nach unten und umfing meinen Schoß. Vom Druck seiner Finger zwischen meinen Schenkeln sah ich Sterne. Als er begann, mich erregend zu streicheln, konnte ich ein Stöhnen nicht mehr unterdrücken. Ein scharfer Schmerz durchzuckte meinen Po, als er zubiss. Dann wanderten seine Lippen an meiner Wirbelsäule hinauf, bedeckten meine Haut mit Küssen. Sein stoppeliges Kinn kratzte an meiner Schulter.

Durch das Schweigen, die Stille im Raum, die nur von unserem schweren Atmen durchbrochen wurde, fühlte sich alles intensiver an. Anders.

Einer seiner Finger rutschte in mich hinein. Verdammt, das genügte nicht. Er nahm einen zweiten Finger dazu, dehnte mich ein wenig. Einmal, zweimal stieß er bedächtig in mich. Ich bewegte die Hüften seiner Hand entgegen. Ich brauchte mehr. Als Nächstes hörte ich, wie die Schublade am Nachttisch aufgezogen wurde und er nach einem Kondom suchte. Es war furchtbar, als er seine Finger aus mir herausnahm. Ich hörte, wie ein Reißverschluss heruntergezogen wurde, das Rascheln von Stoff und das Knistern des Kondompäckchens. Gleich darauf drängte sich sein Glied an mich, rieb über meine Spalte. Dann schob er sich in mich hinein, langsam aber stetig, bis er mich bis zum letzten Millimeter ausfüllte. Einen Augenblick verharrte er so, um meinem Körper Gelegenheit zu geben, sich an ihn anzupassen.

Jedoch nicht länger.

Er hielt meine Hüften fest und begann, sich zu bewegen, jeder Stoß ein wenig schneller und kraftvoller als der vorhergehende. Angestrengtes Atmen und das Klatschen von Haut auf Haut waren die einzigen Geräusche im Zimmer. Der Geruch von Sex hing schwer in der Luft. Ich bewegte mich ebenfalls, kam ihm Stoß für Stoß entgegen, spornte ihn an. Das hier war etwas grundsätzlich anderes als das gemütliche, behagliche Liebesspiel von heute Morgen. Keiner von uns beiden war besonders zärtlich. Meine Hosen hingen mir in den Knien und bei jedem seiner Stöße rutschte ich ein Stück vorwärts. Er grub die Nägel in meine Hüften, hielt mich unerbittlich fest. Unvermittelt traf er eine besondere Stelle in meinem Inneren. Ich keuchte verblüfft auf, worauf er sich ganz auf diesen Punkt konzentrierte, ihn wieder und wieder bearbeitete, bis ich meinte, den Verstand zu verlieren. Mein Körper fühlte sich überhitzt an, als brenne ein Feuer in mir. Schweiß tropfte von meiner Haut. Ich senkte den Kopf, schloss die Augen und stützte mich mit aller Kraft am Boden ab. Ich hörte meine Stimme, wie sie ohne mein Zutun Davids Namen schrie. Verdammt.

Ich war nicht mehr länger Herrin über meinen eigenen Körper. Schließlich kam ich in einer Woge aus unzähligen Empfindungen. Mein Rücken drückte sich durch und jeder Muskel in meinem Körper spannte sich.

David stieß unerbittlich weiter in mich hinein. Seine Hände rutschten von meiner nassen Haut ab. Einen Augenblick später erreichte auch er schweigend seinen Höhepunkt, versank tief in mir und verharrte dort, mit dem Gesicht auf meinem Rücken und den Armen um meinen Körper geschlungen. Glücklicherweise, denn all meine Muskeln versagten mir den Dienst und ich glitt langsam aber sicher zu Boden. Hätte er mich nicht gehalten, wäre ich wahrscheinlich mit dem Gesicht zuerst auf den Dielen gelandet. Obwohl mir das in diesem Moment wahrscheinlich egal gewesen wäre.

Irgendwann hob er mich schweigend hoch und trug mich ins Badezimmer. Er setzte mich beim Waschbecken ab, entledigte sich ohne Aufheben des Kondoms und ließ dann Wasser in die Badewanne laufen. Dabei hielt er eine Hand in den Wasserstrahl, um die Temperatur zu prüfen. Mich entkleidete er, als wäre ich ein kleines Kind, zog mir Schuhe und Socken, die Jeans und meine Unterhose aus, zerrte mir das Shirt über den Kopf und hakte meinen BH auf. Seine eigene Kleidung riss er sich mit weniger Sorgfalt vom Körper. Er kümmerte sich so liebevoll um mich, war trotz meiner Beißerei und meiner grobschlächtigen Unbeholfenheit so fürsorglich, dass ich mir in seiner Gegenwart plötzlich merkwürdig nackt vorkam. Er behandelte mich, als wäre ich wertvoll und zerbrechlich, wie eine Porzellanpuppe. Eine Puppe, mit der er hin und wieder rüden Sex hatte. Nachdem er ein letztes Mal die Temperatur überprüft hatte, hob er mich wieder auf die Arme und stieg mit mir in die Wanne.

Ich kuschelte mich an ihn, denn mir wurde nun sehr schnell

kalt. Sogar meine Zähne klapperten. Er nahm mich fest in die Arme und legte die Wange auf meinen Scheitel.

»Bitte entschuldige, ich war zu grob«, sagte er schließlich. »Ich wollte das nicht, dir irgendwelchen Schwachsinn vorwerfen. Ich habe einfach … Verflucht. Tut mir leid.«

»Mit der Grobheit habe ich kein Problem, aber mit deinem Misstrauen … Darüber müssen wir ernsthaft reden.« Ich lehnte den Kopf an seine Schulter und sah in seine schuldbewussten Augen.

Er nickte knapp.

»Aber jetzt möchte ich erst mal über Vegas sprechen.«

Seine Armmuskeln spannten sich. »Was ist mit Vegas?«

Ich hielt seinem Blick stand, während ich meine Worte abwog. Ich wollte nicht versauen, was auch immer zwischen uns war.

Wir waren verheiratet. Das war zwischen uns.

Shit.

»Wir haben in den letzten vierundzwanzig Stunden einiges aufgeholt«, fing ich an.

»Ja, das stimmt.«

Ich streckte die Hand mit dem glitzernden Ring aus. Die Größe des Diamanten war unerheblich. Einzig die Tatsache, dass David mir den Ring an den Finger gesteckt hatte, verlieh ihm Bedeutung. »Wir haben viel geredet. Haben miteinander geschlafen und uns Versprechen gegeben. Bedeutende Versprechen.«

»Bereust du etwas davon?«

Ich legte die Hand in seinen Nacken. »Nein, absolut nichts. Aber wenn du morgen aufwachen würdest und dies alles aus irgendeinem Grund vergessen hättest, wenn das alles aus deinem Gedächtnis verschwunden wäre, als hätte es nie stattgefunden, dann wäre ich furchtbar wütend auf dich.«

Er legte die Stirn in Falten.

»Ich würde dich dafür hassen, dass du all das vergessen hast, was mir selbst so unendlich viel bedeutet.«

Er leckte sich die Lippen. Dann drehte er den Hahn mit dem Fuß zu. Ohne das Rauschen des Wassers wurde es sehr still im Raum.

»Ja«, räumte er ein, »ich war zornig.«

»Ich werde dich nicht noch einmal so im Stich lassen.«

Seine Brust hob und senkte sich angestrengt hinter meinem Rücken. »Okay.«

»Mir ist klar, dass man nicht von heute auf morgen lernen kann, jemandem zu vertrauen. Aber in der Zwischenzeit möchte ich dich bitten, nicht immer gleich vom Schlimmsten auszugehen.«

»Ich weiß.« Seine blauen Augen beobachteten mich aufmerksam.

Ich setzte mich auf, um den Waschlappen vom Wannenrand zu holen. »Lass mich dich ein bisschen säubern.«

An seinem Kiefer prangte eine dunkel angelaufene Beule. Unter seiner Nase und an seinem Mund klebte Blut. Er sah ziemlich fertig aus. Auch auf seinen Rippen zeichnete sich ein großer, roter Fleck ab.

»Du solltest zum Arzt gehen«, riet ich ihm.

»Es ist nichts gebrochen.«

Ich wischte behutsam das Blut von Mund und Nase. Ihn so leiden zu sehen war schrecklich. Und zu wissen, dass ich der Grund dafür war, verursachte mir Magenschmerzen. »Melde dich, wenn ich zu fest drücke.«

»Du machst das gut.«

»Es tut mir leid, dass du verletzt wurdest. Heute in der Bar und auch in Vegas. Das wollte ich nicht.«

Sein Blick wurde weicher. Er streichelte mich zärtlich. »Ich möchte, dass du mit mir zurück nach L. A. kommst. Ich will dich um mich haben. Ich weiß, dass du demnächst wieder zum College musst und wir uns dann etwas ausdenken müssen. Aber was immer auch passiert, ich möchte nicht, dass wir voneinander getrennt sind.«

»Das wird nicht passieren.«

»Versprochen?«

»Versprochen.«

13

Die Morgensonne weckte mich. Ich wälzte mich herum und streckte mich, um meine Verspannungen zu lösen. David lag neben mir auf dem Rücken und schlief tief und fest. Ein Arm hing ihm vorm Gesicht und verdeckte seine Augen. Mit diesem Mann an meiner Seite war die Welt in Ordnung. Zudem bot er mir gerade einen wahnsinnig interessanten Anblick, denn während der Nacht war die Decke fortgerutscht. Diese Sache mit der Morgenlatte stimmte also. Sieh an, in diesem Punkt hatte Lauren recht gehabt.

Neben ihm aufzuwachen, mit dem Ehering am Finger, war wundervoll. Ich grinste über beide Ohren. Aber neben einem splitternackten David aufzuwachen hätte wahrscheinlich so ziemlich jeden zum Lächeln gebracht. Ich war etwas wund im Schritt von unserer Aktion am Vorabend, aber es war nicht weiter schlimm. Nicht schlimm genug, um mich vom Anblick meines Ehemannes abzulenken.

Ich rutschte ein wenig tiefer und betrachtete ihn zur Abwechslung einmal selbst nach Belieben. Sein Nabel war kaum ausgeprägt, eigentlich nur eine kleine Einbuchtung, von der aus sich eine schmale Linie zarter Haare über seinen flachen Bauch hinabzog bis zu *ihm*. Und *er* war geschwollen, dick und lang.

Er, das war sein Penis. Selbstverständlich.

Bah, nein, das klang merkwürdig.

Sein Schwanz. Ja, viel besser.

Gestern hatten wir noch eine ganze Weile in der Badewanne gesessen. Er hatte darauf bestanden. Wir hatten uns im Wasser geaalt und einfach nur geredet. Ich hatte es genossen. Jene Frau, die ihn fraglos irgendwann in der Vergangenheit betrogen und/oder verlassen hatte, hatten wir nicht mehr erwähnt. Dennoch spürte ich unterschwellig ihre Gegenwart. Aber irgendwann würde sie einen Rauswurf kassieren und die Zeit die Erinnerung an sie verwischen. Dessen war ich mir sicher.

Er duftete zart nach Seife und ein wenig nach Moschus. Nie hätte ich gedacht, dass Wärme einen Geruch haben könnte, doch genauso duftete David. Nach Wärme, als bestünde er aus Sonnenschein, nach Hitze und Behaglichkeit und Heimat.

Ich spähte nach seinem Gesicht, doch die Augen hinter seinem Arm waren zum Glück noch immer geschlossen und seine Brust hob und senkte sich in einem gleichmäßigen Rhythmus. Ungeachtet meiner poetischen Gedanken wollte ich mich nur ungern von ihm dabei erwischen lassen, wie ich an seinem Schwanz schnupperte. Eine Peinlichkeit dieses Ausmaßes wollte ich nicht erleben.

Trotz der hervortretenden Blutgefäße war die Haut dort unten glatt und geschmeidig. Der Kopf trat stark hervor. Er war nicht beschnitten. Schließlich gewann meine Neugier die Oberhand. Er präsentierte mir so schön seine Vorderseite, dass ich nicht widerstehen konnte. Sacht legte ich die Hand auf ihn. Die Haut fühlte sich weich und warm an. Ich schloss bedächtig die Finger um ihn. Sein Schwanz zuckte. Ich fuhr erschrocken zurück.

David brach in hemmungsloses Gelächter aus.

Dieser Dreckskerl.

Die Scham überwältigte mich fast und mein Kopf wurde glühend heiß.

»Tut mir leid«, beteuerte er und streckte mir die Hand entgegen. »Aber du hättest dein Gesicht sehen sollen.«

»Das ist nicht witzig.«

»Oh doch, du glaubst ja gar nicht, wie witzig du aussahst.« Er zog mich am Handgelenk auf sich. »Komm her. Ach süß, deine Ohren sind ja knallrot.«

»Stimmt gar nicht.«

Er streichelte meinen Rücken und kicherte in sich hinein. »Du bist jetzt aber nicht bis an dein Lebensende geschädigt, oder? Ich mag es, wenn du mich anfasst.«

Ich schnaubte.

»Ich werde es immer mögen, wenn du an meinem Schwanz herumspielst. Das kann ich dir versprechen.«

»Ich weiß.« Seine Halsbeuge war einfach das ideale Versteck für mein brennendes Gesicht und ich nutzte es ausgiebig. »Du hast mich nur überrascht.«

»Allerdings.« Er drückte mich und legte die Hand auf meinen Po. »Wie fühlst du dich?«

»Ganz gut.«

»Ja?«

»Ein bisschen wund«, gestand ich. »Und sehr glücklich. Zumindest, bis du mich so herzlos verspottet hast.«

»Armes Baby. Lass mich mal nachsehen.« Er rollte mich herum, bis er auf mir lag.

»Was meinst du?«

Er hockte sich zwischen meine Beine und drückte meine Knie auseinander. Dann untersuchte er mich mit geübtem Blick. »Sieht nicht allzu geschwollen aus. Wahrscheinlich nur etwas empfindlich innen drin, oder?«

»Kann schon sein.« Ich hob die Beine, um sie wieder zu schließen, denn dass er mich da unten so genau inspizierte, half meinen Ohren nicht gerade dabei, ihre alte Farbe wieder anzunehmen.

»Ich muss bei dir ein bisschen vorsichtiger sein.«

»Mir geht es gut. Ich bin nicht so zerbrechlich.«

»Mm.«

»Um mich aus der Fassung zu bringen, braucht es schon etwas mehr als eine Runde harten Sex auf dem Fußboden.«

»Ach ja? Dann halt mal still.« Damit rutschte er ans Ende der Matratze.

Nun befand sich sein Kopf zwischen meinen Beinen, direkt vor meiner Intimregion. Ich beendete meine Bemühungen, die Knie zu schließen, denn ich hatte nur Gutes über diese »Technik« gehört, Dinge, die mich meine Scham ein wenig vergessen ließen. Außerdem war ich neugierig.

Sein Mund strich über meine Schamlippen. Sein warmer Atem ließ mich erschauern und meine Bauchmuskeln spannten sich in freudiger Erwartung.

Er sah mich über meinen Oberkörper hinweg an. »Gut?«

Ich nickte verkrampft und ungeduldig.

»Leg dir auch noch das andere Kissen hinter den Kopf«, kommandierte er. »Ich möchte, dass du zusiehst.«

Mein Ehemann kam einfach auf großartige Ideen. Ich folgte seiner Aufforderung und beobachtete aufgeregt, was da unten zwischen meinen zitternden Beinen geschah. Er küsste die Innenseite meiner Schenkel, einen nach dem anderen. Meine gesamte Wahrnehmung konzentrierte sich auf die Empfindungen, die er damit auslöste. Meine Welt schrumpfte auf einen winzigen, perfekten Punkt zusammen. Außerhalb unseres Bettes existierte nichts anderes mehr.

Er schloss die Augen, ich dagegen hielt meine geöffnet. David bedeckte meine Schamlippen mit Küssen, strich mit der Zungenspitze von oben nach unten über sie hinweg. Wunderbar. Wärme durchflutete mich. Er hielt meine Schenkel fest, seine Finger malten kleine Kreise auf meine Haut. Seine Lippen liebkosten unablässig meinen Schoß. Es fühlte sich an, als würde er mich tatsächlich dort unten küssen. Er hatte den Mund weit geöffnet und leckte mich so forsch, dass ich mich krümmte. Der Griff um meine Beine wurde fester, unterband meine Bewegungen. Selbst die Haarsträhnen, die über meine Beine streiften, und das Kratzen seiner Stoppeln waren sinnlich. Ich weiß nicht mehr, wann ich aufhörte, ihm zuzusehen und sich meine Augen wie von selbst schlossen, weil die Lust mich überwältigte. Es war so wundervoll, dass ich mir wünschte, es würde nie mehr aufhören. Doch der Druck in meinem Inneren steigerte sich immer weiter, bis ich ihm schließlich nicht mehr standhalten konnte. Ich kam mit einem Schrei, mein Körper von Kopf bis Fuß gespannt. Jeder Zentimeter meines Leibes kribbelte. Erst als ich wieder ganz stilllag, ließ er von mir ab. Ich konzentrierte mich angestrengt darauf, wieder zu Atem zu kommen.

»Verzeihst du mir jetzt, dass ich dich ausgelacht habe?«, fragte er, kroch zu mir herauf und drückte mir einen Kuss auf die Schulter.

»Klar.«

»Und was ist mit dem harten Sex auf dem Boden? Vergibst du mir den auch?«

»Mmhmm.«

Die Matratze sank ein, als er sein Gewicht verlagerte. Sein feuchter Mund schwebte über der Rundung meiner Brust, dem Umriss meines Schlüsselbeins.

»Das eben hat mir wirklich gefallen«, raunte ich träge und öffnete bedächtig wieder die Augen.

»Es ist schön, dich so orgasmusgesättigt zu sehen, Evelyn. Steht dir gut.« Er lächelte auf mich herab, während seine Hand an meiner Hüfte spielte. »Ich lecke dich, wann immer du willst. Du musst nur fragen.«

Ich schenkte ihm ein Lächeln. *Eventuell* fiel es ein wenig gequält aus, denn über derartige Dinge zu sprechen war neu für mich.

»Sag, dass es dir gefallen hat, wie ich deine wundervolle Muschi geleckt habe.«

»Das habe ich doch schon.«

»Es ist dir peinlich.« Er runzelte die Stirn, doch seine Augen blitzten verschmitzt. »So, du kannst über harten Sex auf dem Fußboden reden, aber nicht über Oralsex? Sag ›Muschi‹.«

Ich verdrehte die Augen. »Muschi.«

»Noch mal. Nicht so, als würdest du damit eine Katze meinen.«

»So sage ich es doch gar nicht. Muschi. Muschi, Muschi, Muschi. Zufrieden?« Ich lachte, ließ die Hand spielerisch über seine Brust zu seiner Leiste gleiten. »Kann ich dir jetzt auch etwas Gutes tun?«

Er fing meine Hand ab, legte sie an seine Lippen und drückte einen Kuss darauf. »Wenn es dir nichts ausmacht, warte ich damit bis heute Abend, wenn wir uns wieder lieben können.«

»So, Mr Schmusebär, wir lieben uns also heute Abend?«

»Klar.« Er stieg schmunzelnd aus dem Bett. »Wir lieben uns wieder und danach ficken wir wieder. Ich finde, wir sollten uns die Zeit nehmen, um ausführlich zu erkunden, wie sich das eine vom anderen unterscheidet. Das macht sicher Spaß.«

»Okay«, stimmte ich sofort zu. Schließlich war ich nicht blöd.

»Braves Mädchen.« Er hielt mir eine Hand hin. Sein Blick war entschlossen. »Du bist so verflucht hübsch. Ich schaffe es nie im Leben, mich bis heute Abend zu gedulden.«

»Nicht?«

»Niemals. Sieh dich doch nur an, wie du splitternackt vor mir auf dem Bett liegst. Noch nie habe ich etwas Einladenderes gesehen.« Er schüttelte reumütig den Kopf, musterte mich dabei von oben bis unten. Mein Ehemann war wirklich unglaublich gut für mein Ego. Doch gleichzeitig ließ er mich auch Demut empfinden und Dankbarkeit. »Was für ein idiotischer Einfall von mir, vorzuschlagen, dass wir warten«, meinte er, trat zurück und bedeutete mir mit dem Finger, ihm zu folgen. »Außerdem weißt du ja, dass ich es nicht ausstehen kann, von dir getrennt zu sein. Kommst du mit mir unter die Dusche und gehst mir dort ein bisschen zur Hand? Ich helfe dir dabei, weitere praktische Erfahrungen zu sammeln.«

Ich kroch vom Bett. »Tust du das?«

»Aber ja. Du weißt doch, wie wichtig mir deine Ausbildung ist.«

»Du bist gemein«, hallte Laurens Stimme durchs Telefon. Pam hatte mich bereits vorgewarnt, dass es an der Küste mit der Netzabdeckung nicht zum Besten stand.

»Womit ich nicht sagen will, dass ich dich nicht mehr gernhabe«, räumte sie ein«, »Aber weißt du …«

»Ja, ich weiß. Entschuldige bitte.« Ich setzte mich bequem auf der Couch zurecht. Die Männer hielten sich schon wieder im Untergeschoss auf und waren mit ihrer Musik beschäftigt. Pam war in die Stadt gefahren, um Besorgungen zu machen. Und ich hatte einige Anrufe zu erledigen. Und Kisten auszupacken. Und absolut unrealistische, völlig überhöhte Träume von den Freuden der Ehe zu träumen.

»Schon gut. Bring mich auf den neuesten Stand«, bat sie.

»Also, wir sind noch immer verheiratet. Inzwischen ist das etwas Positives.«

Lauren kreischte mir ins Ohr. Es dauerte einige Minuten, bis sie sich wieder beruhigt hatte. »Oh mein Gott, ich hatte so sehr gehofft, dass sich doch noch alles einrenkt. Er ist so verdammt heiß.«

»Ja, in der Tat. Aber er ist noch mehr. Er ist ein wundervoller Mensch.«

»Red weiter.«

»Ich meine wirklich wundervoll.«

Sie schnaubte amüsiert. »Wundervoll hast du bereits verwendet. Probier mal ein anderes Wort aus, Cinderella. Das Fangirl in mir will etwas Konkretes hören.«

»Wag ja nicht, von meinem Ehemann zu schwärmen. Das ist nicht cool.«

»Damit bist du sechs Jahre zu spät. Ich war schon lange bevor du David Ferris in Vegas einen Ring an den Finger gesteckt hast, in ihn verknallt.«

»Eigentlich hat er gar keinen Ring.«

»Nein? Das solltest du ändern.«

»Hmm.« Ich blickte durchs Fenster hinaus auf den Ozean. In der Ferne drehte ein Vogel hoch am Himmel gemächlich seine Kreise. »Wir halten uns gerade in einem Haus in Monterey auf. Hier draußen ist es richtig schön.«

»Ihr habt L. A. verlassen?«

»Dort war es nicht so toll. Diese ganzen Groupies und Anwälte und Manager. Eigentlich war es sogar ziemlich beschissen.«

»Details Süße. Red schon.«

Ich zog die Knie an die Brust und spielte nervös mit dem Saum meiner Jeans. Ich fühlte mich nicht wohl dabei, hinter Davids Rücken über unsere persönlichen Angelegenheiten zu tratschen. Nicht einmal mit Lauren. Einiges hatte sich verändert. Besonders unsere Ehe. Aber ein paar Dinge konnte ich ihr trotz allem anvertrauen. »Die Leute dort schienen von einem anderen Planeten zu kommen. Ich passte einfach nicht zu ihnen. Die Partys, die sie veranstaltet haben, hätten dir allerdings gefallen. Ein ganzes Haus vollgestopft mit Promis. Beeindruckend.«

»Jetzt werde ich richtig neidisch. Wer war dabei?«

Ich nannte einige Namen, die sie mit begeisterten Ohs und Ahs quittierte.

»Aber ich vermisse L. A. nicht. Lauren, hier draußen hat sich alles zum Guten gewandt. Wir haben die Annullierung erst einmal aufgeschoben, weil wir abwarten wollen, wie sich unsere Beziehung entwickelt.«

»Das ist so romantisch. Bitte sag mir, dass du mit diesem süßen Kerl im Bett warst. Bring mich nicht zum Weinen.«

»Lauren«, seufzte ich.

»Ja oder nein?«

Ich zögerte, und wie nicht anders zu erwarten war, kreischte sie mir ins Ohr. »JA ODER NEIN?«

»Ja. Zufrieden? Ja.«

Der Schrei, der diesmal durchs Telefon dröhnte, schädigte auf jeden Fall mein armes Trommelfell. Ich hörte nur noch ein lautes Klingeln im Ohr. Als es endlich verebbte, drang undeutliches Gemurmel durchs Telefon. Eine männliche Stimme.

»Wer war das?«, fragte ich schnell.

»Niemand. Nur ein Freund.«

»Ein Freund oder ein *Freund*?«

»Einfach nur ein Freund. Warte mal, ich gehe in ein anderes Zimmer. Außerdem reden wir jetzt über dich, die Lebensgefährtin von David Ferris, dem weltberühmten Leadgitarristen von Stage Dive.«

»Kenne ich diesen Freund?«, beharrte ich, denn meine Neugier war geweckt.

»Du weißt, dass ein Foto von deinem Hintern im Umlauf ist, oder?«

Zeit, rot anzulaufen. »Ähm, ja, schon.«

»Hinter-hältige Nummer. Haha! Aber ernsthaft, du siehst gut aus. Meiner wäre nicht mal halb so fotogen. Jetzt bist du bestimmt froh, dass du voriges Semester jeden Tag zum College gelaufen bist und nicht wie ich Faulpelz das Auto genommen hast. Fräulein, das war ja wirklich eine wilde Nacht in Vegas.«

»Lass uns lieber von deinem Freund reden und nicht von meinem Hinterteil. Oder von Vegas.«

»Wir könnten uns aber auch über dein Sexleben unterhalten. Meines diskutieren wir ja bereits seit einigen Jahren, aber du hattest bisher nur wenig beizutragen, meine Liebe«, flötete sie fröhlich.

»Evvie! Möchtest du eine Limo?«, rief Mal, der sich nun auf dem Weg in die Küche befand.

»Ja, bitte.«

»Wer war das?«, erkundigte sich Lauren.

»Der Schlagzeuger. Sie arbeiten gerade unten im Studio.«

Lauren keuchte. »Die ganze Band ist dort?«

»Nein, nur Mal und ein Freund von David.«

»Malcolm ist da? Er ist total scharf, aber auch eine männliche Schlampe«, informierte mich Lauren hilfreicherweise. »Du solltest mal sehen, mit wie vielen Frauen er schon fotografiert wurde.«

»Bitte schön, Kindsbraut.« Mal reichte mir eine eiskalte Flasche, die er bereits für mich geöffnet hatte.

»Danke, Mal.«

Er zwinkerte mir zu und marschierte wieder davon.

»Das geht mich nichts an«, teilte ich Lauren mit.

Sie schnalzte mit der Zunge. »Du hast also bisher noch nichts über diese Leute im Internet recherchiert, oder? Du befindest dich auf einem totalen Blindflug.«

»Es wäre nicht richtig, hinter ihrem Rücken zu schnüffeln.«

»Naivität ist nur bis zu einem gewissen Grad sexy, Chica.«

»Ich bin keineswegs naiv, *Chica*, sondern respektiere lediglich ihr Privatleben.«

»Wovon du nun ebenfalls ein Teil bist.«

»Ich möchte ihre Privatsphäre nicht verletzen. Wie sollen sie mir vertrauen, wenn ich sie heimlich online ausspioniere?«

»Immer diese Ausreden«, maulte Lauren und seufzte. »Dann weißt du also nicht, dass David erst sechzehn Jahre alt war, als die Band zum ersten Mal auf Tour ging? Zu jener Zeit traten sie noch als Vorgruppe auf, begleiteten eine andere Band durch Asien. Seitdem befinden sie sich quasi nonstop auf Tour oder im Studio. Ein aufregendes Leben, was?«

»Ja. David meinte, er wolle es zukünftig ein wenig langsamer angehen lassen.«

»Das überrascht mich nicht. Überall wird gemunkelt, dass die Band sich trennen will. Bitte versuch das zu verhindern, wenn du kannst. Und sag deinem Ehegatten, er soll sich gefälligst ein bisschen beeilen und Stücke für ein neues Album schreiben. Ich verlasse mich auf dich.«

»Kein Problem.« Ich verschwieg, dass David Songs über mich verfasst hatte. Das war unsere private Angelegenheit. Zumindest einstweilen. Die Liste mit Dingen, die ich Lauren nicht anvertrauen wollte, wurde immer länger.

»Ich hätte gern, dass du dem Jungen das Herz brichst, damit wir wieder ein Album wie *San Pedro* bekommen, aber ich habe das Gefühl, dass du dabei nicht mitspielen wirst.«

»Deine Auffassungsgabe ist verblüffend.«

Sie kicherte. »Weißt du eigentlich, dass es auf dem Album auch einen Song über das Haus in Monterey gibt?«

»Wirklich?«

»Oh ja. Das bekannte ›House of Sand‹. Ein superschönes Liebeslied. Als David einundzwanzig war, hat ihn seine damalige Freundin, mit der er seit der Highschool zusammen war, betrogen, während er durch Europa tourte. Er hatte das Haus damals gekauft, um mit ihr dort zu leben.«

»Stopp. Lauren. Das ist … Verflucht, das ist zu persönlich.« Mein Herzschlag und meine Gedanken überschlugen sich. »Dieses Haus?«

»Ja. Sie waren viele Jahre lang ein Paar. David war am Boden zerstört. Dann verkaufte auch noch irgendeine Tussi, mit der er im Bett war, ihre Story an die Klatschpresse. Außerdem hat ihn seine Mutter verlassen, als er zwölf war. Du solltest dich darauf einstellen, dass er in Sachen Frauen einige Komplexe mit sich herumschleppt.«

»Nein, Lauren, hör auf. Das ist mein Ernst«, beschwor ich sie und zerdrückte fast das Telefon. »Er wird mir davon erzählen, wenn er selbst dazu bereit ist. Was wir hier tun, kommt mir falsch vor.«

»Ich bereite dich nur vor. Was soll daran falsch sein?«

»Lauren.«

»Okay, ich sage nichts mehr. Aber diese Dinge musst du wissen. Solche Erlebnisse hinterlassen tiefe Spuren.«

Damit hatte sie allerdings recht. Diese Informationen erklärten, warum er mir vorgeworfen hatte, ich wolle ihn verlassen, und auch, weshalb seine Reaktionen so heftig ausgefallen waren. Zwei der wichtigsten Frauen in seinem Leben hatten ihn im Stich gelassen. Trotzdem bereitete es mir Magenschmerzen, dass ich auf diese Weise von seiner Vorgeschichte erfuhr. Wenn er mir genügend vertraute, um mir davon zu erzählen, würde er es tun. Doch bisher hatte ich noch nicht ausreichend Gelegenheit gehabt, mir sein Vertrauen zu verdienen. Persönliche Dinge plauderte man schließlich nicht gleich beim ersten Treffen aus. Was für eine furchtbare Vorstellung, dass all diese Informationen im Internet herumgeisterten und jeder sie lesen und sich seine Gedanken darüber machen konnte. Von wegen Privatsphäre. Kein Wunder, dass er sich Sorgen gemacht hatte, ich könnte mit der Presse sprechen.

Ich trank einen Schluck Limonade und drückte die kalte Flasche gegen meine Wange. »Ich möchte wirklich, dass es zwischen uns klappt.«

»Ich weiß. Ich höre es an deiner Stimme, wenn du über ihn sprichst. Du bist in ihn verliebt.«

Das konnte ich nun wirklich nicht auf mir sitzen lassen. »Was? Nein. Blödsinn. Zumindest nicht im Moment. Wir sind ja erst seit ein paar Tagen zusammen. Klinge ich verliebt? Wirklich?«

»In Herzensangelegenheiten spielt Zeit keine große Rolle.«

»Könnte sein«, erwiderte ich beunruhigt.

»Ach übrigens, Jimmy wird derzeit häufiger mit Liv Andrews gesichtet. Falls du sie treffen solltest, bitte sie unbedingt um ein Autogramm für mich. Ihr letzter Film war großartig.«

»Jimmy ist nicht gerade sympathisch. Das könnte unangenehm werden.«

Sie schnaubte. »Na schön. Aber du bist verliebt.«

»Kein Wort mehr.«

»Was denn? Das ist doch schön.«

Laurens mysteriöser Freund murmelte wieder etwas im Hintergrund und unterbrach so meine aufkeimenden Befürchtungen.

»Ich muss los«, sagte Lauren. »Melde dich gelegentlich, ja? Ruf mich an.«

»Das werde ich.«

»Mach's gut.«

Ich verabschiedete mich ebenfalls, doch sie hatte bereits aufgelegt.

14

»Du schaust so finster.« David näherte sich langsam von hinten. Er hatte den Kopf schief gelegt und sein dunkles Haar fiel ihm ins Gesicht. Er strich es sich hinters Ohr. »Warum tust du das, hm?«

Ich bereitete gerade das Abendessen zu. Im Tiefkühlfach hatte ich fertige Pizzaböden entdeckt. Ich hatte sie zum Auftauen herausgenommen und mich anschließend daran gemacht, verschiedene Beläge in kleine Stückchen zu schneiden und Käse zu reiben. Dabei grübelte ich natürlich die ganze Zeit über das nach, was Lauren mir erzählt hatte. Das Haus schien mir mit einem Mal viel weniger heimelig. Das Wissen, dass David es eigentlich für eine andere Frau gekauft hatte, hatte einiges verändert. Inzwischen kam ich mir wieder wie ein Eindringling vor. Traurig aber wahr. Diese blöde Unsicherheit.

»Gib her.« Er schnappte sich von hinten mein Handgelenk, zog meine Hand an seinen Mund und saugte einen Flecken Tomatenmark von meinem Finger. »Mm, lecker.«

Sofort zog sich mein Magen zusammen und ich musste daran denken, was er am Morgen mit seinem Mund angestellt hatte. Daran, was er für uns heute Nacht plante. Mir war, als würde ich träumen. Einen verrückten, wunderschönen Traum, aus dem ich nie mehr erwachen wollte. Und das musste ich auch nicht. Alles würde gut enden. Wir würden uns zusammenraufen. Wir waren verheiratet, standen zueinander. Er schlang von hinten den Arm um mich, presste sich an mich, ließ keinerlei Raum zwischen uns für Zweifel.

»Wie läuft es bei euch da unten?«, fragte ich.

»Richtig gut. Vier Songs nehmen langsam Gestalt an. Tut mir leid, dass wir ein wenig überzogen haben«, entschuldigte er sich und drückte mir einen Kuss auf den Hals, der all meine düsteren Gedanken verscheuchte. »Aber jetzt haben wir Zeit für uns.«

»Gut.«

»Du machst Pizza?«

»Ja.«

»Kann ich helfen?«, fragte er mit den Lippen an meinem Hals. Seine Bartstoppeln schabten leicht über meine Haut. Es fühlte sich merkwürdig und gleichzeitig fantastisch an. Ich bekam eine Gänsehaut – bis er bedauerlicherweise wieder damit aufhörte. »Du belegst sie mit Brokkoli?«

»Mir schmeckt Gemüse auf der Pizza.«

»Zucchini auch noch. Na so was.« Er legte das Kinn auf meine Schulter und klang äußerst skeptisch.

»Außerdem Schinken, Wurst, Pilze, Paprika, Tomaten und drei verschiedene Käsesorten.« Ich wies mit dem Messer auf meine Zutatenauswahl. »Probier erst mal. Das werden die besten Pizzen aller Zeiten.«

»Da bin ich mir sicher. Komm, ich belege sie.« Er drehte mich zu sich um, fuhr allerdings erschrocken zurück, als ich dabei versehentlich das Messer auf ihn richtete. Dann fasste er mich an den Hüften und setzte mich auf die Küchentheke. »Du kannst mir Gesellschaft leisten.«

»Klar.«

Er holte sich ein Bier aus dem Kühlschrank. Mir brachte er eine Limonade, denn ich mied Alkohol nach wie vor. Aus dem Wohnzimmer klangen die Stimmen von Mal und Tyler zu uns herüber.

»Arbeiten wir morgen wieder?«, rief Mal in die Küche.

»Sorry, aber wir müssen zurück nach L. A.«, erwiderte David, während er sich die Hände wusch. Er hatte tolle Hände mit langen, kraftvollen Fingern. »Gib mir ein paar Tage, um dort alles zu klären. Danach kommen wir wieder her.«

Tyler streckte den Kopf vor und winkte mir zu. »Klingt gut. Mit den neuen Stücken geht es prächtig voran. Bringst du beim nächsten Mal auch Ben und Jimmy mit?«

David runzelte die Stirn. Er sah alles andere als glücklich aus. »Ja, ich frage sie, ob sie kommen wollen.«

»Super. Ich muss los, Pammy wartet draußen. Heute ist unser Date-Abend.«

»Viel Spaß.« Ich winkte ihm ebenfalls zu.

Tyler grinste. »Den haben wir immer.«

Mal kam in die Küche geschlendert. Er grinste in sich hinein. »Date-Abend, also wirklich … Was soll das denn bitte? Alte Leute sind schon komisch. Hey, man legt doch keinen Brokkoli auf die Pizza.«

»Oh doch, das tut man sehr wohl«, widersprach David und verteilte eifrig Paprikastückchen um die Brokkoliröschen, die aussahen wie kleine Bäume.

»Nein«, beharrte Mal. »Das ist nicht normal.«

»Halt die Klappe. Wenn Ev Brokkoli auf der Pizza haben möchte, bekommt sie ihn auch.«

Ich trank genüsslich meine eiskalte, süße Limonade und fühlte mich richtig gut. »Entspann dich, Mal. Gemüse ist dein Freund.«

»Du lügst, Kindsbraut.« Mit angeekelter Miene nahm er eine Flasche Saft aus dem Kühlschrank. »Macht nichts. Ich pflücke ihn nachher einfach wieder runter.«

»Nein, du wirst außerhalb essen«, bremste David ihn. »Ev und ich haben heute auch Date-Abend.«

»Was? Willst du mich verarschen? Und wo soll ich hin?«

David hob gleichgültig die Schultern und fügte seiner stetig wachsenden Pizzakreation Peperonischnipsel hinzu.

»Ach kommt schon. Evvie, wenigstens du hast doch Erbarmen mit mir, oder?« Dabei sah er mich mit dem mitleiderregendsten Gesicht an, das man sich nur vorstellen kann. Traurigkeit, gemischt mit Elend und einem Hauch Verzweiflung. Er beugte sich sogar vor und legte den Kopf auf mein Knie. »Wenn ich in der Stadt übernachte, kriegen sie mit, dass wir hier sind.«

»Du hast doch dein Auto«, wandte David ein.

»Wir sind hier mitten im Nirgendwo«, meckerte Mal. »Lass nicht zu, dass er mich in die Wildnis hinausjagt. Wahrscheinlich werde ich von Bären gefressen.«

»Ich bin mir nicht sicher, ob es hier Bären gibt«, erwiderte ich ungerührt.

»Lass den Unsinn und nimm den Kopf vom Knie meiner Frau.«

Mal richtete sich mit einem mürrischen Knurren auf. »Deine Frau ist meine Freundin. Sie wird nicht tatenlos mit ansehen, wie du mich behandelst!«

»Ach ja?« David drehte sich zu mir um und zog sofort ein langes Gesicht. »Scheiße nein, Baby, du fällst doch nicht auf diesen Blödsinn rein? Es ist doch nur für eine Nacht.«

Ich zog den Kopf ein. »Wir könnten doch nach oben in unser Schlafzimmer gehen. Oder er muss unten im Keller bleiben.«

David fuhr sich durch die Haare. Seine arme Wange war noch ganz geschwollen. Ich musste sie unbedingt küssen, damit sie schneller heilte. David musterte seinen Freund und legte seine Stirn in James-Dean-Manier in Falten. »Herrje, hör auf, sie so Mitleid heischend anzusehen. Hast du denn keine Würde?«

Er schlug Mal auf den Hinterkopf. Der brachte sich mit einem Sprung in Sicherheit. »Na gut, ich bleibe die ganze Zeit unten. Ich esse sogar deine widerwärtige Brokkolipizza.«

»David.« Ich packte ihn am T-Shirt und zog ihn zu mir, worauf er von Mal abließ.

»Wir wollten doch Zeit zusammen verbringen«, sagte er.

»Ich weiß. Das werden wir auch.«

»Ja!«, freute sich Mal und flüchtete, bevor sich das Blatt wieder wendete. »Ich bin unten. Ruft mich, wenn das Essen fertig ist.«

»Er hat in jeder Stadt eine Freundin«, meinte David missmutig. »Nie im Leben hätte er in seinem Auto übernachten müssen. Er hat dich ausgetrickst.«

»Kann schon sein. Aber ich hätte mir die ganze Zeit Sorgen um ihn gemacht.« Ich strich ihm einige Haarsträhnen hinter die Ohren, ließ meine Hände über seinen Nacken gleiten und zog ihn an mich. Die kleinen Stecker in seinem einen Ohr waren alle aus Silber: ein Schädel, ein »X« und ein winziger, glitzernder Diamant. Ich hatte sie bisher noch gar nicht genau betrachtet.

Er verdeckte den Schmuck, indem er das Ohrläppchen zwischen Daumen und Zeigefinger nahm.

»Stimmt etwas nicht?«, fragte er.

»Ich habe mir nur deine Ohrringe angesehen. Haben sie irgendeine besondere Bedeutung?«

»Nö.« Er drückte mir einen flüchtigen Kuss auf die Wange. »Warum hast du vorhin so ein grimmiges Gesicht gemacht?« Er nahm sich eine Handvoll Pilze und verteilte sie auf den Pizzen. »Und jetzt auch wieder.«

Mist. Ich schwieg unschlüssig, während mir tausend Entschuldigungen durch den Kopf gingen. Ich konnte nicht einschätzen, wie er auf das reagieren würde, was ich nun dank Lauren über ihn wusste. Wie würde er es wohl aufnehmen, wenn ich ihm dazu Fragen stellte? Ich wollte ungern Streit mit ihm anfangen, aber zu lügen behagte mir genauso wenig. Und ihm etwas zu verschweigen war auch eine gravierende Lüge. Das war mir bewusst.

»Ich habe heute mit meiner Freundin Lauren telefoniert.«

»Mhm.«

Ich klemmte die Hände zwischen meine Beine, druckste herum. »Sie ist ein großer Fan.«

»Ja, das erwähntest du bereits.« Er lächelte mir zu. »Darf ich sie kennenlernen oder ist sie tabu wie dein Dad?«

»Wenn du willst, darfst du meinen Dad ruhig treffen.«

»Und ob ich das will. Wir müssen außerdem unbedingt demnächst zusammen nach Miami fahren, damit ich dich auch meinem Vater vorstellen kann, okay?«

»Das wäre schön.« Ich holte tief Luft und rückte mit der Sprache heraus. »David, Lauren hat mir einige Sachen erzählt. Ich möchte keine Geheimnisse vor dir haben, aber ich weiß nicht, ob es dir sonderlich gefällt, was sie ausgeplaudert hat.«

Er wandte sich nach mir um und kniff die Augen zusammen. »Sachen?«

»Über dich.«

»Aha. Verstehe.« Er nahm zwei Hände voll geriebenen Käse und streute ihn über die belegten Pizzen. »Dann hast du dich also nicht auf Wikipedia über mich schlaugemacht oder dergleichen?«

»Nein.« Schon die Vorstellung entsetzte mich.

Er gab ein Grunzen von sich. »Ist doch keine große Sache. Was willst du wissen, Ev?«

Mir fiel nichts ein. Also nahm ich meine Limonade und stürzte gleich die halbe Flasche hinunter. Keine gute Idee. Zum einen war es nicht sehr hilfreich, zum anderen verursachte es auch noch einen leichten, stechenden Kältekopfschmerz über meiner Nasenwurzel.

»Na los, frag, was immer du möchtest«, forderte er mich noch einmal auf. Allerdings schien er sich nicht sehr wohlzufühlen. Zumindest ließen seine zusammengezogenen Augenbrauen das vermuten. Mir war nie zuvor jemand begegnet, der ein vergleichbar ausdrucksstarkes Gesicht hatte wie David. Oder es lag schlicht und einfach daran, dass es mich so faszinierte.

»Also gut. Was ist deine Lieblingsfarbe?«

»Das gehört bestimmt nicht zu den Dingen, die dir deine Freundin berichtet hat«, höhnte er.

»Du meintest, ich dürfe fragen, was immer ich wolle, und ich möchte nun mal deine Lieblingsfarbe erfahren.«

»Schwarz. Und ich weiß sehr wohl, dass das keine richtige Farbe ist. Ich mag in der Schule häufig gefehlt haben, doch an dem Tag, an dem dieses Thema durchgenommen wurde, war ich anwesend.« Er spielte mit der Zunge an der Innenseite seiner Wange. »Was ist deine?«

»Blau.« Ich verfolgte, wie er den gigantischen Ofen aufklappte und die Pizzableche scheppernd in die Röhre schob. »Was ist dein Lieblingslied?«

»Aha, wir klären also erst einmal die Grundlagen.«

»Ich finde das sinnvoll, denn schließlich sind wir miteinander verheiratet, haben aber viel von dem üblichen Kennenlernzeug übersprungen.«

»So, so.« Seine Mundwinkel hoben sich. Er blickte mich an, als ob er durchschaut hätte, dass ich die eigentlichen Fragen erst einmal umschiffen wollte. Dann lächelte er zaghaft – und die Welt war wieder in Ordnung.

»Es gibt mehrere Stücke, die ich besonders gern mag«, führte er aus. »›Four Sticks‹ von Led Zeppelin ist ganz vorn mit dabei. Dein Favorit ist ›Need You Now‹ von Lady Antebellum, vorgetragen von einem Elvis-Imitator. Leider.«

»Hey, das ist nicht fair. Ich war betrunken.«

»Aber es stimmt trotzdem.«

»Kann sein.« Ich wünschte noch immer, ich könnte mich daran erinnern. »Lieblingsbuch?«

»Ich lese gern Graphic Novels. *Hellblazer* oder *Preacher* beispielsweise.«

Ich trank wieder einen Schluck Limonade und grübelte nach, welche kluge Frage ich ihm noch stellen könnte, doch in meinem Kopf spukten nur die offensichtlichen herum. Bei Verabredungen stellte ich mich einfach immer ungeschickt an. Vielleicht war es ganz gut, dass wir diesen Teil übersprungen hatten.

»Halt«, sagte er, »welches ist dein Lieblingsbuch?«

»*Jane Eyre.* Was ist dein Lieblingsfilm?«

»*Evil Dead* 2. Und deiner?«

»*Walk The Line.*«

»Der über Johnny Cash? Nicht schlecht. Okay.« Er schlug die Hände zusammen und rieb sie aneinander. »Jetzt bin ich dran. Verrate mir etwas Schlimmes. Etwas, das du zuvor noch keiner lebenden Seele anvertraut hast.«

»Oooh, die Frage ist gut.« Angst einflößend, aber gut. Warum war mir so etwas nicht eingefallen?

Er grinste mich über den Rand seiner Bierflasche hinweg selbstzufrieden an.

»Mal überlegen ...«

»Die Zeit läuft.«

Ich verzog das Gesicht. »Oh nein.«

»Oh doch«, widersprach er. »Weil du nicht so lange nachdenken darfst, bis dir irgendeine unausgegorene Geschichte einfällt, die du mir guten Gewissens verraten kannst. Du musst mir das erzählen, was dir zuerst einfällt und worüber du sonst niemals sprechen würdest. Hier geht es um Aufrichtigkeit.«

»Schön«, gab ich angesäuert zurück. »Mit fünfzehn habe ich ein Mädchen namens Amanda Harper geküsst.«

Er hob das Kinn. »Wirklich?«

»Ja.«

Er kam näher. Seine Neugier war offensichtlich geweckt. »Hat es dir gefallen?«

»Nein, eigentlich nicht. Ich meine, es war ganz nett.« Ich klammerte mich an die Kante der Arbeitsplatte. »Sie war die Schullesbe und ich wollte herausfinden, ob ich ebenfalls auf Mädchen stehe.«

»In eurer Schule gab es nur eine Lesbe?«

»Oh, ich hatte noch einige weitere Leute in Verdacht, aber sie war die Einzige, die offen dazu stand. Sie hat sich den Titel Schullesbe selbst verliehen.«

»Schön für sie.« Er legte die Hände auf meine Knie und spreizte meine Beine, damit er zwischen sie treten konnte. »Warum hattest du den Verdacht, eine Lesbe zu sein?«

»Genau genommen hoffte ich, bi zu sein«, erläuterte ich. »Das hätte die Auswahl erweitert. Ehrlich gesagt waren die Jungs in meiner Schule ziemlich ...«

»Was?« Er packte meinen Po und zog mich über die Theke näher zu seinen Hüften. Selbstverständlich wehrte ich mich nicht.

»Na ja, ich fand sie irgendwie uninteressant.«

»Aber mit deiner lesbischen Freundin Amanda zu knutschen war auch nicht wirklich toll?«

»Nein.«

Er schnalzte mit der Zunge. »Mann, das ist eine traurige Geschichte. Übrigens hast du gemogelt.«

»Wie bitte? Wieso?«

»Du solltest mir etwas Schlimmes anvertrauen.« Er grinste über beide Ohren. »Aber dass du einem Mädchen einen Zungenkuss gegeben hast, ist nun wirklich nicht schlimm.«

»Von Zunge war nie die Rede.«

»Hast du sie denn eingesetzt?«

»Ein bisschen. Eventuell kam es zu einer ganz flüchtigen Berührung. Aber dann wurde es mir zu viel und ich habe den Kuss abgebrochen.«

Er nahm einen Schluck Bier. »Deine Ohren leuchten schon wieder.«

»Kein Wunder.« Ich lachte mit eingezogenem Kopf. »Ich habe nicht gemogelt. Von diesem Kuss habe ich bisher noch niemandem erzählt. Diese Geschichte wollte ich eigentlich mit ins Grab nehmen. Du solltest dich durch mein Vertrauen geehrt fühlen.«

»Schön und gut, aber mir eine Anekdote zu erzählen, die ich unheimlich erregend finde, ist *sehr wohl* geschummelt. Du solltest mir etwas Schlimmes eingestehen. Die Regeln waren eindeutig definiert. Versuch's noch mal, aber diesmal will ich etwas wirklich Furchtbares hören.«

»Du findest das also erregend?«

»Wenn ich das nächste Mal unter der Dusche stehe, werde ich mir euch beide auf jeden Fall vorstellen.«

Ich biss mir auf die Zunge und wandte den Blick ab. Erinnerungen an den heutigen Morgen, als David mir die Hände eingeseift und mich ihn dann damit anfassen ließ, überfluteten mein Hirn. Bei der Vorstellung, dass er zu meinem flüchtigen Teenager-Sexexperiment masturbieren wollte, fühlte ich mich … »geehrt« traf es nicht wirklich. Aber ich konnte nicht behaupten, dass ich den Gedanken nicht mochte. »Aber mach mich dabei ein bisschen älter. Fünfzehn ist viel zu jung. Das ist widerlich.«

»Du hast sie doch nur geküsst.«

»Ach, und dabei wird es in deiner Fantasie bleiben? Du wirst dich genau an die Fakten halten und zwischen Amanda und mir nichts weiter geschehen lassen?«

»Na gut, ich mache dich älter. Und total enthemmt und neugierig.« Er zog mich näher zu sich, die Hände immer noch auf meinem Po. Ich schlang die Arme um ihn.

»So, jetzt fang noch mal an und diesmal machst du es richtig.«

»Ja, ja.«

Er küsste genüsslich meinen Hals. »Das mit Amanda und dir, das war doch nicht gelogen, oder?«

»Nein.«

»Gut. Die Geschichte gefällt mir nämlich. Die solltest du mir öfter erzählen. Jetzt los.«

Ich überlegte angestrengt mit vielen *Ähms* und *Ohs*, schindete nach Kräften Zeit. David ließ seinen Kopf mit einem gequälten Seufzen an meine Stirn sinken. »Jetzt spuck verdammt noch mal irgendwas aus.«

»Mir fällt nichts ein.«

»Blödsinn.«

»Aber ich weiß nichts«, jammerte ich. Zumindest nichts, was ich offenbaren wollte.

»Erzähl es mir.«

Ich stöhnte und stieß mit meiner Stirn sacht gegen seine. »David, ich bitte dich. Du bist der letzte Mensch, von dem ich möchte, dass er schlecht über mich denkt.«

Er nahm den Kopf zurück und musterte mich kritisch über seine Nasenspitze hinweg. »Du hast Sorge, was ich über dich denken könnte?«

»Natürlich.«

»Baby, du bist ein ehrlicher, guter Mensch und hast bestimmt nichts derart Grauenvolles angestellt, dass ich meine Meinung über dich ändern würde.«

»Aber Ehrlichkeit ist nicht immer von Vorteil«, versuchte ich mich zu rechtfertigen. »Ich habe oft losgequasselt, wenn es besser gewesen wäre, den Mund zu halten, Leuten meine Meinung gegeigt, wenn ich sie lieber hätte für mich behalten sollen. Ich reagiere und denke erst hinterher nach. Überleg doch nur, was zwischen uns in Vegas passiert ist. An jenem Morgen habe ich nur falsche Fragen gestellt. Das werde ich immer bereuen.«

»Vegas war schon recht extrem.« Er rieb mir aufmunternd den Rücken. »Es gibt keinen Grund zur Sorge.«

»Du hast mich doch gefragt, wie ich mich dabei gefühlt habe, als in L. A. dieser Groupie an dir klebte. In jener Nacht hatte ich mich damit abgefunden. Aber jetzt würde ich wahrscheinlich durchdrehen, wenn so etwas noch einmal passieren würde, wenn eine Frau sich an dich ranschmeißen würde. Ich werde mit Sicherheit nicht immer angemessen auf diesen ganzen Rockstar-Rummel, der um deine Person veranstaltet wird, reagieren. Und was dann?«

Er antwortete nicht gleich.

»Ev, uns beiden werden gelegentlich Fehler unterlaufen. Das ist unumgänglich. Wir müssen nur Geduld miteinander haben.« Er hob mein Kinn mit einem Finger an, damit er mich küssen konnte. »Jetzt verrate mir, was Lauren dir heute erzählt hat.«

Er hatte mich in die Ecke gedrängt. Mein Magen rebellierte. Ich musste es ihm sagen. Es führte kein Weg daran vorbei. Wie er reagieren würde, entzog sich meinem Einfluss. »Sie hat mir erzählt, dass deine erste Freundin dich betrogen hat.«

Er blinzelte. »Ja. So war es. Wir waren schon lange zusammen, aber ... Ich war entweder immer im Studio oder auf Tournee. Wir reisten gerade durch Europa, waren schon acht oder neun Monate dort, als es passierte. Das Tourleben bringt viele Paare auseinander. Die Groupies und der Lebensstil können einem ganz schön zusetzen. Aber die ganze Zeit über alleine zu Hause zu sitzen ist wahrscheinlich auch kein Zuckerschlecken.«

Sicherlich nicht. »Wann habt ihr eure nächste Tournee?«

Er schüttelte den Kopf. »Derzeit ist keine angesetzt. Daran wird sich auch nichts ändern, solange wir nicht das neue Album fertig haben. Und damit haben wir bisher keine besonders großen Fortschritte gemacht.«

»Okay. Wie läuft das so ab? Bist du der Ansicht, dass über Dinge, die auf Tour passieren, geschwiegen wird?« Wir hatten die Grenzen unserer Beziehung bisher noch nicht ausgelotet. Was bedeutete unsere Ehe eigentlich? Er wünschte sich, dass wir zusammenblieben, aber ich musste auch an mein Studium denken, an meinen Job, mein eigenes Leben. Ließ eine gute Ehefrau denn alles stehen und liegen und zog mit der Band los? Oder waren Frauen dort überhaupt nicht erwünscht? Ich hatte keine Ahnung.

»Du willst von mir wissen, ob ich beabsichtige, dich zu betrügen?«

»Ich möchte wissen, wie unsere Leben sich miteinander vereinbaren lassen.«

»Okay.« Er knetete seine Lippe zwischen Daumen und Zeigefinger. »Für den Anfang wäre es ganz gut, wenn wir einander nicht hintergehen würden. Lass uns das als Regel aufstellen, okay? Und was die Band angeht, müssen wir es wohl einfach auf uns zukommen lassen.«

»Einverstanden.«

Ohne ein weiteres Wort ließ David mich plötzlich stehen und ging zur Treppe hinüber. »Mal?«, brüllte er ins Untergeschoss hinunter.

»Was?«

»Mach die Tür zu und schließ ab«, befahl er. »Und komm ja nicht rauf. Nicht, bevor ich es dir ausdrücklich erlaube. Kapiert?«

Kurzes Schweigen. »Und was, wenn ein Feuer ausbricht?«, schrie Mal von unten zurück.

»Dann verbrennst du gefälligst.«

»Leck mich.« Die Tür zum Studio knallte zu.

»Schließ ab!«

Mals Antwort verstand ich nicht, aber er war unüberhörbar sauer. David und Mal wirkten eher wie Brüder als David und sein biologischer Bruder. Jimmy war ein Vollidiot und einer der Gründe, warum wir nie mehr nach L. A. zurückkehren sollten. Bedauerlicherweise war es aber auch keine Lösung, sich in Monterey zu verstecken.

Es gab ja noch das College, die Band, Freunde, blablabla.

David griff nach dem Saum seines T-Shirts und zog es sich über den Kopf. »Regel Nummer zwei: Wenn ich mein Oberteil ausziehe, musst du das ebenfalls tun. Diese Regel gilt ab sofort auch bei Gesprächen wie diesen. Wir müssen über so vieles reden, und es gibt keinen Grund, dies nicht ein wenig angenehmer zu gestalten.«

»Und das soll es leichter machen?« Äußerst zweifelhaft. All diese glatte, heiße Haut, die nur darauf wartete, von mir berührt zu werden. Und natürlich juckte es mich in den Fingern. Meine Zunge im Mund zu behalten, während er mir seinen flachen Bauch und sein Sixpack präsentierte, strapazierte meine innere Stärke bis zum Äußersten. Diese wundervolle, tätowierte Haut machte es mir unmöglich, einen einzigen klaren Gedanken zu fassen. Oh Gott, der Mann hatte mich fest in der Hand. Aber halt, wir waren ja verheiratet. Ich war moralisch dazu verpflichtet, meinen Mann mit Blicken auszuziehen. Alles andere wäre unnatürlich und verwerflich gewesen.

»Runter damit«, forderte er und wies mit dem Kinn auf die ungebührliche Menge Kleidung, die ich noch trug.

Im Untergeschoss blieb es still. Keinerlei Lebenszeichen.

»Er kommt nicht hoch, versprochen.« David ergriff den Saum meines Shirts und zog es mir bedächtig über den Kopf.

Als er nach meinem BH griff, drückte ich die Unterarme an meine Brust und hielt ihn fest. »Ich lasse ihn vielleicht vorsichtshalber an ...«

»Das ist gegen die Regel. So schnell willst du die Regeln schon wieder brechen? Das sieht dir aber nicht ähnlich.«

»David.«

»Evelyn.« Er öffnete den Verschluss des BHs. »Baby, ich muss deine nackten Brüste sehen. Du ahnst ja nicht, wie verrückt ich nach ihnen bin. Lass los.«

»Warum darfst du eigentlich die Regeln festlegen?«

»Von mir stammt doch nur eine. Halt nein, zwei. Es gibt ja noch die Treueregel.« Er zupfte an meinem BH. Ich lockerte meinen Griff und überließ ihn ihm. Meine Arme würde ich allerdings keinesfalls herunternehmen.

»Bitte stell ruhig auch Regeln auf«, forderte er mich auf. Dabei streichelte er meine Arme. Jedes einzelne Härchen richtete sich auf.

»Schiebst du diese Auszieh-Regel nur vor, um von unserem eigentlichen Gespräch abzulenken?«

»Keinesfalls. Jetzt denk dir eine Regel aus.«

Ich klemmte meine Hände weiterhin unter mein Kinn und bedeckte mit den Armen die wichtigsten Körperstellen. Man konnte nie wissen. »Keine Lügen. Egal, worum es geht.«

»Abgemacht.«

Ich nickte erleichtert. Wir konnten das mit der Ehe hinbekommen. Mein Kopf wusste es und mein Herz auch. Alles würde gut werden. »Ich vertraue dir.«

Er stutzte und sah mich an. »Danke. Das ist ein großes Zugeständnis.«

Ich wartete, doch er sagte nichts mehr.

»Vertraust du mir ebenfalls?«, fragte ich in die Stille hinein. In dem Moment, als die Worte über meine Lippen kamen, hätte ich sie am liebsten ungeschehen gemacht. Wenn ich sein Vertrauen und seine Zuneigung erst von ihm einfordern musste, bedeuteten sie nichts mehr. Schlimmer noch, ich schadete uns damit. Ich spürte die tiefe Wunde, die plötzlich zwischen uns klaffte und die ich verursacht hatte. Warum musste ich nur immer so ungeduldig sein! Ich wünschte, es wäre Winter gewesen und ich hätte meinen glühenden Kopf in eine Schneewehe stecken können.

Er blickte über meine Schulter hinweg ins Leere. Da hatte ich meine Antwort. Mal wieder hatte die Ehrlichkeit mir gezeigt, wer in meinem Leben das Sagen hatte. Mich fröstelte plötzlich, und obwohl es nichts damit zu tun hatte, dass ich mein Shirt nicht mehr trug, hätte ich mich am liebsten sofort wieder angezogen.

»Ich arbeite daran, Ev. Gib mir nur ... ein wenig Zeit.« Sein Gesicht verkrampfte sich. Er kniff die Lippen so fest zusammen, dass sie weiß wurden. Dann blickte er mir direkt in die Augen. Was immer er dort sah, trug nicht gerade zur Entspannung der Situation bei. »Verdammt.«

»Das macht nichts. Wirklich nicht«, behauptete ich und versuchte, es zu glauben.

»Belügst du mich etwa?«

»Nein. Nein. Wir kriegen das schon hin.«

Anstelle einer Erwiderung küsste er mich.

Es ging doch nichts über eine Ablenkung im richtigen Moment. Mir wurde augenblicklich wieder warm. Ich umfasste seine Hände. Seine Reue und meine verletzten Gefühle rückten in den Hintergrund. Ich verschränkte meine Finger mit seinen und führte unsere Hände zu meinen Brüsten. Wir stöhnten beide auf. Seine warme Haut fühlte sich fantastisch an und vertrieb die eisige Enttäuschung, die ich eben noch empfunden hatte. Das Knistern zwischen uns gewann wie immer die

Oberhand. Ich musste einfach daran glauben, dass er zu tieferen Gefühlen fähig war. Ich drückte die Schultern nach vorn, schmiegte mich an seine Hände, wie von einer unsichtbaren Kraft gezogen. Aber ich wollte auch seinen Mund. Zum Teufel, am liebsten wäre ich in ihn hineingekrochen und hätte seine Gedanken belauscht. Ich wollte ihn ganz und gar. Jeden dunklen Schatten auf seiner Seele. Jeden abwegigen Gedanken.

Unsere Lippen trafen sich wieder. Er knetete keuchend meine Brüste, seine Zunge schlüpfte in meinen Mund, und schon war es um mich geschehen. Ich wollte ihn. Brauchte ihn. Mein Magen zog sich zusammen und ich schlang die Beine fest um seinen Körper. Sollte er nur versuchen zu fliehen. Ich würde ihn mit aller Macht daran hindern. Er rieb mit den Daumen aufreizend über meine Brustwarzen. Ich strich über seine Arme, hielt mich an seinen Schultern fest. Seine heißen Küsse bedeckten mein Gesicht, meinen Kiefer, die Seite meines Halses. Auch wenn ich halb nackt in der Küche saß – inzwischen wäre es mir sogar egal gewesen, wenn die Marschkapelle meiner Highschool durchs Zimmer gezogen wäre. Einzig wir beide zählten.

Kein Wunder, dass die Menschen Sex so ernst nahmen, oder aber nicht ernst genug. Sex verwirrt den Verstand und übernimmt die Kontrolle über den Körper. Als wäre man gleichzeitig verloren und am einzig richtigen Ort. Fast schon ein wenig beängstigend.

»Wir bekommen das hin«, wiederholte er und knabberte sanft an meinem Ohrläppchen. Rieb seine Erektion an mir. Gesegnet sei der kluge Mensch, der an diese Stelle der Hose eine Öffnung gesetzt hatte. Ich sah Sternchen. Fühlte es sich für ihn genauso gut an wie für mich? Ich wollte, dass es perfekt für ihn war und er damit recht behielt, dass wir es schaffen konnten.

»Mein süßes Baby, gib mir Zeit«, hauchte er heiß auf meine Haut.

»Ihretwegen.« Ich musste es laut aussprechen. Keine Geheimnisse.

»Ja«, erwiderte er undeutlich. »Ihretwegen.«

Die Wahrheit schmerzte.

»Evelyn, es gibt nur dich und mich. Ich schwöre es.« Er widmete sich wieder meinem Mund, küsste mich behutsam, als wäre ich zerbrechlich, gestand mir nur einen Hauch seines Geschmacks zu, ließ mich kurz seine Wärme spüren, seine festen Lippen.

»Warte.« Ich nahm meine Beine von seinen Hüften.

Er blinzelte mich aus dunklen, verhangenen Augen an.

»Tritt einen Schritt zurück, ich möchte runter.«

»So?« Sein entzückender Mund verzog sich enttäuscht. Die Beule in seiner Hose war unübersehbar. Ich hatte das bei ihm ausgelöst. Ein spontaner Siegestanz um den Küchenblock herum schien mir zwar ein wenig übertrieben, aber nichtsdestotrotz fühlte ich mich großartig. Bestätigt. Sie war nicht mehr da, um ihn so zu erregen. Aber ich schon.

Ich rutschte an den Rand der Theke. David hielt mich an den Hüften und half mir herunter. Nett gemeint, aber meine Beine waren trotzdem weich wie Pudding. Er blickte nachdenklich auf mich herab.

»Da gibt es etwas, das ich gern tun möchte.« Meine Hände zitterten vor Aufregung und Unsicherheit. Ich nestelte an seinem Hosenknopf und dem gespannten Reißverschluss.

Er hielt meine Handgelenke fest. »Hey, warte.«

Ich verharrte. Was hatte er mir zu sagen? Bestimmt nicht, dass er das nicht wollte. Alle Männer wollten es. Zumindest hatte ich das gehört. Er musterte mich perplex, wie ein Puzzleteil, das nirgendwo passen wollte. Ich konnte wirklich nicht beurteilen, ob er mich aufhalten oder ermuntern wollte.

»Gibt es ein Problem?«, fragte ich, da er nichts weiter sagte.

Ganz langsam nahm er die Hände von meinen Handgelenken und hob sie in die Luft, als hielte ich eine Waffe auf ihn gerichtet. »Das ist es, was du willst?«

»Ja. Was ist los, David? Willst du nicht, dass ich dich in den Mund nehme?«

Er lächelte. »Du hast ja keine Ahnung, wie sehr ich das will. Aber das ist wieder ein erstes Mal für dich, oder?«

Ich nickte, spielte mit dem Saum seiner Jeans, hielt mich jedoch noch zurück.

»Genau das ist los. Ich möchte, dass all deine ersten Male perfekt sind. Auch dieses. Und allein bei dem Gedanken daran, dass du an mir lutschst, werde ich scharf.«

»Oh.«

»Ich muss schon den ganzen verdammten Tag lang unaufhörlich an dich denken. Ständig habe ich Mist gebaut, konnte mich auf nichts richtig konzentrieren. Es grenzt an ein Wunder, dass wir überhaupt etwas fertig bekommen haben.« Er fuhr sich durch sein langes Haar, strich es sich aus dem Gesicht. Dabei verharrte er mit den Händen auf dem Kopf, wodurch sein durchtrainierter Oberkörper wundervoll zur Geltung kam. Nur der gräuliche Bluterguss an den Rippen, den er von der gestrigen Prügelei in der Bar zurückbehalten hatte, verdarb die Perfektion. Ich drückte einen Kuss darauf. Die ganze Zeit über wandte er den Blick nicht von mir ab, wahrscheinlich, weil meine nackten Brüste untrennbar zu meinem Körper gehörten. Meine Augen, mein Mund, meine Brüste – er schien sich nicht entscheiden zu können, was ihn am meisten faszinierte.

Ich zog behutsam den Reißverschluss auf, hinter dem sich seine Erektion verbarg. Keine Unterwäsche. Diesmal zuckte ich nicht zurück, als sein Ständer vor mir auftauchte. Ich zog David mit beiden Händen die Hose herunter und befreite sein Glied. Es ragte groß und mächtig vor mir auf. Wie bereits am

Morgen legte ich meine Handfläche an die Unterseite und betastete seine heiße, seidige Haut. Merkwürdig, dass mich dieser männliche Körperanhang bisher kaum angezogen hatte. Das hatte sich inzwischen geändert, wie ich deutlich zwischen meinen angespannten Schenkeln spüren konnte.

Nicht nur das, ich empfand sogar so etwas wie Besitzerstolz.

»Du gehörst mir«, flüsterte ich, während ich mit dem Daumen den Kopf umfuhr, die Spalte und die Vertiefung in der Mitte betastete. Ihn erforschte.

»Oh ja.«

Die besonders sensible Stelle saß etwas weiter unterhalb. Das wusste ich aus Zeitschriften und Laurens Erzählungen über ihre Sex-Eskapaden. Sie ging nun mal gern ins Detail. Ich musste ihr unbedingt dafür danken und ihr ein schönes Essen spendieren.

Ich legte die Hand um ihn, hielt ihn fest, massierte diese besondere Stelle genüsslich mit dem Daumen und wartete ab, was geschah. Ohne den ganzen Seifenschaum ließ sich das viel besser beobachten. Es dauerte nicht lange. Insbesondere, als ich ihn fester in die Hand nahm und meine Hand bedächtig auf und ab gleiten ließ. Seine Bauchmuskeln zuckten und tanzten wie am Morgen unter der Dusche. Meine Hände bewegten die weiche, geschmeidige Haut, massierten das harte Fleisch darunter, einmal, zweimal. Ein milchiges Tröpfchen trat aus dem schmalen Schlitz in der Mitte.

»Das bedeutet, dass du mich fertigmachst«, erläuterte mein Ehemann mit kehliger Stimme. »Nur, falls du dich wunderst.«

Ich grinste.

Er stieß einen Fluch aus.

»Ich könnte schwören, dass er jedes Mal, wenn ich ihn sehe, größer ist.«

Er grinste schief. »Du beflügelst mich.«

Ich streichelte ihn wieder. Er sog die Luft ein. »Evelyn. Bitte.«
Zeit, ihn von seinem Leid zu erlösen. Ich kniete mich hin.
Der harte Boden war unbequem, aber wenn man vor jemandem in die Knie ging, gehörte etwas Unbequemlichkeit wohl dazu. Sie trug zur Atmosphäre bei, zum Erlebnis. So spät am Tag war sein Moschusduft intensiver. Ich nahm sein Glied in die Hand, schmiegte das Gesicht an seine Hüften, atmete seinen Geruch ein.

Er beobachtete mich noch immer unablässig. Ich hatte vorsichtshalber kurz nach oben gesehen, um mich seiner Aufmerksamkeit zu versichern, doch seine geweiteten, dunklen Augen klebten wie hypnotisiert an mir. Dabei klammerte er sich an der Küchentheke fest, als rechnete er jeden Augenblick mit einem Erdbeben. Seine Fingerknöchel waren vor Anstrengung weiß.

Als ich ihn in den Mund nahm, keuchte er auf. Meiner Unerfahrenheit und seiner Größe geschuldet konnte ich ihn nicht allzu tief aufnehmen. Ihn schien das nicht zu stören. Der salzige Geschmack seiner Haut, das bittere Aroma der Flüssigkeit, Davids warmer Duft und seine Härte, das alles verschmolz zu etwas Einzigartigem. David Lust zu bereiten war einfach unglaublich.

David ächzte. Seine Hüften zuckten, wodurch sein Glied tiefer in meinen Mund rutschte. Meine Kehle verkrampfte sich automatisch, sodass ich ein wenig würgte. Sofort legte er die Hand auf meinen Kopf und tätschelte mich beruhigend. »Mist, tut mir leid Baby.«

Ich setzte meine Zärtlichkeiten fort, rieb meine Zunge an ihm, saugte, suchte den besten Weg, ihn so tief wie möglich in meinen Mund zu schieben. Ihn zittern und fluchen zu lassen. David mit einem Blowjob zu verwöhnen war etwas Wunderbares. Er vergrub die Hand in meinem Haar, zog ein wenig daran. Ich genoss es. Einfach alles. Wenn ich es schaffen konnte, dass mein der Welt überdrüssiger Ehemann vor Leidenschaft völlig die Kontrolle verlor, war es alle Mühen wert. Seine Hüften zuckten nun rastlos hin und her, sein Glied rieb sich an meiner Zunge und erfüllte meinen Mund schneller, als ich schlucken konnte, mit diesem salzigen, bitteren Geschmack.

Es war also etwas schmuddelig. Egal. Mein Kiefer schmerzte ein wenig. Egal. Und ein Glas Wasser wäre auch nicht schlecht gewesen. Aber seine Reaktion …

David sank auf die Knie und nahm mich in die Arme. Beziehungsweise erdrückte mich fast. Meine Rippen knackten, so fest klammerte er sich nach Atem ringend an mich. Ich schmiegte das Gesicht an seine Schulter und wartete, bis er sich ein wenig beruhigt hatte, ehe ich mir mein Lob abholte.

»War es gut?«, fragte ich und rechnete fest mit einer wohlwollenden Wertung. Das war einfach der beste Zeitpunkt, um solche Fragen zu stellen.

Er grunzte.

Das war alles? Ich war furchtbar stolz auf mich und er grunzte? Nein, ich wollte mehr Wertschätzung. Ich verdiente sie. »Sicher?«

Er hockte sich auf die Fersen und starrte mich an. Dann blickte er sich suchend um. Schließlich hob er das T-Shirt auf, das er auf den Boden geworfen hatte, und wischte mir damit das Kinn ab. Wie lieb.

»Auf deiner Schulter ist auch etwas.« Ich deutete auf den Klecks, den ich dort offensichtlich hinterlassen hatte. Er rieb ihn ebenfalls fort.

»Sex kann manchmal schmutzig sein.«

»Stimmt.«

»Nimmst du die Pille?«

»David, auf diese Weise kann man nicht schwanger werden.«
Einer seiner Mundwinkel zuckte. »Süß. Nimmst du die Pille?«

»Nein, aber ich trage ein Verhütungsstäbchen in meinem
Arm, weil meine Zyklen so unregelmäßig sind und …« Er
rammte seine Lippen auf meinen Mund und küsste mich grob
und heftig. Brachte mich äußerst effektiv zum Schweigen. Seine Hand ruhte schützend an meinem Hinterkopf, als er mich
auf den Boden legte und sich auf mir ausstreckte. Ich bemerkte den harten, kalten Boden unter meinem Rücken kaum. Solange er mich küsste, war alles andere egal. Meine Hände klebten an seinen Schultern. Ich spürte seine feuchte Haut unter
meinen Fingern.

»Ich interessiere mich durchaus für deine Zyklen, Ev, ganz
ehrlich.« Er küsste meine Wangen, meine Stirn.

»Danke.«

»Aber jetzt möchte ich von dir wissen, was du davon halten
würdest, wenn wir es ohne täten.«

»Du meinst damit bestimmt nicht nur ohne Oberteil.«

»Ich meine Sex ohne Kondom.« Er umrahmte mein Gesicht
mit den Händen und sah mich mit seinen tiefblauen Augen an.
»Ich bin gesund. Ich habe mich testen lassen. Ich nehme keine
Drogen und seit der Trennung von ihr habe ich mich immer geschützt. Aber es ist deine Entscheidung.«

Die Erwähnung von *ihr* kühlte mich ein wenig ab, jedoch
nicht lange, nicht, wenn David auf mir lag und der schwere
Geruch von Sex noch in der Luft hing. Und der von Pizza. Aber
hauptsächlich roch es nach David. Nicht das Essen ließ mir das
Wasser im Mund zusammenlaufen, sondern er. In Anbetracht
der Situation fiel mir das Denken ziemlich schwer. Ich hatte
beteuert, ihm zu vertrauen, und genauso meinte ich es auch.

»Denk einfach darüber nach, Baby«, sagte er. »Kein Grund
zur Eile, okay?«

»Nein. Ich finde, wir sollten es tun.«

»Bist du sicher?«

Ich nickte.

Er stieß erleichtert den Atem aus und küsste mich noch einmal.

»Verdammt, ich liebe deinen Mund.« Er fuhr mit der Fingerspitze die Kontur meiner Lippen nach, die nach unserem Liebesspiel leicht angeschwollen waren.

»Es hat dir also gefallen? War es okay für dich?«

»Es war einfach perfekt. Du kannst gar nichts falsch machen. Schon zu wissen, dass du es bist, die mich berührt, macht mich ganz verrückt. Wahrscheinlich würde es mich sogar anmachen, wenn du mich versehentlich beißen würdest.« Er lachte heiser und fügte eilig hinzu: »Allerdings möchte ich dich bitten, das nicht auszuprobieren.«

»Aber nein.« Ich legte den Kopf in den Nacken und küsste ihn genüsslich und leidenschaftlich, um ihm zu zeigen, wie viel er mir bedeutete. Wir machten noch immer auf dem Boden herum, als plötzlich der Alarm am Ofen losging und uns erschrocken auseinanderfahren ließ. Im selben Moment begann auch noch das Telefon zu läuten.

»Verflucht.«

»Ich kümmere mich um die Pizza«, sagte ich schnell und wand mich unter seinem Körper hervor.

»Und ich gehe ans Telefon. Verdammt, eigentlich sollte niemand diese Nummer kennen.«

Ich zog mir den Topfhandschuh über, der bereits auf der Theke bereitlag, und klappte die Ofentür auf. Der verführerische Duft von geschmolzenem Käse waberte mir entgegen. Mein Magen knurrte. Offenbar war ich doch hungrig. Die Pizzen waren an den Rändern ein wenig angebrannt und die Spitzen der Brokkoliröschen goldbraun. Nicht schlimm, wir konnten uns ja auf die Mitte konzentrieren. Ich legte die Pizzen auf dem Herd ab und stellte den Backofen aus.

Im Hintergrund hörte ich David leise sprechen. Er stand vor der Fensterfront, die Beine gespreizt und die Schultern angespannt, als wappnete er sich für einen Angriff. Entspannte, zufriedene Menschen nahmen solch eine Pose gewöhnlich nicht ein. Draußen versank gerade die Sonne. Das violette und graue Abendlicht malte Schatten auf seine Haut.

»Ja, Adrian, das ist mir klar«, sagte er.

Urplötzlich wurde mir ganz anders. All meine Muskeln verkrampften sich, einer nach dem anderen. Oh Gott, nicht jetzt. Gerade lief alles so gut. Konnten sie uns nicht noch ein bisschen länger in Frieden lassen?

»Wann geht der Flug?«, fragte er.

»Scheiße«, folgte als Nächstes.

»Nein, wir werden da sein. Keine Sorge. Ja. Bye.«

Er drehte sich zu mir um, das Telefon noch immer in der Hand. »Mal und ich müssen wegen diverser Sachen zurück nach L. A. Adrian hat schon einen Helikopter losgeschickt. Wir müssen uns fertig machen.«

Ich lächelte starr. »Okay.«

»Tut mir leid, dass wir so abrupt aufbrechen müssen. Wir kommen bald wieder hierher zurück, ja?«

»Na klar. Kein Problem.«

Das war eine glatte Lüge. Schließlich ging es zurück nach L. A.

15

Während des gesamten Rückflugs zuckte Davids Bein. Als ich die Hand darauf legte, begann er stattdessen, an meinem Ehering herumzuspielen und ihn an meinem Finger zu drehen. Offenbar war ich nicht die Einzige, die in Stresssituationen etwas brauchte, woran sie herumfummeln konnte.

Noch nie zuvor war ich in einem Hubschrauber geflogen. Die Aussicht war spektakulär, aber leider war es in der Kabine auch laut und unbequem. Nachvollziehbar, dass die meisten Menschen stattdessen mit dem Flugzeug reisten. Eine Kette aus Lichtern wies uns den Weg: zuerst Straßenlaternen, dann Häuser und schließlich die grell erleuchteten Wolkenkratzer von L.A. Obwohl sich inzwischen so viel verändert hatte, war ich in diesem Augenblick wieder das unausgeschlafene, hibbelige Nervenbündel, das ich auch schon gewesen war, als ich vor gar nicht allzu langer Zeit Portland verlassen hatte. Mal dagegen hatte sich in eine Ecke gefläzt, die Augen geschlossen und war eingeschlafen. Ihn brachte nichts aus der Ruhe. Warum auch, schließlich war er ein fester Bestandteil der Band und von Davids Leben.

Da wir verspätet gestartet waren, landeten wir erst gegen vier Uhr morgens in L.A. Sam, der Bodyguard, erwartete uns bereits mit geschäftsmäßiger Miene am Landefeld.

»Mrs Ferris, meine Herren«, begrüßte er uns und geleitete uns dann zu einem großen schwarzen SUV, der gleich in der Nähe geparkt war.

»Bitte fahren Sie uns direkt nach Hause. Danke, Sam«, wies

David ihn an. Er sprach von seinem Zuhause, nicht meinem. Mit L. A. verband ich keinerlei positive Erinnerungen.

Wir saßen im Wagen, verborgen hinter getönten Scheiben und umgeben von Luxus. Ich sank in das weiche Sitzpolster und schloss die Augen. Wie konnte ich nur so todmüde und gleichzeitig so furchtbar aufgeregt sein?

Am Haus wurden wir bereits von Martha erwartet. Sie stand an die Vordertür gelehnt, in ein rotes Schultertuch gehüllt, das bestimmt eine Menge Geld gekostet hatte. Beim Anblick seiner Assistentin wurde mir flau im Magen, doch ich hatte mir fest vorgenommen, mich diesmal nicht ausgrenzen zu lassen. David und ich waren ein Paar. Damit würde sie sich gefälligst abfinden müssen, ob sie wollte oder nicht. Ihr glänzendes dunkles Haar ergoss sich über ihre Schultern, keine Strähne, die nicht ordentlich frisiert gewesen wäre. Mir dagegen sah man zweifellos an, dass ich schon seit über zwanzig Stunden auf den Beinen war.

Sam öffnete die Wagentür und bot mir seine Hand an. Als David den Arm um mich schlang, heftete sich sofort Marthas bohrender Blick auf mich. Ihre Miene verhärtete sich, als wollte sie mich mit ihren Blicken aufspießen. Keine Ahnung, was sie gegen mich hatte. Es war mir in diesem Moment auch egal. Für diese Spielchen war ich einfach zu müde.

»Martie«, krähte Mal, rannte die Stufen hinauf und schlang den Arm um ihre Taille. »Du wundervolle Frau, bitte verrate mir, wo ich Frühstück finde.«

»Mal, du weißt doch, wo die Küche ist.«

Mal ließ sich von ihrer knappen Erwiderung nicht abwimmeln, sondern zog sie fröhlich mit sich. Zuerst folgte sie ihm nur widerwillig, doch dann nahm sie eine gerade Haltung ein und stolzierte hinter ihm her. Mal hatte den Weg frei gemacht. Ich hätte ihm die Füße küssen können.

David und ich stiegen die Treppe in den ersten Stock hinauf. Unsere Schritte hallten durch die Stille. David schwieg. Als ich Kurs auf das weiße Zimmer nahm, in dem ich bei meinem letzten Aufenthalt gewohnt hatte, hielt er mich zurück und lenkte mich stattdessen nach rechts. Vor einer Doppeltür blieb er stehen und fischte einen Schlüssel aus seiner Tasche. Ich sah ihm verwundert zu.

»Ich habe eben Probleme damit, anderen Menschen zu vertrauen.« Er schloss die Tür auf.

Das Zimmer war einfach eingerichtet, ohne Antiquitäten und pompöse Dekorationen, wie sie im Rest des Hauses zu finden waren. Es gab ein großes, dunkelgrau bezogenes Bett und ein dazu passendes, gemütliches Sofa. Eine Menge Gitarren. Ein offener, vollgestopfter Kleiderschrank. Doch der Großteil des Zimmers war leer. Wahrscheinlich brauchte er den Freiraum, um durchatmen zu können. Dieses Zimmer unterschied sich deutlich vom Rest des Hauses, war weniger protzig, strahlte viel mehr Ruhe aus.

»Schon gut, du darfst dich gern umsehen.« Er legte mir direkt oberhalb meines Pos die Hand aufs Kreuz. »Das ist jetzt unser Zimmer.«

Oje, hoffentlich beabsichtigte er nicht, dauerhaft hier zu wohnen. Schließlich musste ich ja früher oder später wieder zum College. Wir hatten bisher noch nicht diskutiert, wo wir leben wollten. Bei der Vorstellung, mich permanent in Marthas, Jimmys und Adrians Nähe aufhalten zu müssen, befiel mich Panik. Mist. Ich durfte mir nicht gestatten, so zu denken, mich von Negativität übermannen zu lassen. Es zählte einzig und allein, dass ich mit David zusammen sein konnte, dass wir zusammenhielten und unsere Beziehung funktionierte.

Oh, wie schrecklich es doch wäre, mit meinem wundervollen Ehemann im Luxus zu leben. Ich armes Ding. Ich hatte einen

Schlag auf den Hinterkopf und eine Tasse Kaffe nötig. Oder zwölf Stunden Schlaf. Jede dieser Maßnahmen würde sicherlich Wunder wirken.

Wir zogen die Vorhänge zu, um das erste Morgenlicht aus dem Zimmer auszusperren. »Du siehst erschöpft aus. Legst du dich mit mir hin?«

»Das ist, ähm … Ja, gute Idee. Ich muss nur kurz ins Badezimmer.«

»Okay.« David begann sich auszuziehen. Er warf die Lederjacke auf einen Sessel, zog sich das T-Shirt über den Kopf. Der Hormonrausch, der mich normalerweise unter diesen Umständen überkommen hätte, blieb leider aus – dank meiner Unruhe. Ich brauchte eine Minute für mich, um mich wieder zu beruhigen. Also flüchtete ich ins Bad, schloss die Tür und schaltete das Licht ein. Grelle blendende Lichter flammten auf. Vor meinen Augen tanzten bunte Flecken. Ich drehte aufs Geratewohl an den Knöpfen herum, bis ich endlich den Dimmer fand, mit dem ich das Licht dämpfte. Viel besser.

Ich sah mich um. Eine riesige, weiße Badewanne, die aussah wie eine Schüssel. Graue Steinmauern. Klare Glastrennwände. Kurz gesagt: ein opulentes Bad. Würde ich mich eines Tages an all das gewöhnen? Hoffentlich nicht. Es wäre furchtbar, einen solchen Luxus als selbstverständlich hinzunehmen.

Sicherlich würde eine Dusche mich beruhigen. Ein Bad in der gigantischen Suppenschüssel-Wanne wäre zwar auch nicht zu verachten gewesen, aber ich war mir nicht sicher, ob ich es schaffen würde, hineinzuklettern, ohne auf die Nase zu fallen oder mir etwas zu brechen. Zumindest nicht, solange ich so übermüdet und hypernervös war.

Nein, eine ausgiebige heiße Dusche wäre genau das Richtige.

Ich schlüpfte aus den Ballerinas, zog den Reißverschluss meiner Jeans auf und schälte mich in Rekordzeit aus meinen Klamotten. Die Dusche war so groß, dass ich locker zehn Freunde hätte einladen können. Dankbar trat ich unter den dampfenden, heißen Wasserstrahl. Er prickelte wunderbar angenehm und entspannend, und binnen kürzester Zeit spürte ich, wie sich meine verkrampften Muskeln lockerten und ich ruhiger wurde. Ich liebte diese Dusche jetzt schon. Diese Dusche und ich, wir mussten unbedingt viel Zeit miteinander verbringen. Abgesehen von David und eventuell noch Mal war diese Dusche das Beste im ganzen Haus.

Davids Arme legten sich von hinten um mich und zogen mich an seinen Körper. Ich hatte ihn nicht einmal hereinkommen gehört.

»Hi.« Ich lehnte mich an ihn, hob die Arme und schlang sie um seinen Hals. »Ich glaube, ich habe mich in deine Dusche verliebt.«

»Du betrügst mich mit der Dusche? Verdammt, Evelyn, das ist hart.« Er nahm ein Stück Seife und rieb es sanft über meinen Bauch, meine Brüste und behutsam zwischen meinen Beinen. Als der Seifenschaum überhandnahm, wusch er ihn mit warmem Wasser wieder ab. Seine großen Hände auf meinem Körper erweckten meine tot geglaubten Hormone mit zehnfacher Intensität wieder zum Leben. Er schlang einen Arm um meine Taille, während seine Hand weiterhin auf meinem Schoß verharrte und mich zärtlich streichelte.

»Ich weiß, dass du dich hier unwohl fühlst. Aber das musst du nicht. Alles wird gut werden.« Seine Lippen strichen über mein Ohr. Seine Finger zauberten. Mein Körper schien ebenso heiß zu werden wie der Wasserstrahl. Meine Beine zitterten. Ich stellte sie weiter auseinander, damit er mehr Platz fand.

»Ich – Ich weiß.«

»Du und ich gegen den Rest der Welt.«

Selbst wenn ich gewollt hätte, hätte ich mir das Grinsen nicht verkneifen können.

»Meine liebe, entzückende Ehefrau. Versuchen wir es doch mal.« Damit drehte er uns behutsam um, bis er mit dem Rücken zum Wasserstrahl stand. Ich stützte mich mit den Händen an der Glasscheibe ab. Seine Fingerspitze drängte sich zwischen meine Schamlippen, öffnete mich. Oh Gott, darin war er wirklich gut. »Deine Muschi ist das Süßeste, was ich jemals gesehen habe.«

In meinem Bauch kribbelte es. »Ich habe keine Ahnung, was ich getan habe, um dich zu verdienen. Aber was immer es war, ich muss es unbedingt öfter tun.«

Er lachte glucksend. Seine Lippen berührten meinen Hals, saugten. Ich keuchte. Ich hätte schwören können, dass sich der Raum plötzlich um uns drehte. Vielleicht schoss mir aber auch einfach nur das Blut in den Kopf. Jedenfalls zuckten meine Hüften wie von selbst, doch er ließ mich nicht weit kommen. Seine harte Erektion drückte gegen meinen Po und mein Kreuz. Mein Schoß zog sich unzufrieden zusammen, lechzte nach mehr.

»David.«

»Hmm?«

Ich wollte mich zu ihm umdrehen, doch er hielt mich fest. »Lass mich.«

»Was? Was willst du, Baby? Sag es und du bekommst es.«

»Ich will nur dich.«

»Aber du hast mich. Ganz und gar. Spürst du es nicht?« Er drängte sich an mich.

»Aber – «

»Wollen wir doch mal sehen, was passiert, wenn ich ein wenig auf deiner Klitoris herumklimpere.«

Seine federleichten Berührungen feuerten meine Erregung an. Immer wieder liebkoste er diese besondere Stelle. Ich wunderte mich nicht mehr, dass er meinen Körper bis zur Perfektion beherrschte. Das hatte er schließlich schon mehrere Male bewiesen. Er rieb sich an mir, machte mich damit schier verrückt. Mein Körper wusste genau, wonach er sich sehnte, und das waren nicht seine verdammten, geschickten Finger. Ich wollte wieder diese atemberaubende Verbindung zu ihm spüren.

»Warte«, kiekste ich erregt.

»Was ist, Baby?«

»Ich will dich in mir.«

Einer seiner Finger glitt in mich hinein, um einen Punkt hinter meiner Klitoris zu massieren. Ich sah schon wieder nichts als Sterne. Trotzdem war es nicht richtig, bei Weitem nicht ausreichend. Und nicht mehr witzig. Es wäre bedauerlich, wenn er mich dazu zwingen würde, ihn auf der Stelle umzubringen. Langsam trieb er es zu weit.

»David. Bitte.«

»Nicht gut?«

»Ich will dich.«

»Und ich will dich. Ich bin verrückt nach dir.«

»Aber – «

»Wie fändest du es, wenn ich es dir mit dem Duschkopf besorgen würde? Wäre das nicht schön?«

Trotz meiner weichen Knie schaffte ich es tatsächlich, mit dem Fuß aufzustampfen. »Nein.«

Hierauf brach mein Ehemann in schallendes Gelächter aus, wofür ich ihn leidenschaftlich hasste.

»Ich dachte, du würdest die Dusche lieben«, sagte er kichernd. Anscheinend fand er sich ungemein komisch. Er bettelte geradezu um seinen Tod.

Ich spürte, wie mir vor Enttäuschung die Tränen kamen. »Nein.«

»Bestimmt nicht? Ich bin mir ziemlich sicher, das vorhin aus deinem Munde gehört zu haben.«

»David, verdammt noch mal, ich liebe dich.«

Er erstarrte. Sogar der Finger in meinem Inneren bewegte sich nicht mehr. Das einzige Geräusch war das Rauschen des Wassers. Eigentlich wäre zu erwarten gewesen, dass diese Worte an Kraft verloren hätten. Schließlich waren wir verheiratet. Dann übte das Wort mit L eigentlich keinen magischen Zauber mehr aus. Doch so war es nicht.

Alles veränderte sich schlagartig.

Er drehte mich mit seinen starken Händen zu sich um und hob mich hoch. Meine Füße baumelten in der Luft. Eine Sekunde war ich so desorientiert, dass ich überhaupt nicht begriff, was passiert war. Doch dann schlang ich meine Arme und Beine um ihn und hielt mich an ihm fest. Sein Gesicht … Noch nie hatte ich ihn derart leidenschaftlich und entschlossen gesehen. Seine Miene drückte weit mehr aus als nur Lust, zeigte mir schon fast das, was ich mir von ihm wünschte.

Er packte meine Pobacken. Ich stützte mich mit meinem ganzen Gewicht auf seine Arme. Er hielt mich und senkte mich Stück für Stück auf sich hinab. Diesmal verspürte ich keinerlei Schmerz, der meine Lust geschmälert hätte. Nichts, was mich von dem Gefühl ablenkte, von ihm ausgefüllt zu werden. Ihn in mir zu spüren war gleichzeitig merkwürdig und großartig. Ich veränderte meine Position ein wenig, um es angenehmer zu haben, und schon krallte er die Finger in meine Pobacken.

»Fuck«, ächzte er.

»Was ist los?«

»Halt einfach einen Augenblick ganz still.«

Ich rümpfte die Nase und konzentrierte mich darauf, wieder zu Atem zu kommen. Sex war manchmal ganz schön kniffelig.

Außerdem wollte ich jede Sekunde dieses perfekten Erlebnisses genießen, mir jede Kleinigkeit einprägen.

David lehnte mich mit dem Rücken gegen die Wand und schob sich tiefer in meinen Körper. Ich gab ein überraschtes Geräusch von mir. Es klang ungefähr wie »Ahrg«.

»Ganz ruhig«, murmelte er. »Alles in Ordnung?«

Ich wurde von ihm ausgefüllt. Gedehnt. Fühlte es sich gut an? Schwer zu sagen. Um diese ungekannte Empfindung zu erkunden, brauchte ich seine Hilfe. »Wirst du dich jetzt bewegen?«

»Wenn du es möchtest.«

»Ja.«

Er tat es, ließ mein Gesicht dabei nicht aus den Augen. Als er sich zurückzog, entfachte er ein angenehm sinnliches Feuer in mir, aber als er dann wieder eindrang, verschlug es mir regelrecht den Atem. Wow. Ob es gut oder schlecht war, konnte ich allerdings immer noch nicht beurteilen. Ich brauchte mehr. Und er gab mir mehr. Sein Becken bewegte sich unablässig, und langsam bauten sich wieder die Hitze und der Druck in meinem Unterleib auf. Mein Blut kochte fiebrig heiß, raste durch meine Adern, brannte glühend unter meiner Haut. Ich presste meinen Mund auf seinen, gierte nach mehr. Ich musste alles haben. Seinen feuchten Mund, seine gewitzte Zunge. Ich musste ihn haben, ganz und gar. Niemand sonst küsste wie David. Als wäre mich zu küssen wichtiger als zu atmen, zu essen, zu schlafen und alles andere in seinem Leben.

Ich prallte mit dem Rücken gegen die Glasscheibe, unsere Zähne stießen aneinander. Er unterbrach den Kuss und betrachtete mich wachsam, hörte jedoch nicht auf, sich zu bewegen. Immer kraftvoller und schneller stieß er in mich. Es wurde immer besser und besser. Wir mussten das unbedingt häufig wiederholen. Vierundzwanzig Stunden am Tag. Wenn es so war zwischen uns, wurde alles andere nebensächlich. Alle Sorgen verschwanden.

Es war so unbeschreiblich gut. Er war alles, was ich brauchte.

Plötzlich traf er einen sensiblen Punkt. Mein ganzer Körper spannte sich und meine Nervenenden kribbelten und schlugen Funken. Meine Muskeln krampften sich um sein Glied. Er steigerte die Geschwindigkeit, drang mehrmals hintereinander tief ein. Die Welt um mich herum wurde schwarz. Möglicherweise schloss ich auch nur die Augen. Der Druck, der sich in mir aufgebaut hatte, explodierte zu einer Million fantastischer Empfindungen. Es wollte gar nicht mehr aufhören. Mein Verstand flog bestimmt über die Stratosphäre hinaus. Alles funkelte. Wenn es sich für David auch nur halb so gut anfühlte, grenzte es wirklich an ein Wunder, dass er sich noch auf den Beinen halten konnte. Doch das tat er, blieb standhaft und hielt mich so eng umschlungen, als wolle er mich nie wieder loslassen.

Irgendwann, gefühlte zehn Jahre später, setzte er mich schließlich doch ab. Nachdem meine Beine mich wieder einigermaßen trugen, schob er mich zum Wasser und wusch mich zwischen den Beinen. Ich begriff nicht gleich, was er vorhatte und wich zurück. Dort unten angefasst zu werden schien mir augenblicklich keine gute Idee zu sein.

»Schon gut«, beruhigte er mich und dirigierte mich wieder unter den Wasserstrahl. »Vertrau mir.«

Ich hielt still und zuckte automatisch zusammen, obwohl es keinen Grund dazu gab. Er ging mit äußerster Behutsamkeit vor. Die Welt um mich herum wirkte merkwürdig und fremd, zu scharf umrissen und gleichzeitig verschwommen. Die Müdigkeit und der beste Orgasmus meines Lebens hatten mich endgültig fertiggemacht.

David drehte das Wasser ab, trat aus der Dusche und holte

zwei Handtücher. Eines wickelte er sich um die Hüfte, mit dem anderen tupfte er mich trocken.

»Das war gut, oder?«, fragte ich, während er mir aufopferungsvoll das Haar frottierte. Mein ganzer Körper zitterte und bebte. Das schien mir ein gutes Zeichen zu sein. Meine Welt war in tausend Stücke zersprungen und als strahlendes Liebesparadies wiederauferstanden. Wenn er sich erdreistet hätte, auf meine Frage mit »Okay« zu antworten, hätte ich ihm wahrscheinlich eins übergebraten.

»Das war absolut unglaublich«, erklärte er, nahm das Handtuch von den Hüften und warf es neben das Waschbecken.

Mein grinsendes Gesicht zitterte. Ich konnte es im Spiegel sehen. »Ja, das stimmt.«

»Wir beide zusammen, das ist immer absolut unglaublich.«

Wir kehrten Hand in Hand ins Schlafzimmer zurück. Zur Abwechslung war es mir nicht unangenehm, in seiner Gegenwart nackt zu sein. Ohne zu zögern kletterten wir auf sein gigantisches Bett und fanden uns wie selbstverständlich nebeneinander in der Mitte wieder. Wir lagen auf der Seite, wandten uns das Gesicht zu. Ich war so erschöpft, dass ich das Gefühl hatte, gleich ins Koma zu fallen. Wie schade, dass ich meine Augen schließen musste, obwohl er doch direkt vor mir lag. Mein Ehemann.

»Du hast geflucht«, meinte er belustigt.

»Ach ja?«

Er hatte die Hand auf meinen Schenkel gelegt und strich mit dem Daumen über meinen Hüftknochen. »Willst du etwa behaupten, nicht mehr zu wissen, was du gesagt hast?«

»Nein, ich habe es nicht vergessen.« Obwohl ich es eigentlich nicht vorgehabt hatte. Weder zu fluchen noch ihm meine Liebe zu gestehen. Aber das hatte ich. Wie ein großes, mutiges Mädchen. »Ich habe gesagt, dass ich dich liebe.«

»Mm. Man sagt so einiges beim Sex. Kommt vor.«

Er gäb mir die Möglichkeit, zurückzurudern, doch ich konnte sie unmöglich nutzen. Ich würde es nicht tun, egal, wie verlockend sie auch war, denn ich war nicht gewillt, einen bedeutsamen Moment wie diesen herabzusetzen.

»Ich liebe dich wirklich«, wiederholte ich ein wenig hilflos. Er würde mich wieder hängen lassen, genau wie in jenem Augenblick, als ich ihn gefragt hatte, ob er mir vertrauen würde. Ich wusste es einfach.

Er sah mich an, geduldig und freundlich. Es tat weh. Ich kam mir sehr zerbrechlich vor. Im Vergleich zur Liebe war Höhlenforschung ein sinnvolles Hobby. Genauso wie Base-Jumping oder Bärenwrestling. Aber meine Ängste kamen viel, viel zu spät. Die Worte waren ausgesprochen. Wenn die Liebe nur etwas für Narren war, dann konnte ich daran auch nichts mehr ändern. Zumindest war ich ein aufrichtiger Narr.

Er streichelte mein Gesicht mit der Rückseite seiner Finger. »Das hast du wunderschön gesagt.«

»David, lass es gut sein – «

»Du bist mir so verdammt wichtig«, unterbrach er mich. »Ich will, dass du das weißt.«

»Danke.« Autsch. Nicht gerade die Worte, die ich nach meinem Liebesgeständnis zu hören gehofft hatte.

Er stützte sich auf einen Ellbogen, legte die Lippen auf meine und küsste mich, dass mir Hören und Sehen verging. Er liebkoste meine Zunge, vereinnahmte mich ganz und gar, bis kein Platz mehr für Sorgen blieb.

»Ich brauche dich noch einmal«, flüsterte er schließlich und kroch zwischen meine Beine.

Diesmal liebten wir uns. Ich kann es nicht anders beschreiben. Er wiegte sich in seinem eigenen Tempo, schmiegte seine stoppelige Wange an mein Gesicht. Unaufhörlich wisperte er mir Geheimnisse ins Ohr. Dass ich so gut zu ihm passen würde wie niemand zuvor. Dass er hoffte, es würde so lange wie möglich so wie jetzt bleiben. Sein Schweiß rann über meine Haut, ehe die Laken ihn aufsaugten. Er machte sich zu einem Teil von mir. Es war die reine Wonne. Sinnlich, zärtlich und gemächlich. Gegen Ende sogar nervenaufreibend langsam.

Es fühlte sich an, als würde es niemals enden. Ich wünschte, es wäre tatsächlich so gewesen.

16

Beim Anblick der Verletzungen in Davids Gesicht rastete Adrian regelrecht aus. Auch mein Anblick schien ihn nicht gerade zu erfreuen. Er bleckte schon seine Haizähne, doch dann wurde ich glücklicherweise in eine Ecke der großen Garderobe bugsiert, wo ich mich außerhalb der Gefahrenzone befand. Draußen vor der Tür sorgte die Security dafür, dass nur geladene Gäste das Allerheiligste betraten.

Das Konzert fand im Festsaal eines der großen, schicken Hotels statt. Überall glitzernde Kronleuchter und roter Satin. An den großen runden Tischen drängten sich Stars und schöne Menschen, die sie begleiteten. Glücklicherweise bedeckte das blaue Kleid, das ich unter Marthas Einkäufen entdeckt hatte, zumindest einigermaßen die wichtigsten Körperstellen. Dazu trug ich Schuhe mit meterhohen Absätzen, die ebenfalls aus Marthas Auswahl stammten. Davids alte Freundin Kaetrin, das Bikinigirl, trug ein rotes Tunikakleid und eine finstere Miene. Wenn sie so weitermachte, bekam sie noch Falten. Glücklicherweise wurde es ihr nach einer Weile zu langweilig, mir etwas vorzuschmollen, und sie stolzierte davon. Ich konnte ihr den Groll auf mich kaum verübeln. Hätte ich David an eine andere verloren, ginge es mir genauso. Auch jetzt schlichen in Davids Nähe permanent Frauen herum, die um seine Aufmerksamkeit buhlten. Er ignorierte sie – und ich hätte am liebsten einen Luftsprung gemacht.

Jimmy war nirgends zu sehen und Mal war viel zu beschäftigt, um mit mir zu reden, denn auf seinem einen Knie hockte eine umwerfend hübsche Asiatin und auf dem anderen eine vollbusige Blondine. Ben, das vierte Bandmitglied, hatte ich bis dato immer noch nicht kennengelernt.

»Hey.« David tauschte das unangetastete Champagnerglas in meiner Hand gegen eine Wasserflasche. »Ich dachte mir, dass dir das hier lieber wäre. Alles okay?«

»Danke. Ja, alles bestens.«

Der wundervolle Mann hatte nicht vergessen, dass ich mich noch immer nicht von Vegas erholt hatte und entsprechend keinen Alkohol anrührte. Er nickte und reichte das Champagnerglas an einen Kellner weiter. Dann schlüpfte er aus seiner Lederjacke. Auch wenn alle anderen im Frack aufmarschierten, David blieb bei Jeans und Stiefeln. Sein einziges Zugeständnis an den besonderen Anlass war ein schwarzes Hemd. »Tu mir einen Gefallen und zieh dir die hier über.«

»Gefällt dir mein Kleid nicht?«

»Doch, keine Frage, aber die Klimaanlage hier drin ist ziemlich weit heruntergedreht.« Damit legte er mir die Jacke über die Schultern.

»Finde ich nicht.«

Er schenkte mir ein entzückendes, schiefes Grinsen, das selbst das eisigste Herz zum Schmelzen gebracht hätte. Meines jedenfalls hatte keine Chance dagegen. Er stützte die Arme neben meinem Kopf an die Wand. Der Rest des Raums und alle Anwesenden verschwanden hinter seinem Rücken.

»Vertrau mir, dir ist ein wenig kühl.« Als er den Blick auf meine Brust senkte, dämmerte mir endlich, was los war. Das Kleid bestand aus einem leichten, hauchdünnen Stoff, was hinreißend aussah, aber auch gewisse Körperstellen besonders stark zur Geltung brachte. Und mein BH half dagegen offensichtlich überhaupt nicht.

»Oh.«

»Genau. Ich versuche da drüben gerade verzweifelt, eine geschäftliche Unterredung mit Adrian zu führen. Aber es klappt nicht, denn ich bin die ganze Zeit abgelenkt, weil ich deine Brüste so sehr liebe.«

»Super.« Ich verdeckte meine Brust so unauffällig wie möglich mit dem Arm.

»Sie sind so hübsch und passen genau in meine Hand. Als wären wir füreinander gemacht.«

»David.« Ich grinste erregt und hoffnungslos verliebt.

»Hin und wieder stiehlt sich andeutungsweise ein Lächeln auf deine Lippen. Dann frage ich mich, woran du denkst, während du hier in deiner Ecke stehst und alles beobachtest.«

»An nichts Besonderes. Ich lasse einfach alles auf mich wirken. Und ich freue mich darauf, dich spielen zu sehen.«

»So, so, tust du das?«

»Aber klar, ich kann es kaum erwarten.«

Er küsste mich auf den Mund. »Wenn ich fertig bin, dann verschwinden wir von hier, ja? Nur du und ich. Wir können tun, wonach immer dir der Sinn steht. Eine Spritztour unternehmen oder Essen gehen.«

»Nur wir beide?«

»Jawohl. Wir tun, was du willst.«

»Für mich klingt das alles gut.«

Sein Blick fiel wieder auf meine Brust. »Du frierst immer noch ein bisschen. Ich könnte dich aufwärmen. Wie stehst du zu einer Nummer in der Öffentlichkeit?«

»Nein.« Ich wandte den Kopf ab, um einen Schluck Wasser zu trinken. Trotz der arktischen Luftverhältnisse hatte ich eine Abkühlung nötig.

»Ja, das dachte ich mir. Komm. Mit tollen Brüsten ist auch eine gewisse Verantwortung verbunden.«

Ich lachte. Er nahm meine Hand und führte mich durch die

Menge der Partygäste. Er ließ sich von keinem von ihnen aufhalten.

An die Garderobe schloss sich ein kleiner Raum an, in dem Kleidersäcke hingen und verschiedene Schminkutensilien herumlagen. Ich entdeckte einen großen Spiegel an der Wand, ein großes Blumenbukett und eine Couch, die aber bereits besetzt war. Jimmy hockte dort, in einem eleganten Anzug und mit gespreizten Beinen. Zwischen seinen Knien kauerte eine Frau. Ihr Kopf bewegte sich über seinem Schoß auf und ab. Es war nicht schwer zu erraten, was die beiden da trieben. Das rote Kleid verriet mir sogar die Identität der willigen Dame, obwohl ich durchaus auch ohne das Wissen hätte weiterleben können, dass es Kaetrins dunkles Haar war, das Jimmy sich um die Faust gewickelt hatte. In der anderen Hand hielt er eine Whiskyflasche. Auf dem Tischchen neben ihm befanden sich zwei sorgfältig gezogene Linien aus weißem Pulver und ein kleines silbernes Röhrchen.

Heilige Scheiße, das war also der Rock'n'Roll-Lifestyle. Meine Handflächen wurden feucht. Das war aber nicht Davids Lebensstil. So war er nicht. Das wusste ich.

»Ev«, begrüßte mich Jimmy heiser. Sein Mund verzerrte sich zu einem schmierigen Grinsen. »Siehst gut aus, Schätzchen.«

Ich klappte den Mund zu.

»Komm mit.« David legte mir die Hände auf die Schultern und drehte mich von der Szene weg. Er war bleich geworden, sein Mund nur noch eine verbitterte, schmale Linie.

»Was ist los David, willst du Kaetrin etwa nicht Hallo sagen? Wie unfreundlich. Ich dachte, ihr beide wärt gute Freunde.«

»Leck mich, Jimmy.«

Ich hörte, wie Jimmy hinter meinem Rücken vernehmlich stöhnte. Die Show hatte offenbar ihren Höhepunkt erreicht. Mein Mann knallte die Tür zu. Die Party ging weiter, Musik dröhnte aus den Boxen, Gläser klirrten und die Anwesenden unterhielten sich lautstark. Wir waren mittendrin, doch David starrte ins Leere und schien von alledem nichts mehr mitzubekommen. Seine Miene war angespannt.

»David?«

»Noch fünf Minuten«, verkündete Adrian laut und klatschte in die Hände. »Showtime. Auf geht's.«

Davids Augenlider flatterten, als erwachte er aus einem Albtraum.

Die Atmosphäre im Raum war urplötzlich spannungsgeladen. Die Gäste jubelten und feuerten die Band an, auf die Bühne zu gehen. Jimmy kam mit Kaetrin im Schlepptau aus dem Nebenzimmer getorkelt. Das Gejohle steigerte sich, vereinzelt ertönte wissendes Gelächter.

»Legen wir los!«, rief Jimmy, durchquerte den Raum, schüttelte Hände, klopfte den Gästen auf den Rücken. »Komm schon, Davie.«

Mein Mann straffte die Schultern. »Martha.«

Sie schlenderte zu uns, ihr Gesicht eine undurchdringliche Maske. »Was kann ich für dich tun?«

»Pass auf Ev auf, während ich auf der Bühne bin.«

»Sicher.«

»Ich muss jetzt los, aber ich komme gleich wieder«, erklärte er mir.

»Na klar. Geh schon.«

Er drückte mir noch einen letzten Kuss auf die Stirn und marschierte los. Verrückterweise verspürte ich den Drang, ihm hinterherzugehen. Ihn aufzuhalten. Irgendetwas zu unternehmen. An der Tür gesellte sich Mal zu ihm und legte ihm den Arm um die Schultern. David drehte sich nicht mehr um. Der Pulk der Partygäste folgte ihnen. Ich stand allein und beobachtete ihren Auszug. Er hatte recht gehabt, es war wirklich kalt im Zimmer. Ich zog seine Jacke enger um mich. Seinen Duft zu riechen beruhigte mich ein wenig. Alles war in bester Ordnung. Wenn ich mir das nur immer wieder einredete, würde es früher oder später sicher wahr werden. Selbst die Dinge, die ich nicht verstand, würden sich klären. Ich musste nur daran glauben. Verflixt, natürlich glaubte ich fest daran. Aber trotzdem war mir das Lächeln längst vergangen.

Martha beobachtete mich mit ihrem üblichen undefinierbaren Gesichtsausdruck. Schließlich öffneten sich ihre roten Lippen. »Ich kenne David schon sehr lange.«

»Wie schön«, erwiderte ich, nicht gewillt, mich von ihrer Coolness einschüchtern zu lassen.

»Ja. Er ist ausgesprochen talentiert und ehrgeizig. Ein sehr intensiver Mensch, sehr leidenschaftlich.«

Ich erwiderte nichts.

»Manchmal lässt er sich von seinen Gefühlen zu sehr mitreißen. Das bedeutet jedoch nicht viel.« Martha starrte meinen Ring an. Mit einer eleganten Handbewegung strich sie sich das dunkle Haar hinters Ohr. Oberhalb ihres mit roten Steinen besetzten Ohrrings funkelte ein einzelner Diamantohrstecker. Der kleine Splitter passte nicht recht zu Marthas ansonsten kostspieligem Schmuck. »Wenn du bereit bist, zeige ich dir jetzt, von wo aus du das Konzert verfolgen kannst.«

Das Schwindelgefühl, das eingesetzt hatte, als David fortgegangen war, intensivierte sich. Martha stand neben mir und wartete geduldig. Sie sagte kein Wort. Dafür war ich ihr dankbar, denn sie hatte schon mehr als genug gesagt. An ihrem anderen Ohr baumelte lediglich ein roter Ohrring. Paranoia war keine spaßige Angelegenheit. War ihr Diamantohrring das Gegenstück zu dem, den David trug? Nein. Völlig abwegig.

Viele Menschen trugen winzige Diamantohrringe. Sogar Millionäre.

Ich setzte die Wasserflasche ab und lächelte gezwungen. »Gehen wir?«

Das Konzert miterleben zu können war großartig. Martha führte mich zu einer Stelle, die seitlich von der Bühne und hinter den Vorhängen lag, doch trotzdem fühlte es sich an, als befände ich mich mittendrin. Es war laut und aufregend. Die Musik vibrierte in meiner Brust, brachte mein Herz zum Rasen. Sie war eine willkommene Ablenkung von meinen finsteren Gedanken über den Ohrring. David und ich mussten uns unterhalten. Ich konnte nicht mehr länger warten, bis er mir aus freien Stücken gewisse Dinge erzählte, denn meine Fragen nahmen langsam überhand, und ich wollte keine wilden Mutmaßungen über ihn anstellen. Wir mussten ehrlich zueinander sein.

David war ein Gitarrengott. Kein Wunder, dass seine Fans ihn anbeteten. Hoch konzentriert und -präzise ließ er die Finger über die Saiten der E-Gitarre huschen. Vom Spiel seiner Armmuskeln erwachten die Tattoos zum Leben. Ich verfolgte das Schauspiel ehrfürchtig und mit offenem Mund. Auf der Bühne befanden sich noch andere Leute, doch ich sah nur ihn, war wie gebannt. Ich hatte bisher nur seine private Seite kennengelernt, die Aspekte seiner Persönlichkeit, die er zeigte, wenn er mit mir zusammen war. Der Mann, der dort auf der Bühne stand, schien ein völlig anderes Wesen zu sein. Ein Fremder. Mein Ehemann hatte sich zurückgezogen und dem Künstler Platz gemacht. Dem Rockstar. Die Veränderung war fast ein wenig beängstigend. Doch in diesem Augenblick verstand ich endlich seine Leidenschaft für die Musik. Sein Talent war wirklich ein großes Geschenk.

Nachdem sie fünf Songs gespielt hatten, wurde der nächste hochkarätige Künstler angekündigt. Die vier Bandmitglieder verließen die Bühne auf der gegenüberliegenden Seite. Martha hatte mich allein zurückgelassen. Obwohl der Backstage-Bereich ein verwirrendes Labyrinth aus Gängen und Garderoben war, fiel es mir schwer, ihr deswegen böse zu sein. Die Frau war ein Monster. Ich war ohne sie besser dran.

Ich suchte mir allein meinen Weg. Dabei musste ich mich in kleinen Trippelschritten voranarbeiten, denn meine blöden Schuhe brachten mich fast um. An den Stellen, an denen die Riemchen meine Zehen einschnürten und an der Haut scheuerten, hatte ich mehrere Blasen. Egal, ich würde mir den Spaß nicht verderben lassen. Ich konnte die Musik einfach nicht vergessen. Wie versunken David ausgesehen hatte – das war aufregend und gleichzeitig befremdlich. Ich fühlte mich regelrecht berauscht.

Ich fluchte leise vor mich hin, lächelte, ignorierte meine gequälten Füße, so gut es ging, und bahnte mir meinen Weg durch die herumwuselnden Roadies, Soundtechniker, Maskenbildner und Fans.

»Kindsbraut.« Mal drückte mir schmatzend einen Kuss auf die Wange. »Ich verschwinde jetzt in einen Club. Kommt ihr beiden mit oder verkrümelt ihr euch gleich wieder in euer Liebesnest?«

»Keine Ahnung. Ich muss erst mal David finden. Übrigens war das Konzert wirklich spitze. Ihr seid brillant.«

»Freut mich, dass es dir gefallen hat. Verrate David aber nicht, dass ich die ganze Show quasi allein geschmissen habe. In solchen Dingen reagiert er empfindlich.«

»Meine Lippen sind versiegelt.«

Er lachte. »Weißt du, seitdem er dich kennt, ist es besser mit ihm geworden. Künstler haben die schlechte Angewohnheit, sich einzuigeln. In den vergangenen paar Tagen habe ich ihn häufiger lächeln sehen als in den letzten fünf Jahren. Du tust ihm gut.«

»Tatsächlich?«

Mal grinste. »Tatsächlich. Sag ihm, dass er mich im *Charlotte's* finden kann. Vielleicht sehen wir uns dort später noch.«

»Okay.«

Mal verschwand und ich wanderte zurück zur Garderobe der Band, vor der sich inzwischen eine noch größere Menschenmenge versammelt hatte. Jimmy und Adrian standen in ein Gespräch vertieft auf dem Gang. Ich marschierte schnurstracks an ihnen vorbei. Sam und ein weiteres Mitglied des Security-Teams nickten mir zu und ich betrat die Garderobe, in der es viel ruhiger als draußen zuging.

Die Tür zum Nebenraum, in dem Jimmy sich vorhin amüsiert hatte, war nur angelehnt. Trotz des Lärms draußen drang Davids Stimme glasklar an mein Ohr. Fast, als bestünde eine Art kosmische Verbindung zwischen uns. Ein unheimliches und gleichzeitig erhebendes Gefühl. Ich konnte es kaum erwarten, endlich mit ihm von hier zu verschwinden und etwas mit ihm zu unternehmen, gemeinsam mit Mal, oder auch nur zu zweit. Alles war egal, solange wir zusammen waren.

Ich wollte einfach nur bei ihm sein.

Marthas erhobene Stimme, die aus demselben Raum schallte, verpasste meiner Glückseligkeit einen Dämpfer.

»Nicht.« Eine Stimme hinter mir ließ mich innehalten.

Als ich mich umdrehte, stand das vierte Bandmitglied vor mir: Ben. Ich erinnerte mich wieder, ihn bei einem Konzert gesehen zu haben, zu dem mich Lauren vor Jahren mitgeschleppt hatte. Er spielte Bass und im Vergleich zu ihm wirkte Sam wie ein niedliches, flauschiges Kätzchen. Er hatte kurzes dunkles Haar und einen Nacken wie ein Stier. Ben strahlte eine eigenartige Attraktivität aus, wie ein Serienkiller. Vielleicht lag es aber auch nur daran, wie er mich ansah. Todernst, mit zusammengebissenen Zähnen. Wahrscheinlich war er auch auf Drogen. Ich bekam sofort ein schlechtes Gefühl bei ihm.

»Lass sie das in Ruhe regeln«, verlangte er mit gesenkter Stimme. Dabei huschte sein Blick zu der angelehnten Tür. »Du weißt nicht, wie die beiden miteinander umgegangen sind, als sie noch ein Paar waren.«

»Wie bitte?« Ich wich zurück. Er bemerkte es sofort und schob sich ein Stück zwischen mich und die Tür. Versuchte, mich auszumanövrieren.

Ben starrte mich an und versperrte mir den Weg mit seinem breiten Arm. »Mal meinte, du wärest nett. Damit hat er sicherlich recht. Aber sie ist meine Schwester. Die beiden waren schon verrückt nacheinander, als wir noch Kinder waren.«

»Ich verstehe das nicht«, sagte ich kopfschüttelnd.

»Ich weiß.«

»Geh aus dem Weg, Ben.«

»Sorry, das kann ich leider nicht tun.«

Das war auch nicht nötig. Ich fixierte ihn, wartete ab, bis er sich ganz auf mich konzentrierte. In diesem Augenblick verlagerte ich mein Gewicht auf einen meiner nuttigen Schuhe und trat mit dem anderen Fuß gegen die Tür. Da sie nur angelehnt gewesen war, schwang sie mühelos auf.

David wandte uns halb den Rücken zu. Martha hatte die Hände in seinem Haar vergraben und hielt ihn fest. Ihre Münder klebten aneinander. Der Kuss wirkte grob und abstoßend. Vielleicht sah er aber auch nur für einen Außenstehenden so aus.

Ich spürte nichts. So etwas zu erleben, hätte eigentlich überwältigende Gefühle in mir auslösen müssen, doch das tat es nicht. Ich schrumpfte zusammen, all meine Empfindungen erstarben. Ich dachte lediglich, dass wir im Grunde die ganze Zeit auf das hier zugesteuert waren. Permanent hatte es Anzeichen dafür gegeben. Ich war so dumm gewesen, sie nicht wahrhaben zu wollen. Hatte naiv daran geglaubt, dass alles gut enden würde.

Ein Geräusch drang aus meiner Kehle. David ließ von ihr ab und sah mich über die Schulter hinweg an.

»Ev.« Seine Miene war angespannt und seine Augen glänzten.

Mein Herz schien stillzustehen. Mein Blut stockte in den Adern. Bizarr. Meine Hände und Füße waren eiskalt. Ich schüttelte den Kopf. Sprachlos. Als ich einen Schritt rückwärts machte, streckte er die Hand nach mir aus.

»Nicht«, bat er.

»David.« Martha lächelte gefährlich. Anders ließ es sich nicht beschreiben. Sie strich mit der Hand über seinen Arm, als wolle sie jeden Augenblick die Nägel in sein Fleisch schlagen. Dazu war sie bestimmt fähig.

David kam auf mich zu. Ich trat hastig einige Schritte zurück, strauchelte in meinen Schuhen. Er blieb stehen und starrte mich an, als wäre ich eine Fremde.

»Baby, das bedeutet nichts«, beteuerte er und streckte erneut die Hand nach mir aus. Ich schlang die Arme wie ein Schutzschild um meinen Oberkörper. Leider zu spät. Der Schaden war bereits angerichtet.

»Sie war es? Sie ist diese Freundin aus Schulzeiten?«

Der altbekannte Muskel in seinem Kiefer trat hervor. »Das war vor langer Zeit. Es ist bedeutungslos.«

»Herrgott David.«

»Es hat nichts mit uns zu tun.«

Mit jedem seiner Worte wurde mir kälter. Ich versuchte Martha und Ben, die sich im Hintergrund hielten, so gut es ging zu ignorieren.

David stieß einen Fluch aus. »Komm, wir verschwinden von hier.«

Ich schüttelte schwerfällig den Kopf. Er packte meine Arme, um mich daran zu hindern, noch weiter vor ihm zurückzuweichen. »Was zum Teufel tust du da, Evelyn?«

»Nein, was tust *du* David? Was hast du angerichtet?«

»Nichts«, zischte er mit zusammengebissenen Zähnen. »Ich habe verdammt noch mal überhaupt nichts getan. Du hast behauptet, du würdest mir vertrauen.«

»Wenn nichts mehr zwischen euch ist, weshalb tragt ihr dann noch die Ohrringe?«

Er legte rasch die Hand aufs Ohr und verdeckte das verräterische Beweisstück. »Es ist nicht so, wie du denkst.«

»Warum arbeitet sie noch für dich?«

»Du hast gesagt, du vertraust mir«, beharrte er.

»Warum hast du das Haus in Monterey all die Jahre behalten?«

»Nein«, sagte er und dann nichts mehr.

Ich starrte ihn fassungslos an. »Nein? Das ist alles? Das genügt nicht. Soll ich einfach so tun, als würde ich von alledem nichts mitbekommen? Es einfach ignorieren?«

»Du verstehst nicht.«

»Dann erklär es mir«, flehte ich. Er sah durch mich hindurch, als hätte ich nichts gesagt. Wie immer blieben meine Fragen unbeantwortet. »Du kannst es nicht, oder?«

Ich trat wieder einen Schritt zurück. Jetzt wurde er wütend. Er ballte die Hände zu Fäusten. »Wag es verdammt noch mal ja nicht, mich zu verlassen. Du hast es versprochen!«

Ich kannte diesen Mann überhaupt nicht. Ich starrte ihn an, war wie gelähmt, und ließ seinen Zorn über mich hinwegrauschen. Er würde es nicht schaffen, durch meinen Schmerz zu dringen. Niemals.

»Wenn du jetzt gehst, dann ist es vorbei. Glaub bloß nicht, dass du wieder zurückkommen kannst.«

»Okay.«

»Ich meine es ernst. Ich will nichts mehr mit dir zu tun haben.«

Ben klappte den Mund auf, doch es kam kein Wort heraus. Meine Betäubung würde sicherlich nicht ewig andauern.

»Evelyn!«, knurrte David.

Ich schlüpfte aus den bescheuerten Schuhen und legte meinen großen Abgang barfuß hin. Warum sollte ich es dabei nicht wenigstens bequem haben? Normalerweise trug ich nie so hohe Absätze. Es war nichts gegen normale Schuhe einzuwenden. Gegen Normalität im Allgemeinen. Und genau davon hatte ich eine große Dosis bitter nötig. Ich würde mich in die Normalität einwickeln wie in Watte. Sie würde mich vor weiterem Leid schützen. Die Arbeit im Café wartete auf mich, das College – mein Leben.

Hinter mir knallte die Tür zu. Etwas prallte dumpf von innen dagegen. Gedämpftes Geschrei.

Im Korridor vor der Garderobe waren Jimmy und Adrian noch immer in ihre Unterhaltung vertieft – was bedeutete, dass Adrian redete und Jimmy irre grinsend an die Decke starrte. Jimmy war so high, man hätte ihn in diesem Augenblick nicht einmal mit einer Rakete erreichen können.

»Entschuldigung«, unterbrach ich ihr Gespräch.

Adrian drehte sich um und verzog das Gesicht. Sein bezahntes Lächeln kam ein wenig verspätet. »Evelyn, Liebes, ich bin gerade mitten in – «

»Ich möchte auf der Stelle nach Portland zurück.«

»Ach ja? Na gut.« Er rieb sich die Hände. Oha, offensichtlich bereitete ich ihm eine Freude damit. Sein breites Grinsen schien mir zur Abwechslung aufrichtig. Na so was, sein Strahlen blendete mich wie ein Scheinwerfer. Offenbar hatte er sich die ganze Zeit über zurückgehalten.

»Sam!«, brüllte er.

Der Bodyguard schlängelte sich mit spielerischer Leichtigkeit durch die Menschenmenge zu uns herüber. »Mrs Ferris.«

»Mrs Thomas«, verbesserte Adrian. »Würden Sie bitte dafür sorgen, dass sie wohlbehalten nach Hause zurückkehrt? Danke, Sam.«

Der Bodygard verzog keine Miene. Er war höflich und professionell wie immer. »Ja, Sir. Selbstverständlich.«

»Fantastisch.«

Jimmy brach in Gelächter aus. Er schüttelte sich so sehr, dass sein Bauch auf und ab hüpfte. Dann begann er zu gackern. Er klang ungefähr wie die böse Hexe des Westens aus *Der Zauberer von Oz* – wenn sie auf Crack oder Kokain gewesen wäre oder was auch immer.

Diese Menschen waren allesamt irre.

Ich gehörte nicht hierher. Hatte ich nie.

»Hier entlang.« Sam legte mir sacht eine Hand aufs Kreuz, was vollkommen genügte, um mich in Bewegung zu setzen. Zeit, nach Hause zurückzukehren und aus diesem Zu-schön-um-wahr-zu-sein-Traum zu erwachen, denn der hatte sich in einen bizarren Albtraum verwandelt.

Das Gelächter wurde lauter und lauter, gellte mir in den Ohren, bis es plötzlich abrupt abriss. Ich drehte mich rechtzeitig um, um zu sehen, wie Jimmy umkippte. Sein schicker Anzug war ruiniert. Eine Frau keuchte, eine andere verdrehte kichernd die Augen.

»Zum Teufel«, rief Adrian, kniete sich neben den besinnungslosen Mann und schlug ihm ins Gesicht. »Jimmy. Jimmy!«

Eine Horde kraftstrotzender Bodyguards tauchte auf und gruppierte sich um den am Boden liegenden Jimmy, schirmte ihn vor Gaffern ab.

»Nicht schon wieder«, hörte ich Adrian schimpfen. »Holt einen Arzt. Verflucht noch mal, Jimmy.«

»Mrs Ferris?«, sprach mich Sam an.

»Geht es ihm gut?«

Sam betrachtete die Szene missmutig. »Wahrscheinlich ist er nur ohnmächtig geworden. Das kommt in letzter Zeit häufiger vor. Sollen wir gehen?«

»Bitte, Sam, bringen Sie mich von hier weg.«

Noch vor Sonnenaufgang war ich zurück in Portland. Unterwegs weinte ich nicht. Als hätte mein Gehirn erkannt, dass es sich um eine Notfallsituation handelte, und daraufhin all meine Gefühle abgetötet. Ich fühlte mich benommen. Sam hätte den Wagen in den Gegenverkehr lenken können und ich hätte wahrscheinlich nicht einen Pieps von mir gegeben. Ich war fertig, vollkommen erstarrt. Bevor wir den Flughafen ansteuerten, fuhr Sam noch schnell beim Anwesen vorbei, um meine Tasche abzuholen. Danach setzte er mich in einen Jet und flog mit mir gemeinsam nach Portland. Dort holte er mich wieder aus dem Flugzeug heraus und chauffierte mich nach Hause.

Sam bestand darauf, meine Tasche zu tragen, genauso, wie er darauf beharrte, mich bei meinem Ehenamen zu nennen. Der Mann hatte den unauffälligsten, besorgtesten Seitenblick drauf, den ich jemals gesehen hatte. Dabei blieb er recht schweigsam, was ich ihm hoch anrechnete.

Wie ein Schlafwandler schlurfte ich die Stufen zu der armseligen Wohnung hinauf, die Lauren und ich uns teilten. Mein Zuhause. Im Treppenhaus roch es nach Knoblauch – dank Mrs Lucia, die unter uns wohnte und ständig kochte. Die grünen Tapeten pellten sich von der Wand, der abgenutzte Holzfußboden war zerkratzt und schmutzig. Zum Glück hatte ich Turnschuhe angezogen, denn andernfalls hätte ich mir Splitter in die

Füße eingerissen. Mit den glänzenden Böden in Davids Haus hatte dieser Boden überhaupt nichts gemein. Bei David konnte man sich darin sogar spiegeln.

Mist. Ich wollte nicht an ihn denken. Diese Erinnerungen gehörten in eine Schachtel, die ich tief in meinem Kopf vergraben und nie wieder herausholen wollte.

Mein Schlüssel passte noch. Mir kam es so vor, als wäre ich Jahre weg gewesen und nicht nur einige Tage. Nicht mal eine Woche. Am frühen Donnerstagmorgen war ich aufgebrochen. Heute war Dienstag. Weniger als sechs kurze Tage lagen hinter mir. Verrückt. Alles schien verändert. Da es noch sehr früh war, bemühte ich mich, die Tür geräuschlos zu öffnen. Lauren schlief sicherlich noch. Oder vielleicht auch nicht, denn ich hörte sie lachen.

Vielleicht lag sie ja stattdessen ausgestreckt auf unserem kleinen Frühstückstisch und kicherte, während ein Mann seinen Kopf unter eines der alten, übergroßen T-Shirts steckte, in denen sie zu schlafen pflegte. Er hatte das Gesicht in ihrem Dekolleté vergraben und kitzelte sie. Lauren wand sich und gab allerlei zufriedene Geräusche von sich. Zum Glück hatte der Mann, wer immer er auch sein mochte, noch die Hosen an. Die beiden waren ganz in ihr Spiel vertieft und bemerkten unsere Ankunft nicht.

Sam wandte diskret den Blick ab und starrte an die Wand. Lieber Himmel, was der arme Kerl im Lauf der Jahre wohl schon alles hatte mit ansehen müssen.

»Hi«, sagte ich. »Ähm, Lauren?«

Lauren rollte sich kreischend herum. Der Unbekannte, der noch unter ihrem T-Shirt steckte, versuchte, sich daraus zu befreien, verheddert sich aber. Na ja, wenn sie ihn jetzt damit erwürgte, würde er bei der schönen Aussicht, die er gerade genoss, zumindest glücklich sterben.

248

»Ev«, keuchte sie. »Du bist wieder da.«

Der Mann schaffte es endlich, sich zu befreien.

»Nathan?« Ich war wie vor den Kopf geschlagen. Unglaublich.

»Hi.« Mein Bruder hob grüßend eine Hand, während er mit der anderen Laurens Shirt zurechtzog. »Wie geht es dir?«

»Gut, gut«, erwiderte ich. »Sam, darf ich Ihnen meine Freundin Lauren und meinen Bruder Nate vorstellen? Leute, das ist Sam.«

Sam vollführte sein artiges Nicken und stellte meine Tasche ab. »Kann ich sonst noch etwas für Sie tun, Mrs Ferris?«

»Nein, Sam. Danke, dass Sie mich nach Hause gebracht haben.«

»Gern geschehen.« Er blickte zur Tür, dann wieder zu mir. Zwischen seinen Augenbrauen entstand eine kleine Falte. Wahrscheinlich war das seine Art, die Stirn zu runzeln. Seine Mimik schien begrenzt zu sein. Beherrscht traf es wohl besser. Er hob die Hand und klopfte mir steif auf den Rücken. Dann ging er hinaus und schloss die Tür hinter sich.

Meine Augen wurden ganz heiß. Gleich würde ich in Tränen ausbrechen. Ich zwinkerte wie verrückt, um sie zurückzuhalten. Mit seiner Freundlichkeit hatte er es fast geschafft, meine Betäubung zu durchbrechen. Verdammt, noch konnte ich mir das nicht leisten.

»So, ihr beiden also?«, fragte ich.

»Ja, wir sind zusammen«, erklärte Lauren. Dabei griff sie hinter sich. Nate nahm ihre Hand und hielt sie fest. Die beiden passten sogar recht gut zusammen, aber trotzdem. Konnte es noch merkwürdiger werden? Meine ganze Welt hatte sich gewandelt. Alles wirkte verändert, obwohl die kleine Wohnung noch aussah wie vorher. Meine Sachen lagen noch dort, wo ich sie zurückgelassen hatte. Laurens Sammlung dämlicher Porzellankatzen staubte noch immer im Regal vor sich hin. Unsere billigen Secondhandmöbel und die türkisblauen Wände hatten sich auch nicht verändert. Allerdings würde ich den Tisch in Anbetracht dessen, was ich gesehen hatte, wahrscheinlich nie mehr benutzen. Weiß Gott, was die beiden sonst noch darauf getrieben hatten.

Ich dehnte die Finger, um ein wenig Gefühl in meine tauben Glieder zu bekommen. »Ich dachte, ihr beide könnt euch nicht ausstehen?«

»So war es auch«, bestätigte Lauren. »Aber, na ja … Jetzt nicht mehr. Die Geschichte ist überraschend unkompliziert. Während du weg warst, ist es einfach so passiert.«

»Wow.«

»Schönes Kleid«, bemerkte Lauren und begutachtete mich.

»Danke.«

»Valentino?«

Ich strich den blauen Stoff zurecht. »Keine Ahnung.«

»Eine gewagte Kombination mit den Turnschuhen«, befand Lauren. Sie sah meinen Bruder an. Die Kommunikation ohne Worte schien zwischen den beiden schon bemerkenswert gut zu funktionieren, denn Nate wandte sich ab und schlich in Richtung ihres Schlafzimmers davon. Interessant …

Meine beste Freundin und mein Bruder. Und sie hatte kein Wort gesagt. Allerdings hatte ich ihr auch einige Dinge vorenthalten. Vielleicht waren wir ja der Lebensphase entwachsen, in der wir über jede Kleinigkeit miteinander redeten. Wie schade.

Vor Einsamkeit und Selbstmitleid wurde mir plötzlich ganz kalt, sodass ich fröstelnd die Arme um den Oberkörper schlang.

Lauren kam zu mir und zerrte an einer meiner Hände. »Schätzchen, was ist passiert?«

Ich beantwortete ihre Frage mit einem Kopfschütteln. »Ich kann nicht. Noch nicht.«

Sie lehnte sich neben mich an die Wand. »Ich habe Eiscreme.«

»Welche Sorte?«

»Triple Choc. Eigentlich wollte ich damit später mit deinem Bruder versaute Spielchen spielen.«

Damit ließ mein schwaches Verlangen nach Eis auch schon wieder nach. Ich rieb mir mit den Händen übers Gesicht. »Lauren, wenn du mich gern hast, dann sagst du so was nie wieder zu mir.«

»Entschuldige.«

Fast hätte ich gelächelt. Meine Mundwinkel befanden sich bereits auf dem Weg nach oben, gaben aber schließlich auf. »Du bist glücklich mit Nate, oder?«

»Ja, das bin ich wirklich. Es fühlt sich fast so an, als … Ich weiß nicht, als befänden wir uns auf einer Wellenlänge oder so. Eigentlich sind wir seit jenem Abend, an dem er mich vom Haus deiner Eltern weggebracht hat, zusammen. Es fühlt sich richtig an. Er ist nicht mehr so wild wie damals in der Highschool. Sein Frauenverschleiß ist auch komplett zurückgegangen. Er ist ruhiger geworden, erwachsener. Herrje, von uns beiden ist er eindeutig der Vernünftigere.« Sie schmollte theatralisch. »Die Zeiten, in denen wir uns jedes noch so kleine Detail anvertraut haben, sind wohl vorbei, oder?«

»Sieht so aus.«

»Na ja, uns bleibt immer die Erinnerung an die Mittelstufe.«

»Ja.« Diesmal schaffte ich es zu lächeln.

»Schätzchen, tut mir leid, dass es schiefgegangen ist. Ich meine, nur damit lässt sich erklären, dass du wieder hier bist und wie ein Häufchen Elend in einem atemberaubenden Kleid vor mir stehst.« Sie musterte gierig mein Kleid.

»Du kannst es haben.« Zum Teufel, sie konnte das ganze Zeug haben. Ich würde es nie wieder anfassen. Seine Jacke hatte ich Sam übergeben. Mein Ring steckte in einer der Taschen. Sam würde darauf aufpassen, dafür sorgen, dass David ihn wiederbekam. Ohne den Ring schien meine Hand nackt, leichter. Eigentlich hätte ich mich auch freier fühlen müssen. Doch das tat ich nicht. Auf mir schien ein tonnenschweres Gewicht zu lasten. Ich schleppte es schon seit Stunden mit mir herum. Ins Flugzeug hinein. Aus dem Flugzeug heraus. Ins Auto. Die Treppen hinauf. Weder die zeitliche noch die räumliche Distanz hatten daran etwas zu ändern vermocht.

»Ich würde dich gern drücken, aber ich habe das Gefühl, dass du gerade nicht angefasst werden möchtest.« Lauren stemmte die Hände in ihre schlanken Hüften. »Sag mir, was ich tun soll.«

»Tut mir leid.« Mein Lächeln war entstellt und falsch. Ich spürte es. »Später?«

»Wie viel später? Denn ehrlich gesagt siehst du aus, als hättest du eine Umarmung bitter nötig.«

Diesmal konnte ich die Tränen nicht mehr zurückhalten. Sie begannen einfach zu fließen und wollten einfach nicht mehr versiegen. Ich wischte sinnlos auf meinen Wangen herum, gab es schließlich auf und schlug die Hände vors Gesicht. »Verdammt.«

Lauren schlang die Arme um mich und drückte mich an sich. »Lass es raus.«

Das tat ich.

17

Achtundzwanzig Tage später ...

Die Frau brauchte eine Ewigkeit für ihre Bestellung. Sie hatte sich auf den Tresen gelehnt, während ihre Augen unablässig zwischen mir und der Speisekarte hin und her zuckten. Ich kannte diesen Blick und fürchtete ihn. Ich genoss die Arbeit im Café, den Duft der Kaffeebohnen, die leise Musik und das Raunen der Gäste, die sich unterhielten. Ich liebte die kameradschaftliche Atmosphäre hinter der Theke und die Tatsache, dass meine Hände und mein Hirn die ganze Zeit über beschäftigt waren. Seltsamerweise entspannte mich die Arbeit als Barista. Ich war gut darin. Wenn es im Studium nicht gut lief, konnte ich mich zumindest immer auf die Arbeit freuen. Wenn ich in eine Sackgasse geriet, konnte ich mich immer zum Kaffee flüchten. Es war das moderne Portland-Equivalent zum Schreibmaschine tippen. Das Leben in der Stadt wurde von Kaffeebohnen und Cafés angetrieben. Kaffee und Bier lagen uns im Blut.

Doch neuerdings gestaltete sich der Kundenkontakt hin und wieder äußerst anstrengend.

»Sie kommen mir bekannt vor«, begann sie, so wie die anderen auch. »Kursierte Ihr Bild nicht vor einer Weile im Internet? In irgendeinem Zusammenhang mit David Ferris?«

Wenigstens zuckte ich bei der Erwähnung seines Namens nicht mehr zusammen. Und auch mit dem Verlangen, mich zu übergeben, hatte ich seit einigen Tagen nicht mehr zu kämpfen.

Ein Verlangen, das definitiv nicht von einer Schwangerschaft herrührte, sondern allein von der Annullierung.

Nachdem ich mich einige Tage im Bett verkrochen und mir die Augen ausgeweint hatte, verlegte ich mich darauf, jede Schicht im Café zu übernehmen, die man mir anbot, um mich zu beschäftigen. Schließlich konnte ich ihm nicht ewig nachtrauern. Bedauerlicherweise blieb mein Herz von meinen Anstrengungen unbeeindruckt. Jede Nacht, wenn ich die Augen schloss, geisterte er durch meine Träume. Tausendmal am Tag musste ich sein Bild aus meinen Gedanken verscheuchen.

Zu dem Zeitpunkt, als ich mich wieder in die Öffentlichkeit wagte, hatten die Paparazzi ihre Zelte in Portland abgebrochen und sich nach L. A. verzogen. Offenbar befand sich Jimmy derzeit in einer Entzugsklinik. Zwar wechselte Lauren jedes Mal, wenn ich den Raum betrat, den Fernsehkanal, aber ich bekam trotzdem genug mit, um zu wissen, was vor sich ging. Stage Dive waren anscheinend in aller Munde. Ich wurde sogar gebeten, ein Foto zu signieren, das David zeigte, wie er mit hängendem Kopf und in den Hosentaschen vergrabenen Händen die Klinik betrat. Er wirkte darauf so einsam. Ein paarmal stand ich kurz davor, ihn anzurufen. Nur um mich zu erkundigen, wie es ihm ging. Nur um seine Stimme zu hören. Wie blöd war das denn bitte? Was, wenn Martha ans Telefon ging?

Jimmys Zusammenbruch war jedenfalls deutlich interessanter als ich. In den Nachrichten fand ich kaum noch Erwähnung.

Aber die Menschen, die Kunden, die trieben mich in den Wahnsinn. Außerhalb meiner Arbeit igelte ich mich komplett ein. Da mein Bruder inzwischen quasi bei uns eingezogen war, brachte das seine ganz eigenen Probleme mit sich. Verliebte machten einen krank – eine medizinisch belegte Tatsache. Und die Kunden, mit ihren vor Klatschlust glänzenden Knopfaugen, waren kein bisschen besser.

»Sie verwechseln mich«, versuchte ich die neugierige Frau abzuwimmeln.

Sie musterte mich zurückhaltend. »Da bin ich anderer Ansicht.«

Sie legte zehn Dollar auf den Tresen, was wohl bedeutete, dass sie sich anschickte, mich um ein Autogramm von David zu bitten. Damit wäre sie die achte für heute. Einige versuchten auch, mich abzuschleppen und ins Bett zu kriegen. Schließlich war ich die Exfreundin eines Rockstars. Da musste meine Vagina ja etwas Außergewöhnliches sein. Manchmal fragte ich mich, ob sie ernsthaft damit rechneten, an der Innenseite meines Schenkels ein Schild mit der Aufschrift »David Ferris war hier« zu entdecken.

Diese Frau hier war allerdings nicht auf einen Flirt aus. Nein, sie wollte ein Autogramm.

»Hören Sie«, setzte sie an und ihr Ton wurde flehend. »Ich würde Sie nicht darum bitten, wenn ich nicht so ein Riesenfan von ihm wäre.«

»Tut mir leid, ich kann Ihnen nicht helfen. Wir schließen gleich. Möchten Sie vorher noch etwas bestellen?«, fragte ich mit einem unerschütterlichen professionellen Lächeln. Sam wäre stolz auf mich gewesen, obwohl ich die Freundlichkeit nur vortäuschte. Doch mit meinen Augen verriet ich der Frau die Wahrheit – dass ich mit den Nerven fertig war und mich mit diesem ganzen Mist nicht mehr beschäftigen wollte, und schon gar nicht mit David Ferris.

»Können Sie mir zumindest verraten, ob die Band sich tatsächlich trennen will? Kommen Sie schon. Überall wird gemunkelt, dass es eine große Ankündigung geben wird.«

»Darüber weiß ich nichts. Möchten Sie nun etwas bestellen oder nicht?«

Meine beharrliche Weigerung rief in der Regel entweder

Tränen oder Wut hervor. Die Dame vor mir entschied sich für Wut. Eine gute Wahl, denn Tränen hatte ich wirklich satt. Ich konnte diese Heulerei nicht mehr ertragen, nicht bei mir, und auch nicht bei den anderen. Obwohl inzwischen allgemein bekannt war, dass er mit mir Schluss gemacht hatte, glaubten noch immer alle, ich verfügte über Insider-Informationen, oder hofften es zumindest.

Sie lachte falsch auf. »Kein Grund, so zickig zu sein. Hätte es Sie wirklich umgebracht, mir einfach zu verraten, was los ist?«

»Gehen Sie«, schaltete sich meine wundervolle Chefin Ruby ein. »Sofort. Raus.«

Die Frau riss fassungslos den Mund auf. »Wie bitte?«

»Amanda, verständige die Polizei.« Ruby verharrte an meiner Seite.

»Schon dabei, Boss.« Amanda klappte ihr Mobiltelefon auf, tippte eine Nummer ein und bedachte die Frau mit einem geradezu vernichtenden Blick. Amanda, die ehemals einzige Lesbe an meiner Schule, ging inzwischen auf die Schauspielschule. Diese tagtäglichen Konfrontationen waren ihre Lieblingsbeschäftigung. Auf mich wirkten sie kräftezehrend, Amanda dagegen blühte auf, labte sich an der finsteren Energie dieser Augenblicke, ging ganz darin auf. Sollte sie nur. »Ja, Officer, wir werden hier von einer falschen Blondine belästigt. Ich bin mir ziemlich sicher, dass ich sie letzte Woche auf einer Verbindungsparty gesehen habe, wo sie immens viel Alkohol getrunken hat, obwohl sie noch minderjährig ist. Was danach passierte, möchte ich nicht ausführen, aber wenn Sie über achtzehn sind, können Sie sich gern einen Mitschnitt auf YouTube ansehen.«

»Kein Wunder, dass er dich abserviert hat. Ich habe das Foto gesehen. Dein Hintern ist so breit wie Texas«, fauchte die Frau und stürmte aus dem Café.

»Musst du sie immer so reizen?«, fragte ich.

Amanda schnalzte mit der Zunge. »Oh bitte, sie hat doch damit angefangen.«

Ich hatte schon Schlimmeres zu hören bekommen als das, was diese Frau gesagt hatte. Viel Schlimmeres. Mehrmals hatte ich bereits meine E-Mail-Adresse ändern müssen, um den Hassmails Einhalt zu gebieten. Meinen Facebook-Account hatte ich gleich zu Anfang gelöscht.

Trotzdem riskierte ich einen prüfenden Blick auf meinen Po. Es fehlte zwar nicht viel, aber ich war mir recht sicher, dass Texas noch ein bisschen breiter war.

»Soweit ich das beurteilen kann, ernährst du dich gerade ausschließlich von Pfefferminzpastillen und Kaffee. Über deinen Allerwertesten musst du dir wirklich keine Gedanken machen.« Die gute Amanda hatte mir den schlechten Kuss aus Schulzeiten längst vergeben. Ich konnte mich wirklich glücklich schätzen, meine wundervollen Freunde zu haben. Keine Ahnung, wie ich den vergangenen Monat ohne sie hätte überstehen sollen.

»Ich esse.«

»Ach ja? Wessen Jeans ist das?«

Ich machte mich daran, die Kaffeemaschine zu säubern, denn wir schlossen tatsächlich in Kürze. Außerdem wollte ich mich gerne vor diesem Gespräch drücken. Von einem Rock'n'Roll-Gott hintergangen und verlassen zu werden konnte einem nun mal den Appetit verderben. Außerdem schlief ich extrem schlecht und war den ganzen Tag über entsprechend müde. Die Depression hatte mich fest im Griff. Ich fühlte mich überhaupt nicht mehr wie ich selbst. Die Zeit mit David, die Dinge, die sich dadurch verändert hatten, versetzten mich in einen konstanten Spannungszustand, als würde es mich an einer Stelle jucken, an der ich mich nicht kratzen konnte, weil mir die Energie dazu fehlte und der Wille. Irgendwann half es nicht mehr, »I Will Survive« zu trällern, denn der Drang, mich zu strangulieren, nahm überhand.

»Lauren trägt sie nicht. Sie meinte, die dunkle Waschung hätte den falschen Farbton und die Position der Gesäßtaschen ließe ihre Hüften breit wirken. Die richtige Gesäßtaschenpositionierung darf man nicht unterschätzen.«

»Wann hast du damit angefangen, die Klamotten dieser dürren Kuh zu tragen?«

»Nenn sie nicht so.«

Amanda verdrehte die Augen. »Ach bitte, die würde das doch als Kompliment auffassen.«

Da hatte sie recht. »Also, mir gefallen die Jeans. Wischst du die Tische ab, oder soll ich das übernehmen?«

Amanda seufzte nur. »Jo und ich wollen uns bei dir bedanken, dass du uns letztes Wochenende beim Umzug geholfen hast. Wir führen dich heute Abend aus. Es darf getrunken und getanzt werden!«

»Oh.« Alkohol und ich, das war schon einmal schiefgegangen. »Ich weiß nicht recht.«

»Ich schon.«

»Ich hatte mir vorgenommen –«

»Nein, das hattest du nicht. Darum habe ich bis zur letzten Minute damit gewartet, es dir zu sagen. Ich wusste genau, dass du dir eine Ausrede einfallen lassen würdest.« Amandas Ton gestattete keine Widerworte. »Ruby, ich ziehe mit unserem Mädel heute Nacht um die Häuser.«

»Gute Idee«, rief Ruby aus der Küche. »Bring sie von hier weg. Ich mache sauber.«

Mein bewährtes freundliches Lächeln verschwand aus meinem Gesicht. »Aber –«

»Es sind deine traurigen Augen.« Ruby konfiszierte meinen

Putzlappen. »Ich kann sie nicht mehr ertragen. Bitte geh aus und hab ein wenig Spaß.«

»Bin ich tatsächlich solch ein Miesepeter?«, erkundigte ich mich besorgt. Ich hatte eigentlich geglaubt, die Fassade gewahrt zu haben. Ihre Mienen verhießen jedoch etwas anderes.

»Nein. Du bist eine normale Einundzwanzigjährige, die eine Trennung verkraften muss. Du musst wieder rausgehen und dein Leben leben.« Ruby war Anfang dreißig und würde bald heiraten. »Vertrau mir, ich weiß es am besten. Geh.«

»Oder aber«, sagte Amanda mit erhobenem Finger, »du könntest daheim sitzen, zum achthundertsten Mal *Walk The Line* anschauen und deinem Bruder und deiner besten Freundin dabei zuhören, wie sie im Nebenzimmer vögeln.«

So gesehen … »Lass uns gehen.«

»Ich möchte bi sein«, verkündete ich, denn es schien mir wichtig, es auszusprechen. Ein Mädchen brauchte Ziele im Leben. Ich schob den Stuhl zurück und stand auf. »Lass uns tanzen. Ich liebe diesen Song.«

»Du liebst jeden Song, der nicht von der Band stammt, deren Namen ich nicht nennen werde.« Amanda folgte mir lachend durch die Menschenmenge. Ihre Freundin Jo klammerte sich kopfschüttelnd an ihre Hand. Wodka war genauso schlimm wie Tequila, aber durch ihn fühlte ich mich ein bisschen entkrampfter, lockerer. Es war schön, wieder unter Menschen zu sein, und auf leeren Magen hielt die Wirkung der drei Drinks ganz schön lange an. Ich hatte Amanda im Verdacht, dass mindestens einer davon ein Doppelter gewesen war. Es war großartig, zu tanzen und zu lachen und sich zu entspannen. Von allen Trennungsbewältigungstaktiken, die ich ausprobiert hatte, hatte sich Arbeit am besten bewährt. Aber sich in Schale zu werfen, zu trinken und zu tanzen war auch nicht zu verachten.

Ich strich mir einige Haarsträhnen hinter die Ohren, denn mein Pferdeschwanz löste sich schon wieder auf – eine treffende Metapher für mein ganzes Leben. Seit ich aus L. A. zurück war, klappte nichts mehr richtig. Nichts hatte Bestand. Die Liebe war eine Lüge und Rock'n'Roll einfach nur bescheuert. Blablabla. Zeit für einen neuen Drink.

Außerdem war ich gerade dabei gewesen, etwas Wichtiges zu verkünden.

»Das ist mein Ernst«, wiederholte ich. »Ich werde bi. So lautet mein neuer Plan.«

»Ein großartiger Plan«, grölte Jo und schob sich näher an mich heran. Jo arbeitete ebenfalls im Café. So hatten sie und Amanda sich kennengelernt. Sie hatte lange blaue Haare, um die sie alle beneideten.

Amanda verdrehte die Augen. »Du bist nicht bi. Schatz, ermutige sie nicht auch noch.«

Jo grinste ungerührt. »Letzte Woche wollte sie noch lesbisch sein. Davor hat sie erwogen, ins Kloster zu gehen. Ich denke, das ist ein vielversprechender Fortschritt. Vielleicht kann sie bald allen Menschen mit Penis vergeben und die Vergangenheit ruhen lassen.«

»Ich lasse sie ruhen«, murrte ich.

»So, so, deshalb redet ihr beiden schon seit vier Stunden nur über ihn?« Amanda schlang grinsend die Arme um Jos Schultern.

»Wir haben nicht geredet, sondern über ihn geschimpft. Was heißt noch mal ›nutzloser, stinkender Schafsficker‹ auf Spanisch?«, fragte ich dicht an ihrem Ohr, damit sie mich über die laute Musik hinweg hören konnte. »Das war mein bisheriger Favorit.«

Jo und Amanda begannen, eng miteinander zu tanzen. Ich ließ sie, blieb ganz gelassen, denn ich fürchtete mich nicht davor, allein zu sein. Ich war geladen mit Singlefrauen-Power. Leck mich, David Ferris. Du kannst mich kreuzweise.

Die Musik verschwamm zu einem endlosen Rhythmus. Solange ich mich nur weiterbewegte, war alles gut. Mein Hals war schweißnass. Ich öffnete einen weiteren Knopf am Ausschnitt meines Kleides. Die Tanzenden um mich herum ignorierte ich, schloss die Augen, verkroch mich in meiner eigenen, kleinen Welt. Der Alkohol machte mich angenehm benommen.

Aus irgendeinem Grund störte es mich nicht, dass plötzlich ungebeten Hände über meine Hüften glitten. Sie gingen nicht weiter, stellten keinerlei Forderungen. Ihr Besitzer tanzte hinter meinem Rücken, wahrte einen schmalen Sicherheitsabstand zu mir. Es war schön. Möglicherweise hatte mich die Musik hypnotisiert. Oder ich war einsam. Jedenfalls wehrte ich mich nicht, sondern lehnte mich entspannt an ihn. So miteinander verschmolzen tanzten wir den kompletten folgenden Song lang, bewegten uns im Einklang. Der Rhythmus verlangsamte sich. Ich hob die Arme und verschränkte die Hände in seinem Nacken. Nach einem Monat, in dem ich allem zwischenmenschlichen Kontakt ausgewichen war, meldete sich mein Körper plötzlich wieder. Ich spürte die kurzen weichen Härchen in seinem Nacken und weiche, warme Haut.

Oh Gott, das war so toll. Ich hatte gar nicht bemerkt, wie ausgehungert ich nach Berührungen war.

Ich lehnte den Kopf gegen seinen Oberkörper. Er flüsterte mir etwas ins Ohr, zu leise, um es zu verstehen. Die Stoppeln auf seiner Wange und seinem Kinn schabten über mein Gesicht. Seine Hände glitten über meine Rippen, meine Arme hinauf. Mit schwieligen Fingern streichelte er die empfindsame Innenseite meiner Oberarme. Sein Körper fühlte sich fest an, hart, doch seine Berührungen waren zart und zurückhaltend. Ich war noch nicht wieder bereit, mich neu zu binden. Dafür war mein Herz noch zu verletzt und mein Misstrauen zu groß. Trotzdem brachte ich es nicht über mich, mich von ihm zu entfernen. Ich fühlte mich zu wohl bei ihm.

»Evelyn«, sagte er und berührte mit den Lippen spielerisch mein Ohr.

Ich sog den Atem ein und riss die Augen auf. Hinter mir stand David. Sein langes Haar war verschwunden. Oben war es noch relativ lang, aber an den Seiten kurz. Wenn ihm danach gewesen wäre, hätte er sich eine schöne Elvis-Schmalzlocke legen können. Seine Wangen bedeckte ein kurzer, dunkler Bart.

»D-du bist hier«, stammelte ich. Meine Zunge hing geschwollen und nutzlos in meinem ausgetrockneten Mund. Liebe Güte, er war es wirklich. Hier in Portland. Höchstpersönlich.

»Ja.« Seine blauen Augen brannten. Weiter sagte er nichts. Die Musik spielte, die Menschen wiegten sich um uns herum im Rhythmus. Nur für mich blieb die Welt stehen.

»Warum?«

»Ev?« Amanda legte mir die Hand auf den Arm. Ich fuhr zusammen und der Zauber verflog. Nach einem kurzen Blick auf David verzog sie angewidert das Gesicht. »Was zur Hölle hat der hier zu suchen?«

»Ist schon in Ordnung«, beschwichtigte ich sie.

Sie sah abwechselnd David und mich an und schien nicht überzeugt. Zu Recht.

»Amanda. Bitte.« Ich drückte ihre Finger und nickte. Sie wandte sich wieder zu Jo um, die David verblüfft anglotzte. Und bewundernd. Sein neuer Look war eine hervorragende Tarnung – außer natürlich, man wusste, wer vor einem stand.

Ich drängelte mich durch die Menschenmassen in der Gewissheit, dass er mir folgen würde. Natürlich würde er das. Sein Erscheinen war kein Zufall, obwohl ich mir auch nicht vorstellen konnte, wie er mich gefunden hatte. Ich musste weg von der Hitze und dem Lärm, damit ich wieder klar denken konnte. Ich passierte die Damen- und Herrentoiletten. Da entdeckte ich, wonach ich gesucht hatte: eine schwarze Tür, die in eine Gasse hinter dem Club führte. Frische Nachtluft. Am Himmel funkelten einige unermüdliche Sterne. Ansonsten war es finster und nach einem sommerlichen Regenguss schwül. Furchtbar und schmutzig und widerwärtig. Die perfekte Kulisse.

Eventuell war mir ja ein bisschen nach Melodramatik.

Die Tür fiel hinter David ins Schloss. Er sah mich an, die Hände in die Hüften gestemmt. Dann klappte er den Mund auf, um etwas zu sagen. Oh nein, so nicht. Ich wurde furchtbar wütend.

»David, warum bist du hier?«

»Wir müssen reden.«

»Nein, müssen wir nicht.«

Er rieb sich die Lippen. »Bitte. Es gibt gewisse Dinge, die ich dir sagen muss.«

»Zu spät.«

Ihn anzusehen weckte den Schmerz aufs Neue. Als trüge ich Wunden unter der Haut, die nur darauf warteten, wieder an die Oberfläche zu gelangen. Trotzdem musste ich ihn unverwandt anstarren. Teile von mir verzehrten sich nach seinem Anblick, seiner Stimme. Mein Hirn und mein Herz waren völlig am Ende. David sah auch nicht gerade wie das blühende Leben aus. Er wirkte müde. Unter seinen Augen zeichneten sich Schatten ab und trotz der schlechten Beleuchtung schien er mir blass zu sein. Die Ohrringe waren weg, allesamt. Nicht, dass es mich interessiert hätte.

Er schaukelte auf seinen Fersen und betrachtete mich sehnsüchtig. »Jimmy ist in eine Entzugsklinik gegangen, und es gab auch noch ein paar andere Dinge, um die ich mich kümmern musste. Als Teil seiner Behandlung mussten wir zusammen eine Therapie machen. Deswegen konnte ich nicht sofort kommen.«

»Das mit Jimmy tut mir leid.«

Er nickte. »Danke. Es geht ihm schon bedeutend besser.«

»Gut. Das ist gut.«

Wieder ein Nicken. »Ev, was Martha angeht – «

»Hey.« Ich riss die Hand hoch und wich zurück. »Nicht.«

Seine Mundwinkel wanderten nach unten. »Wir müssen reden.«

»Ach ja?«

»Allerdings.«

»Weil du jetzt urplötzlich beschlossen hast, dass du dazu bereit bist? Du kannst mich mal, David. Es ist einen Monat her. Achtundzwanzig Tage ohne ein einziges Wort von dir. Die Sache mit deinem Bruder ist bedauerlich, aber nein.«

»Ich wollte sichergehen, dass ich aus den richtigen Gründen zu dir komme.«

»Ich habe keinen Schimmer, was das bedeuten soll.«

»Ev – «

»Nein.« Ich schüttelte energisch den Kopf, getrieben von Schmerz und Zorn. Ich beschloss, beides an ihm auszulassen und schubste ihn kraftvoll. Er taumelte rückwärts gegen die Mauer. Dort ging es nicht weiter, doch davon ließ ich mich nicht aufhalten.

Ich attackierte ihn erneut. Er packte meine Hände. »Beruhige dich.«

»Nein!«

Er legte die Hände um meine Handgelenke und knirschte mit den Zähnen. Ich hörte tatsächlich, wie seine Backenzähne übereinanderschabten. Beeindruckend, dass er sich dabei keinen Zahn abbrach. »Wieso nein? Nein dazu, dass wir jetzt miteinander reden? Was? Was meinst du?«

»Ich sage Nein zu dir und allem, was mit dir zu tun hat.« Meine Worte hallten durch die enge Gasse, die Hauswände hinauf, die in den gleichgültigen Nachthimmel ragten. »Schon vergessen? Wir sind fertig miteinander. Es ist vorbei. Du willst nichts mehr mit mir zu tun haben. Hast du selbst gesagt.«

»Ich habe mich geirrt. Verdammt noch mal, Ev. Komm runter. Hör mir zu.«

»Lass mich los.«

»Es tut mir leid, aber es ist nicht so, wie du denkst.«

»Du hast kein Recht, hierherzukommen«, stauchte ich ihn zusammen, denn etwas Besseres fiel mir nicht ein. »Du hast mich belogen. Mich betrogen.«

»Baby –«

»Wag es ja nicht, mich so zu nennen«, schrie ich ihn an.

»Tut mir leid.« Sein Blick huschte über mein Gesicht, wahrscheinlich in der Hoffnung, dort so etwas wie Einsicht zu entdecken. Da hatte er verdammtes Pech. »Tut mir leid.«

»Hör auf.«

»Tut mir leid. Tut mir leid.« Wieder und wieder leierte er die wohl bedeutungslosesten Worte aller Zeiten herunter. Ich musste ihm Einhalt gebieten, ihn zum Schweigen bringen, ehe er mich noch in den Wahnsinn trieb. Ich rammte die Lippen auf seine und machte der nutzlosen Litanei ein Ende. Er stöhnte und erwiderte den Kuss grob, quetschte schmerzhaft meine Lippen. Aber ich tat ihm ebenfalls weh. Der Schmerz half. Ich stieß die Zunge in seinen Mund, nahm mir, was eigentlich sowieso mir gehören sollte. In diesem Augenblick hasste und liebte ich ihn gleichzeitig. Für mich schien kein Unterschied mehr zu existieren.

Ich schlang meine Hände, die er inzwischen wieder losgelassen hatte, um seinen Nacken. Er drehte uns um und drängte mich gegen die raue Mauer. Seine Berührungen verbrannten meine Haut, meine Knochen. Es passierte alles so schnell, dass gar keine Zeit mehr blieb, um über den Sinn unserer Handlungen nachzudenken. Er schob mir den Rock hoch und riss an meinem Höschen. Es hatte keine Chance gegen ihn. Ich spürte, wie die frische Nachtluft und seine kühlen Hände über meine Schenkel strichen.

»Ich hab dich so wahnsinnig vermisst«, keuchte er.

»David.«

Er zog den Reißverschluss seiner Jeans auf, klappte sie vorne auf. Dann hob er mein Bein bis auf Hüfthöhe an. Ich hing mit den Händen an seinem Hals. Fast wollte ich auf ihn klettern. Ich dachte nicht mehr nach, folgte lediglich dem unbändigen Verlangen, ihm so nah wie möglich zu sein. Er knabberte an meinen Lippen, küsste mich wieder wild und grob. Ich spürte, wie sich sein Glied an mich presste, als er sich einen Weg in mich hinein suchte. Von dem Gefühl, wie er mich ausfüllte, drehte sich mir alles. Dieser leichte Schmerz, als er mich dehnte. Seine freie Hand glitt unter meinen Po und hob mich hoch. Dann stieß er zur Gänze in mich. Ich schlang keuchend die Beine um seinen Leib und klammerte mich fest. Er nahm mich ohne große Raffinesse, doch die Derbheit entsprach unserer Stimmung. Meine Fingernägel kratzten ihm den Hals auf und meine Fersen stießen immer wieder gegen seinen Po. Dafür bohrte er seine Zähne tief in meinen Hals. Der Schmerz hatte genau die richtige Intensität.

»Fester«, japste ich.

»Fuck, das kannst du haben.«

Die harte Mauer scheuerte an meinem Rücken und meinem Kleid. Die Kraft, mit der er mich immer wieder ausfüllte, verschlug mir den Atem. Ich krallte mich an ihm fest, versuchte das Gefühl seines Gliedes in mir und den Druck, der sich langsam in meinem Unterleib aufbaute, völlig auszukosten. Es war fast schon zu viel für mich und gleichzeitig nicht genug. Der Gedanke, dass dies hier, diese ruppige, wuterfüllte Vereinigung, unser letztes Mal sein könnte … Ich hätte losheulen können, doch ich hatte keine Tränen mehr. Seine Fingernägel gruben sich in meine Pobacken, zeichneten mich. Der Druck in meinem Leib wuchs und wuchs. Er veränderte seine Position ein wenig, sodass er leicht meine Klitoris berührte, und sofort kam ich mit aller Macht. Ich quetschte seinen Kopf mit meinen Armen ein, presste die Wange an seine. Mein ganzer Körper erschauerte und zitterte.

»Evelyn«, knurrte er meinen Namen, drang noch einmal in mich und entleerte sich.

Meine Muskeln waren völlig kraftlos und ich konnte nichts weiter tun, als mich an ihm festzuhalten.

»Ist schon gut, Baby.« Er drückte seinen Mund auf mein nasses Gesicht. »Alles wird gut, ich verspreche es dir. Ich bringe es in Ordnung.«

»S-setz mich ab.«

Seine Schultern hoben und senkten sich noch immer im Rhythmus seines hektischen Atems. Er stellte mich vorsichtig wieder auf die Füße. Ich zog mir hektisch das Kleid herunter und brachte mich ein wenig in Ordnung. Als ob das möglich gewesen wäre. Die Situation war völlig außer Kontrolle geraten. David zog sich ohne großes Trara die Hosen wieder hoch. Ich sah überall hin, nur nicht in seine Richtung. Wir hatten es in einer Gasse getan. Liebe Güte.

»Geht es dir gut?« Er fuhr mir mit den Fingern übers Gesicht, strich mein Haar zurück, bis ich die Hand auf seine Brust legte und ihn so zwang, einen Schritt zurückzutreten. Na ja, Zwang übte ich eigentlich nicht direkt aus. Er entschied sich eher von sich aus, mir ein wenig mehr Freiraum zu gewähren.

»Ich ... Ähm.« Ich leckte mir die Lippen, setzte dann noch einmal an. »Ich muss nach Hause.«

»Komm mit, ich rufe uns ein Taxi.«

»Nein. Tut mir leid. Ich weiß, ich habe damit angefangen, aber ...« Ich schüttelte den Kopf, worauf David seinen hängen ließ.

»Das bedeutet Lebewohl.«

»Von wegen. Komm mir ja nicht so.« Er legte einen Finger unter mein Kinn und nötigte mich, ihn anzusehen. »Wir sind noch nicht fertig miteinander. Hörst du? Nicht mal annährend, verflucht noch mal. Neuer Plan: Ich bleibe so lange in Portland, bis wir das ausdiskutiert haben. Das ist ein Versprechen.«

»Nicht heute Nacht.«

»Nein, nicht heute Nacht. Aber morgen?«

Ich öffnete den Mund, brachte jedoch kein Wort heraus, denn ich hatte keinen Schimmer, was ich überhaupt sagen wollte. Ich bohrte die Fingernägel durch mein Kleid hindurch in meine Seite. Was ich eigentlich wollte, war mir derzeit selbst ein Rätsel. Nicht mehr zu leiden wäre ganz angenehm gewesen. Alle Erinnerungen an ihn aus meinem Kopf und meinem Herz tilgen zu können ebenfalls. Oder einfach meine Atmung wieder unter Kontrolle zu bekommen.

»Morgen«, wiederholte er.

»Ich weiß noch nicht.« Wie ich so vor ihm stand, fühlte ich mich auf einmal unendlich erschöpft. Ich hätte ein ganzes Jahr lang schlafen können. Meine Schultern sackten nach unten und mein Hirn versagte den Dienst.

Er starrte mich durchdringend an. »Okay.«

Was das nun für unseren Status bedeutete, wusste ich nicht. Trotzdem nickte ich, als hätten wir eine Entscheidung getroffen.

»Gut.« Er atmete tief durch.

Meine Muskeln zitterten noch immer. Sperma lief an der Innenseite meines Beines herab. Verdammt. Wir hatten das besprochen. Doch damals war es noch anders gewesen.

»David, du hast dich im vergangenen Monat beim Sex doch immer geschützt, oder?«

»Du musst dir keine Sorgen machen.«

»Gut.«

Er kam einen Schritt auf mich zu. »Was mich angeht, so sind wir noch immer miteinander verheiratet. Also nein, Evelyn, ich habe nicht hinter deinem Rücken andere Frauen gevögelt.«

Ich war sprachlos. Meine Knie bebten, wahrscheinlich aufgrund der Aktivitäten, die sie gerade mitgemacht hatten. Keinesfalls konnte es ein Zeichen von Erleichterung darüber sein, dass er nach unserer Trennung nicht sofort einen Groupie nach dem anderen vernascht hatte. An Martha, das Tiefseemonster mit ihren Tentakeln, wollte ich lieber gar nicht erst denken.

Sex war ganz schön schmutzig. Doch die Liebe war bei Weitem schlimmer.

Einer von uns musste gehen. Da er keinerlei Anstalten machte, wandte ich mich ab und marschierte auf den Hintereingang zu. Ich musste Amanda und Jo finden. Außerdem brauchte ich ein neues Höschen und eine Herztransplantation. Ich musste nach Hause. Er folgte mir, hielt mir sogar die Tür auf. Der schwere Bass der Musik dröhnte in die Nacht hinaus.

Ich eilte in die Damentoilette, schloss mich dort in einer der Kabinen ein, und säuberte mich erst einmal. Beim Händewaschen fiel mir der Blick in den Spiegel ausgesprochen schwer. Das grelle fluoreszierende Licht schmeichelte mir nicht gerade. Dank David war mein blondes Haar total zerzaust. Mein Spiegelbild sah mich mit großen Augen an, aus denen deutlich der Schmerz sprach. Ich wirkte verschreckt, doch wovor ich mich fürchtete, wollte ich lieber nicht aussprechen.

Außerdem manifestierte sich gerade die Mutter aller Knutschflecke auf meinem Hals. Oh Mann.

Eine Gruppe Mädchen kam kichernd zur Tür herein. Immer wieder warfen sie sehnsüchtige Blicke über ihre Schultern. Bevor die Tür hinter ihnen zu schwang, erhaschte ich einen Blick auf David, der gegenüber der Toilette an die Wand gelehnt auf mich wartete. Dabei starrte er konzentriert seine Stiefel an. Das aufgeregte Geschnatter der Mädchen war gellend laut, doch sein Name fiel nicht. Noch war Davids Tarnung also nicht aufgeflogen. Ich schlang die Arme um den Oberkörper und trat zu ihm hinaus.

»Bereit zum Aufbruch?«, fragte er.

»Ja.«

Wir bahnten uns einen Weg zurück in den Club, schlängelten uns an Tanzenden und Betrunkenen vorbei. Dabei hielten wir Ausschau nach Amanda und Jo. Wir entdeckten sie schließlich am Rand der Tanzfläche. Die beiden redeten gerade miteinander. Amanda hatte ihre säuerliche Miene aufgesetzt.

Als sie mich entdeckte, hob sie eine Braue. »Willst du mich verarschen?«

»Danke, dass ihr mich mitgenommen habt. Aber ich gehe jetzt nach Hause«, sagte ich und ignorierte ihren fragenden Blick.

»Mit ihm?« Sie wies mit dem Kinn auf David, der sich hinter meiner Schulter herumdrückte.

Jo trat vor und nahm mich in die Arme. »Beachte sie nicht. Tu einfach, was gut für dich ist.«

»Danke.«

Amanda verdrehte die Augen, tat es Jo aber gleich und drückte mich fest. »Er hat dich so sehr verletzt.«

»Ich weiß.« Ich hatte Tränen in den Augen. Nicht gerade hilfreich. »Danke, dass ihr mit mir ausgegangen seid.«

Ich hätte all mein Geld darauf verwettet, dass Amanda David hinter meinem Rücken mit bösen Blicken erdolchte. Fast bemitleidete ich ihn ein wenig. Aber nur fast.

Gerade als wir den Club verließen, ertönte einer seiner Songs aus den Boxen. Mehrere Anwesende schrien »Divers!«, während Jimmys Stimme den Text zu schnurren begann: »*Damn I hate these last days of love, cherry lips and long goodbyes ...*«

David zog den Kopf ein und wir ergriffen die Flucht. Draußen verhallte die Musik zu dumpfem Bass- und Schlagzeugstampfen. Ich warf ihm immer wieder verstohlene Blicke zu, um mich zu versichern, dass er auch tatsächlich der echte David war und nicht nur ein Produkt meiner Einbildung. So oft hatte ich geträumt, er käme zu mir, doch jedes Mal war ich allein und mit tränennassem Gesicht aufgewacht. Und jetzt war er hier, doch ich durfte mich auf nichts einlassen. Er durfte mir nicht noch einmal das Herz brechen, denn ich war mir nicht sicher, ob mein Herz das aushalten könnte und ich es noch ein zweites Mal schaffen würde, mich von einem derartigen Schlag zu erholen. Also bemühte ich mich, den Mund zu halten und meine Gedanken vor ihm zu verschließen.

Es war noch immer relativ früh und auf den Straßen waren nur wenige Menschen unterwegs. Ich stellte mich mit erhobener Hand an den Bordstein. Es dauerte nicht lange, bis ein Taxi stoppte. David hielt mir die Tür auf. Ich stieg wortlos ein.

»Ich bringe dich noch nach Hause«, entschied er und stieg zu meiner Überraschung ebenfalls in das Taxi. Hastig rutschte ich zur Seite, um ihm Platz zu machen.

»Du brauchst nicht –«

»Doch. Schon okay. Lass mich wenigstens das für dich tun.«

»Na schön.«

»Wohin?«, erkundigte sich der Fahrer, während er uns gelangweilt im Rückspiegel betrachtete. Schon wieder ein streitendes Pärchen auf seinem Rücksitz. Davon traf er jede Nacht bestimmt ein Dutzend.

David leierte ohne mit der Wimper zu zucken meine vollständige Adresse herunter. Sofort fädelte sich der Taxifahrer in den Verkehr ein. Meine Anschrift hätte David von Sam erfahren können, aber den Rest …

»Lauren.« Ich ließ mich seufzend gegen die Rückenlehne sinken. »Na klar. Deswegen wusstest du, wo du mich finden konntest.«

Er zuckte zusammen. »Ich habe vorhin mit ihr gesprochen. Hör mal, sei ihr bitte deswegen nicht böse. Es war nicht einfach, sie zu überreden.«

»Von wegen.«

»Nein, das ist mein Ernst. Dafür, dass ich das mit uns versaut habe, hat sie mir gehörig den Marsch geblasen, mich eine halbe Stunde lang angebrüllt. Bitte sei nicht wütend auf sie.«

Ich blickte mit zusammengebissenen Zähnen zum Fenster hinaus, bis ich seine Finger auf meinen spürte. Ich zog abrupt die Hand weg.

»Du lässt mich in dich eindringen, aber du gestattest mir nicht, deine Hand zu halten?«, flüsterte er. Ich sah sein trauriges Gesicht im fahlen Licht der vorbeirauschenden Fahrzeuge und Straßenlaternen.

Die Behauptung, dass alles lediglich ein Versehen gewesen sei und wir einen Fehler gemacht hätten, lag mir bereits auf der Zunge, doch ich konnte es nicht aussprechen, denn ich wusste, wie sehr ich ihn damit verletzen würde. Wir starrten einander an. Mein Mund stand offen, mein Hirn erwies sich als völlig nutzlos.

»Ich habe dich so wahnsinnig vermisst«, sagte er. »Du ahnst nicht, wie sehr.«

»Stopp.«

Er verstummte, wandte den Blick jedoch nicht ab. Ohne das lange Haar und mit dem kurzen Bart wirkte er so verändert. Vertraut und doch fremd. Obwohl der Weg nach Hause nicht weit war, schien sich die Fahrt eine Ewigkeit hinzuziehen. Schließlich hielt das Taxi vor den alten Wohnblocks und der Fahrer warf uns einen ungeduldigen Blick über die Schulter zu.

Ich stieß die Tür auf, bereit, loszustürmen, doch gleichzeitig zögerte ich. Mein Fuß schwebte über dem Bordstein. »Ich habe ehrlich gesagt nicht mehr damit gerechnet, dich noch einmal wiederzusehen.«

»Hey«, sagte er und streckte über den Rücksitz hinweg den Arm nach mir aus, doch seine Finger erreichten mich nicht. »Du wirst mich wiedersehen. Morgen.«

Mir fiel keine Erwiderung ein.

»Morgen«, wiederholte er bestimmter.

»Ich weiß nicht, ob das etwas ändern wird.«

Er hob das Kinn und sog scharf die Luft ein. »Ich weiß, dass ich das mit uns verbockt habe, aber ich bringe es wieder in Ordnung. Triff bloß keine voreiligen Entscheidungen, ja? Komm mir wenigstens soweit entgegen.«

Ich nickte knapp und eilte auf wackligen Beinen ins Haus. Nachdem ich die Tür hinter mir zugezogen hatte, fuhr das Taxi los. Durch das mattierte Glas der Eingangstür beobachtete ich, wie die Rücklichter im Dunkel der Nacht verschwanden.

Was um alles in der Welt sollte ich jetzt tun?

18

Ich würde zu spät zur Arbeit kommen. Wie eine Irre rannte ich herum, um mich fertig zu machen, hetzte ins Bad und sprang unter die Dusche. Ich rubbelte mein Gesicht gründlich ab, um die Überreste des Make-up vom Vorabend loszuwerden. Fieses, verkrustetes Zeug. Wenn ich höllische Pickel davon bekäme, hätte ich es mir selbst zuzuschreiben. Die letzte Nacht erschien mir wie ein grotesker Traum. Doch das hier war das wahre Leben. Arbeit, College und Freunde. Meine Zukunftspläne. Diese Dinge zählten. Außerdem redete ich mir unaufhörlich ein, dass eines schönen Tages alles gut werden würde.

Ruby scherte sich nicht darum, was wir zu dem offiziellen T-Shirt des Cafés auf Arbeit trugen. Sie war eben ein Freigeist. Ursprünglich hatte sie Dichterin werden wollen, dann jedoch unverhofft das Café ihrer Tante im Pearl District geerbt. Aufgrund der positiven Stadtentwicklung und der daraus resultierenden steigenden Immobilienpreise war sie eine wohlhabende Geschäftsfrau geworden. Nun schrieb sie ihre Gedichte eben an die Wände des Cafés. Schwer vorstellbar, dass man eine nettere Chefin haben könnte. Doch zu spät blieb zu spät. Nicht gut.

In der vergangenen Nacht hatte ich wieder und wieder über das, was ich mit David in dieser Gasse getrieben hatte, nachgegrübelt. Immer wieder erlebte ich im Geiste den Augenblick, in dem er mir eröffnet hatte, dass er uns weiterhin als verheiratet betrachtete. Schlaf hätte mir weitaus besser getan, aber bedauerlicherweise ließ sich der unablässige Gedankenstrom nicht abschalten.

Ich schlüpfte in einen schwarzen Bleistiftrock, das Café-T-Shirt und Ballerinas. Fertig. Gegen meine verquollenen Augen ließ sich leider nichts ausrichten. Die Leute hatten sich inzwischen sowieso daran gewöhnt. Um den Bluterguss an meinem Hals wegzuschminken, brauchte ich fast einen halben Abdeckstift.

Gerade als ich in einer Dampfwolke aus dem Badezimmer stürmte, schlenderte mir Lauren breit grinsend aus der Küche entgegen. »Du kommst zu spät zur Arbeit.«

»So ist es.«

Ich hängte mir schnell die Handtasche um, schnappte mir meine Schlüssel vom Tisch und sprintete los. Für mehr blieb keine Zeit. Nicht jetzt. Höchstwahrscheinlich niemals. Mir fiel kein einziger Grund ein, mit dem sich rechtfertigen ließ, dass sie sich auf Davids Seite geschlagen hatte. Im vergangenen Monat hatte sie viele Nächte bei mir verbracht, mir zugehört, wenn ich über ihn reden musste, bis meine Stimme heiser war. Denn irgendwann musste ich alles rauslassen. Tag für Tag versicherte ich ihr, dass ich sie überhaupt nicht verdiente, und im Gegenzug drückte sie mir einen dicken Kuss auf die Wange. Warum hatte sie mich nun verraten? Ich stampfte lautstark die Treppe hinunter.

»Warte, Ev.« Lauren rannte mir nach, während ich die Vordertreppe hinunterstürmte.

Ich wandte mich zu ihr um, die Hausschlüssel auf sie gerichtet wie eine Waffe. »Du hast ihm gesagt, wo ich hingegangen bin.«

»Was sollte ich denn sonst tun?«

»Ach, ich weiß auch nicht. Es ihm beispielsweise nicht sagen? Du wusstest genau, dass ich ihn nicht sehen wollte.« Ich betrachtete sie und bemerkte einige Dinge, ohne es eigentlich zu wollen. »Um diese Uhrzeit bist du schon gestylt und geschminkt? Warum nur, Lauren? Rechnest du etwa damit, dass er gleich hier auftaucht?«

Sie war zumindest so anständig, beschämt den Kopf zu senken. »Tut mir leid. Du hattest recht, ich habe mich einwickeln lassen. Aber er ist hergekommen, um sich mit dir zu versöhnen. Ich dachte mir, du möchtest zumindest hören, was er zu sagen hat.«

Ich schüttelte aufgebracht den Kopf. Innerlich kochte ich vor Wut. »Das hast nicht du zu entscheiden.«

»Dir ging es so schlecht. Was sollte ich denn tun?« Sie warf die Arme hoch. »Er hat behauptet, er wäre gekommen, weil er die Beziehung mit dir kitten wolle. Ich nehme ihm das ab.«

»Klar tust du das. Schließlich ist er David Ferris, dein persönlicher Superstar.«

»Nein. Wäre er nicht gekommen, um vor dir zu Kreuze zu kriechen, hätte ich ihn umgebracht. Mir ist egal, wer er ist. Er hat dich verletzt.« Sie schien es aufrichtig zu meinen, hatte die Augen weit aufgerissen und kniff die Lippen fest zusammen. »Tut mir leid, dass ich mich so aufgebrezelt habe. Kommt nicht wieder vor.«

»Du siehst toll aus, aber du verschwendest deine Zeit. Er wird nicht kommen. Das lasse ich nicht zu.«

»Ach nein? Und wer hat dir dieses Monsterding auf deinem Hals verpasst?«

Die Antwort darauf konnte ich mir getrost sparen. Verdammt. Die Sonne brannte jetzt schon vom Himmel herab und heizte langsam die Luft auf.

»Wenn auch nur die geringste Chance besteht, dass er der Richtige für dich ist«, fuhr sie fort und sorgte mit ihren Worten dafür, dass sich mein Magen zusammenzog. »Wenn auch nur die geringste Hoffnung besteht, dass ihr beide euch wieder zusammenrauft ... Er ist der Einzige, der es bisher geschafft hat, so zu dir durchzudringen. Die Art, wie du über ihn sprichst ...«

»Wir waren doch nur wenige Tage zusammen.«

»Glaubst du ernsthaft, das ist von Bedeutung?«

»Ja. Nein. Keine Ahnung«, stöhnte ich und ruderte mit den Armen. Kein schöner Anblick. »Das zwischen uns hat vom ersten Tage an keinerlei Sinn ergeben.«

»Oh Mann«, stöhnte sie und gab dazu ein gurgelndes Geräusch von sich. »Hier geht es schon wieder um deinen dämlichen Plan, oder? Ich will dir etwas verraten: Das zwischen euch muss keinen Sinn ergeben. Ihr beide müsst lediglich zusammen sein wollen und bereit dazu sein, alles dafür zu tun. So einfach ist das. Das ist die Liebe, Ev. Dein Partner kommt an erster Stelle, und nicht die Sorge um deinen beknackten Lebensentwurf, den dir dein Dad eingeflüstert hat.«

»Mir geht es nicht um den Plan.« Ich rieb mir übers Gesicht, um nicht vor Wut und Angst loszuheulen. »Er hat mich zerbrochen. Zumindest fühlt es sich so an. Wer wäre so blöd, das vorsätzlich noch einmal zu riskieren?«

Lauren sah mich mit strahlenden Augen an. »Ich weiß, dass er dich verletzt hat. Dann bestraf den Mistkerl, lass ihn zappeln. Der Drecksack verdient es. Aber wenn du ihn liebst, solltest du trotz allem erwägen, ihn anzuhören.«

Meine Brust war völlig verkrampft und meine Augen juckten. Vielleicht hatte ich mich erkältet?

Ein gebrochenes Herz hätte doch auch positive Aspekte haben müssen, oder? Die zumindest theoretische Hoffnung darauf, das Böse mit etwas Gutem auszugleichen. Ich hätte durch das Erlebte weiser sein müssen, stärker. Doch in diesem Augenblick war nichts davon zu spüren. Die Schlüssel klimperten in meiner Hand. Ich würde meinen gewohnten Spaziergang ausfallen lassen und die Straßenbahn nehmen müssen. Dann bestünde zumindest eine geringe Aussicht, dass Ruby mich nicht mit einem Tritt in meinen breiten Texashintern feuerte. »Ich muss los.«

Lauren nickte mit ernster Miene. »Ich liebe dich wirklich sehr. Mehr, als ich ihn jemals geliebt habe. Keine Frage.«

»Danke«, schnaubte ich.

»Aber glaubst du nicht auch, dass du nur derart durcheinander bist, weil du ihn zumindest noch ein kleines bisschen liebst?«

»Ich mag es nicht, wenn du so früh am Morgen schon so logische Schlüsse ziehst. Lass das gefälligst sein.«

Sie trat zurück und schenkte mir ein Lächeln. »Du warst immer für mich da, hast mir den Kopf geradegerückt, wenn ich es nötig hatte. Warum sollte ich dann aufhören, dich zu nerven, nur weil dir nicht passt, was du zu hören kriegst? Du wirst dich damit abfinden müssen.«

»Ich hab dich lieb, Lauren.«

»Ich weiß. Ihr Thomaskids seid ganz verrückt nach mir. Erst vergangene Nacht hat dein Bruder …«

Ich floh vor ihrem boshaften Gelächter.

Mein Arbeitstag verlief angenehm. Zwei Jungs luden mich zu einer Verbindungsparty ein. Vor David hatte ich niemals solche Angebote erhalten. Darum lehnte ich sie nach David auch ab. Befand ich mich denn tatsächlich in der Post-David-Ära? Schwer zu sagen. Diverse Leute baten mich um Autogramme oder Informationen. Ich verkaufte ihnen stattdessen Kaffee und Kuchen. Kurz vor Einbruch der Dunkelheit schlossen wir.

Den ganzen Tag über hatte ich gespannt darauf gewartet, dass er auftauchen würde. Schließlich war heute »morgen«. Doch bis Ladenschluss ließ er sich nicht blicken. Vielleicht hatte er es sich anders überlegt, so, wie ich es im Minutentakt tat.

Wenigstens würde ich auf diese Art mein Versprechen, keine voreiligen Entscheidungen zu treffen, nicht brechen.

Gerade als wir die Türen abschlossen, versetzte mir Ruby mit dem Ellbogen einen Stoß in die Rippen – wahrscheinlich etwas fester als beabsichtigt, denn ich hatte das Gefühl, eine ernsthafte Nierenverletzung davongetragen zu haben.

»Er ist tatsächlich hier«, zischte sie und wies nickend auf David, der wahrhaftig draußen herumschlich und auf mich wartete. Er war gekommen, genau wie angekündigt. Ich wurde ganz kribbelig vor Nervosität. Dank seines Bartes und der Baseballkappe, die er sich aufgesetzt hatte, fiel er kaum auf. Und wegen der kurzen Haare. Ein wenig schmerzte mich der Verlust seiner langen dunklen Mähne schon, aber das würde ich selbstverständlich niemals zugeben. Amanda hatte Ruby von seinem gestrigen Überraschungsauftritt erzählt, doch da ich auf der Straße weder Paparazzi noch kreischende Fantrauben ausmachen konnte, schien der Rest der Stadt noch nichts von diesem Geheimnis zu wissen.

Ich sah zu ihm hinüber, unschlüssig, was ich empfinden sollte. Die vergangene Nacht im Club schien so unwirklich. Doch hier und heute, das war mein normales Leben. Wie fühlte ich mich bei seinem Anblick? »Verwirrt« fasste es ganz gut zusammen.

»Willst du ihn kennenlernen?«, fragte ich sie.

»Nein, ich möchte unvoreingenommen bleiben. Wenn ich ihn näher kenne, werde ich womöglich noch parteiisch. Er ist allerdings recht attraktiv, nicht wahr?« Ruby betrachtete ihn eingehend, wobei sie bei seinen Beinen, die wieder in engen Jeans steckten, etwas länger als nötig verharrte. Sie hatte eine Schwäche für Männerschenkel. Fußballer versetzten sie in Verzückung. Eine merkwürdige Leidenschaft für eine Dichterin, aber inzwischen hatte ich gelernt, dass kaum jemand in eine vorgefertigte Schublade passte. Jeder hatte seine Marotten.

Ruby taxierte ihn unverdrossen wie ein Stück Fleisch in der Auslage. »Du solltest dich vielleicht doch nicht von ihm scheiden lassen.«

»Du bist tatsächlich vollkommen unparteiisch. Bis später.«

Sie hielt mich am Arm fest. »Warte. Wenn ihr zusammenbleibt, würdest du dann immer noch für mich arbeiten?«

»Ja. Ich würde mich sogar bemühen, häufiger rechtzeitig zur Arbeit zu erscheinen. Gute Nacht, Ruby.«

Er stand mit den Händen in den Hosentaschen auf dem Gehweg. Bei seinem Anblick fühlte ich mich, als stünde ich am Rand einer Klippe. Eine leise Stimme in meinem Hinterkopf wisperte: *»Pfeif auf die Konsequenzen, du weißt doch, dass du höchstwahrscheinlich fliegen kannst. Und falls nicht, wird zumindest der Sturz in den Abgrund aufregend werden.«* Mein Verstand dagegen schrie Zeter und Mordio.

Woran bemerkt man eigentlich genau, dass man langsam aber sicher durchdreht?

»Evelyn.«

Die Welt hörte auf, sich zu drehen. Wenn er jemals dahinterkam, welche Wirkung es auf mich hatte, wenn er mich bei meinem Namen nannte, wäre ich geliefert. Liebe Güte, wie ich ihn vermisst hatte. Als hätte ein Teil von mir gefehlt. Doch nun, da er zurück war, wusste ich nicht mehr, wie sich diese Teile wieder zusammenfügen ließen. Ob das überhaupt noch möglich war?

»Hi«, antwortete ich.

»Du siehst müde aus.« Seine Mundwinkel sackten nach unten. »Ich meine, natürlich siehst du gut aus, aber …«

»Schon gut.« Ich starrte den Gehweg an und holte tief Luft. »War ein anstrengender Tag heute.«

»Hier arbeitest du also?«

»Ja.«

In Rubys Café war es still geworden. In den Fenstern strahlten Lichterketten und an einer Glasscheibe klebten diverse Flugzettel. Um uns herum schalteten sich flackernd die Straßenlaternen ein.

»Sieht nett aus. Hör mal, wir müssen jetzt nicht reden. Ich möchte dich nur nach Hause begleiten.«

Ich verschränkte die Arme vor der Brust. »Das ist nicht nötig.«

»Ich möchte es aber trotzdem gern tun. Lass mich mitkommen, Ev. Bitte.«

Ich nickte und nach kurzem Zögern setzte ich mich in Bewegung. David fiel in meinen Schritt ein. Worüber sollten wir sprechen? Kein Thema, das nicht zu verfänglich schien. Überall lauerten Fallgruben mit scharfen Spießen am Boden. David musterte mich unablässig von der Seite, öffnete den Mund und schloss ihn wieder. Offenbar fühlten wir beide uns nicht ganz wohl in unserer Haut. Ich brachte es nicht über mich, von L. A. anzufangen. Die vergangene Nacht schien mir sichereres Territorium zu sein. Halt, nein. Jetzt ausgerechnet den Sex in der Gasse anzusprechen wäre nicht gerade ein cleverer Schachzug.

»Wie war dein Tag?«, erkundigte er sich. »Außer anstrengend?«

Warum war mir nicht so etwas Harmloses eingefallen?

»Oh, ganz gut. Ein paar Mädchen haben Zeug gebracht, das du signieren sollst. Einige Jungs von einer Garagen-Reggae-Bluesband baten mich, ihr Demo an dich weiterzuleiten. Einer der beliebtesten Jungs vom College schaute extra vorbei, um mir seine Nummer zu geben. Er ist der Ansicht, dass wir viel Spaß miteinander haben könnten«, faselte ich, um die Atmosphäre ein wenig aufzulockern.

Seine Miene verfinsterte sich. »Shit. Kam so etwas schon öfter vor?«

Warum hatte ich Idiotin nur meinen Mund aufgemacht? »Das ist keine große Sache, David. Ich habe ihm gesagt, ich wäre zu beschäftigt, und er hat sich wieder verzogen.«

»Das hätte ich ihm auch verdammt noch mal geraten.« Er reckte das Kinn. »Versuchst du, mich eifersüchtig zu machen?«

»Nein, ich habe nur losgeplappert, ohne nachzudenken. Sorry. Es ist alles auch so schon kompliziert genug.«

»Ich bin eifersüchtig.«

Ich glotzte ihn verblüfft an. Keine Ahnung, warum. Letzte Nacht hatte er mir doch unmissverständlich klargemacht, dass er meinetwegen hier war. Doch die Vorstellung, dass ich vielleicht nicht die einzige Liebeskranke war, die am Abgrund stand und erwog, sich hinabzustürzen, war ungemein ... tröstlich.

»Komm«, forderte er mich auf und lief weiter. An der Ecke blieben wir stehen, um auf eine Lücke im Verkehr zu warten.

»Ich könnte Sam herbeordern, damit er auf dich aufpasst«, überlegte er. »Es passt mir nicht, dass die Leute dich bei der Arbeit belästigen.«

»So gern ich Sam auch mag, ist es mir lieber, wenn er bleibt, wo er ist. Normale Menschen bringen keine Bodyguards zur Arbeit mit.«

Er legte die Stirn in Falten, erwiderte jedoch nichts. Wir überquerten die Straße und setzten unseren Weg fort. Eine beleuchtete Straßenbahn rumpelte an uns vorbei. Ich legte den Heimweg lieber zu Fuß zurück, brauchte nach einem ganzen Tag Arbeit im Café unbedingt frische Luft. Außerdem war Portland einfach wunderschön mit seinen Cafés und Brauereien und seiner verschrobenen Persönlichkeit. L. A. konnte da nicht mithalten.

»Was hast du heute so gemacht?«, fragte ich, was mich fraglos zum Gewinner des Konversations-Kreativitätspreises kürte.

»Ich bin herumgeschlendert, hab mir die Stadt ein wenig angesehen. Ich bekomme nicht so häufig die Gelegenheit, den Touristen zu spielen. Wir biegen hier nach links ab«, kommandierte er und führte mich von meinem eigentlichen Nachhauseweg weg.

»Wo gehen wir hin?«

»Hab bitte ein wenig Geduld. Ich muss noch etwas abholen.« Er geleitete mich zu einer Pizzeria, die ich hin und wieder auch mit Lauren besuchte. »Pizza ist das einzige Nahrungsmittel, von dem ich definitiv weiß, dass du es isst. Sie waren sogar bereit, sie mit jedem Gemüse zu belegen, das mir eingefallen ist. Ich hoffe also, sie schmeckt dir.«

Es war noch recht früh am Abend und in dem Lokal nur ein Viertel der Tische besetzt. Unverputzte Backsteinwände und schwarze Tische. Aus der Jukebox ertönte ein Beatles-Song. Ich verharrte auf der Türschwelle, unentschlossen, ob ich mit ihm hineingehen sollte. Ein Mann nickte David zu und holte die Pizza, die man für uns warm gehalten hatte. David bedankte sich bei ihm und kam wieder zu mir.

»Das wäre nicht nötig gewesen.« Ich folgte ihm wieder nach draußen. Dabei beäugte ich misstrauisch den Pizzakarton in seiner Hand.

»Es ist nur Pizza, Ev. Entspann dich. Wenn du nicht möchtest, musst du mich nicht einmal darum bitten, sie mit dir zu teilen. Wie kommen wir von hier aus zu deiner Wohnung?«

»Nach links.«

Wir legten schweigend einen weiteren Block zurück. David balancierte die Pizza auf einer Hand.

»Hör auf, so ein finsteres Gesicht zu machen«, sagte er. »Als ich dich gestern hochgehoben habe, kamst du mir leichter vor. Du hast abgenommen.«

Ich zuckte mit den Schultern. Daran wollte ich nicht denken, mich bestimmt nicht daran erinnern, wie er mich gehalten und ich die Beine um ihn geschlungen hatte, und auch nicht daran, wie sehr ich ihn vermisst hatte, und an den Klang seiner Stimme, als er –«

»Also, na ja, mir hast du so gefallen, wie du warst«, versicherte er. »Ich mag deine Rundungen. Also habe ich mir einen neuen Plan ausgedacht. Ich füttere dich so lange mit Pizza mit fünfzehn Sorten Käse drauf, bis deine Kurven wieder da sind.«

»Mein erster Impuls wäre, eine bissige Bemerkung darüber zu machen, dass dich mein Körper nicht mehr zu interessieren hat.«

»Glücklicherweise hast du aber noch einmal darüber nachgedacht und dem Impuls nicht nachgegeben. Insbesondere, nachdem du mich letzte Nacht wieder in deinen Körper gelassen hast.« Er blickte ebenso finster drein wie ich. »Hör mal, ich möchte nur nicht, dass du so viel Gewicht verlierst und krank wirst, insbesondere nicht meinetwegen. So einfach ist das. Vergiss den Rest und hör auf, die Pizza so gemein anzusehen. Du verletzt noch ihre Gefühle.«

»Du hast mir gar nichts vorzuschreiben«, murmelte ich.

Er lachte auf. »Fühlst du dich jetzt besser, nachdem du mir das an den Kopf geworfen hast?«

»Schon.«

Ich lächelte ihn vorsichtig an. Ihn wieder an meiner Seite zu haben war viel zu angenehm. Ich sollte mich nicht zu sehr darauf einlassen, denn wer wusste schon, wann mir die ganze Sache wieder um die Ohren fliegen würde? Aber die Wahrheit lautete, dass ich mich so sehr danach sehnte, ihn wieder bei mir zu haben, dass es wehtat.

»Baby …« Er räusperte sich und versuchte es noch einmal, diesmal ohne Sentimentalitäten, für die er sofort einen Rüffel kassiert hätte. »Meine Freundin. Sind wir wieder Freunde?«

»Ich weiß nicht.«

Er schüttelte den Kopf. »Wir sind Freunde. Ev. Du bist traurig, du bist erschöpft, du hast abgenommen und ich kann es verdammt noch mal nicht ertragen, dass ich der Grund dafür bin. Ich werde es wieder in Ordnung bringen, nach und nach. Bitte ... gewähre mir nur ein bisschen Raum dafür. Ich verspreche auch, dass ich dir nicht allzu schlimm auf die Füße treten werde.«

»David, ich vertraue dir nicht mehr.«

Sein verschmitztes Lächeln verschwand. »Das weiß ich. Und wenn du dazu bereit bist, werden wir über diesen Punkt sprechen.«

Ich versuchte, den Kloß in meiner Kehle herunterzuschlucken.

»Wenn du bereit bist«, wiederholte er. »Komm jetzt, sehen wir zu, dass wir zu dir kommen, damit du die Pizza essen kannst, solange sie noch warm ist.«

Den Rest des Weges legten wir schweigend zurück. Es war aber ein angenehmes Schweigen. Das Lächeln, das David mir hin und wieder schenkte, schien mir aufrichtig gemeint zu sein.

Während er die Stufen hinter mir hinaufstampfte, blickte er sich kaum um. Ich hatte ganz vergessen, dass er ja schon in der vergangenen Nacht hier gewesen war, als er Lauren meinen Aufenthaltsort entlockt hatte. Ich schloss die Tür auf und warf erst einmal einen vorsichtigen Blick in die Wohnung, noch immer geschädigt von der vergangenen Woche, als ich Lauren und meinen Bruder auf der Couch überrascht hatte. Auf lange Sicht konnte ich nicht mit den beiden zusammenleben. Langsam erreichten wir alle einen Punkt, an dem wir mehr persönlichen Freiraum benötigten.

Für Nate und mich hatte sich der vergangene Monat allerdings auch als vorteilhaft erwiesen. Wir hatten ihn genutzt, um wieder miteinander zu reden, und inzwischen standen wir uns näher als jemals zuvor. Ihm gefiel sein Job als Mechaniker sehr gut, er führte ein sesshaftes Leben und war glücklich. Lauren hatte recht behalten. Er hatte sich tatsächlich geändert. Mein Bruder hatte endlich herausgefunden, was er wollte und wo er hingehörte. Jetzt wurde es langsam Zeit, dass auch ich mich am Riemen riss und es ihm gleichtat.

Im Hintergrund lief leise Rockmusik, zu der Lauren und Nate mitten im Zimmer tanzten – offenbar eine spontane Aktion, denn Nate trug noch immer seine schmutzige Arbeitskleidung. Doch Lauren schien das nicht zu stören. Sie hatte sich eng an ihn geschmiegt und sah ihm in die Augen.

Ich räusperte mich, um unsere Ankunft anzukündigen, bevor ich ins Zimmer trat.

Nate drehte sich nach mir um und lächelte mir herzlich zu. Dann bemerkte er David und alle Farbe wich aus seinem Gesicht. Seine Augen veränderten sich. Die Raumtemperatur schien schlagartig anzusteigen.

»Nate«, sagte ich und packte ihn, als er auf David losging.

»Scheiße.« Lauren rannte ihm nach. »Nicht!«

Nates Faust traf Davids Gesicht. Die Pizza flog davon. David taumelte rückwärts. Aus seiner Nase schoss Blut.

»Du verdammtes Arschloch«, brüllte mein Bruder.

Ich sprang auf Nates Rücken, um ihn aufzuhalten, während Lauren ihn am Arm packte. David unternahm nichts. Er bedeckte lediglich sein blutbesudeltes Gesicht, versuchte jedoch ansonsten nicht, sich vor einer weiteren Attacke zu schützen.

»Dafür, dass du sie so behandelt hast, werde ich dich umbringen«, tobte Nate lautstark.

David sah ihn nur teilnahmslos an und ließ alles über sich ergehen.

»Nate! Hör auf!« Ich hing auf seinem Rücken, die Arme um

seinen Hals geschlungen. Meine Fußspitzen schleiften auf dem Boden.

»Du möchtest ihn hier haben?«, fragte Nate ungläubig. »Ernsthaft?« Er bemerkte, dass Lauren an seinem Arm zerrte. »Was soll das?«

»Nate, das geht nur die beiden etwas an.«

»Wie bitte? Nein! Du hast doch miterlebt, was er ihr angetan hat. Wie sie schon seit einem Monat drauf ist.«

»Du musst dich beruhigen. Sie will das nicht.« Lauren tätschelte sein Gesicht. »Bitte, Schatz, das sieht dir gar nicht ähnlich.«

Langsam zog sich Nate zurück. Er ließ die Schultern wieder auf normale Höhe sinken, seine Muskeln entspannten sich. Ich entließ ihn aus meinem Würgegriff, mit dem ich sowieso nicht viel ausgerichtet hatte. Mein Bruder spielte die Sache mit dem wilden Stier beängstigend gut. Blut quoll zwischen Davids Fingern hervor und tropfte auf den Teppich. »Mist. Komm mit.« Ich führte ihn am Arm in unser Badezimmer.

Er beugte sich übers Waschbecken und fluchte leise, aber heftig. Ich reichte ihm ein Knäuel Toilettenpapier, das er an seine blutige Nase drückte.

»Ist sie gebrochen?«

»Weiß nicht«, kam es undeutlich gurgelnd zurück.

»Es tut mir so leid.«

»Schon okay.« In seiner Gesäßtasche klingelte es.

»Ich gehe ran.« Behutsam fischte ich das Mobiltelefon aus seiner Tasche. Der Name, der auf dem Display blinkte, ließ mich mitten in der Bewegung erstarren. Das Universum erlaubte sich einen Scherz mit mir. Ganz bestimmt. Nein, leider nicht. Es war nur der altbekannte Herzschmerz, der von Neuem über mich hereinbrach und Besitz von mir ergriff. Ich spürte bereits, wie sich die eisige Taubheit in meinem Körper ausbreitete.

»Sie ist dran.« Ich hielt ihm das Telefon hin.

Seine Nase, halb verdeckt von blutigem Klopapier, schien lädiert, aber intakt. Gewalt stellte keine Lösung dar. Egal, ob ich vor Wut beinahe zu platzen schien.

Sein Blick huschte zum Display und dann zu mir. »Ev.«

»Du solltest gehen. Ich will, dass du gehst.«

»Ich habe seit jener Nacht nicht mehr mit Martha gesprochen. Ich hatte keinen Kontakt zu ihr.«

Ich schüttelte den Kopf, denn angemessene Worte wollten mir nicht mehr einfallen. Das Handy schrillte weiter. Sein Klingeln schmerzte in meinen Ohren, hallte durch das enge Badezimmer. Das vibrierende Telefon in meiner Hand ließ meinen ganzen Körper erzittern. »Nimm es, bevor ich es kaputt mache.«

Er nahm es mir mit blutverschmierten Fingern ab.

»Du musst es mich erklären lassen«, bat er. »Sie ist weg, ich schwöre es.«

»Warum ruft sie dich dann an?«

»Ich weiß es nicht und ich werde nicht rangehen. Seit ich sie gefeuert habe, habe ich kein Wort mehr mit ihr geredet. Das musst du mir glauben.«

»Aber ich tue es nicht. Ich meine, wie könnte ich das?«

Er blinzelte gequält. Wir starrten einander an und langsam kam mir die Erkenntnis. Das hier würde nicht funktionieren. Es hätte niemals funktioniert. Er mit seinen ständigen Lügen und Geheimnissen und ich, die stets außen vor blieb und nur zusehen konnte. Es grenzte an ein Wunder, dass es überhaupt ausgereicht hatte, um sich darüber ernsthaft Gedanken zu machen.

»Geh einfach«, sagte ich und meine blöden Augen wurden schon wieder feucht.

Er verließ wortlos das Bad.

19

Danach sprachen David und ich nicht mehr miteinander. Doch jeden Nachmittag nach der Arbeit wartete er auf der gegenüberliegenden Straßenseite, beobachtete mich unter dem Schild seiner Kappe hervor. Bereit, mir auf dem Nachhauseweg nachzuschleichen, damit ich wohlbehütet ankam. Ich war stinksauer. Bedroht fühlte ich mich durch sein merkwürdiges Verhalten jedoch nicht. Drei Tage lang hatte ich ihn einfach ignoriert. Heute war Tag Nummer vier. Er hatte die übliche schwarze Jeans gegen eine blaue eingetauscht und trug statt Stiefeln Turnschuhe. Selbst aus der Entfernung konnte ich die Verletzungen an seiner Oberlippe und Nase erkennen. Die Paparazzi hatten sich noch immer nicht blicken lassen, obwohl heute sogar jemand gefragt hatte, ob er sich in der Stadt aufhielt. Gut möglich, dass die Tage, in denen er sich unerkannt in Portland bewegen konnte, bald der Vergangenheit angehörten. Ich fragte mich, ob er das auch ahnte.

Als ich ihn nicht wie sonst links liegen ließ, wagte er einen Schritt nach vorn. Dann blieb er stehen. Ein Lastwagen fuhr in dem regen Verkehr zwischen uns hindurch. Das hier war verrückt. Was suchte er noch hier? Warum war er nicht einfach zu Martha zurückgekehrt? Wie sollte ich nach vorne schauen, wenn er sich ständig hier herumtrieb?

Ohne eine wirkliche Entscheidung getroffen zu haben, nutzte ich die nächste Lücke im Verkehr und trat ihm auf dem Gehweg gegenüber.

»Hi«, sagte ich zu ihm, während ich überhaupt nicht nervös

am Träger meiner Handtasche herumfummelte. »David, was tust du hier?«

Er blickte sich um und schob die Hände in die Taschen. »Ich begleite dich nach Hause. So wie jeden Tag.«

»Ist das jetzt deine neue Lebensaufgabe?«

»Sieht so aus.«

»So, so«, erwiderte ich und fasste damit die gesamte Situation perfekt zusammen. »Warum gehst du nicht wieder nach L. A.?«

Er antwortete nicht sofort, sondern betrachtete mich wachsam. »Meine Frau wohnt in Portland.«

Mein Herz geriet aus dem Takt. Die Schlichtheit dieser Aussage und die Aufrichtigkeit, mit der er sie vorbrachte, überrumpelten mich. Ich war nicht einmal annähernd so immun gegen ihn, wie ich es eigentlich hätte sein sollen. »Wir können so nicht weitermachen.«

Er beobachtete die Straße, nicht mich, und zog den Kopf ein. »Gehst du ein Stück mit mir, Ev?«

Ich nickte. Wir setzten uns in Bewegung. Keiner von uns beiden hatte es eilig. Wir bummelten an Schaufenstern und Restaurants vorbei, spähten in die Bars, die sich nach und nach füllten. Mir kam die Schlenderei sehr gelegen, denn ich hegte den bösen Verdacht, dass wir anfangen müssten zu reden, wenn wir erst einmal stehen bleiben würden. Dank der warmen Sommernächte waren eine ganze Menge Leute unterwegs.

Auf halber Strecke zu meiner Wohnung gab es an einer Straßenecke eine irische Bar. Musik dröhnte aus dem Club, irgendein alter Song von den White Stripes. Die Hände noch immer in den Hosentaschen vergraben, gestikulierte David mit einem Ellbogen in Richtung des Lokals. »Sollen wir etwas trinken?«

Ich brauchte einen Augenblick, um meine Stimme wiederzufinden. »Klar.«

Er führte mich direkt zu einem Tisch weiter hinten, weg von den immer zahlreicher werdenden anderen Gästen, die sich nach Feierabend ein Gläschen genehmigten. Er bestellte zwei Guinness. Nachdem wir unsere Getränke erhalten hatten, saßen wir uns gegenüber und nippten schweigend an unserem Bier. David nahm die Kappe ab und legte sie auf den Tisch. Oje, sein armes Gesicht. Ich konnte es nun deutlicher erkennen. Er sah aus, als hätte er gleich zwei Veilchen.

Wir starrten uns an, als spielte sich eine Art bizarres Duell zwischen uns ab. Keiner von uns sagte ein Wort. Wie er mich ansah. Als wäre auch er verletzt worden, als litte auch er noch immer … Ich konnte es nicht ertragen. Keinem von uns würde es helfen, ewig darauf zu warten, dass wir diesen ganzen armseligen Beziehungsschlamassel ans Tageslicht zerrten. Zeit für einen neuen Plan. Wir mussten reinen Tisch machen und dann getrennte Wege gehen und unsere Leben leben. Kein Schmerz mehr, keine gebrochenen Herzen. »Du wolltest mir etwas über sie erzählen?«, bemerkte ich, setzte mich gerade hin und bereitete mich aufs Schlimmste vor.

»Ja. Martha und ich waren lange Zeit ein Paar. Du weißt wahrscheinlich schon, dass sie diejenige war, die mich betrogen hat. Die Frau, über die wir gesprochen haben.«

Ich nickte.

»Mal, Jimmy und ich, wir gründeten die Band, als ich gerade vierzehn war. Ben stieß ein Jahr später dazu und auch sie war ab da mit dabei. Diese Menschen waren wie eine Familie«, erklärte er nachdenklich. »Sie sind wie eine Familie. Selbst als alles den Bach runterging, konnte ich mich nicht einfach so von ihr abwenden …«

»Du hast sie geküsst.«

Er seufzte. »Nein, sie hat mich geküsst. Martha und ich sind fertig miteinander.«

»Das scheint sie nicht zu wissen, denn schließlich ruft sie dich noch immer an.«

»Sie ist nach New York gezogen. Arbeitet nicht mehr für die Band. Keine Ahnung, was das mit dem Anruf sollte. Ich habe sie jedenfalls nicht zurückgerufen.«

Ich nickte, nur wenig beschwichtigt. So simpel waren unsere Probleme nicht. »Begreifst du auch mit dem Herzen, dass zwischen euch nichts mehr ist? Na ja, obwohl da wohl eher dein Kopf zuständig ist. Das Herz ist ja nur ein Muskel. Wie albern zu sagen, dass es etwas begreifen könnte.«

»Zwischen Martha und mir ist es aus. Schon seit langer Zeit. Ich schwöre es.«

»Selbst, wenn das stimmt – würde es mich nicht quasi zu einem Trostpreis machen? Zu einem Vehikel, damit du ein normales Leben führen kannst?«

»Nein, Ev. So ist es nicht.«

»Bist du dir sicher?«, fragte ich mit offener Skepsis. Dann nahm ich mein Bier und trank einen großen Schluck von dem bitteren, dunklen Gebräu mit dem cremigen Schaum. Um die Nerven zu beruhigen. »Ich war dabei, über dich hinwegzukommen«, behauptete ich, meine Stimme ein armseliges, leises Piepsen. »Ein Monat. Aufgegeben habe ich dich allerdings erst so um den siebten Tag herum. Als ich begriffen habe, dass du nicht mehr kommen würdest. Da wusste ich, dass es vorbei ist. Denn wenn ich dir wirklich so wichtig gewesen wäre, wie du behauptet hast, hättest du dich doch bis dahin gemeldet, oder? Ich meine, schließlich wusstest du, dass ich in dich verliebt war. Dann hättest du mich bis dahin doch schon längst von meinen Qualen erlösen müssen, oder?«

Er sagte nichts.

»Du und deine Geheimnisse und Lügen. Weißt du noch, als ich dich nach dem Ohrring gefragt habe?«

Er nickte.

»Du hast gelogen.«

»Ja. Entschuldige.«

»Hast du das getan, bevor wir diese Ehrlichkeits-Regel vereinbart hatten, oder erst hinterher? Ich erinnere mich nicht mehr. Es war aber definitiv, nachdem die Treue-Regel in Kraft war, nicht?« Es war keine gute Idee, zu reden. All die quälenden Gedanken und Gefühle, die er in mir aufrührte, gewannen viel zu schnell die Oberhand.

Er ließ sich nicht zu einer Antwort herab.

»Welche Geschichte steckt nun eigentlich hinter den Ohrringen?«

»Ich habe sie von dem ersten Scheck gekauft, den wir bekamen, nachdem die Plattenfirma uns unter Vertrag genommen hatte.«

»Wow. Und ihr beide habt sie die ganze Zeit getragen. Selbst, nachdem sie dich betrogen hatte.«

»Es war Jimmy«, sagte er. »Sie hat mich mit Jimmy betrogen.«

Heiliges Kanonenrohr, mit seinem eigenen Bruder. Plötzlich sah ich einiges klarer. »Darum hast du dich so aufgeregt, als du ihn zusammen mit diesem Groupie ertappt hast. Und als Jimmy sich auf der Party mit mir unterhalten hat.«

»Ja. Es ist alles schon so lange her, aber … Jimmy flog damals für einen Fernsehauftritt zurück in die Staaten. Wir steckten mitten in einer Riesentour, spielten gerade in Spanien. Das zweite Album war kurz zuvor in die Top Ten eingestiegen. Endlich zogen wir ein richtig großes Publikum an.«

»Dann hast du ihnen vergeben, um die Band nicht zu zerstören?«

»Nein. Nicht direkt. Ich habe einfach weitergemacht. Jimmy trank viel zu viel. Er hatte sich verändert.« Er leckte sich die

Lippen und hielt den Blick auf den Tisch gesenkt. »Ich bedaure, was in jener Nacht passiert ist. Mehr, als ich sagen kann. Du bist in etwas hineingeplatzt … Ich weiß, wie es für dich ausgesehen haben muss. Und ich hasste mich dafür, dich über den Ohrring belogen zu haben, darüber, weshalb ich ihn in Monterey noch immer trug.«

Er schnippte verärgert gegen sein Ohrläppchen. Eine sichtbare Wunde zeichnete sich ab, glänzende, fast verheilte, gerötete Haut. Sie sah allerdings ganz und gar nicht nach einem alten Ohrloch aus.

»Was hast du da gemacht?«, fragte ich.

»Mit einem Messer hineingestochen.« Er zuckte mit den Schultern. »Bis ein Ohrloch zugewachsen ist, dauert es Jahre. Nachdem du weg warst, habe ich das Loch aufgeschnitten, damit es ordentlich verheilen kann.«

»Oh.«

»Ich habe so lange abgewartet, ehe ich mit dir geredet habe, weil ich Zeit brauchte. Du hast mich trotz deines Versprechens im Stich gelassen … Das war hart.«

»Mir blieb keine andere Wahl.«

Er beugte sich zu mir, durchbohrte mich mit seinem Blick. »Nein, das stimmt nicht.«

»Ich hatte gerade miterlebt, wie mein Ehemann eine andere Frau küsste. Und dann hast du dich auch noch geweigert, mit mir darüber zu sprechen. Hast mich angebrüllt, mir vorgeworfen, ich würde dich verlassen. Schon wieder.« Ich klammerte mich so verzweifelt am Tisch fest, dass ich spüren konnte, wie sich meine Fingernägel ins Holz bohrten. »Wie zum Teufel hätte ich reagieren sollen, David? Verrat mir das. Denn ich habe diese Szene wieder und wieder in meinem Kopf durchgespielt und sie endet jedes Mal gleich: Du schlägst hinter mir die Tür zu.«

»Shit.« Er ließ sich gegen die Lehne seines Stuhls fallen. »Du wusstest genau, dass ich heftig darauf reagieren würde, wenn du einfach gehst. Du hättest bleiben sollen, mir Gelegenheit geben können, mich zu beruhigen. Nach dem Streit in der Bar in Monterey haben wir uns doch auch wieder zusammengerauft. Wir hätten es noch einmal schaffen können.«

»Nicht alles lässt sich durch harten Sex kitten. Manchmal muss man tatsächlich auch miteinander reden.«

»In der Nacht im Club habe ich durchaus versucht, mit dir zu sprechen. Dir schien der Sinn allerdings nicht nach einer Unterhaltung zu stehen.«

Ich spürte, wie mein Gesicht heiß wurde, was mich nur noch ärgerlicher machte.

»Verdammt. Hör zu«, bat er und rieb sich den Nacken. »Die Sache ist die, dass ich mir erst einmal über uns beide klar werden musste, okay? Dass ich entscheiden musste, ob es richtig wäre, wenn wir wieder zusammenkämen. Ganz ehrlich, Ev, ich wollte dich nicht noch einmal verletzen.«

Er hatte mich einen Monat lang leiden lassen. Ein schnippisches ›Danke‹ lag mir bereits auf der Zunge, aber dafür war die Situation zu ernst.

»Und du bist dir über uns beide inzwischen im Klaren? Toll. Ich wünschte, das von mir ebenfalls behaupten zu können.« Ich stellte vorübergehend das Gequatsche ein, um einen Schluck Bier zu trinken. Meine Kehle fühlte sich wie Sandpapier an.

Er saß regungslos vor mir und verfolgte mit einer unheimlichen Ruhe, wie ich mich wand.

»Also, ich bin ziemlich erledigt.« Ich sah überall hin, nur nicht in sein Gesicht. »Haben wir jetzt alle Punkte abgehakt, über die du sprechen wolltest?«

»Nein.«

»Nein? Es gibt noch mehr?« Oh Gott, lass es nicht so sein.

»Ja.«

»Dann mal los.« Zeit für einen Schluck Bier.

»Ich liebe dich.«

Ich spuckte das Bier quer über den Tisch und unsere plötzlich verbundenen Hände. »Verflucht.«

»Ich hole Servietten.« Er ließ meine Hand los und stand auf. Kurz darauf war er wieder zurück, tupfte meinen Arm ab und wischte den Tisch sauber. Ich saß schlaff wie eine Puppe da, konnte nichts tun, als zu zittern. David zog behutsam meinen Stuhl zurück, half mir auf und führte mich aus der Bar. Das Rauschen des Verkehrs und eine ordentliche Portion Stadtluft halfen mir, wieder zu mir zu kommen. Draußen auf der Straße war endlich genug Raum zum Nachdenken.

Meine Füße setzten sich unwillkürlich in Bewegung. Sie begriffen, was los war. Meine Stiefel stampften über den Asphalt, brachten mich fort von dort. Von ihm und dem, was er gesagt hatte. David ließ sich allerdings nicht abschütteln.

An einer Straßenecke blieben wir stehen. Ich drückte auf den Signalgeber der Fußgängerampel und wartete, dass sie auf Grün umsprang. »Sag das nicht noch einmal.«

»Überrascht es dich denn tatsächlich so sehr, das zu hören? Warum um alles in der Welt sollte ich denn das alles hier sonst tun? Selbstverständlich liebe ich dich.«

»Nicht.« Ich fuhr aufgebracht zu ihm herum.

Er hatte die Lippen zu einer schmalen Linie zusammengepresst. »Na gut. Ich sage es nicht mehr. Vorerst. Aber wir sollten uns noch ein wenig unterhalten.«

Ich knurrte zähneknirschend.

»Ev.«

Herrgott. Mit meinem Verhandlungsgeschick war es nicht gerade weit her. Zumindest, wenn es um ihn ging. Ich wollte, dass er verschwand. Oder zumindest war ich mir relativ sicher, dass ich ihn loswerden wollte. Er musste weg, damit ich endlich wieder ungestört trauern konnte. Um ihn, um uns und um all die Dinge, die vielleicht hätten sein können. Er sollte verschwinden, damit ich nicht über die Tatsache nachgrübeln musste, dass er jetzt neuerdings davon überzeugt war, mich zu lieben. Was für ein sentimentaler Blödsinn. Wie aufs Stichwort traten meine Tränendrüsen ordentlich aufs Gas. Ich atmete tief ein und aus, um nicht die Fassung zu verlieren.

»Später. Heute nicht mehr«, verkündete er in einem leutseligen, vernünftigen Tonfall, dem ich ebenso sehr misstraute wie David selbst.

»Schön.«

Ich brachte einen weiteren Block hinter mich, mit David an meiner Seite, bis uns wieder eine Kreuzung zwang, stehen zu bleiben, und sich erneut Gelegenheit zum Reden ergab. Er sollte es bloß nicht wagen, etwas zu sagen. Zumindest nicht, bevor ich über alles nachgedacht hatte. Ich zog den Bleistiftrock zurecht, strich mein Haar zurück, zappelte nervös herum. Die Ampel brauchte eine Ewigkeit. Seit wann hatte sich auch noch Portland gegen mich verschworen? Das war so ungerecht.

»Wir sind noch nicht fertig miteinander«, konstatierte er. Es klang gleichzeitig wie eine Drohung und ein Versprechen.

Die erste SMS kam um Mitternacht. Ich lag gerade auf dem Bett und las. Na ja, ich versuchte zu lesen. Mein Versuch, Schlaf zu finden, war bereits misslungen. Bald würde das College wieder beginnen, doch es fiel mir äußerst schwer, Begeisterung für mein Studium aufzubringen. Ich hegte den bösen Verdacht, dass die Saat des Zweifels, die David in meinem Kopf gesät hatte, Wurzeln geschlagen hatte. Ich mochte die Architektur, aber ich liebte sie nicht. War das von Bedeutung? Bedauerlicherweise wusste ich darauf keine Antwort. Eine ganze Menge

Ausflüchte und Entschuldigungen fielen mir ein – manche unsinnig, manche durchaus berechtigt –, aber keine Antworten.

David würde es wahrscheinlich so formulieren, dass ich verdammt noch mal tun und lassen konnte, was immer ich wollte. Wie mein Vater darauf reagieren würde, konnte ich mir lebhaft vorstellen. Kein besonders angenehmes Bild.

Seit ich wieder in Portland war, hatte ich es vermieden, mit meinen Eltern zu reden – was nicht gerade schwierig gewesen war, nachdem ich mitten in einer Gardinenpredigt, die mir mein Vater zwei Tage nach meiner Rückkehr am Telefon gehalten hatte, einfach aufgelegt hatte. Seitdem herrschte zwischen uns Eiszeit. Die wirkliche Überraschung daran war allerdings, dass mich ihr Verhalten nicht überraschte. Sie hatten mich niemals in Dingen unterstützt, die nicht dem großen Plan dienten. Aus gutem Grund hatte ich in Monterey keinen ihrer Anrufe beantwortet. Da ich ihnen nichts erzählen wollte, was sie sowieso nicht hören wollten, hatte ich es klüger gefunden zu schweigen.

Nathan hatte mir meine Eltern eine ganze Weile vom Hals gehalten, wofür ich ihm sehr dankbar war. Doch nun war meine Zeit abgelaufen, denn wir waren alle für den folgenden Abend zum Essen einbestellt. Darum ging ich auch zuerst davon aus, dass meine Mom mir die SMS geschickt hätte, um sicherzugehen, dass ich mich nicht vor dem Besuch drückte. Manchmal, wenn ihre Schlaftabletten nicht wirkten, saß sie bis spät in die Nacht vorm Fernseher und schaute sich alte Schwarz-Weiß-Filme an.

Doch ich irrte mich.

David: *Sie hat mich mit ihrem Kuss überrumpelt. Darum habe ich sie auch nicht sofort aufgehalten. Aber ich wollte das nicht.*

Ich starrte nachdenklich aufs Handy.

David: *Bist du da?*

Ich: *Ja.*

David: *Ich muss wissen, ob du mir das mit Martha glaubst.*

Tat ich das? Ich atmete tief durch, horchte in mich hinein. Ich empfand Enttäuschung, Verwirrung, doch mein Zorn war inzwischen offenbar verraucht, denn ich zweifelte nicht daran, dass er die Wahrheit sagte.

Ich: *Ich glaube dir.*

David: *Danke. Mir liegt noch mehr auf dem Herzen. Willst du es hören?*

Ich: *Ja.*

David: *Meine Eltern haben geheiratet, weil meine Mutter mit Jimmy schwanger war. Sie hat uns verlassen, als ich zwölf war. Sie hat getrunken.*

David: *Jimmy schickte ihr immer wieder Geld, damit sie sich still verhielt. Sie bedrängt ihn schon seit Jahren.*

Ich: *Oh Gott!*

David: *Allerdings. Ich habe jetzt Anwälte auf die Sache angesetzt.*

Ich: *Freut mich, das zu hören.*

David: *Wir haben Dad nach Florida in den Ruhestand geschickt. Ich habe ihm von dir erzählt. Er will dich kennenlernen.*

Ich: *Wirklich? Ich weiß nicht, was ich sagen soll …*

David: *Darf ich hochkommen?*

Ich: *Du bist hier??*

Ich wartete seine Antwort nicht ab. Mir war einerlei, dass ich nur kurze Pyjamahosen und ein altes T-Shirt trug, das inzwischen so verwaschen war, dass es seine ursprüngliche Farbe verloren hatte. Er würde mich eben so nehmen müssen, wie ich war. Ich schloss die Tür auf und tapste barfuß mit dem Handy in der Hand die Treppe hinunter. Tatsächlich: Hinter der Milchglasscheibe der Eingangstür zeichnete sich ein langer Schatten ab. Ich stieß die Tür auf. David hockte auf der Treppe. Die Nacht war ruhig, friedvoll. Neben dem Gehsteig parkte ein schicker, silberfarbener SUV.

»Hey«, sagte er und tippte gleichzeitig hektisch etwas in sein Handy. Mein Telefon piepte erneut.

David: *Wollte dir Gute Nacht sagen.*

»Einverstanden.« Ich sah vom Display auf. »Komm rein.«

Er blickte zu mir hoch. Einer seiner Mundwinkel hob sich. Ich erwiderte mutig seinen Blick, um meine Verlegenheit zu überspielen, doch mein schlabberiges Schlafoutfit schien ihn überhaupt nicht zu stören. »Wolltest du gerade ins Bett?«

»Ich habe gelesen. Schlafen konnte ich nicht.«

»Ist dein Bruder da?« Er erhob sich und folgte mir nach oben. Seine Stiefel verursachten laute Geräusche auf den alten Holzböden. Ich rechnete fast damit, dass Mrs Lucia unten aus ihrer Wohnung gestürmt käme, um sich lautstark zu beschweren. Das war eines ihrer liebsten Hobbys.

»Nein«, beruhigte ich ihn und schloss die Tür hinter uns. »Er ist mit Lauren unterwegs.«

David sah sich interessiert in der Wohnung um. Wie immer beanspruchte er mit seiner Präsenz den ganzen Raum für sich. Keine Ahnung, wie er das fertigbrachte. Es grenzte an Zauberei, dass er immer viel größer erschien, als er eigentlich war. Obwohl er nicht gerade klein war. In aller Gemütsruhe schlenderte er durch die Wohnung, begutachtete die türkisfarbenen Wände (Laurens Werk) und die Regalfächer, in denen ordentlich aufgereiht Bücher standen (mein Werk).

»Ist das deines?«, fragte er mit einem Nicken in Richtung meines Zimmers.

»Äh, ja. Allerdings ist es gerade ein bisschen unordentlich.« Ich drängte mich an ihm vorbei und räumte schnell ein wenig auf, hob Bücher und anderen Kram vom Boden auf. Ich hätte ihn besser bitten sollen, mir noch fünf Minuten Zeit zu geben, bevor er zu mir nach oben kam. Meine Mutter wäre entsetzt gewesen. Seit meiner Rückkehr aus L. A. hatte ich zugelassen, dass meine Umwelt im Chaos versank, was ausgesprochen gut zu meinem Seelenzustand passte. David brauchte das nicht unbedingt zu sehen. Ich musste endlich einen Plan ersinnen, der wieder Ordnung in mein Leben brachte, und mich diesmal auch daran halten.

»Ich hatte das früher besser im Griff«, entschuldigte ich mich und ruderte schon wieder mit den Armen – neuerdings offenbar mein Notbehelf.

»Macht nichts.«

»Ich brauche nicht lang.«

»Ev.« Er hielt mein Handgelenk fest und fing gleichzeitig meinen Blick auf. »Es kümmert mich nicht. Ich muss nur mit dir reden.«

Ein furchtbarer Gedanke drängte sich mir auf.

»Gehst du?«, fragte ich und zerknüllte das schmutzige Shirt, das ich heute zur Arbeit getragen hatte, wobei meine Hand urplötzlich zu zittern begann.

Er packte mein Handgelenk fester. »Willst du, dass ich gehe?«

»Nein. Ich meinte, ob du beabsichtigst, Portland zu verlassen. Bist du gekommen, um dich zu verabschieden?«

»Nein.«

»Oh.« Der Zangengriff, mit dem meine Rippen mein Herz und meine Lunge eingezwängt hatten, löste sich ein wenig. »Okay.«

»Wie kommst du denn darauf?« Als ich nicht antwortete, zupfte er sanft an meiner Hand. »Hey.«

Ich ließ die schmutzige Wäsche fallen und trat widerstrebend einen Schritt auf ihn zu. Doch das genügte ihm noch nicht. Er setzte sich aufs Bett und zog mich neben sich. Ich plumpste nicht gerade anmutig mit dem Hintern auf die Matratze. Er gab meine Hand frei. Ich klammerte mich an der Bettkante fest.

»Also, du hast mich gerade sehr merkwürdig angesehen und mich gefragt, ob ich gehen würde«, bemerkte er und sah mich mit seinen blauen Augen besorgt an. »Möchtest du mir vielleicht erklären, weshalb?«

»Du bist bisher noch nie mitten in der Nacht aufgetaucht. Ich habe vermutet, dass es dafür einen besonderen Grund geben muss.«

»Als ich am Haus vorbeifuhr, habe ich gesehen, dass bei dir noch Licht brennt. Also habe ich dir eine SMS geschickt, um auszuloten, in welcher Verfassung du dich nach unserem Gespräch von vorhin befindest.« Er rieb sich das bärtige Kinn. »Außerdem sind mir noch Dinge eingefallen, die ich dir erzählen möchte.«

»Fährst du häufiger an meinem Haus vorbei?«

Er lächelte schief. »Bisher nur ein paarmal. Es ist meine Art, dir Gute Nacht zu sagen.«

»Woher wusstest du, welches Fenster meines ist?«

»Also, beim ersten Mal, als ich hier war, um mit Lauren zu sprechen? Da brannte im Nebenraum Licht. Daraus habe ich gefolgert, wo dein Zimmer liegt.« Er vermied es, mich anzusehen, verlegte sich stattdessen darauf, die Fotos an den Wänden, die mich mit Freunden zeigten, zu betrachten. »Bist du zornig, weil ich mich draußen herumgetrieben habe?«

»Nein«, antwortete ich aufrichtig. »Mir geht langsam der Zorn aus.«

»Ach ja?«

»Ja.«

Er atmete langsam aus und sah mich an, sagte jedoch nichts. Unter seinen Augen zeichneten sich dunkle Blutergüsse ab und seine Nase war auch noch nicht wieder auf Normalgröße abgeschwollen.

»Es tut mir aufrichtig leid, dass Nate dich geschlagen hat.«

»Wäre ich dein Bruder, ich hätte verdammt noch mal genauso gehandelt.« Er stützte die Ellbogen auf die Knie, wandte mir jedoch weiterhin das Gesicht zu.

»Ehrlich?«

»Keine Frage.«

Männer und ihr ständiger Drang, auf etwas einzuprügeln.

Eine Pause entstand, doch das Schweigen war eigentlich nicht unangenehm. Wenigstens stritten wir nicht, oder kauten zum hundertsten Mal unsere Trennung durch. Langsam wurde ich des ständigen Zorns und Herzschmerzes wirklich überdrüssig.

»Sollen wir einfach ein bisschen abhängen?«

»Klar. Lass mich das mal näher ansehen.« Er nahm sich mein iPhone und scrollte sich durch die gespeicherte Musik. »Wo ist der Kopfhörer?«

Ich sprang auf und fischte ihn aus dem Unrat auf meinem Schreibtisch. David steckte ihn ins Smartphone und reichte mir einen der Ohrstöpsel. Der schwungvolle Rhythmus von »Jackson« von Johnny Cash und June Carter setzte ein. Ich musterte David amüsiert, worauf er schmunzelnd begann, die passenden Mundbewegungen zum Text zu vollführen. Wir beide hatten in der Tat ebenfalls überstürzt geheiratet.

»Machst du dich über mich lustig?«, fragte ich.

Seine Augen strahlten. »Ich mache mich über uns beide lustig.«

»Dagegen ist nichts einzuwenden.«

»Was hast du denn hier sonst noch?«

Cash und Carter endeten. David machte sich auf die Suche nach weiteren Songs. Ich beobachtete sein Gesicht, wartete ab, welche Reaktionen mein Musikgeschmack bei ihm hervorrufen würde, doch ich bekam lediglich ein unterdrücktes Gähnen zu sehen.

»So schlecht sind die Bands nun auch wieder nicht«, protestierte ich.

»Entschuldige, war ein langer Tag.«

»David, wenn du müde bist, müssen wir nicht –«

»Nein, alles bestens. Aber würde es dich stören, wenn ich mich hinlege?«

David auf meinem Bett. Na ja, eigentlich saß er sowieso schon darauf, aber … »Kein Problem.«

Er schlüpfte aus seinen Turnschuhen. »Sagst du das nur aus Höflichkeit?«, fragte er vorsichtig.

»Nein, es macht mir nichts aus. Und von Rechts wegen gehört dir sowieso noch immer eine Hälfte des Bettes«, witzelte ich und nahm den Ohrhörer raus, ehe er ihn mir beim Hinlegen noch aus dem Ohr riss. »Also, was hast du heute so gemacht?«

»Ich habe am neuen Album getüftelt und einige Sachen geregelt.« Er schob die Hand hinter den Kopf und streckte sich auf dem Bett aus. »Legst du dich auch hin? Sonst können wir keine Musik mehr zusammen hören.«

Ich kroch aufs Bett, rutschte ein wenig herum und machte es mir neben ihm bequem. Schließlich war es mein Bett – und er der einzige Mann, der jemals darauf gelegen hatte. Der zarte Duft seiner Seife stieg mir in die Nase. Er roch sauber und warm und nach *David*. Ich erinnerte mich nur allzu gut an diesen Geruch. Zur Abwechslung beschwor diese Erinnerung keinen Schmerz herauf. Ich horchte vorsichtshalber noch einmal ganz genau in mich hinein, doch offenbar traf meine Aussage von vorhin, dass mir der Zorn langsam ausging, schlicht und einfach zu. Wir hatten unsere Probleme, aber sein scheinbarer Betrug gehörte nun nicht mehr dazu. Das war mir inzwischen klar und es bedeutete für mich eine ganze Menge.

»Hier.« Er gab mir den Kopfhörer zurück und tippte wieder auf meinem Smartphone herum.

»Wie geht es Jimmy?« Ich rollte mich auf die Seite, denn ich musste ihn unbedingt ansehen. Ich betrachtete sein Profil, den markanten Umriss seiner Nase und seines Kinns, seine wohlgeformten Lippen. Wie oft hatte ich ihn schon geküsst? Bei Weitem nicht oft genug, um davon zu zehren, wenn ich es nie mehr wieder tun könnte.

»Es geht ihm bedeutend besser. Anscheinend fängt er sich tatsächlich. Ich glaube, er wird es schaffen.«

»Das sind großartige Neuigkeiten.«

»Wenigstens regelt er seine Probleme auf ehrliche Art«, bemerkte er verbittert. »Soweit ich gehört habe, ist unsere Mutter ein Wrack. Aber das war sie eigentlich schon immer. Früher ging sie nur mit uns in den Park, um dort Männer abzuschleppen. Bei Schulaufführungen und Elternabenden tauchte sie mehr als einmal sternhagelvoll auf.«

Ich hielt den Mund, damit er es sich von der Seele reden konnte. Das Beste, was ich tun konnte, war, für ihn da zu sein und ihm zuzuhören. Der Schmerz und die Wut, die in seiner Stimme mitschwangen, zerrissen mir das Herz. Auch meine Eltern hatten mit schwerwiegenden Problemen zu kämpfen, doch im Gegensatz zu denen seiner Mutter verblassten sie. David hatte eine furchtbare Kindheit gehabt. Für das Leid in seiner Stimme hätte ich seiner Mutter am liebsten eine schallende Ohrfeige verpasst. Oder gleich zwei.

»Dad hat ihre Suchtprobleme jahrelang ignoriert. Kein Wunder, denn er war Lastwagenfahrer, fuhr lange Strecken und war eigentlich so gut wie nie zu Hause. Jimmy und ich mussten uns mit ihr herumschlagen. Unzählige Male kamen wir nach Hause und sie brabbelte wirres Zeug oder lag weggetreten auf der Couch. Oft hatten wir nichts zu Essen im Haus, weil sie das Geld für Pillen ausgegeben hatte. Dann kamen wir eines Tages aus der Schule zurück und sie und der Fernseher waren verschwunden. Das war alles.« Er starrte nachdenklich ins Leere. »Sie hat nicht mal eine Nachricht hinterlassen. Nun ist sie wieder aufgetaucht und quält Jimmy. Das macht mich verrückt.«

»Es muss schwer für dich gewesen sein. Ich meine, durch Jimmy von ihr zu hören.«

Eine seiner Schultern hob sich kaum merklich. »Er hätte sich nicht alleine mit ihr auseinandersetzen dürfen. Er meinte, er hätte mich nur schützen wollen. Hat ganz den Anschein, als wäre mein Bruder doch kein absolut egoistischer Idiot.«

»Danke, dass du mir die SMS geschickt hast.«

»Keine Ursache. Auf welche Musik hättest du denn Lust?« Der abrupte Themenwechsel signalisierte mir unmissverständlich, dass er nicht länger über seine Familie sprechen wollte. David gähnte noch einmal. Sein Kiefer knackte. »Entschuldige.«

»Die Saint Johns.«

Er nickte und scrollte durch das Musikverzeichnis, bis er den einzigen Song der Gruppe fand, den ich besaß. Die Gitarre setzte leise ein, schien meinen ganzen Kopf auszufüllen. David legte sich das Smartphone auf die Brust, und ich sah, wie ihm langsam die Augen zufielen. Im Song wechselten sich eine Frau und ein Mann ab, sangen von ihrem Kopf und ihrem Herzen. Das ganze Lied über blieb sein Gesicht ruhig, entspannt. Ich dachte schon, dass er eingeschlafen war, doch als das Lied endete, drehte er sich zu mir um.

»Schön. Ein bisschen traurig«, meinte er.

»Du glaubst nicht, dass sie am Ende zusammenfinden?«

Nun rollte er sich ebenfalls auf die Seite. Wir lagen kaum eine Handbreit voneinander entfernt. Er gab mir das Smartphone und musterte mich gespannt. »Spiel mir noch einen Song vor, der dir gefällt.«

Ich blätterte die Titelliste durch und versuchte zu entscheiden, was ich für ihn auswählen sollte. »Ich habe ganz vergessen, dir zu erzählen, dass heute jemand im Laden war, der meinte, dich gesehen zu haben. Mit deiner Anonymität dürfte es demnächst vorbei sein.«

Er seufzte. »Das musste früher oder später passieren. Die Leute werden sich eben an mich gewöhnen müssen.«

»Du willst tatsächlich bleiben?« Ich wollte die Frage möglichst gleichmütig klingen lassen, doch leider misslang es mir.

»Nein. Ich gehe tatsächlich nicht weg.« Er blickte mich an und ich spürte, dass er mir alles ansehen konnte, all meine Ängste und Träume, all die Hoffnungen, die ich gekonnt verbarg, sogar vor mir selbst. Doch vor ihm konnte ich mich nicht verstecken, nicht einmal, wenn ich es gewollt hätte. »Okay?«

»Okay«, antwortete ich.

»Du hast mich gefragt, ob ich dich nur als Vehikel benutzen würde, um ein normales Leben zu führen. Du musst begreifen, dass das absolut nicht zutrifft. Mit dir zusammen zu sein, diese Gefühle, die ich für dich empfinde, das alles erdet mich, ja. Und zwar, weil es mich dazu animiert, verdammt noch mal alles infrage zu stellen. Es weckt in mir den Wunsch, alles besser zu machen. Ein besserer Mensch zu werden. Wenn es um dich geht, dann kann ich mich nicht verkriechen oder in Ausreden flüchten, weil es nichts bringen würde. Keiner von uns ist glücklich, wenn es so läuft, und ich möchte, dass du glücklich bist ...« Er zog die Stirn in Falten. »Verstehst du das?«

»Ich denke schon«, wisperte ich. Meine Gefühle für ihn waren in diesem Augenblick so stark, dass ich es kaum glauben konnte.

Als er gähnte, gab sein Kiefer wieder ein Knacken von sich. »Sorry. Verflucht, ich bin todmüde. Hast du etwas dagegen, wenn ich fünf Minuten die Augen zumache?«

»Nein.«

Er schloss die Lider. »Spielst du mir noch ein Lied vor?«

»Bin schon dabei.«

Ich suchte »Revelator« von Gillian Welch für ihn aus, den längsten und beruhigendsten Song, den ich finden konnte. Ungefähr nach der Hälfte des Stücks nickte er ein. Seine Gesichtszüge entspannten sich, sein Atem wurde ruhiger. Ich zog ihm sacht die Ohrstöpsel aus den Ohren und legte das Smartphone beiseite. Dann schaltete ich die Nachttischlampe ein, knipste die Deckenleuchte aus und schloss die Tür, damit Lauren und Nate ihn später bei ihrer Rückkehr nicht weckten. Ich legte mich zu ihm aufs Bett und sah ihn einfach nur an. Keine Ahnung, wie lange. Es juckte mich in den Fingern, sein Gesicht zu streicheln oder die Umrisse seiner Tattoos nachzufahren, doch ich wollte ihn nicht aufwecken. Er hatte Schlaf offenbar bitter nötig.

Als ich am nächsten Morgen erwachte, war er fort. Sofort empfand ich bittere Enttäuschung. Hinter mir lag die erholsamste Nacht seit Wochen, ohne die übliche Anspannung und bösen Träume. Wann war er gegangen? Als ich mich auf den Rücken rollte, knisterte etwas. Ich griff mit einer Hand unter mich und angelte ein Stück Papier hervor. Es schien aus einem meiner Notizhefte zu stammen. Die Nachricht war kurz, aber wundervoll.

Ich bleibe auch weiterhin in Portland.

20

Vermutlich wäre es weitaus angenehmer gewesen, wenn mir Dschingis Khan auf der anderen Seite der Theke gegenübergestanden hätte, und nicht Martha. Eine Horde von Mongolen oder Martha – schwere Entscheidung. Beide waren auf ihre ganz eigene Art grauenerregend.

Die Mittagsgäste hatten unser Café verlassen und jenen Gästen Platz gemacht, die Caffè Latte und Gebäck bestellten. Bisher war es ziemlich turbulent zugegangen. Ruby hatte sich nicht recht konzentrieren können und ständig Bestellungen durcheinandergebracht. Das sah ihr gar nicht ähnlich. Irgendwann hatte ich sie kurzerhand dazu verdonnert, sich eine Weile mit einer Kanne Tee an einen Ecktisch zu setzen, bis wir wieder alle Hände voll zu tun bekamen. Auf meine Frage, was los sei, winkte sie nur ab. Früher oder später würde ich es ihr schon noch entlocken.

Und jetzt stattete uns auch noch Martha einen Besuch ab.

»Wir müssen uns unterhalten«, sagte sie zu mir. Sie hatte sich das dunkle Haar zurückgebunden und nur wenig Make-up aufgelegt. Keine Spur mehr von dem ganzen L. A.-Glitzer. Sie wirkte eher nüchtern, dezent. Und auch noch ein wenig kriecherisch, aber hey, sie war schließlich immer noch Martha. Nur was zum Teufel hatte sie hier zu suchen?

»Ruby, wäre es in Ordnung, wenn ich jetzt meine Pause machen würde?« Jo füllte in den hinteren Räumen Regale auf. Sie hatte gerade ihre Pause beendet und nach ihr kam ich an die Reihe. Ruby nickte und warf Martha verstohlene, böse Blicke zu. Was immer auch mit Ruby nicht stimmte, ihre Menschenkenntnis war jedenfalls noch immer ausgezeichnet. Sie erkannte ein Seeungeheuer, wenn es vor ihr stand.

Martha rauschte mit hoch erhobener Nase wieder nach draußen. Ich folgte ihr. Der übliche Verkehr floss an uns vorbei. Über unseren Köpfen strahlte der Himmel leuchtend blau. Es war ein perfekter Sommertag. Ich hätte mich zwar mehr gefreut, wenn Mutter Natur einen Eimer Regen auf Marthas makellose Frisur gekippt hätte, aber egal.

Nach kurzer Inspektion hockte sich Martha auf die Kante einer Bank. »Jimmy hat mich angerufen.«

Ich setzte mich ein Stückchen von ihr weg.

»Anscheinend gehört es zu seinen Rehabilitationsauflagen, dass er sich reihum entschuldigen muss.« Sie klopfte mit ihren perfekt manikürten Fingernägeln aufs Holz. »Eigentlich war es keine richtige Entschuldigung. Er verlangte, dass ich nach Portland fliege, um das von mir verursachte Fiasko zwischen David und dir zu bereinigen.«

Sie blickte starr vor sich hin. »Zwischen Ben und David steht es nicht gerade zum Besten. Ich liebe meinen Bruder und möchte nicht, dass er sich meinetwegen mit David überwirft.«

»Und was erwartest du jetzt von mir, Martha?«

»Gar nichts. Nur, dass du mir zuhörst.« Sie senkte den Kopf und schloss für eine Sekunde die Augen. »Ich dachte immer, ich könnte ihn zurückhaben, wann immer ich wollte. Wenn erst einmal einige Jahre vergangen wären, in denen er sich beruhigen könnte, selbstverständlich. Er hatte niemals Gelegenheit, sich auszutoben, denn als wir zusammenkamen, war es für uns beide die erste Partnerschaft. Also habe ich abgewartet und ihn sich die Hörner abstoßen lassen. Ungeachtet dessen, was ich getan hatte, war ich doch schließlich noch immer seine große Liebe, oder? Er spielte noch immer Abend für Abend diese

Songs, die von mir handelten, trug selbst nach all den Jahren weiterhin unseren Ohrring …«

Der Verkehr dröhnte an uns vorbei, Passanten unterhielten sich, doch Martha und mich berührte das alles nicht. Ich war unsicher, ob ich das, was sie zu erzählen hatte, überhaupt hören wollte, doch gleichzeitig saugte ich jedes ihrer Worte auf, begierig, endlich alles zu begreifen.

»Wie sich herausgestellt hat, können Künstler sehr sentimental sein.« Ihr Gelächter klang ironisch. »Doch bedeuten muss das nicht unbedingt etwas.« Sie wandte sich zu mir um, ihre Augen hart und hasserfüllt. »Ich glaube, ich war einfach nur so etwas wie eine alte Gewohnheit für ihn. Er hat nie etwas für mich aufgegeben. Und er ist verdammt noch mal bestimmt nicht mir zuliebe in eine andere Stadt gezogen.«

»Was soll das heißen?«

»Ev, er hat das Album fertig geschrieben. Offenbar sind die neuen Songs fantastisch geworden. Das Beste, was er jemals geschaffen hat. Er könnte sich jedes Studio mieten, das er will, und die Musik aufnehmen, das tun, was er liebt. Doch stattdessen treibt er sich hier herum und nimmt das Album in einer Bruchbude ganz in der Nähe von hier auf. Weil es ihm wichtiger ist, in deiner Nähe zu sein.« Sie beugte sich ruckartig vor, lächelte bitter. »Er hat das Anwesen in Monterey verkauft und hier ein Haus erworben. Ich habe jahrelang darauf gewartet, dass er zu mir zurückkehrt, dass er endlich Zeit für mich hat. Für dich hingegen organisiert er in null Komma nichts sein ganzes Leben neu.«

»Das wusste ich nicht«, staunte ich.

»Die ganze Band ist hier. Sie nehmen in einem Studio namens Bent Basement auf.«

»Ich habe davon gehört.«

»Wenn du tatsächlich so dumm bist, ihn gehen zu lassen,

dann verdienst du es auch zu leiden.« Es klang, als spräche sie aus Erfahrung. Sie erhob sich und klopfte sich die Hände ab. »So, ich bin hier fertig.«

Damit ging Martha davon. Sie verschwand zwischen den zahlreichen nachmittäglichen Passanten, als wäre sie niemals hier gewesen.

David machte Plattenaufnahmen in Portland. Er hatte erwähnt, dass er an dem neuen Album arbeitete. Ich hätte mir jedoch nie träumen lassen, dass er dafür hier im Studio stand. Und schon gar nicht, dass er sich hier ein Haus gekauft hatte.

Heilige Scheiße.

Ich stand auf und schlug die entgegengesetzte Richtung von Martha ein. Zuerst ging ich nur, damit mein Hirn hinterherkommen konnte. Doch dann gab ich es auf und rannte los, wich Fußgängern, Cafétischen und geparkten Autos aus. Immer schneller und schneller trugen mich meine Doc-Martens-Stiefel. Nach zwei Blocks erreichte ich das Bent Basement. Es lag am Fuß einer Treppe im Kellergeschoss, zwischen einer Kleinbrauerei und einem exklusiven Modegeschäft.

Ich stieß die hölzerne grüne Tür mit beiden Händen auf. Sie war nicht verschlossen. Aus Lautsprechern dröhnte ein kraftvolles E-Gitarrensolo durch die dunkel gestrichenen Räume. Sam saß in eine Zeitschrift vertieft auf einem Sofa. Zur Abwechslung hatte er seinen schicken, schwarzen Anzug zu Hause gelassen und gegen bequeme Hosen und ein kurzärmeliges Hawaiihemd eingetauscht.

»Mrs Ferris.« Er lächelte mich an.

»Hi, Sam«, erwiderte ich atemlos seine Begrüßung. »Sie sehen richtig cool aus.«

Er zwinkerte mir zu. »Mr Ferris hält sich gerade in einer der Tonkabinen auf, aber wenn Sie durch diese Tür hier gehen, können Sie ihm zusehen.«

»Danke, Sam. Es ist schön, Sie wiederzusehen.«

Jenseits der dicken Tür befand sich das Mischpult. Davor saß ein mir unbekannter Mann mit Kopfhörern auf den Ohren. Im Vergleich zu dem hier war das kleine Studio in Monterey ein Witz. Durch ein Fenster konnte ich David sehen, der mit geschlossenen Augen, völlig in die Musik versunken, Gitarre spielte. Auch er trug Kopfhörer.

»Hey«, sprach Jimmy mich leise an. Ich hatte nicht bemerkt, dass die anderen Bandmitglieder ebenfalls anwesend waren. Sie warteten auf einem Sofa hinter mir auf ihren Einsatz.

»Hi, Jimmy.«

Er lächelte etwas gequält. Der gewohnte Anzug fehlte, ebenso die stecknadelkopfgroßen Pupillen. »Schön, dass du da bist.«

»Danke.« Ich war unsicher, ob es angebracht wäre, ihn auf den Entzug anzusprechen. Sollte ich mich nach seinem Gesundheitszustand erkundigen, oder das Thema lieber unter den Tisch fallen lassen? »Und auch danke dafür, dass du Martha angerufen hast.«

»Sie war also bei dir, um mit dir zu reden? Gut. Das freut mich.« Er steckte die Hände in die Taschen seiner schwarzen Jeans. »Das war das Mindeste, was ich für dich tun konnte. Ev, es tut mir leid, wie unsere bisherigen Begegnungen verlaufen sind. Ich war nicht … wo ich sein sollte. Ich hoffe, wir können noch mal von vorn beginnen.«

Jetzt, da er nicht mehr unter Drogen stand, war seine Ähnlichkeit mit David deutlicher erkennbar. Doch seine blauen Augen und sein Lächeln übten nicht die Wirkung auf mich aus wie Davids. Das vermochte niemand sonst. Nicht in fünf Jahren und nicht in fünfzig. Zum ersten Mal nach langer Zeit konnte ich das nun akzeptieren. Und es war in Ordnung für mich. Heute kam mir wirklich eine Erleuchtung nach der anderen.

Jimmy wartete geduldig darauf, dass ich aus meinen Gedanken wieder auftauchte und etwas erwiderte. Als ich das nicht tat, fuhr er fort: »Ich hatte noch nie zuvor eine Schwägerin.«

»Und ich bisher noch keinen Schwager.«

»Ach nein? Also, wir können uns in vielerlei Hinsicht als durchaus nützlich erweisen. Warte nur ab, du wirst schon sehen.«

Ich lächelte, er ebenfalls, diesmal viel entspannter.

Ben saß in der Ecke des dunklen Ledersofas und unterhielt sich mit Mal. Mal nickte mir zu. Ich erwiderte seinen Gruß auf die gleiche Weise. Ben bedachte mich lediglich mit einem nervösen Blick. Er war genauso groß und beeindruckend wie in meiner Erinnerung, doch ich hatte den Eindruck, dass er sich heute mehr vor mir fürchtete als ich vor ihm. Ich nickte ihm ebenfalls zur Begrüßung zu und er erwiderte es mit einem verkniffenen Lächeln. Durch das Gespräch mit Martha konnte ich sein Verhalten an jenem Abend nun etwas besser nachvollziehen. Wir würden sicherlich niemals gute Freunde werden, doch David zuliebe konnten wir uns zumindest miteinander arrangieren.

Das Gitarrensolo brach ab. Ich drehte mich um. David zog sich gerade den Kopfhörer herunter und sah dabei zu mir herüber. Dann legte er die Gitarre ab und verließ die Kabine.

»Hey.« Er kam auf mich zu. »Alles okay?«

»Ja. Können wir reden?«

»Klar.« Er bedeutete mir, mit ihm zurück in die Kabine zu gehen. »Wird nicht lange dauern, Jack.«

Der Mann am Mischpult nickte und drehte an einigen Knöpfen, vermutlich um das Mikrofon auszuschalten. Die Unterbrechung schien ihn nicht sonderlich zu stören. Überall standen Mikrofone und Instrumente herum. Es herrschte organisiertes Chaos. Wir beide stellten uns in eine Ecke außer Sichtweite der anderen.

»Martha war bei mir«, berichtete ich, nachdem er die Tür hinter uns geschlossen hatte. Er baute sich vor mir auf, verdrängte alles andere. Ich lehnte mich mit dem Rücken an die Wand und sah zu ihm auf. Noch immer war ich ein wenig außer Atem. Mein Puls hatte sich nach dem Sprint inzwischen wieder normalisiert. Doch damit war es nun vorbei, denn jetzt war er hier, mir so verdammt nahe. Ich verschränkte hastig die Hände hinter dem Rücken, bevor sie noch von sich aus anfingen, ihn zu begrabbeln.

David legte die Stirn in Falten, wie er es so häufig tat. »Martha?«

»Ist schon okay«, beeilte ich mich zu erklären. »Na ja, sie war entzückend wie üblich, aber immerhin haben wir miteinander geredet.«

»Worüber?«

»Hauptsächlich über euch beide. Sie hat mir Dinge erzählt, die mich nachdenklich gemacht haben. Hast du heute Abend schon etwas vor?«

»Nein.« Es klang ein wenig verwundert. »Möchtest du denn etwas mit mir unternehmen?«

»Ja.« Ich nickte. »Als ich heute Morgen aufwachte und du nicht mehr da warst, da habe ich dich vermisst. Im vergangenen Monat hast du mir häufig gefehlt. Ich glaube, das habe ich dir bisher noch nicht verraten.«

Er stieß den Atem aus. »Nein ... Nein, das hast du nicht. Ich habe dich auch vermisst. Tut mir leid, dass ich heute früh nicht bei dir sein konnte.«

»Ein anderes Mal.«

»Ganz bestimmt.« Er trat näher, bis die Spitzen seiner Stiefel meine Schuhe berührten. Noch nie hatte ich mich mehr darüber gefreut, dass mir jemand ungebührlich dicht auf die Pelle rückte. »Ich wäre gern da gewesen, als du aufgewacht bist, aber ich hatte versprochen, in aller Frühe im Studio zu sein.«

»Du hast mir gar nicht verraten, dass die Band zu Aufnahmen hier ist.«

»Wir beide hatten drängendere Probleme. Ich dachte, das könnte warten.«

»Richtig. Das stimmt.« Ich starrte die Wand neben mir an und versuchte, Ordnung in meine Gedanken zu bringen. Nach einer langen, trägen und schmerzhaften Durststrecke schien nun plötzlich alles auf einmal zu passieren.

»Was heute Abend angeht, Ev ...«

»Oh, ich esse bei meinen Eltern zu Abend.«

»Bin ich eingeladen?«

»Ja«, sagte ich. »Ja, das bist du.«

»Okay. Toll.«

»Hast du wirklich ein Haus in Portland gekauft?«

»Eine Eigentumswohnung mit drei Schlafzimmern, ein paar Blocks von hier entfernt. So liegt sie nahe bei deiner Arbeitsstelle und nicht allzu weit vom College entfernt ... Na ja, nur für den Fall. Man weiß ja nie.« Er studierte aufmerksam mein Gesicht. »Möchtest du sie dir ansehen?«

»Wow.« Ich wechselte abrupt das Thema, um ein wenig Zeit zu gewinnen. »Ähm, Jimmy sieht gut aus.«

Er legte lächelnd die Hände an meine Wangen, rückte dicht zu mir auf. »Ja, er erholt sich. Die Luftveränderung tut uns allen gut. Anscheinend bin ich nicht der Einzige gewesen, der Abstand von den blasierten Idioten in L. A. brauchte. Seit Jahren haben wir nicht mehr so gute Musik produziert. Endlich können wir uns wieder auf die wirklich wichtigen Dinge konzentrieren.«

»Das ist klasse.«

»Also Baby, was hat Martha dir erzählt?«

Der Kosename weckte vertraute, wohlige Empfindungen. Ich bekam fast weiche Knie, so sehr freute ich mich. »Nun ja, wir haben über dich gesprochen.«

»Das erwähntest du bereits.«

»Ich glaube, ich muss die Bedeutung ihrer Worte erst noch vollständig erfassen.«

Er nickte bedächtig und beugte sich so dicht zu mir, dass sich unsere Nasen fast berührten. Wie wundervoll intim es sich anfühlte, seinen Atem auf meinem Gesicht zu spüren. Die Sehnsucht nach seiner Nähe war die ganze Zeit über da gewesen, egal, wie sehr ich mich auch bemüht hatte, sie zu verdrängen. Liebe und Liebeskummer machten einen unfassbar blöd und so verzweifelt, dass man sich lauter Blödsinn einzureden versuchte, um sie zu überstehen – in der Hoffnung, dass man eines schönen Tages auch daran glaubte.

»Verstehe. Kann ich dir dabei irgendwie helfen?«

»Nein. Ich denke, ich wollte mich nur davon überzeugen, dass du tatsächlich hier bist.«

»Ich bin hier.«

»Ja.«

»Daran wird sich nichts ändern, Evelyn.«

»Nein. Ich glaube, das habe ich inzwischen kapiert. Manchmal bin ich in solchen Dingen ein bisschen schwer von Begriff. Ich war mir nur nicht sicher, du weißt schon, nach allem, was vorgefallen ist. Aber ich liebe dich noch immer.« Aha, es war also wieder so weit, dass ich jeden Blödsinn, der mir in den Sinn kam, gleich laut herausposaunte. Doch David gegenüber war das nicht schlimm. Bei ihm fühlte ich mich sicher. »Das tue ich wirklich.«

»Ich weiß, Baby. Damit stellt sich die Frage, wann du zu mir zurückkommen wirst.«

»Weißt du, das ist eine ziemlich bedeutsame Entscheidung. Als es das letzte Mal in die Brüche gegangen ist, hat es so unendlich wehgetan.«

Er nickte bedrückt. »Du hast mich verlassen … Ich glaube, das war das Schlimmste, was ich je erlebt habe.«

»Ich musste gehen, aber … Ich glaube, ein Teil von mir wollte, dass du so sehr leidest, wie ich deinetwegen leiden musste.« Ich sehnte mich danach, seine Hand zu halten, doch ich brachte es nicht fertig. »Ich möchte nicht so rachsüchtig sein. Nicht dir gegenüber. Niemals wieder.«

»In jener Nacht habe ich dir furchtbare Sachen an den Kopf geworfen. Wir waren beide verletzt. Das Beste wäre, wir vergeben einander und lassen diese Geschichte hinter uns.«

»Du hast doch keinen Song darüber geschrieben, oder?«

Er wandte den Blick ab.

»Nein! David!« Ich war entsetzt. »Das darfst du nicht. Diese Nacht war so grauenvoll.«

»Wenn ich es doch getan hätte, wie sauer wärest du dann auf einer Skala von eins bis zehn?«

»Auf der die Eins für Scheidung steht?«

Er schob den Unterkörper dichter an mich heran, platzierte seine Füße zwischen meinen. Nur Millimeter trennten uns noch. Wenn er so weitermachte, käme ich überhaupt nicht mehr zu Atem. Nie im Leben.

»Nein«, sagte er sanft. »Du kannst dich nicht mal an unsere Hochzeit erinnern. Damit stehen auch eine Scheidung oder Annullierung nicht zur Debatte. Das taten sie nie. Im vergangenen Monat haben die Anwälte auf meine Anweisung hin nur Geschäftigkeit vorgeschützt, damit ich in Ruhe über alles nachdenken konnte. Habe ich etwa versäumt, das zu erwähnen?«

»Ja, allerdings.« Ich musste grinsen. »Für was steht die Eins auf der Skala dann?«

»Eins ist gleichwertig mit dem Hier und Jetzt, damit, dass wir getrennt und ohne einander todunglücklich sind.«

»Ziemlich schrecklich.«

»Genau«, stimmte er zu.

»Ist der Song ein wichtiger Track auf dem Album, oder schiebst du ihn unauffällig ein und hoffst, dass ihn niemand großartig beachtet? Er erscheint nur auf der B-Seite, oder? Wird nicht in der Titelliste aufgeführt und ist ganz am Ende des Albums versteckt.«

»Mutmaßen wir einmal, dass wir bereits erwogen haben, den Titel eines dieser Songs als Albumtitel zu verwenden.«

»Eines dieser Songs? Wie viele Stücke auf diesem angeblich brillanten Album handeln denn von uns?«

»Ich liebe dich.«

»David.« Obwohl ich meine spöttische Verärgerung aufrechterhalten wollte, schaffte ich es nicht. Mir fehlte die Kraft dazu.

»Kannst du mir vertrauen?«, fragte er plötzlich sehr ernst. »Du musst mir wieder dein Vertrauen schenken. Nicht nur in Hinsicht auf die Songs. Es macht mich völlig fertig, dich permanent so angespannt und bekümmert zu erleben.«

»Ich weiß.« Ich runzelte die Stirn und verknotete nervös die Finger hinter meinem Rücken. »Ich arbeite daran. Und ich werde mich schon mit den Liedern anfreunden. Ganz sicher. Die Musik ist ein wichtiger Teil deines Lebens und es ist ein großes Kompliment für mich, dass ich dir so viel bedeute. Ich habe das eben nicht ganz ernst gemeint.«

»Ich weiß. Übrigens handeln nicht alle Texte von unserer Trennung.«

»Nicht?«

»Nein.«

»Gut. Freut mich.«

»Mm.«

Ich befeuchtete meine Lippen. Er verfolgte es aufmerksam. Ich wartete darauf, dass er sich zu mir beugen und mich küssen würde. Doch er tat es nicht und ich startete auch keinen Versuch. Irgendwie wäre es falsch gewesen, diesen Kuss zu überstürzen. Er musste perfekt werden. Wenn alles zwischen uns wieder im Lot war. Und niemand im Nebenraum auf uns wartete. Trotzdem wäre ich am liebsten den ganzen Tag hiergeblieben, dicht bei ihm, mit seiner tiefen Stimme in meinem Ohr. Doch höchstwahrscheinlich wunderte Ruby sich inzwischen schon, wo ich blieb. Außerdem musste ich vor meiner Rückkehr noch eine kleine Besorgung machen.

»Ich sollte jetzt besser wieder an die Arbeit gehen.«

»Richtig.« Er zog sich langsam zurück. »Wann kann ich dich heute Abend abholen?«

»Ähm, so gegen sieben Uhr?«

»Klingt gut.« Ein Schatten huschte über sein Gesicht. »Ob deine Eltern mich mögen werden?«

Ich holte tief Luft, atmete wieder aus. »Ich weiß es nicht. Ist auch nicht von Bedeutung. Ich mag dich.«

»Ach ja?«

Ich nickte.

Seine Augen strahlten. Es war, als ginge die Sonne auf. Meine Knie schlotterten und mein Herz hüpfte. Ihn so zu sehen war umwerfend und wunderschön und perfekt.

»Das ist alles, was zählt«, sagte er.

21

Meine Eltern mochten ihn nicht. Während des Essens ignorierten sie ihn die meiste Zeit schlichtweg. Jedes Mal, wenn sie ihn einfach übergingen, setzte ich zu einer Beschwerde an, und jedes Mal stoppte mich David, indem er mich unter dem Tisch mit dem Fuß anstieß und sacht den Kopf schüttelte. Ich kochte vor mich hin, meine Wut steigerte sich minütlich. Obwohl sich Lauren redlich bemühte, das betretene Schweigen zu unterbrechen, herrschte am Tisch eine unbehagliche Stimmung.

David für seinen Teil hatte alles getan, um einen guten Eindruck zu erwecken. Er trug ein graues Hemd mit langen Ärmeln, die seine Tattoos verbargen. Schwarze Jeans und einfache schwarze Stiefel komplettierten seine Treffen-mit-den-Eltern-Garderobe. Beeindruckend angesichts der Tatsache, dass er sich sonst nicht einmal für einen Ballsaal voller Hollywoodpromis so schick machte. Selbst sein Haar hatte er gebändigt und zu einer Art James-Dean-Frisur gegelt – ein Look, der mir sicher bei den meisten Männern nicht gefallen hätte. Doch David war nicht irgendein Mann und trotz der verblassenden Blutergüsse unter den Augen sah er einfach zum Anbeißen aus. Die elegante Art, wie er mit dem grottenschlechten Benehmen meiner Eltern umging, bestätigte mich nur noch mehr in meinem Glauben an ihn, in meinem Stolz darauf, dass er ausgerechnet mich dazu auserwählt hatte, an seiner Seite zu sein. Aber zurück zum Tischgespräch.

Lauren hielt gerade einen ausführlichen Vortrag über die Kurse, die sie im kommenden Semester belegen wollte. Mein

Vater nickte, hörte zu und stellte alle zu erwartenden Fragen. Nicht im Traum hätten meine Eltern damit gerechnet, dass sich Nate eines Tages in sie verlieben würde. Doch sie freuten sich sehr, denn Lauren gehörte schon seit Langem quasi zur Familie. Nicht nur das, durch sie schienen die beiden ihren Sohn plötzlich in einem ganz neuen Licht zu sehen, registrierten mit einem Mal, wie sehr er sich verändert hatte. Während Lauren von seiner Arbeit und seinen Fähigkeiten berichtete, lauschten sie aufmerksam.

David saß mir am Tisch zwar nur gegenüber, doch ich vermisste ihn trotzdem. Es gab so vieles, worüber wir reden mussten, dass ich gar nicht wusste, womit ich anfangen sollte. Aber hatten wir das Wichtigste nicht sowieso schon geklärt? Wo lag dann das Problem? Mich beschlich das merkwürdige Gefühl, dass etwas nicht stimmte, dass mir die Situation aus den Händen glitt. David war nach Portland gezogen. Alles würde gut werden. Doch so war es nicht. Bald würden meine Kurse wieder beginnen. Der Plan hing bedrohlich über meinem Kopf, weil ich es zuließ.

»Ev? Ist etwas nicht in Ordnung?« Mein Vater thronte mit sorgenvoller Miene am Kopf der Tafel.

»Nein, Dad«, erwiderte ich und lächelte mit zusammengebissenen Zähnen. Meine Eltern hatten mit keiner Silbe erwähnt, dass ich mitten in unserem Telefongespräch aufgelegt hatte. Wahrscheinlich schrieben sie es dem sinnlosen Zorn ihres kleinen, von Liebeskummer geplagten Mädchens oder etwas Vergleichbarem zu.

Mein Dad musterte missbilligend zuerst mich und dann David. »Nächste Woche beginnt für meine Tochter wieder das College.«

»Oh ja«, erwiderte David, »Sie hat es mir gegenüber erwähnt, Mr Thomas.«

Mein Vater betrachtete David durchdringend über den Rand seiner Brille hinweg. »Ihr Studium ist von großer Wichtigkeit.« Ich begriff, welch grausames Spiel hier plötzlich gespielt wurde, und geriet in Panik. »Dad. Hör auf.«

»Ja, Mr Thomas«, sagte David. »Ich beabsichtige nicht, ihr Studium zu stören.«

»Gut.« Mein Vater legte die Fingerspitzen aneinander und setzte zu einer Belehrung an. »Tatsache ist jedoch, dass junge Frauen, die glauben, verliebt zu sein, die Tendenz zeigen, nicht mehr nachzudenken.«

»Dad –«

Mein Vater brachte mich mit einem Handzeichen zum Schweigen. »Schon seit sie ein kleines Mädchen war, wollte sie Architektin werden.«

»Okay. Nein.«

»Was, wenn Sie auf Tournee gehen, David?«, bohrte mein Vater trotz meines Einwurfs weiter. »Was Sie zweifellos tun werden. Erwarten Sie, dass sie alles stehen und liegen lässt und Ihnen folgt?«

»Das hat Ihre Tochter zu entscheiden, Sir. Ich beabsichtige nicht, sie in irgendeiner Hinsicht dazu zu zwingen, sich zwischen mir und dem Studium zu entscheiden. Was immer sie auch tun möchte, ich werde sie dabei unterstützen.«

»Sie möchte Architektin werden«, stellte mein Dad in einem Ton klar, der keine Widerrede duldete. »Diese Beziehung ist sie bereits teuer zu stehen gekommen. Aufgrund der irrwitzigen Vorkommnisse konnte sie ein wichtiges Praktikum nicht antreten. Das bedeutet einen beträchtlichen Rückschritt für sie.«

Ich stieß mich vom Tisch ab und stand auf. »Das genügt.«

Dad durchbohrte mich mit dem gleichen finsteren Blick, mit dem er auch David bedacht hatte, sah mich feindselig und abweisend an, als erkenne er mich nicht wieder.

»Ich werde nicht zulassen, dass du dir *seinetwegen* die Zukunft verbaust«, polterte er.

»Seinetwegen?«, fragte ich, schockiert über seinen Tonfall. Schon den ganzen Abend brodelte in mir angestauter Zorn. Kein Wunder, dass ich das Essen kaum angerührt hatte. »Du meinst die Person, die ihr beide schon seit einer Stunde mit bodenloser Unhöflichkeit straft? David ist der Letzte, der von mir erwarten würde, dass ich etwas, was mir viel bedeutet, einfach wegwerfe.«

»Wenn du ihm wirklich etwas bedeuten würdest, dann würde er aus deinem Leben verschwinden. Überleg doch nur, welchen Schaden er bereits angerichtet hat.« Mein Vater hatte sich ebenfalls erhoben. Auf seiner Stirn puckerte ein erhabenes Blutgefäß. Die anderen verfolgten sprachlos das Schauspiel. Es ließ sich nicht verleugnen, dass ich in meinem bisherigen Leben fast immer klein beigegeben hatte. Doch nur bei Dingen, die nicht von Bedeutung gewesen waren. Nicht wirklich. Das hier war etwas anderes.

»Du irrst dich.«

»Du hast den Verstand verloren«, fauchte mein Vater und zeigte mit dem Finger auf mich.

»Nein«, widersprach ich ihm. Dann drehte ich mich um und sagte meinem Ehemann genau das, was ich ihm schon längst hätte sagen sollen. »Nein, das habe ich nicht. Ich bin nur das verflucht noch mal glücklichste Mädchen auf der ganzen Welt.«

Davids Lächeln ließ seine Augen leuchten. Er sog die Unterlippe ein und bemühte sich sehr, sich nicht vom Zorn meiner Eltern einschüchtern zu lassen.

»Genau das bin ich.« Tränen traten mir in die Augen, doch diesmal störte es mich zur Abwechslung nicht.

David stieß seinen Stuhl zurück, stand auf und sah mich über den Tisch hinweg an. Die Verheißung von bedingungsloser Liebe und Beistand, die ich in seinen Augen las, war mir Antwort genug. Und in diesem einen perfekten Augenblick begriff ich, dass alles gut werden würde. Zwischen uns beiden war alles gut. Das würde es immer sein, wenn wir nur zusammenhielten. Ich verspürte keinerlei Zweifel mehr. David ging schweigend um den Tisch herum und stellte sich neben mich.

Wie meine Eltern uns ansahen ... Wow. Sie hatten ja schon immer dafür plädiert, ein Pflaster mit einem Ruck abzuziehen, um es schnell hinter sich zu bringen. Und genau das tat ich auch.

»Ich möchte keine Architektin werden.« Wie unglaublich erleichternd, es endlich laut auszusprechen. Ich war mir nicht ganz sicher, aber ich hatte das Gefühl, dass meine Knie schlotterten. Doch ich würde nicht mehr klein beigeben. David nahm meine Hand und drückte sie.

Mein Vater zwinkerte irritiert. »Das meinst du nicht wirklich so.«

»Tut mir leid, aber das tue ich. Es war dein Traum, Dad, nicht meiner. Ich hätte mich niemals darauf einlassen sollen. Das war mein Fehler und ich bedaure ihn.«

»Was hast du denn vor?«, erhob meine Mutter die Stimme. »Kaffee kochen?«

»Ja.«

»Das ist doch lächerlich. Das ganze Geld, das wir investiert haben –« Moms Augen blitzten vor Wut.

»Ich zahle es zurück.«

»Unsinn.« Mein Vater war blass geworden. »Das tust du nur seinetwegen.«

»Nein, nur meinetwegen. David hat mich lediglich dazu angeregt, mich zu fragen, was ich wirklich will. Er hat in mir den Wunsch geweckt, ein besserer Mensch zu werden. Dass ich so lange gelogen habe, versucht habe, mich in deinen Plan einzufügen ... Das war falsch von mir.«

Mein Vater funkelte mich an. »Ich glaube, du solltest jetzt gehen, Evelyn. Denk noch einmal genau über alles nach. Wir besprechen das später.«

Das würden wir fraglos, aber ändern würde sich dadurch nichts. Ich war wohl erst einmal nicht mehr das liebe, brave Mädchen.

»Du hast vergessen, ihr zu versichern, dass du sie immer lieben wirst, egal, wie ihre Entscheidung ausfällt.« Nathan erhob sich und zog für Lauren den Stuhl zurück. Er sah meinen Vater grimmig an. »Wir sollten besser auch gehen.«

»Das weiß sie doch.« Mein Vater stand verwirrt am Kopfende des Tisches.

Nate grunzte verächtlich. »Nein, sie weiß es nicht. Warum hat sie sich denn all die Jahre gefügt, was glaubst du?«

Mom rang die Hände.

»Das ist lachhaft«, geiferte Dad.

»Nein, er hat recht damit«, meldete ich mich zu Wort. »Aber jeder muss wohl früher oder später erwachsen werden.«

Dads Blick wurde noch kälter. »Erwachsen zu sein hat nichts damit zu tun, sich seinen Verpflichtungen zu entziehen.«

»Ich bin nicht dazu verpflichtet, in deine Fußstapfen zu treten«, hielt ich dagegen. Die Zeiten, in denen ich mich vor ihm geduckt hatte, waren vorbei. »Ich kann nicht du sein. Ich bedaure, dass mich diese Erkenntnis so viele Jahre und euch so viel Geld gekostet hat.«

»Wir wollen doch nur dein Bestes«, beteuerte meine Mutter aufgewühlt.

»Das ist mir bewusst. Aber was das Beste für mich ist, entscheide ich ab sofort selbst.« Ich wandte mich wieder meinem Mann zu, hielt seine Hand ganz fest. »Und mein Ehemann wird nicht aus meinem Leben verschwinden. Damit müsst ihr euch abfinden.«

Nate ging um den Tisch herum, um Mom einen Kuss zu geben. »Danke fürs Abendessen.«

»Eines Tages«, verkündete sie, wobei sie abwechselnd ihn und mich ansah, »wenn ihr selbst Kinder habt, dann werdet ihr verstehen, wie schwer das ist.«

Ein gutes Schlusswort. Mein Dad schüttelte weiterhin unablässig den Kopf und schnaubte ärgerlich. Ich fühlte mich schuldig, weil ich die beiden so enttäuscht hatte, jedoch nicht schuldig genug, um wieder in alte Verhaltensmuster zu verfallen. Ich hatte nun eine gewisse Reife erlangt, durch die ich begriff, dass meine Eltern auch nur Menschen waren. Sie waren weder perfekt noch allmächtig, sondern ebenso fehlbar wie ich. Zu entscheiden, was für mich richtig oder falsch wäre, war nur meine Aufgabe.

Ich nahm meine Handtasche. Zeit, aufzubrechen.

David nickte meinen Eltern noch einmal zu, bevor er mich nach draußen eskortierte. Am Bordstein wartete ein elegantes neues silberfarbenes Lexus Hybridfahrzeug – ein Wagen von benutzerfreundlicher Größe und keiner von den dicken SUVs, die Sam und die anderen Bodyguards fuhren. Nate und Lauren stiegen in ihren Wagen ein. Wir sprachen kaum ein Wort. Mom und Dad standen an der Eingangstür, nur dunkle Silhouetten im Licht, das aus dem Haus fiel. David öffnete die Tür für mich und ich setzte mich auf den Beifahrersitz.

»Es tut mir leid, dass mein Vater sich so aufgeführt hat. Bist du jetzt sauer?«

»Nein.« Er schloss meine Tür und stieg auf der Fahrerseite ein.

»Nein? Das ist alles?«

Er zuckte lediglich mit den Schultern. »Er ist dein Dad. Da ist es doch verständlich, dass er besorgt um dich ist.«

»Ich hätte eher damit gerechnet, dass du irgendwann genug von dieser Tragödie hättest und die Flucht ergreifen würdest.«

Er betätigte den Blinker und fuhr auf die Straße. »Hast du das tatsächlich erwartet?«

»Nein. Tut mir leid, es war dumm von mir, so etwas zu sagen.« Draußen vorm Fenster zog mein altes Viertel an uns vorüber, der Park, in dem ich gespielt hatte, mein früherer Schulweg. »Jetzt bin ich also eine College-Abbrecherin.«

Er warf mir einen schwer zu deutenden Seitenblick zu. »Wie fühlst du dich dabei?«

»Herrje, ich weiß nicht recht.« Ich schüttelte meine Hände, rieb sie aneinander. »Kribbelig. Meine Zehen und Hände kribbeln jedenfalls. Ich weiß nicht, was ich da gerade getan habe.«

»Und weißt du denn, was du jetzt tun willst?«

»Nein. Eigentlich nicht.«

»Aber du bist dir zumindest sicher, was du nicht willst, oder?«

»Ja«, antwortete ich fest.

»Das ist doch schon mal ein guter Anfang.«

Am Himmel hing der Vollmond, die Sterne funkelten unermüdlich – und ich hatte gerade mein gesamtes Leben auf den Kopf gestellt. Schon wieder. »Du bist jetzt offiziell mit einer College-Abbrecherin verheiratet, die ihren Lebensunterhalt mit Kaffeekochen verdient. Stört dich das?«

David setzte seufzend den Blinker und hielt vor einer Reihe adretter Vorstadthäuser an. Dann ergriff er mit beiden Händen meine Hand und drückte sie sanft. »Würde es dich stören, wenn ich aus der Band aussteigen würde?«

»Selbstverständlich nicht. Das ist deine Entscheidung.«

»Was würdest du sagen, wenn ich all mein Geld verschenken würde?«

Ich zuckte mit den Schultern. »Du hast das Geld verdient, also kannst du darüber entscheiden. Dann müsstest du wohl bei mir einziehen. Aber ich sage dir lieber gleich, dass unsere Wohnung ziemlich klein ausfallen wird, wenn uns nur mein Gehalt zur Verfügung steht. Winzig. Nur, damit du Bescheid weißt.«

»Aber du würdest mich trotz allem bei dir aufnehmen?«

»Keine Frage.« Ich legte meine Hand auf seine, denn ich musste mir ein wenig von seiner Stärke abzapfen. »Danke, dass du heute Abend für mich da warst.«

Unter seinen makellosen blauen Augen zeichneten sich zarte Fältchen ab. »Ich habe doch kein Wort gesagt.«

»Das musstest du auch nicht.«

»Du hast mich deinen Ehemann genannt.«

Ich nickte, denn ich spürte einen Kloß in der Kehle.

»Ich habe dich heute im Studio nicht geküsst, weil ich den Eindruck hatte, dass noch zu viel zwischen uns im Ungewissen ist. Es kam mir nicht richtig vor. Aber jetzt möchte ich dich gern küssen.«

»Bitte.«

Er beugte sich zu mir. Ich kam ihm entgegen. Sein Mund berührte meinen, seine Lippen so warm und fest und vertraut. Die einzigen Lippen, die ich wollte, nach denen ich mich sehnte. Er legte die Hände um mein Gesicht, hielt mich fest. Dieser Kuss war so köstlich und perfekt. Er barg ein Versprechen. Eines, das diesmal nicht gebrochen werden würde. Wir hatten beide aus unseren Fehlern gelernt und würden das auch noch unser ganzes Leben lang tun. So war die Ehe.

Er schob die Hände in mein Haar. Ich strich mit der Zunge über seine. Ich brauchte seinen Geschmack wie die Luft zum Atmen. Seine Hände auf meiner Haut zu spüren weckte in mir Vorfreude auf all das, was noch kommen würde. Was als Versprechen begonnen hatte, verwandelte sich mit Lichtgeschwindigkeit in mehr. Meine Güte, dieses Stöhnen, das aus seiner Kehle drang – ich wollte es für den Rest meines Lebens hören.

Ich zerrte an seinem T-Shirt, zog ihn näher zu mir. Wir hatten einiges nachzuholen.

»Wir müssen aufhören«, flüsterte er.

»Ach ja?«, fragte ich zwischen zwei keuchenden Atemzügen.

»Leider.« Er rieb seine Nase schmunzelnd an meiner. »Bald, mein verflucht noch mal glücklichstes Mädchen auf der ganzen Welt. Bald. Musstest du eigentlich unbedingt so fluchen?«

»Ja, das war nötig.«

»Deine Eltern wären fast aus den Latschen gekippt.«

»Es tut mir so leid, wie sie dich behandelt haben.« Ich strich mit den Fingerspitzen durch die kurzen, dunklen Haarstoppeln über seinem Ohr.

»Damit komme ich schon klar.«

»Das solltest du aber nicht müssen. Und du wirst es auch nicht mehr müssen. Ich werde nicht tatenlos mit ansehen, wie –«

Er beendete meine Tirade mit einem Kuss. Natürlich klappte das hervorragend. Seine Zunge spielte aufreizend an meinen Zähnen. Ich öffnete meinen Gurt und kroch auf seinen Schoß. Ich musste ihm nahe sein. Niemand küsste so wie David. Seine Hände stahlen sich unter mein Top, streichelten meine Brüste. Seine Daumen rieben aufreizend über meine Brustwarzen. Die Armen waren so hart, dass es wehtat. Apropos: Ich konnte deutlich Davids Erektion spüren, die sich gegen meinen Schoß presste. Wir ließen erst voneinander ab, als ein mit Kindern voll besetztes Auto wild hupend an uns vorbeirauschte. Anscheinend war trotz der beschlagenen Autoscheiben von der Straße aus sehr gut zu sehen, was wir trieben. Spitze.

»Bald«, hauchte er heiser an meinem Nacken. »Scheiße, es ist so toll, mal wieder mit dir allein zu sein. So intensiv. Und ich bin stolz darauf, wie du vorhin Stellung bezogen hast. Das hast du gut gemacht.«

»Danke. Glaubst du, dass Mom recht damit hatte, dass wir alles verstehen werden, wenn wir erst einmal selbst Kinder haben?«

Er sah zu mir auf. Sein wunderschönes Gesicht und der ernste Blick aus seinen blauen Augen waren mir so vertraut, dass ich beinahe geweint hätte.

»Wir haben bisher nie über Kinder gesprochen«, meinte er. »Möchtest du denn welche?«

»Eines Tages. Und du?«

»Ja, eines Tages. Nachdem wir ein paar Jahre unsere Zweisamkeit genossen haben.«

»Klingt gut. Zeigst du mir noch deine Wohnung?«

»*Unsere*. Aber sicher.«

»Mit den Händen unter meinem Oberteil wirst du uns aber kaum dorthin fahren können.«

»Mm. Schade.« Er drückte meine Brüste noch einmal, ehe er die Hände unter meinem Top hervorzog. »Und du wirst dich wieder in deinen Sitz setzen müssen.«

»Okey-dokey.«

Er stützte meine Hüften ab und half mir, zurück auf die Beifahrerseite zu klettern. Während ich mich wieder anschnallte, holte er tief Luft. Beim Versuch, eine bequeme Sitzposition zu finden, zuckte er zusammen. »Du bist wirklich eine Plage.«

»Ich? Was habe ich denn getan?«

»Das weißt du ganz genau«, meckerte er und fuhr zurück auf die Straße.

»Keine Ahnung, wovon du redest.«

»Komm mir nicht so«, schimpfte er und kniff die Augen zusammen. »Du hast es in Vegas getan, genauso wie in Monterey und L. A. Und jetzt auch noch in Portland. Mit dir kann man nirgendwohin gehen.«

»Du spielst doch nicht etwa auf die Beule in deiner Hose an? Was habe ich denn damit zu schaffen, wie du auf mich reagierst, Freundchen? Das ist allein dein Problem.«

Er lachte auf. »Ich hatte meine Reaktion auf dich noch nie unter Kontrolle. Kein einziges Mal.«

»Hast du mich deshalb geheiratet? Weil du mir hilflos ausgeliefert warst?«

»Glaub mir, deinetwegen schlottere ich vor Angst.« Das Lächeln, das seine Worte begleitete, ließ mich schlottern, jedoch nicht aus Angst. »Aber ich habe dich geheiratet, weil du mir die Richtige zu sein schienst. Das mit uns beiden, das ist das Richtige. Wir sind zusammen viel besser dran als getrennt. Ist dir das schon aufgefallen?«

»Ja, das ist mir tatsächlich aufgefallen.«

»Gut.« Er streichelte über meinen Wangenknochen. »Wir müssen nach Hause fahren. Auf der Stelle.«

Ich bin mir ziemlich sicher, dass er auf dem Weg dorthin mehr als einmal die Geschwindigkeitsbegrenzung überschritt. Die Wohnung lag ein paar Blocks von Rubys Café entfernt, in einem großen alten Backsteingebäude. Die gläserne Eingangstür war mit gemeißelten steinernen Jugendstilornamenten verziert. Nachdem David einen Code eingetippt hatte, führte er mich in die mit Marmor ausgekleidete Lobby. In einer Ecke thronte eine Skulptur, die aus Treibholz gefertigt zu sein schien. An den Decken hingen diskrete Überwachungskameras. Ich hatte jedoch kaum Gelegenheit, mich umzusehen, denn David marschierte ungeduldig weiter. Um mit ihm mitzuhalten, musste ich beinahe rennen,

»Komm schon«, drängte er und zog mich hinter sich in den Aufzug.

»Das ist alles äußerst beeindruckend.«

Er drückte den Knopf für das oberste Stockwerk. »Warte

erst mal, bis du unsere Wohnung siehst. Du ziehst doch jetzt bei mir ein, oder?«

»Jawohl.«

»Ach übrigens, wir haben derzeit Besucher. Nur solange wir das Album aufnehmen. Vermutlich für ein paar Wochen.« Die Lifttüren glitten auf und wir betraten den Korridor – worauf David mir die Handtasche abnahm, sich bückte, die Schulter an meinen Bauch legte und mich auf seine Schulter hob. »So.«

»Hey«, kreischte ich.

»Ich halte dich. Jetzt wirst du noch einmal über die Schwelle getragen.«

»David, ich habe einen Rock an.« Er reichte mir zwar fast bis zu den Knien, aber trotzdem wollte ich nach Möglichkeit vermeiden, seinen Gästen und Bandkumpels zu tiefe Einblicke zu gewähren.

»Das habe ich bemerkt. Habe ich dir dafür eigentlich schon gedankt? Es ist wirklich nett von dir, mir so unkomplizierten Zugang zu gewähren.« Die Sohlen seiner schwarzen Stiefel schlugen dumpf auf den Marmorfußboden. Ich nutzte die Gelegenheit, seinen Hintern zu packen, einfach nur, weil ich das offiziell durfte. Mein Leben war einfach verdammt großartig.

»Du trägst keine Unterwäsche«, teilte ich ihm mit.

»Ach ja?«

Eine Hand betastete meinen Hintern – glücklicherweise über meiner Kleidung.

»Du schon«, stellte er fest. Seine Stimme klang wundervoll tief und kratzig. »Was hast du denn heute ausgesucht, Baby? Fühlt sich nach Baumwollunterhosen an.«

»Ich glaube, die hast du bisher noch nicht zu sehen bekommen.«

»Kann sein. Na ja, das werden wir gleich ändern. Vertrau mir.«

»Das tue ich.«

Ich hörte, wie eine Tür geöffnet wurde. Der Marmor unter mir ging in einen glänzenden, dunkel gebeizten Holzfußboden über. Die Wände waren strahlend weiß. Ganz in der Nähe hörte ich lachende, feixende Männerstimmen. Im Hintergrund lief Musik, Nine Inch Nails vermutlich. Nate hatte bei uns in der Wohnung oft seine Musik gespielt und diese Band mochte er besonders. Die Wohnung war natürlich einfach unglaublich. Ich konnte Stühle aus dunklem Holz und grüne Sofas ausmachen. Von meiner Position aus war das Apartment nicht nur wunderschön, sondern wirkte auch wohnlich. Wie ein Zuhause.

Unser Zuhause.

»Du hast ein Mädchen entführt. Das ist klasse, Davie, aber leider auch illegal. Du wirst es wohl zurückgeben müssen.« Jemand hob mein Haar an. Dann erschien Mal, der sich vor mich hinkniete. »Hallöchen, Kindsbraut. Wo bleibt mein Begrüßungsküsschen?«

»Lass meine Frau in Ruhe, du Wüstling.« David hob einen Stiefel und schubste Mal lässig beiseite. »Such dir selbst eine.«

»Warum zum Teufel sollte ich heiraten wollen? Das ist nur was für Bekloppte wie euch beide. Und so sehr ich euren Irrsinn auch gutheiße, beabsichtige ich nicht, euch nachzueifern.«

»Welche Frau wäre denn auch so blöd, ihn zu nehmen?«, ertönte Jimmys weichere Stimme neben mir. »Hey, Ev.«

»Hi, Jimmy.« Ich nahm eine meiner Hände vom Hosenboden meines Mannes und winkte ihm. »David, muss ich eigentlich die ganze Zeit kopfüber hängen?«

»Ach ja, richtig. Heute ist unser Date-Abend«, verkündete mein Mann.

»Kapiert«, kam es von Mal. »Komm Jimmy, wir sehen mal nach, wo Benny-Boy steckt. Er wollte in diesem japanischen Restaurant einen Happen essen.«

»Geh'n wir.« Jimmys Turnschuhe nahmen Kurs auf die Tür. »Bis später.«

»Bye!« Ich winkte ihm noch einmal.

»Gute Nacht, Evvie.« Mal verschwand ebenfalls. Die Tür schlug zu.

»Endlich allein«, seufzte David und trat in einen lang gezogenen Korridor – während ich noch immer über seiner Schulter hing. »Gefällt es dir hier?«

»Soweit ich sehen kann, ist die Wohnung schön.«

»Das ist gut. Ich zeige dir später den Rest. Eins nach dem anderen. Zuerst einmal muss ich ganz dringend an dieses Höschen kommen.«

»Ich glaube nicht, dass es dir passen wird«, sagte ich kichernd, worauf er mir einen Klaps auf den Po versetzte. Der Schlag traf mich wie ein Blitz, wahrscheinlich weil er so unerwartet kam. »Herrgott, David.«

»Lass dir das eine Warnung sein, Witzbold.« Er bog in das letzte Zimmer am Ende des Flurs ein und trat die Tür zu. Meine Handtasche landete auf einem Sessel. Mich lud er ohne Vorwarnung auf einem breiten Doppelbett ab. Mein Körper hopste von der Matratze hoch und das Blut schoss zurück in meinen Kopf. Mir wurde schwindelig. Ich strich mir das Haar aus dem Gesicht und stützte mich auf die Ellbogen.

»Nicht bewegen«, bat er. Seine Stimme klang kehlig.

Er blieb vor dem Bettende stehen und begann, sich auszuziehen. Der fantastischste Anblick aller Zeiten. Ich würde niemals müde werden, ihm dabei zuzusehen. Als er nach hinten griff, um sich das T-Shirt über den Kopf zu ziehen, dämmerte mir, dass ich nicht das verflucht noch mal glücklichste Mädchen auf der ganzen Welt war – sondern das verflucht noch mal glücklichste Mädchen im ganzen Universum. Das war die Wahrheit. Nicht nur, weil er so unfassbar schön war und ich die

Einzige, die ihn dabei beobachten konnte, wie er aus seinen Kleidern schlüpfte, sondern weil er mich dabei die ganze Zeit unablässig aus verschleierten Augen betrachtete. Ich las Lust in ihnen, aber auch Liebe.

»Du ahnst ja nicht, wie oft ich mir in der vergangenen Woche ausgemalt habe, dass du hier auf diesem Bett liegst.« Er zog Stiefel und Socken aus und warf sie beiseite. »Wie oft ich dich im letzten Monat fast angerufen hätte.«

»Warum hast du es nicht getan?«

»Warum hast *du* es nicht getan?«, konterte er, während er den oberen Knopf seiner Jeans öffnete.

»Fangen wir nicht wieder so an.«

»Nein, nie mehr.« Er kroch aufs Bett. Seine Hände glitten zärtlich über meine Waden. Meine Schuhe flogen davon und schon waren seine Hände unter meinem Rock, schoben ihn immer weiter nach oben und zogen mir schließlich das Höschen herunter. Also interessierte er sich doch nicht so sehr für meine Unterwäsche. Tja, der Mann setzte eben Prioritäten. »Sag mir, dass du mich liebst.«

»Ich liebe dich.«

»Noch mal.«

»Ich liebe dich.«

»Ich habe es so sehr vermisst, dich zu schmecken.« Er spreizte mit seinen großen Händen meine Schenkel, sodass ich entblößt vor ihm lag. »Wenn es dich nicht zu sehr stört, würde ich gern ein paar Tage mit dem Kopf zwischen deinen Beinen verbringen. Einverstanden?«

Oh Gott. Sein Bart schabte über die Innenseite meines Oberschenkels und ließ meine Haut vor Vorfreude prickeln. Selbst wenn ich gewollt hätte, hätte ich kein Wort herausgebracht. »Sag es noch einmal.«

Ich schluckte angestrengt, versuchte, mich wieder zu fangen.

»Ich warte.«

»Ich liebe dich«, stotterte ich, meine Stimme ein kaum hörbares Hauchen. Bei der ersten Berührung seines Mundes schoss mein Becken fast von der Matratze hoch. Jeder Muskel in meinem Körper zitterte vor Anspannung.

»Mach weiter.« Seine Zunge teilte meine Schamlippen, glitt zwischen sie, erforschte mich. Sein Mund war weich und verlangend, seine Stoppeln kitzelten mich.

»Ich liebe dich.«

Er schob seine starken Hände unter meinen Hintern, um mich vor seinem Mund festzuhalten. »Mehr.«

Ich stöhnte irgendetwas, doch offenbar genügte es, denn er unterbrach die Liebkosungen nicht noch einmal und sagte auch nichts mehr. Stattdessen attackierte er mich geradezu. Gnadenlos bearbeitete er mich mit seinem Mund, jagte meine Erregung binnen Sekunden in schwindelnde Höhen. Seine Zunge leckte mich, während der Knoten in meinem Inneren wuchs und immer fester wurde. Elektrische Impulse schienen durch mein Rückgrat zu zucken. Ich weiß nicht mehr, wann ich zu zittern begann. Doch dann verließ mich alle Kraft und mein Körper fiel wieder auf die Matratze. Ich krallte mich in seinem Haar fest, verknotete die Finger in seinen kurzen, geligen Strähnen.

Es war fast zu viel des Guten. Ich konnte nicht entscheiden, ob ich ihm noch näher kommen oder mich zurückziehen wollte. Aber er hielt mich sowieso unerbittlich fest. Jeder Muskel in meinem Körper spannte sich. Ich öffnete den Mund zu einem lautlosen Schrei, Feuerwerk explodierte in meinem Kopf und ich kam und kam schier unaufhörlich.

Als sich mein hämmerndes Herz endlich wieder ein wenig beruhigt hatte, schlug ich die Augen auf. David kniete zwischen meinen Schenkeln. Er hatte sich die Jeans heruntergezogen.

Sein steifes Glied berührte seinen flachen Bauch. Er starrte mich mit seinen dunkelblauen Augen an.

»Ich kann nicht warten.«

»Nein. Warte nicht.« Ich schlang die Beine fest um seine Hüften. Er hielt mein Becken mit einer Hand hoch, während er mit der anderen sein Glied einführte. Er tat es ohne Hast. Wir beide waren noch immer halb angezogen, er unterhalb der Hüften und ich oberhalb. Es gab keine Zeit zu verlieren, und wir waren beide viel zu ausgehungert, um uns Haut an Haut zu lieben. Beim nächsten Mal.

Er glitt so langsam in mich, dass ich den Atem anhielt. Nichts anderes zählte, nur dieses Gefühl. Oh Gott, es war so wundervoll zu spüren, wie er in mich eindrang, so dick und hart. Der Schweiß auf seiner nackten Brust glänzte im matten Licht. Die Muskeln seines Oberkörpers zeichneten sich deutlich ab. Dann begann er, sich zu bewegen.

»Du bist mein.«

Ich brachte lediglich ein Nicken zustande.

Er blickte auf mich herab, verfolgte, wie meine Brüste bei jedem seiner Stöße unter meinem Top wogten. Er krallte die Finger kraftvoll in meine Hüften, während ich mich Halt suchend ans Betttuch klammerte. Sein Blick war wild, seine Lippen geschwollen und nass. Nur das hier, er und ich zusammen, das war real. Alles andere war flüchtig. Dafür lohnte es sich zu kämpfen.

»Ich liebe dich.«

»Komm her.« Er hob mich von der Matratze hoch an seine Brust. Meine Beine waren um seine Hüften geschlungen. Meine Muskeln brannten, so fest klammerte ich mich an ihn. Ich legte die Arme um seinen Hals und er setzte mich auf sein Glied.

»Ich liebe dich auch.« Er schob die Hände unter mein Oberteil auf meinen bloßen Rücken und gemeinsam bewegten wir uns in einem harschen Rhythmus. Unsere schnellen, erregten Atemzüge vereinten sich. Schweiß bedeckte unsere Haut, mein Shirt klebte an meinem Körper. Wieder baute sich tief unten in meinem Körper Hitze auf. Dank dieser Position, der Art, wie er sich an mir rieb, dauerte es nicht lange. Als seine Lippen an meinem Halsansatz saugten, erschauderte ich und kam noch einmal. Die Laute, die er ausstieß, und die Art, wie er meinen Namen sagte … Das wollte ich nie wieder vergessen, nicht eine einzige Sekunde lang.

Schließlich legte er mich aufs Bett zurück, doch ich war noch nicht bereit, von ihm abzulassen. Darum legte er sich auf mich, deckte mich mit seinem Körper zu. Sein Gewicht, das mich aufs Bett drückte, sein Mund an meinem Gesicht … Am liebsten hätte ich mich nie wieder bewegt. Wir hätten für immer hier liegen bleiben können.

Allerdings hatten wir noch etwas zu erledigen.

»Ich brauche meine Tasche«, erklärte ich und begann, unter ihm zu zappeln.

»Wozu?« Er stützte sich auf die Ellbogen.

»Ich muss etwas Bestimmtes tun.«

»Was könnte denn wichtiger sein als das hier?«

»Rutsch rüber«, kommandierte ich, während ich bereits begann, ihn zur Seite zu schieben.

»Schon gut. Aber du solltest lieber einen guten Grund hierfür vorweisen können.« Er entspannte sich und ließ zu, dass ich ihn auf die Seite rollte. Ich krabbelte über die Matratze. Dabei bemühte ich mich, meinen Rock wieder herunterzuziehen, doch ich gewährte David wohl trotzdem recht appetitliche Einblicke. Er schnappte spielerisch mit den Zähnen nach mir.

»Komm wieder zurück, Weib«, befahl er.

»Gib mir eine Sekunde.«

»Mein Name sieht auf deinem Hintern wirklich klasse aus«, befand er. »Das Tattoo ist gut abgeheilt.«

»Oh, vielen Dank.« Endlich schaffte ich es, von der Matratze zu krabbeln und auch noch meinen Bleistiftrock wieder in Ordnung zu bringen. Während des vergangenen Monats, in dem wir getrennt gewesen waren, hatte ich die Tätowierung geflissentlich ignoriert, doch jetzt war ich heilfroh, dass ich sie hatte.

»Dieser Rock muss weg.«

»Nun warte doch.«

»Und das Oberteil auch. Wir haben noch einiges aufzuholen.«

»Ja doch, in einer Minute. Das Oben-ohne-Kuscheln hat mir wirklich gefehlt.«

Er hatte meine Handtasche auf einem mit blauem Plüsch bezogenen Ohrensessel neben der Tür abgelegt. Wer immer diese Wohnung eingerichtet hatte, verstand sein Handwerk wirklich gut. Sie war einfach wundervoll. Aber ich würde sie später ausgiebiger bewundern. Nun musste ich erst einmal etwas sehr Wichtiges tun.

»Nach unserem Gespräch im Studio habe ich dir ein Geschenk gekauft.«

»So, hast du?«

Ich nickte, während ich die Tasche nach dem Schatz durchforstete. Bingo. Das hübsche kleine Kästchen steckte noch genau da, wo ich es verstaut hatte. Ich barg es in meiner Hand und stolzierte mit einem breiten Grinsen zurück zum Bett. »Ja, das habe ich.«

»Was versteckst du da in deiner Hand?« Er erhob sich vom Bett. Im Gegensatz zu mir hatte er sich die Kleider ausgezogen. Da stand er also vor mir, mein Ehemann – zerzaust und vollkommen nackt. Er sah mich an, als wäre ich sein Ein und Alles auf der Welt. Ich spürte, dass es in meinem ganzen Leben keinen anderen Mann für mich geben würde.

»Evelyn?«

Seltsamerweise fühlte ich mich urplötzlich schüchtern und beklommen. Jede Wette, dass meine Ohren schon wieder knallrot leuchteten.

»Reich mir deine linke Hand.« Er tat es. Behutsam steckte ich ihm den breiten Ring aus Platin, in den ich am Nachmittag meine sämtlichen Ersparnisse investiert hatte, an den Finger und schob ihn über sein breites Fingergelenk. Perfekt. Dafür würde ich mit Freuden den ganzen Winter lang zu Fuß gehen und mir den Hintern abfrieren. Mein klappriges altes Auto durch ein neues zu ersetzen war mir bei Weitem nicht so wichtig wie David. In Anbetracht der Summe, die ich meinen Eltern noch schuldete, war der Zeitpunkt für diese Ausgabe zwar nicht gerade günstig gewählt, aber darauf konnte ich keine Rücksicht nehmen. Der Ring war einfach viel zu bedeutsam.

Bedauerlicherweise verdeckte er eine Hälfte des vorletzten »E«s von seinem Live-Free-Tattoo. Mist, das hätte ich berücksichtigen müssen. Vielleicht würde er ihn jetzt nicht tragen wollen.

»Vielen Dank.«

Ich betrachtete aufmerksam seine Miene, um beurteilen zu können, wie aufrichtig er es meinte. »Er gefällt dir?«

»Ich liebe ihn.«

»Ehrlich? Ich habe dummerweise dein Tattoo nicht bedacht, aber wenn –«

Er brachte mich mit einem Kuss zum Schweigen. Eine erfreuliche neue Angewohnheit von ihm. Als sich seine Zunge in meinen Mund stahl, schloss ich die Augen und vergaß alles, was ich hatte sagen wollen. Er küsste mich, bis ich keinerlei Zweifel mehr hegte, dass er von dem Ring begeistert war. Schon zerrten seine Finger an den Knöpfen meines Oberteils. Kaum hatte er es mir von den Schultern gestreift, öffnete sich auch schon der Verschluss meines BHs.

»Ich liebe meinen Ring«, versicherte er mir nochmals. Ich spürte seine Lippen an meinem Kiefer, meinem Hals. Er ließ die Träger des BHs von meinen Armen gleiten und entblößte meine Brüste. Daraufhin widmete er sich dem Rock, zog ihn mir nach einem kurzen Kampf mit dem Reißverschluss von den Hüften. Er gab nicht eher Ruhe, bis ich so splitternackt war wie er. »Ich werde ihn nie wieder abnehmen.«

»Freut mich, dass du ihn magst.«

»Das tue ich. Ich werde dir sofort demonstrieren, wie sehr. Aber gleich danach bekommst auch du deinen Ring zurück. Versprochen.«

»Nur keine Eile«, murmelte ich und legte genüsslich den Kopf in den Nacken, damit seine Lippen leichteres Spiel hätten. »Wir haben alle Zeit der Welt.«

22

Am folgenden Abend trafen wir uns mit Jo, Amanda und einigen weiteren Freunden in einer Bar in der Stadt. Meine Gefühle befanden sich in permanentem Aufruhr, ich war gespannt und nervös und noch hundert andere Dinge gleichzeitig. Ich konnte das alles noch immer nicht fassen. Nur Zweifel empfand ich keine mehr. Nicht die geringsten. Ich hatte mit Ruby besprochen, dass ich auch weiterhin zusätzliche Schichten im Café übernehmen würde. Sie reagierte hocherfreut, denn wie sich herausstellte, hatte sie kürzlich erfahren, dass sie schwanger war, woher auch ihre Verwirrung am Vortag rührte. Von ihrer Warte aus konnte es also gar keinen günstigeren Zeitpunkt für meinen College-Abbruch geben. Irgendwann würde ich allerdings bestimmt noch einmal aufs College gehen. Vielleicht, um Lehrerin zu werden. Mal sehen. Ich hatte noch viel Zeit.

Die Bar war nicht sehr groß und lag in der Nähe unseres neuen Zuhauses. Auf einer kleinen Bühne spielte eine vierköpfige Band Grunge-Klassiker, zusammen mit einigen neuen Songs. Jo winkte uns an einen Tisch, der ein wenig abseits stand. Das Treffen mit David schien eine große Sache für sie zu sein, denn sie lief aufgeregter herum als ein Hundewelpe.

»David. Das ist so toll«, wiederholte sie wieder und wieder. Viel mehr sagte sie nicht. Spätestens, wenn sie sein Bein besprang, würde ich eingreifen müssen.

Amanda dagegen zog ein Gesicht wie drei Tage Regenwetter. Zumindest beschränkte sie sich – im Gegensatz zu meinen

Eltern – auf schweigenden Protest. Ich wusste ihre Besorgnis zu schätzen, aber sie würde sich früher oder später an David gewöhnen müssen.

David bestellte eine Runde für uns alle und ließ sich auf dem Platz neben mir nieder. Für eine Unterhaltung war die Musik wirklich zu laut. Kurz nach uns trafen auch Nate und Lauren ein. Zwischen meinem Bruder und meinem Ehemann herrschte vorerst ein etwas fragiler Waffenstillstand, aber schon dafür war ich ihnen unendlich dankbar.

David rutschte näher zu mir. »Ich möchte dich etwas fragen.«

»Was?«

Er schlang einen Arm um meine Taille, um mich an sich zu ziehen, doch ich kam ihm zuvor und setzte mich kurz entschlossen auf seinen Schoß. Er legte die Arme um mich und schenkte mir ein liebevolles Lächeln. »Hey.«

»Hey«, erwiderte ich. »Was wolltest du wissen?«

»Würdest du gern einen von den Songs hören, die ich für dich geschrieben habe?«

»Wirklich? Das würde ich sehr gern!«

»Hervorragend.« Seine Hand strich über mein schlichtes schwarzes Kleid – das ich selbstverständlich deshalb trug, weil Schwarz seine Lieblingsfarbe war. Außerdem, weil ich vermutete, dass ihm der V-Ausschnitt gefiel. Heute Abend wollte ich meinem Ehemann gefallen. Wir würden uns noch oft genug in die Haare bekommen, aber nicht heute. Heute waren wir hier, um zu feiern.

Lauren führte Nate zur Tanzfläche. Amanda und Jo folgten ihnen und ließen uns ungestört reden. Ich hatte wirklich und wahrhaftig den allerbesten Bruder und die allerbesten Freunde auf der ganzen Welt. Sie hatten die Neuigkeit, dass ich den großen Plan über den Haufen geworfen hatte, gefasst aufgenommen. Sie hatten mich mehrmals gedrückt und mit keinem Wort Kritik an meinem abrupten Richtungswechsel geübt. Als Lauren der versammelten Mannschaft noch einmal erzählte, wie David beim Essen mit meinen Eltern zu mir gehalten hatte, gestand selbst Amanda ihm ein anerkennendes Nicken zu. Das gab mir Hoffnung.

Außerdem hatte ich vorhin noch meine Mutter angerufen. Unser Gespräch war zwar recht kurz ausgefallen, doch trotzdem war ich froh, dass ich es getan hatte. Schließlich waren wir trotz allem eine Familie.

David hatte Wort gehalten und mir meinen Ring zurückgegeben – wenn es auch etwas gedauert hatte. Die Liste der Dinge, die er mit mir vorher noch hatte anstellen wollen, war recht lang gewesen. Bei Sonnenaufgang hatte er mich im Bett mit Eiscreme gefüttert. Es war die schönste Nacht meines Lebens gewesen.

Es fühlte sich richtig an, den Ring wieder am Finger zu haben. Er passte wie angegossen. Wie versprochen hatte David seinen Ring nicht mehr abgenommen. Als ich gegen Mittag schließlich auf der Suche nach Kaffee aus unserem Zimmer gestolpert kam, zeigte er ihn sogar voller Stolz seinem Bruder. Nachdem ich mich ausreichend mit Koffein versorgt hatte, hatten mir David und Jimmy beim Umzug in die neue Wohnung geholfen. Mal und Ben hielten sich gerade im Studio auf. Lauren und Nate unterstützten mich ebenfalls beim Packen – allerdings erst, nachdem David und Jimmy alle von Laurens Divers-Fanartikeln signiert hatten. Zwar betonte sie immer wieder, wie sehr sie mich vermissen würde, aber ich vermutete, dass sie sich auch darauf freute, zukünftig mit Nate zusammenzuleben. Die beiden harmonierten sehr gut miteinander.

»Ich möchte dich noch etwas fragen«, fuhr David fort.

»Die Antwort lautet Ja. Ja zu allem, was mit dir zu tun hat.«

»Gut, denn ich möchte, dass du meine Assistentin wirst – natürlich nur, wenn du nicht gerade im Café arbeitest.« Er rieb mir den Rücken. »Ich weiß doch, dass du das möchtest.«

»David …«

»Oder du erlaubst mir, deinen Eltern das Geld für die College-Gebühren zurückzuzahlen, damit dir das nicht mehr im Nacken sitzt.«

»Nein«, weigerte ich mich bestimmt. »Danke, aber ich muss das selbst tun. Ich denke, so wollen es auch meine Eltern.«

»Ich habe erwartet, dass du so reagieren würdest. Aber Baby, das ist eine ganze Menge Geld. Wenn du dir deswegen noch einen Zweitjob suchen musst, sehen wir uns vielleicht überhaupt nicht mehr.«

»Da hast du recht. Aber hältst du es für eine gute Idee, dass wir beide zusammenarbeiten?«

»Ja«, beteuerte er mit ernstem Gesicht. »Du organisierst gern. Genauso jemanden brauche ich. Der Job ist wichtig und ich möchte, dass du ihn übernimmst. Wenn wir feststellen, dass es nicht klappt, können wir uns ja einen neuen Plan ausdenken. Aber ich vermute, dass wir dank dieses Jobs mehr Zeit zusammen verbringen werden und außerdem Sex während der Arbeitszeit haben können.«

Ich lachte. »Versprechen Sie mir, mich auch regelmäßig sexuell zu belästigen, Mr Ferris?«

»Aber sicher.«

Ich drückte ihm einen dicken Kuss auf die Wange. »Danke, dass du an mich gedacht hast. Ich würde liebend gern für dich arbeiten.«

»Wenn du eines Tages beschließen solltest, wieder aufs College zu gehen, lasse ich Adrian eben einen Ersatz suchen. Kein Problem.« Er zog mich an seine Brust. »Sind wir uns einig?«

»Das ist der beste Plan aller Zeiten.«

»Oho, vielen Dank. Das aus deinem Munde zu hören, ist eine große Auszeichnung.«

Davids Blick schweifte zur Bar hinüber, wo Mal, Jimmy und Ben unauffällig warteten. Ich hatte gar nicht gewusst, dass sie uns heute Abend ebenfalls Gesellschaft leisten würden. Jimmy hatte sich eigentlich in letzter Zeit von Bars und Clubs ferngehalten. »Wird ja auch langsam Zeit, dass sie auftauchen«, murmelte David.

Daraufhin drehte er sich nach der Band in der Ecke um, die gerade eine rockige, ziemlich gute Interpretation eines Pearl-Jam-Klassikers beendete.

»Warte hier.« Als sich David erhob, stand ich automatisch mit ihm auf, doch er drückte mich wieder auf den Stuhl und gab seinen Bandkollegen ein Zeichen. Dann steuerte er die Bühne an. Ich sah, wie sich sein groß gewachsener Körper mühelos durchs Publikum schob. Seine Jungs folgten ihm. Im Pulk wirkten sie ganz schön beeindruckend, auch wenn sie sich noch so sehr bemühten, nicht aufzufallen. Allerdings hatte ich den Eindruck, dass sie gar nicht mehr beabsichtigten, sich bedeckt zu halten. Nachdem die Coverband auf der Bühne ihr Stück beendet hatte, rief David den Sänger zu sich. Heilige Scheiße. Das hatte er also vor. Ich konnte vor Spannung kaum noch stillsitzen.

Nachdem die beiden kurz miteinander gesprochen hatten, holte der Sänger den Gitarristen dazu – und Tatsache, er legte sein Instrument dem wartenden David in die Hände. Ich konnte an den verblüfften Mienen der beiden Musiker erkennen, dass sie allmählich begriffen, wer da vor ihnen stand. Nachdem Jimmy dem Sänger noch einmal kurz zugenickt hatte, erklomm er das Podium. Hinter ihm klatschten sich bereits Mal und der Drummer ab, und Mal erleichterte ihn um seine Drumsticks. Selbst der griesgrämige Ben lächelte, als er den Bass von seinem eigentlichen Besitzer in die Hand gedrückt bekam. Die Divers übernahmen die Bühne. Doch noch bemerkte kaum jemand in der Bar, was sich dort vorn abspielte.

»Hi, Leute. Entschuldigt die Unterbrechung. Ich bin David Ferris und ich würde gern einen Song für meine Frau Evelyn spielen. Ich hoffe, ihr habt nichts dagegen.«

Verblüfftes Schweigen. Dann setzte donnernder Applaus ein. Die Leute drängten auf die Tanzfläche und in Richtung Bühne. David sah mich über die unzähligen Köpfe hinweg an.

»Sie ist ein waschechtes Mädchen aus Portland. Dadurch sind wir alle wohl in gewisser Hinsicht verschwägert. Also seid nachsichtig mit mir, okay?«

Das Publikum flippte schier aus. Davids Hände tanzten über die Saiten und eine wundervolle Mischung aus Rock und Country ertönte, wie ich sie mir schöner kaum vorstellen konnte. Dann begann er zu singen. Beim Refrain stimmte Jimmy mit ein. Ihre Stimmen harmonierten perfekt miteinander.

I thought I could let you go
I thought that you could leave and know
The time we took would fade
But I'm colder than the bed where we lay
You let go if you like, I'll hold on
Say no all you want, I'm not done
Baby, I promise you
Did you think I'd let you go?
That's never happening and now you know
Take your time, I'll wait
Regretting every last thing I said

Der Song war simpel, süß und einfach perfekt. Der Jubel, der losbrach, nachdem sie fertig waren, war ohrenbetäubend. Die

Leute schrien und trampelten mit den Füßen. Es klang, als bräche die ganze Bar zusammen. Die Security eskortierte David und die anderen durch die Menschenmenge. Während der Performance waren immer mehr Menschen in den Club gedrängt, die per Telefon, SMS oder sonstiger Social-Media-Kanäle von dem Auftritt erfahren hatten. Die Band musste sich durch einen wahren Fan-Ansturm arbeiten. Ich spürte, wie sich eine Hand um meinen Arm legte. Als ich mich umdrehte, blickte ich in Sams grinsendes Gesicht. Wir beide machten uns so schnell wie möglich aus dem Staub.

Sam und jemand von der Security bahnten uns einen Weg durchs Gedränge nach draußen zu einer wartenden Limousine. Sie waren wirklich gut vorbereitet. Wir rückten alle auf dem Rücksitz der Limo zusammen. David zog mich sofort auf seinen Schoß. »Sam wird sich um deine Freunde kümmern.«

»Danke. Ich denke, Portland weiß jetzt, dass du hier bist.«

»Ja, da könntest du recht haben.«

»Davie, du bist echt eine Diva«, meinte Mal kopfschüttelnd. »Hab ich doch geahnt, dass du so was abziehen würdest. Ihr Gitarristen seid solche Poser. Wärst du auch nur ein bisschen bei Verstand, junge Dame, dann hättest du einen Schlagzeuger geheiratet.«

Ich lachte und wischte mir gleichzeitig die Tränen weg.

»Warum zum Donnerwetter weint sie? Was hast du zu ihr gesagt?« David zog mich an sich. Draußen hämmerten Menschen an die Fenster des Wagens, der sich nun langsam in Bewegung setzte.

»Alles okay?«

»Ich habe nur gesagt, was Sache, ist. Nämlich, dass sie lieber einen Drummer hätte heiraten sollen. Ein Spontanauftritt – was für ein Humbug!«, lamentierte Mal.

»Halt die Klappe.«

»Als ob du noch nie aufs Ganze gegangen wärst, um ein Mädchen zu beeindrucken«, spöttelte Ben.

»Was ist damals in Tokio doch gleich passiert?«, fragte Jimmy, der sich gemütlich in der Ecke rekelte. »Hilf mir mal auf die Sprünge ... Wie war noch mal ihr Name?«

»Oh Shit, stimmt. Die Kleine aus dem Restaurant«, sagte Ben. »Wie hoch war gleich wieder die Rechnung, die sie dir für die Schäden gestellt haben?«

»Keinen Dunst, wovon ihr redet. Davie hat doch gesagt, ihr sollt die Klappe halten«, überschrie Mal das raue Gelächter der beiden. »Außerdem solltet ihr gefälligst ein bisschen respektvoller sein. Das ist schließlich ein emotionaler Augenblick für Evelyn.«

»Beachte sie gar nicht.« David legte die Hand an meine Wange. »Also, warum weinst du?«

»Weil das hier die Zehn ist. Wenn die Eins dafür steht, dass wir getrennt und ohne einander todunglücklich sind, dann ist die Zehn dieser Song. Er ist wundervoll.«

»Er hat dir wirklich gefallen? Wenn nicht, könnte ich es auch verkraften. Du musst also nicht –«

Ich legte die Hände an sein Gesicht und küsste ihn. Den Lärm und die Rufe um uns herum hörte ich nicht mehr. Und ich ließ erst wieder von ihm ab, als meine Lippen geschwollen und taub waren und seine ebenfalls.

»Baby.« Er wischte mir lächelnd die letzten Tränen ab. »Du sagst einfach die großartigsten Sachen.«

Danksagung

Gleich zu Anfang: Alle Songtexte (mit Ausnahme des letzten Liedes) wurden freundlicherweise von Soviet X-Ray Record Club zur Verfügung gestellt. Unter www.sovietxrayrecordclub. com erfahren Sie mehr über die Band. Den Ausdruck Oben-ohne-Kuscheln verwende ich mit freundlicher Genehmigung des Autors Daniel Dalton.

Vielen lieben Dank an meine Familie, die mal wieder leiden musste, während ich, in schriftstellerischer Verwirrung versunken, an dieser Geschichte arbeitete. Eure Geduld ist unvergleichlich. Tausend Dank. Dank auch an meine unschätzbar wertvollen Freundinnen für Feedback und Schützenhilfe (in beliebiger Reihenfolge, denn in meinen Augen seid ihr alle Königinnen): Tracey O'Hara, Kendall Ryan, Mel Teshco, Joanna Wylde, Kylie Griffin und Babette. Ein dickes Dankeschön geht an alle Buchblogger, dafür, dass ihr tut, was ihr tut, insbesondere an meine Freundinnen Angie von Twinsie Talk, Cath von Book Chatter Cath, Maryse von Maryse's Book Blog und Katrina von Page Flipperz. Ein Dank an Joel, Anne und Mark von Momentum für ihre Unterstützung. Mein ganz besonderer Dank gilt meiner Lektorin Sarah JH Fletcher.

Und last, but not least danke ich all den lieben Menschen, die mit mir auf Twitter und Facebook chatten, mir E-Mails schicken und lauter nette Dinge über meine Bücher sagen, all den Menschen, denen meine Geschichten gefallen und die sich die Zeit nehmen, eine Rezension zu verfassen: VIELEN DANK!

Triggerwarnung

Dieses Buch enthält neben expliziten Szenen auch
Elemente, die potenziell triggern können.

Diese sind:
Alkoholismus, Substanzmissbrauch und Überdosis